NARRATORI MODERNI

Della stessa autrice in edizione Garzanti:
Il sentiero dei profumi
La custode del miele e delle api
Il giardino dei fiori segreti

CRISTINA CABONI

LA RILEGATRICE DI STORIE PERDUTE

Garzanti

Prima edizione: ottobre 2017

Per essere informato sulle novità del Gruppo editoriale Mauri Spagnol visita:
www.illibraio.it

ISBN 978-88-11-67364-4

Printed in Italy

www.garzanti.it

LA RILEGATRICE DI STORIE PERDUTE

Ai librai che custodiscono e divulgano i libri, e ai lettori.
Questo libro è dedicato a voi.

PROLOGO

Il ciondolo d'oro brilla tra le mani della fanciulla. È il simbolo della sua casata, un cerchio con all'interno una coppia di ali.

Clarice sa che è prezioso, lo tiene sul cuore. È stata sua madre a donarglielo. Come il violino, come le storie che custodisce dentro di sé, e che fanno di lei una Von Harmel.

«Finché mi ricorderai, io vivrò», le ha detto una sera di tanti anni prima, congedandosi da lei.

Quella è stata l'ultima volta che l'ha vista.

È un ricordo lontano, ormai. Sbiadito dal tempo. Non dovrebbe dolerle a quel modo. Invece pensare alla madre che ha tanto amato le procura sempre una fitta al cuore.

Le fiamme della candela illuminano il tavolo sul quale ha posato il foglio. La superficie del legno è liscia, lucida. La carta scivola lieve tra le sue dita sottili. In basso un piccolo sbalzo della stessa forma del ciondolo che porta al collo. L'ha impresso lei stessa.

È quello il suo simbolo, ciò che ha scelto.

Rapidamente piega i fogli ricavandone fascicoli e, dopo averli allineati al telaio, li cuce alle fettucce. Ecco, il libro è quasi pronto. Adesso non manca che la coperta. Ventagli, piccoli frutti, ghirlande armoniose fioriscono sulla pelle tra la polvere d'oro e il fumo acre dei punzoni roventi, in quello che è un racconto di simboli e immagini.

«Avete terminato, uccellino?»
Annuisce, gli occhi sul libro. «Sì, maestro.»
Sente lo sguardo dell'uomo. «Siete il mio orgoglio più grande.»
Qualcosa di dolce si spande dentro di lei. «Adesso sono una rilegatrice?»
«La migliore.»
Un istante e il silenzio si rompe. Come la magia che li ha appena lasciati. Dal piano superiore filtrano i rumori. Il loro tempo insieme è terminato. La vita riprende il suo corso.
«Dovete andare, adesso. Fate presto, non voglio che vi scoprano.»
Ubbidisce, perché non ha scelta. Quel mondo le è interdetto.
Perché lei è solo una donna.
Un giorno però tutto cambierà, ne è sicura.
Sale le scale in silenzio, i piedi nudi sulla pietra, un lieve sorriso sulle labbra. Si guarda le mani, i graffi che la mattina seguente sarà costretta a giustificare.
Un giorno sarà libera e volerà via con le ali della libertà.

1.

«Un cuore che cerca, infatti, sente che gli manca qualcosa;
ma un cuore che l'ha perduta, sente che gli è stata tolta.»
Johann Wolfgang von Goethe, *Le affinità elettive*

Il libro era legato magnificamente in marocchino rosso, con fregi in foglia d'oro. Era una prima edizione delle *Affinità elettive* di Goethe con firma e dedica autografa dell'autore. Nonostante fosse circondato da una teca di cristallo, emanava una sorta di mistero e di potere che attirava l'attenzione degli ospiti.

Gli invitati al galà di beneficenza della Galileo Society, che si accalcavano per vedere l'attrazione della serata, sembravano molto impressionati. Alcuni conoscevano il valore letterario dell'opera, altri si limitavano a un'occhiata perplessa. Più di tutto erano stupiti da come quelle vecchie pagine scritte da un uomo morto da quasi duecento anni potessero richiamare tanti visitatori.

Sofia Bauer aveva atteso pazientemente il proprio turno e, adesso che si trovava davanti alla vetrina, sentiva il cuore batterle forte, mentre una miriade di domande nascevano e cambiavano a mano a mano che notava un dettaglio sulla copertina, o nel frontespizio.

Quella particolare copia del libro aveva avuto una vita molto avventurosa. Si diceva che fosse stata donata dallo stesso autore a una dama misteriosa, così come indicava la dedica, e che poi le fosse stato sottratto. Dopo essere rimasto nell'ombra per decenni era saltato fuori solo di recente in una piccola libreria antiquaria di Bucarest.

Quando Sofia aveva saputo che sarebbe stato presentato a Roma, la sua città, aveva fatto in modo di ricevere un invito. Non le era stato difficile, visto che per qualche anno aveva lavorato alla Bibliotheca Hertziana.

«È bellissimo.»

Sì che lo era. Sofia sorrise alla ragazza accanto a lei che aveva espresso quel parere. Il libro era davvero magnifico e ben conservato. Le sarebbe piaciuto toccarlo, sfogliare le sue pagine, aspirarne il profumo. Le sembrava che il desiderio fosse così grande da essersi raccolto sotto i palmi. Era emozionata.

Intorno a lei c'era un viavai di gente, tutti erano in attesa della conferenza che sarebbe iniziata da lì a poco. Salutò alcune persone, ma non si fermò a parlare con loro. Dopo il suo matrimonio era uscita da quell'ambiente, e adesso si sentiva a disagio con chi continuava a farne parte. Così scelse un posto in fondo alla sala, e restò giusto il tempo per sentire raccontare dal segretario della Galileo le insolite circostanze che avevano accompagnato il ritrovamento del volume di Goethe. Mentre l'uomo lasciava il posto al relatore che avrebbe illustrato l'opera nel dettaglio, Sofia si alzò, e con discrezione uscì.

Attese qualche minuto sulla terrazza, mentre l'aria fresca le sollevava i lunghi capelli e l'orlo del vestito. Scese i gradini che univano la villa al viale sottostante, lentamente, guardandosi intorno, avida di dettagli. Non era la prima volta che partecipava a simili eventi, ma era passato tanto tempo. Di fatto era una delle poche sere in cui si era decisa a uscire da sola. In quel momento si sentiva incerta, come se le sue convinzioni fossero fatte di cristallo, così fragili e incapaci di reggere la minima scossa.

Mentre passeggiava nel giardino della villa le tornò in mente *Le affinità elettive* di Goethe. L'amore travolgeva ogni cosa. Giudizio e razionalità non erano che ostacoli sul suo cammino. Si chiese con una punta di amarezza se ci fosse mai stato un amore capace di nutrirsi unicamente di sé stesso.

L'aria della notte era tiepida, era come se l'autunno non avesse ancora deciso di mostrarsi. Così i fiori continuavano indisturbati a sbocciare in quella che aveva tutta l'aria di somigliare a una bizzarra primavera. Era come un tempo sospeso, una sorta di parentesi tra un prima e un dopo che non avevano trovato ancora un accordo.

La villa dove la Galileo Society aveva organizzato l'evento era una delle più antiche di Roma, e delle più belle. L'oscurità non impedì a Sofia di riconoscere poco distante le rovine di quella che doveva essere stata una torre. Il giardino era delimitato da un porticato a colonne, conservato magnificamente. Dietro un muretto basso le aiuole mostravano la visione dello spazio di chi ne aveva deciso il disegno. Era stato un uomo, o una donna che amava l'ordine, pensò. E lo aveva trasmesso a tutto ciò che lo circondava, natura compresa. Eppure anche così la sensazione che se ne aveva era di pace. Le piaceva la pace. Era anche quello un tempo sospeso, nel quale riposarsi. Senza dover fare assolutamente nulla che non volesse, senza dover essere chi non era.

Incontrò un uomo del servizio d'ordine a pochi metri dall'ingesso principale. «Potrebbe chiamarmi un taxi?»

«Certo, signora.»

Sofia attese in silenzio, lo sguardo perduto nella notte.

«Venti minuti, se vuole aspettare nel giardino l'avviserò appena arriva.»

«Grazie.» Seguì le indicazioni del ragazzo. C'era una serie di panche di pietra sotto i lampioni. Alcuni degli ospiti si erano fermati là, approfittando della bella serata. Sofia si spinse oltre, in cerca di un posto più riservato. Una forte stanchezza le rendeva pesanti i passi, lenti i pensieri.

Scelse una panchina in ferro battuto. Poggiò la testa allo schienale, lasciandosi andare a un lungo sospiro. Chiuse gli occhi un istante. Quando li riaprì, oltre le cime degli alberi la notte era velluto, e le stelle scintille.

«Non c'è nulla che ti faccia sentire piccolo e solo quanto l'immensità del cielo.»

Si tirò su di scatto, cercando la voce tra gli alberi.

«Sono qui. Alla sua destra.»

Sofia vide un uomo alto e molto elegante appoggiato a una colonna. Doveva essere lì già da prima, ma non lo aveva visto. Non si era mosso, la guardava, l'espressione gentile. Lei si rilassò, e portò nuovamente l'attenzione al cielo. «Dipende.»

Lui si avvicinò, uscendo dall'ombra. «Da cosa?»

«Da chi guarda.»

«Interessante.» Lo sconosciuto fece una pausa. «Posso chiederle lei cosa ci vede?»

La sorprese la facilità con la quale trovò la risposta. «Pace.» Era quella che le mancava? «Credo di dovermi scusare per la mia intrusione. Ero presa dai miei pensieri, non l'ho proprio vista.»

Lui parve sorpreso. «Non deve. Se fossi rimasto in silenzio entrambi avremmo avuto ciò che stavamo cercando. Io la solitudine, lei la pace. E a causa di questo non avremmo potuto fare questa conversazione.» Fece una pausa. «Mi sarebbe dispiaciuto.»

Sofia restò un istante senza parole. Era colpita. Non era un complimento, quello che le aveva rivolto quell'uomo, eppure le fece piacere. «Lei è una persona molto gentile.»

Silenzio, e poi un lungo respiro. «Davvero? Mi piacerebbe sapere come ha fatto a capirlo. Quante frasi ci siamo scambiati? Cinque, sei? Non credo siano sufficienti.»

Oh se lo erano! Sofia si alzò. Da lì riusciva a vedere la magnifica scalinata dell'ingresso della villa illuminata a giorno, gli ospiti che avevano deciso di uscire in terrazza per passeggiare. Un po' più sotto, l'acqua della piscina era uno specchio nel quale le luci tremolavano. Lanciò un'occhiata verso lo sconosciuto. Alcuni momenti erano speciali perché duravano quanto un battito di ciglia.

Lo osservò. Era come la sua voce, pensò. Zigomi alti, labbra piene. Un accenno di barba che addolciva la durezza di quel viso spigoloso, interessante più che bello. O forse a interessarla era stata la sua repentina reazione. Non gli piaceva essere definito gentile, anzi, probabilmente non gli piaceva essere giudicato e basta. E questo lasciava spazio a tutta una serie di congetture. Però l'uomo l'aveva fatta sorridere. Una cosa che le era capitata di rado negli ultimi tempi. Decise che almeno meritava una risposta. «Non è solo ciò che si dice a essere importante. Il come viene detto rivela spesso molto di più. Basta saper ascoltare. La ringrazio di nuovo. Buonasera.»

Non attese che lui replicasse e si avviò verso l'uscita. Il suo taxi ormai doveva essere arrivato.

«Salve», disse all'autista sedendosi. «Piazza di Spagna, per favore.» Non aveva voglia di rientrare subito. Da lì al suo appartamento non c'era troppa strada e a quell'ora Roma era particolarmente suggestiva; avrebbe camminato un po'. Mentre la vettura partiva ripensò al libro, e alle emozioni che aveva provato mentre lo guardava. Ci aveva riflettuto migliaia di volte, eppure, con gli occhi verso l'oscurità, si chiese ancora quale fosse il motivo che l'aveva convinta a rinunciare a una vita che amava, al lavoro di bibliotecaria per il quale si era preparata.

I libri l'avevano sempre affascinata. Erano possibilità, nuove occasioni. Erano risposte. Custodirli, offrirli a chi li cercava era molto più che un mestiere. La sua era una vocazione. Non avrebbe dovuto negarla.

Quando rientrò, la casa era silenziosa. Non c'era nessuna traccia di Alberto, suo marito. Fece una doccia e poi uscì in terrazzo. L'aria della notte la fece rabbrividire, tuttavia decise di restare ancora un po' fuori. Con le ginocchia al petto lasciò scorrere i pensieri. Non poteva continuare così, doveva prendere una decisione. I pensieri le turbinavano in testa, illustrandole tutta una serie di possibilità. Dopo un po' la luce si accese alle sue spalle ma non si voltò, restando assolutamente immobile.

Lui era là, ne percepì la presenza.

«Hai passato una bella serata?»

Annuì. «Sì grazie, tu?» Che parole banali, vuote e senza senso. Era suo marito, con lui aveva trascorso ore, giorni, mesi e infine anni, avevano condiviso pensieri, risate, e adesso erano poco più di due estranei.

«Abbastanza. Marcello e gli altri ti salutano.»

«Grazie.»

Le sembrò che lui volesse aggiungere qualcosa, ma quando lo sentì allontanarsi chiuse gli occhi.

«Io vado a dormire.»

Non gli rispose. Continuò a guardare la notte.

La mattina seguente, di rientro dalla corsa che faceva ogni mattina, trovò nell'ingresso il trolley del marito. «Sei in partenza?» Era sollievo quello che traspariva dalla sua voce, e speranza. Aveva bisogno di riflettere. Voleva restare sola. Lui era diventato una difficoltà, un disagio costante. Era come se entrambi si valutassero come avversari, studiandosi a vicenda non per trovarsi, ma per scoprire nuovi modi di prevaricarsi, di ferirsi. Era chiaro, era così palese da spingerla a dirgli che era finita. Ma quando ci provò, le mancò il coraggio. Così si voltò, odiandosi per la sua vigliaccheria. E poi guardò nuovamente la valigia. Lo avrebbe fatto presto, decise. Quel viaggio rappresentava una tregua, il tempo che le sarebbe servito per prendere quella decisione che rimandava da troppo tempo.

«Te ne ho parlato la settimana scorsa. L'acquisizione della Posillipo a Napoli. Ci potrebbero essere variazioni ai contratti, devo verificare la fattibilità.»

No, non le aveva fatto parola di un viaggio imminente. «Forse te ne sei dimenticato.»

Lo vide irrigidirsi. Il cambiamento nel suo viso fu repentino. «Sei tu quella che ha bisogno di prendere pillole per ogni cosa, non io.»

Non gli rispose, si limitò a poggiare sul tavolo le chiavi. Si chiese cosa fosse accaduto all'uomo che la svegliava cantando, e che sapeva trovare il bello ovunque. Poi si diede della sciocca. Semplice, era stato sostituito da quell'estraneo che le attribuiva la responsabilità di ogni cosa, che la criticava di continuo, che non era mai contento di lei. Che sceglieva con cura le parole per poterla ferire più in profondità. La domanda era un'altra: fin quando glielo avrebbe permesso? «Mi faccio una doccia.» Non restò ad ascoltare ciò che le diceva il marito. Si spogliò e gettò rabbiosamente la biancheria nel cesto. Quando uscì, di lui non c'era più traccia.

Ti chiamo dall'aeroporto.

Il biglietto era sul tavolo. Lo accartocciò, gettandolo nella spazzatura. Fece colazione immersa in una sorta di torpore. Era una sensazione così familiare, ultimamente, che si chiese se ne sarebbe mai davvero uscita. Era un peso sui suoi pensieri, qualcosa che di fatto le impediva di guardare oltre quel caffè che teneva tra le mani. Posò la tazza e uscì in terrazzo.

Era quella la parte della casa che preferiva. C'era il sole, il cielo, e aria. Quando le sembrava di non riuscire più a respirare era tra le piante che si rifugiava, finché il dolore alla gola spariva portandosi via le lacrime.

Iniziò a bagnare i vasi più grandi, per poi passare a quelli più piccoli.

«Ciao Sofia, buongiorno.»

Sollevò la testa. «Joice, scusa, non ti avevo visto.» La sua vicina di casa le fece un gesto con la mano. Era più grande di lei di qualche anno, aveva lo sguardo gentile e una passione sfrenata per i dolci. Dal padre giapponese aveva ereditato i caratteri orientali e il portamento fiero. Dalla madre la passione per la cucina e un pesante accento romano. I loro terrazzi erano separati giusto da un divisorio di legno.

«Ti va una fetta di torta?»

Per un istante fu tentata di rifiutare, ma davanti all'espressione supplichevole della donna non riuscì a dire di no. «È colpa tua se non mi stanno più i vestiti.» Chiuse il rubinetto e si asciugò le dita.

Joice sbuffò. «Ucciderei per la tua linea.»

Alberto non la pensava allo stesso modo. La guardava, e poi buttava là il commento, accompagnandolo con un gesto: «Dovresti deciderti a dimagrire». Sofia non era sovrappeso, e ne era consapevole, ma questo non mitigava il suo dispiacere. Non del tutto, almeno. Sentirsi giudicata era comunque doloroso.

C'era una cosa però che le bruciava più di tutto: il suo istintivo bisogno di accontentarlo. Ci aveva provato a lungo. Oh, se ci aveva provato! Aveva smesso di farlo solo di recente. Quando aveva capito con spietata lucidità che nulla sarebbe mai stato abbastanza per lui, che niente di ciò che avrebbe detto o fatto sarebbe mai servito. A quel punto aveva iniziato a staccarsi da quella sorta di dipendenza emotiva che albergava dentro di lei. Ma se la consapevolezza che quello non fosse amore iniziava a delinearsi, c'erano tuttavia altri elementi da affrontare: l'abitudine, la paura dell'ignoto, prendere atto di aver commesso un errore.

Superò la parte della griglia di legno che il gigantesco glicine di Joice non aveva ancora occupato.

«Caffè? Sembri averne bisogno.»

Scosse la testa. «In realtà mi servirebbe del coraggio. Ne hai un po'?»

Joice si prese un po' di tempo prima di rispondere. «Il tuo problema, Sofia, è che pensi troppo. Se una cosa non funziona, è inutile portarla avanti.»

Si passò le dita fra i capelli, lisciandoli all'indietro. «È difficile accettare di aver sbagliato. Ho trentadue anni, Joice. Dovrei aver imparato, non credi?»

«Perché? La perfezione non esiste, sai? Tutti, a diversi livelli, sbagliano. Poi cadono, e si rialzano. Sai, c'è anche un'altra cosa che gli europei non considerano praticamente mai.» Non attese che Sofia le chiedesse spiegazioni. Le porse un pezzo di dolce. «Certe cose accadono perché non sarebbe possibile altrimenti. Da quegli avvenimenti poi ne nasceranno degli altri. Non si mette il tetto a una casa senza averne costruito i muri. Sono sequenze.»

Era un modo curioso di vedere la vita. Accettare tutto ciò che accadeva sforzandosi comunque di andare avanti. Davvero si poteva vivere in quel modo? «Sono stanca.»

Joice le sfiorò una mano. «Devi riempire il tuo tempo di cose belle, che ti rendano felice. Cosa vuoi dalla tua vita, Sofia? È questa la domanda a cui devi rispondere.»

Già, alla fine era quella la cosa più importante. Restò ancora un po' in terrazzo, poi si lasciò abbracciare dall'amica e rientrò.

Mentre si cambiava sentì lo squillo del telefono fisso. «Pronto?»

«Ciao *Liebling*, come stai?»

«Nonno? Ma che bello sentirti.» Era davvero molto felice

di sentire Maxim. E se fosse andata a trovarlo? L'idea le sembrò magnifica. «Che ne dici se passo a prendere te e la nonna e andiamo a pranzo insieme?»

«Sono a Monaco. Ce la fai per mezzogiorno?»

Spalancò gli occhi per lo stupore. I suoi nonni avevano superato gli ottant'anni. Si muovevano raramente e, anche se Max era originario di Monaco, non vi tornava da anni. «Come mai? La mamma non mi ha detto nulla.» Non sentiva i suoi da un po' di giorni, ma era sicura che se lo avessero saputo glielo avrebbero detto. Aveva un rapporto difficile con i genitori che, avendo viaggiato tutta la vita per lavoro, spesso l'avevano lasciata sola, e ormai si erano trasferiti da anni in Francia, dove la madre era nata. Ma per fortuna aveva sempre avuto vicino i suoi nonni.

«Adèle non lo sa, evita di dirglielo, per favore. Lo riferirebbe a Peter, e sai com'è fatto tuo padre. Ho delle faccende da sbrigare. A Dio piacendo, sarò di ritorno prima che loro se ne rendano conto.»

Dubitava fortemente che sarebbero riusciti a ingannare i suoi genitori. Ma quando si trattava di Maxim e Therese Bauer, tutto era possibile. «Dovresti semplicemente dirgli di farsi gli affari loro.»

«Non è così facile. Un giorno avrai dei figli, *Liebling*. Capirai allora la seccatura che possono diventare, e d'altro canto che la tua vita senza di loro è praticamente inutile. Tu però non le dire nulla, mi raccomando. È possibile che io e la nonna allunghiamo il viaggio. Magari andiamo a trovarli senza avvisare. Una sorpresa. È da un po' che non visitiamo la Francia.»

Sofia immaginò la faccia dei suoi genitori vedendo Max e Therese alla loro porta, e quasi scoppiò a ridere. «Non dirò nulla, promesso. Quando prevedi di tornare?»

Un sospiro, e un colpo di tosse. «Questo dipende. Non è che potresti andare a casa, e occuparti delle mie piccole? Le chiavi le hai ancora, vero?»

Sì che le aveva. Non era la prima volta che si prendeva cura delle orchidee di Max, anche se non succedeva da tanto. «Certo.»

«Ah... La nonna vuole sapere se hai bisogno di qualcosa, se hai mangiato, se stai bene.»

Sorrise. Era tipico di Therese farle tutte quelle domande insieme. «Dille che va tutto bene.»

«Grazie, tesoro. Saluta Alberto.»

«Ehm... certo nonno. Lo farò.»

Un silenzio pieno di aspettativa scese tra di loro. Era come se entrambi attendessero di sentire l'uno la voce dell'altra.

«Tra voi va tutto bene, vero?»

Si era dimenticata di quanto suo nonno fosse perspicace. «Sì, certo, certo.» Lo disse rapidamente, sperando che Max non si accorgesse del suo turbamento.

Un altro sospiro. «*Liebling*, non le hai mai sapute dire le bugie.»

Sofia sentì spuntare le lacrime. Da quanto tempo non vedeva i suoi nonni! Un'ondata di amore e vergogna le chiuse la gola. «Non preoccuparti, troverò una soluzione.»

«Ricordi cosa ti ho detto la mattina in cui ti sei sposata?»

«Che ero ancora in tempo per cambiare idea e che mi avresti messo tu stesso su un aereo per Bali?» Max era stato l'unico a leggerle dentro, e a vedere il suo timore nascosto dietro i sorrisi e i fiumi di parole.

Rise piano. «No, l'altra cosa. Quella sull'amore. Te la ricordi?»

Sì, che la ricordava. All'improvviso le parole affiorarono dalla sua memoria, dove strati di oblio le avevano sepolte, e si formarono nella sua mente riempiendola di emozione. Non rispose, non poteva. Si coprì la bocca con la mano.

Lui si schiarì la voce. «"Da dove siamo nati?"»

Era una delle prime poesie che Sofia aveva imparato. Era stato Max a insegnargliela. Goethe l'aveva scritta due secoli prima, e da allora le cose non erano poi tanto cambiate. Perché i sentimenti non hanno età.

Max attese un attimo, poi iniziò a recitare. «"Dall'amore", *Liebling*. "E come saremmo perduti? Senza amore. Cosa ci aiuta a superarci? L'amore. Si può trovare anche l'amore? Con amore. Cosa abbrevia il pianto? L'amore. Cosa deve unirci sempre? L'amore."» Fece una pausa. «Senza amore non siamo nulla, ricordatelo e tutto andrà per il meglio.»

Si sforzò di trovare la voce. «Nonno, ti voglio tanto bene.»

«Anche io, *Liebling*. Anche io.»

2.

«L'amore, era la sua convinzione, doveva arrivare tutto d'un colpo,
con grandi tuoni e lampi – uragano celeste che piomba sulla vita,
la sconvolge, strappa le volontà come foglie morte,
trascina l'intero cuore nell'abisso.»
Gustave Flaubert, *Madame Bovary*

I leoni la fissavano con le fauci spalancate, l'espressione minacciosa. Sofia si prese il suo tempo per osservarli, mentre dentro di lei mulinavano i ricordi della sua infanzia. Quelle gargouille, che Gino Coppedè aveva fatto collocare sulle pareti di alcuni palazzi del quartiere di Roma che portava il suo nome, le erano sempre piaciute.

Con le mani affondate nelle tasche Sofia pensò a quanto doveva essere stato emozionante il momento in cui l'architetto aveva immaginato in quelle forme asimmetriche una tale sconcertante bellezza. Era pura magia. Era vedere la statua nella pietra, scorgere la melodia nelle note, l'emozione nelle parole ancora tutte da scrivere.

Guardò il cielo che si faceva scuro, e decise di affrettarsi. Mentre attraversava la strada, verso il palazzo dove abitavano i suoi nonni, si rabbuiò. Aveva parlato brevemente con suo marito. Alberto le aveva detto di scegliere una città dove fare un viaggio, al suo ritorno si sarebbero presi alcuni giorni per stare insieme solo loro due.

«Non è di una vacanza che abbiamo bisogno. Ma di parlare.»

Lui aveva minimizzato, lanciandosi nel racconto di come il meeting fosse stato un successo. «Non c'è nulla che non si possa sistemare.»

Altroché se c'era. «Non farla così semplice, Alberto. È evidente che non siamo più felici insieme.»

«Ci dobbiamo impegnare di più.»

Impegno? Certo che ci voleva l'impegno, ma non era solo quello che teneva in piedi un matrimonio. Era da troppo tempo che si sentiva sola. Era da troppo tempo che tra loro non c'era amore. Di quello che avrebbe dovuto essere unione, condivisione, complicità non era rimasto che una serie di automatismi legati alla routine di una coppia. Lei e Alberto ormai erano come due linee parallele che procedevano vicine, ma ognuna per suo conto. «Smettila, basta, non ne posso più di ascoltare le tue soluzioni.»

Non gli aveva permesso di aggiungere altro. Aveva chiuso, e da quel momento non gli aveva più risposto.

Entrò nell'androne del palazzo e salutò il portiere che le andava incontro. «È da tanto che non si vede da queste parti, signorina.»

«Come sta, Felipe?»

«Bene signorina, la ringrazio. Lei è sempre più bella. Mi ricorda moltissimo sua nonna.»

Gli sorrise, un po' imbarazzata e stupita dall'ammirazione che leggeva in quello sguardo. Mentre saliva le scale di marmo sfiorò il corrimano. Come le era mancata quella casa.

Ne conosceva ogni angolo, sapeva per esempio che al mattino il sole illuminava un punto preciso del pavimento del salone e che, se ti ci sdraiavi sopra, potevi ammirare tutte le costellazioni sul soffitto affrescato. Le tornarono alla mente le partite a scacchi con la nonna, i momenti in cui Max cucinava la *Kürbissuppe* e il profumo dolce della zucca si spandeva ovunque. Le lunghe chiacchierate in biblioteca, davanti al camino acceso, a giocare alle parole difficili. Il nonno doveva sempre convincerla, ma dopo, una volta iniziato, avrebbe continuato per ore. Un nodo le si formò in gola. Davvero era stata così impegnata a rincorrere la sua nuova vita da non trovare un po' di tempo da trascorrere con Maxim e Therese?

Ci volle ancora un po' prima che si decidesse a girare la chiave, entrare, liberarsi della giacca. Percorse il corridoio ancora nervosa, sfiorando i vasi di porcellana che solo Therese poteva spolverare, i quadri astratti che continuava a non capire, e studiando la propria immagine riflessa dai grandi specchi ad amalgama di stagno lungo le pareti, la passione di sua nonna.

Il suo preferito arrivava dal pavimento al soffitto.

La superficie racchiusa da riccioli e pelargoni di argento massiccio era così deteriorata da rimandare giusto l'immagine del suo viso. Un pallido ovale dai lineamenti delicati, gli occhi più verdi che azzurri, i lunghi capelli biondi legati in una coda. Felipe aveva ragione, somigliava più a Therese che a Adèle. E non solo fisicamente. Sua madre non avrebbe mai permesso a nessuno di intralciare i suoi obiettivi. I suoi genitori si amavano moltissimo, spartivano le stesse idee in fatto di scelte di vita. Il resto erano buoni compromessi. Quando aveva conosciuto Alberto, aveva creduto che insieme avrebbero potuto avere qualcosa di simile.

Uscì sul terrazzo, anche qui la parte della casa che amava di più dopo la biblioteca.

La sera era scesa all'improvviso, e le luci dorate dei palazzi addolcivano spigoli e arcate. Nemmeno il leone sul cornicione di fronte sembrava più così minaccioso, adesso. Continuò a guardare davanti a sé, tra i rami dell'ulivo e quelli della buganvillea.

Fu un suono a catturare la sua attenzione. Dalla fontana delle Rane al centro della piazza l'acqua si levava alta e ricadeva con una sorta di canto ipnotico. Tutto là a Coppedè era diverso. Dove altrove era la simmetria a decretare stile e bellezza, tra quei palazzi era l'esatto contrario. Una visione di creatività e follia. Vi aveva trascorso i giorni più belli della sua vita. Lo amava quel luogo, si sentiva parte di esso. Della sua luce, dello spazio, persino dell'oscurità. I ricordi filtrarono dalla memoria, e si lasciò trasportare come le accadeva ogni volta che apriva la sua coscienza. Si concesse un'altra occhiata, questa volta al cielo scuro che si era fatto torbido, come il fondo del Tevere.

Sarebbe dovuta tornare a casa, pensò. Invece se la prese comoda.

Entrò nella serra che Max aveva ricavato in un angolo del terrazzo e si lasciò avvolgere dal calore umido, dal profumo dei fiori. Controllò le piante scambiando con ognuna una parola mentre accarezzava le foglie, estirpava qualche erbaccia. Era come un angolo di foresta al centro della città, quel luogo. I colori dei petali erano così vividi da strapparle delle esclamazioni di ammirazione. Ispezionò il termostato e si accertò che ci fosse acqua sufficiente nel vaporizzatore. Era tutto in ottime condizioni. "Perché hai voluto che venissi qui, nonno? Non c'era nessun vero bisogno."

Entrata nella biblioteca, ecco il profumo della carta antica, delle copertine di cuoio. Un odore che la faceva sempre stare bene. Un odore che aveva deciso la sua vita molto tempo prima. Aprì un'antica copia di *Madame Bovary* di Flaubert e ne osservò il frontespizio, stampato con una tale cura, e allo stesso tempo con una grande sobrietà. Titolo, autore, editore. Sfiorò con la punta del dito la vecchia carta ingiallita dal tempo, dall'usura. Non era un libro intonso, i suoi proprietari vi avevano lasciato il segno. Piccole pieghe, ma anche biglietti, qualche fiore essiccato. Erano come messaggi.

Il tempo parve dilatarsi all'infinito, mentre Sofia si perdeva all'interno della storia. Il suo dito continuò a seguire i contorni delle incisioni, le domande iniziarono a formarsi nella sua mente. Qualcosa si mise in moto, trasportandola in una dimensione che era solo sua e del libro che stava maneggiando. L'autore dell'opera era facile da individuare, bastava leggere il nome e il titolo, ma chi lo aveva rilegato? Chi aveva deciso quale tessuto, pellame, disegno creare per rendergli merito? E perché aveva scelto quei colori? Le punzonature, le decorazioni? Le immagini si formarono davanti ai suoi occhi, trascinandola via.

All'improvviso si riscosse. Era come se qualcosa in lei avesse preso il sopravvento. Una sorta di automatismo, un meccanismo affinato durante gli anni in cui la sua passione per i libri era diventata materia di studio e in seguito un lavoro. Era da tanto che non le accadeva. La stupì l'intensità di quelle emozioni, e il piacere che le avevano dato. O forse era da troppo tempo che non si sentiva così interessata a qualcosa.

Non c'era stato posto nella sua casa nuova e moderna per i libri antichi, così li aveva dovuti spedire a casa dei suoi. I nuovi impegni familiari l'avevano allontanata da quella sua passione. Non subito, no. Era abbastanza sicura che se qualcuno, Alberto compreso, le avesse imposto di lasciare da parte il suo lavoro e i suoi interessi, si sarebbe rifiutata. Ma in quel modo, un giorno per volta, un passo alla volta era stata lei a scegliere, rinunciando a tante piccole cose. Erano state cene in famiglia, compleanni, riunioni a cui non avevano potuto partecipare perché c'era sempre qualcosa di più importante da fare. Come frequentare persone nuove, con le quali anche suo marito potesse trovarsi a suo agio. Poi lui era diventato sempre più nervoso, più esigente. Anche il suo lavoro di bibliotecaria era d'intralcio. Gli orari dell'uno che non coincidevano con quelli dell'altro, le lamentele continue. «Possiamo vivere benissimo con il mio stipendio, l'importante è stare insieme.»

Non si era arresa subito, comunque. Per un po' aveva insistito. Ma davanti ai lunghi silenzi di Alberto, alla sgradevolezza dei suoi commenti, ai giudizi superficiali sulle persone che per lei contavano, aveva deciso che forse era meglio lasciar perdere. Si era adattata, e aveva continuato a farlo. I libri, l'arte, la musica, tutto quello che piaceva unicamente a lei era passato lentamente in secondo piano. Finché non aveva abbandonato ogni altra cosa, e lui era diventato il centro della sua esistenza. Si era sposata giovane, rinunciando a troppe cose durante i cinque anni del loro matrimonio. Ma neanche quello era bastato.

Mise al suo posto il libro, e passò in cucina. Dopo aver spolverato il bancone di legno e granito, si preparò un tè. Lo sorseggiò seduta su uno dei divani di velluto della sala.

Aveva bisogno di tempo, di riflettere. Di solitudine. Il pensiero tornò allo sconosciuto della sera prima. Anche la solitudine in fondo poteva rivelarsi una buona scelta. In quel momento comprese che per lei era ideale. Significava spazio, possibilità di guardarsi e vedersi come Sofia Bauer, e non come la moglie di Alberto De Santis.

Continuò a bere lentamente. Solo dopo aver finito si alzò, sciacquò la tazza, la ripose, indossò la giacca e uscì dall'appartamento dei suoi nonni.

L'aria tiepida portava con sé il profumo dolce degli ultimi fiori della stagione. Si prese il tempo di annusarlo, rallentò il passo, incrociò qualche sguardo, ricambiò i sorrisi invece di tirare dritto come avrebbe fatto normalmente.

Superò un gruppo di turisti che stava ammirando il palazzo del Ragno, e attraversò la strada guardandosi intorno. A un tratto si fermò, l'espressione perplessa, gli occhi su una luce soffusa in fondo a una strada alla sua destra. Un ricordo affiorò nella sua memoria. Conosceva quel negozio. Era una libreria. O meglio, lo era stata in passato.

Quando l'avevano riaperto?

Si mosse in quella direzione quasi istintivamente, spinta da una sorta di urgenza. Una reazione che la sorprese, ma poi capì. Era legato ai ricordi, il piacere che provava. Era ciò che restava di quei pomeriggi spensierati d'infanzia, di un tempo che era stato felice. Si fermò davanti alla porta del negozio. C'era ancora una vecchia insegna, in lettere scolpite nel legno, recitava *Libri, atlanti, carte geografiche, antiquariato Vinci e figlio*. Al di sotto, due vetrine poste ai lati dell'ingresso. Davanti alla vetrina più piccola, un tavolino colmo di vasetti di fiori ed erbe aromatiche. In passato sulla parete esterna c'erano stati scaffali che adesso non c'erano più. Mancavano anche i cubi di legno davanti all'ingresso, quelli che contenevano i libri usati. Era lì di solito che si trovavano le edizioni più interessanti e convenienti.

Quando aprì la porta, Sofia fu accolta da un tintinnio di campanelle.

Si guardò intorno, e scorse un uomo dietro un bancone. Non si era mosso. Come aveva fatto a non sentire lo scampanellio della porta? Era anziano, vestito con un abito formale, e stava chino su un libro, i gomiti sulla superficie del tavolo e una mano a sostenere il volto. Le dita sembravano accarezzare le pagine, le voltava lentamente, una dopo l'altra.

Non era sordo, era solo in un'altra dimensione. Sofia si chiese cosa stesse leggendo. Appariva totalmente assorto. Sorrise: conosceva quel genere di trasporto. Così decise di aspettare, divertita.

Lui ci mise un po' a distogliere lo sguardo, cercandola

dietro gli occhiali. «Oh! Deve scusarmi signorina, non l'avevo sentita entrare.»

Sofia guardò quel volto sul quale il tempo aveva disegnato solchi profondi, quasi fosse anche il libraio stesso una carta geografica, di quelle per le quali un tempo la libreria era stata famosa.

«Non si preoccupi.»

Lui chiuse il volume, posandoci sopra gli occhiali. «Posso aiutarla?»

«Mi piacerebbe dare uno sguardo ai libri. Posso?»

Il vecchio signore sembrò entusiasmarsi. «*Io li interrogo ed essi mi rispondono, e per me parlano e cantano... Alcuni allontanano le preoccupazioni e riportano il sorriso... Altri mi insegnano a conoscere me stesso.*» Sorrise. «Mi perdoni, ogni tanto mi lascio trasportare. Certo che può guardare i libri, e se poi ne volesse comprare qualcuno sarebbe anche meglio.»

Lei ricambiò il sorriso. «Avevo dimenticato quell'epistola di Petrarca sulla lettura, grazie per avermela ricordata. È davvero bellissima, vero?» Sofia fu sorpresa di come certe reminiscenze dei suoi studi sopravvivessero ancora nei meandri della sua mente.

«Oh sì, direi persino confortante. Non ne conviene anche lei?»

«Mi piace questa definizione, "confortante". Venivo qui sempre da bambina. Credevo che il negozio fosse chiuso da tempo.»

«Non si sta sbagliando. Era di mio padre. Si chiamava Andrea Vinci. Come me. Lei è troppo giovane per averlo conosciuto, però. Sono stati i miei cugini a tenere aperto per un po' dopo la sua morte. Io sono rientrato in Italia da poco.»

Ecco il motivo del suo accento, pensò Sofia. «Spagna?»

Il libraio sorrise. «Un po' più lontano. Cile.» Si alzò in piedi dietro il lucido banco di legno. Alle sue spalle una serie di scaffalature antiche. «Dovrei rinnovare un po' le cose», disse dopo una lunga occhiata in giro. Ora sembrava desolato. Sofia seguì il suo sguardo, e sentì di dover dire qualcosa.

«No, perché? È così bello qui.» Guardò l'alto soffitto a

volta dal quale pendevano vecchi lampadari in ferro battuto. Le pareti ricoperte di mensole, i libri di diverse forme e spessore, con i dorsi in rilievo, i rotoli, le carte geografiche. Dalla parte opposta c'erano scaffali di legno scurito dagli anni, lunghi tavoli e poltrone sistemate davanti a un camino. E in un angolo un leggio. Sfiorò i tasti di una vecchia macchina da scrivere; lì accanto c'era una risma di carta e sulla parete decine di foglietti scritti a mano, che qualcuno aveva appeso su un pannello servendosi di puntine colorate.

Fu allora che Sofia si rese conto che là non c'erano computer e stampante, né le altre apparecchiature che di solito erano necessarie per gestire un'attività. E questo la sorprese. «Non ha sistemi informatici?»

«Cosa potrei mai farmene?»

Era una risposta così sorprendente da lasciarla spaesata. Gli disse la prima cosa che le venne in mente. «Come fa a sapere quanti e quali libri ci sono qui dentro?»

«I cataloghi.» Le indicò una serie di volumi. Erano tutti uguali, dorsi scuri, legature semplici. Ne prese uno e lo aprì. «Vede? Qui ci sono i titoli, l'autore, il genere e la posizione. Solo che è tutto scritto a mano. Ma ciò che conta davvero è la memoria.» Si toccò la fronte. «È tutto qua dentro. Vede lassù?» disse indicando un ripiano chiuso da vetri. «Quelle sono tutte prime edizioni. I saggi sono alla sua destra, i libri di viaggi e di avventura ricoprono la parete alle sue spalle. Poi ci sono i libri di cucina e di belle arti. I romanzi invece sono nel retro, perché c'è più spazio e qualche poltrona per sfogliarli con calma.»

Sofia era sempre più sorpresa. «Sono migliaia, come può ricordare la posizione di ogni titolo?»

«Sa, non sempre ciò che viene dopo è progresso», sussurrò il libraio. «Il Manzoni già lo sosteneva ai suoi tempi. Mi chiedo cosa direbbe adesso.» Le sorrise, l'espressione un po' imbarazzata. «Perdoni il tuffo nel passato. È quasi obbligatorio per noi vecchi cercare rifugio in ciò che conosciamo meglio. La letteratura, per esempio, è sempre un buon riparo. Sorge una necessità istintiva di mostrare l'erudizione conquistata grazie al tempo che le abbiamo dedicato.» Sorrise di nuovo, quasi timidamente. «Abbiamo bisogno di tutto il vantaggio possibile per competere con voi giovani.» Si rigirava tra le mani un libro dalla copertina rossa come se fosse una prova di ciò che diceva a Sofia. Doveva essere molto vecchio. Lei l'aveva notato subito al suo ingresso, ma restò in silenzio.

«Mi piacerebbe dirle che possiedo una memoria prodigiosa», continuò il libraio, «ma non è così. Si tratta di un vecchio sistema. Si divide lo spazio che si ha a disposizione e si riempie seguendo un ordine specifico. Il genere, per esempio, e poi l'autore. I miei cugini hanno utilizzato l'ordine alfabetico da sinistra verso destra.»

«Certo, così ha un senso. Credo che ci sia anche dell'altro, però.»

Il sorriso dell'uomo si allargò, procurandogli una nuova serie di rughe intorno agli occhi. Si era tolto le lenti e aveva preso a pulirle. Si muoveva lentamente, con il busto inclinato in avanti. Eppure il suo sguardo era brillante. «Sa cosa non manca mai in una libreria?»

Sofia sapeva che era una domanda retorica, così attese che lui concludesse.

«Il tempo. E se pure ve ne fosse penuria, non è mai esistito un libraio che non trovasse il modo di strapparne un po' alle varie occupazioni per poter leggere. Così, vede, signorina... come ha detto che si chiama?»

Non lo aveva detto. «Sofia.»

«Davvero un bel nome. Allora, dicevo che si tratta di applicazione costante. I libri non hanno segreti per chi li legge di continuo, nemmeno il luogo dove vengono riposti.»

Non aveva difficoltà a crederlo, pensò lei.

«Mi dica, Sofia, è in cerca di qualcosa in particolare? Un libro speciale magari?»

Perché no? Anche se subitava che esistesse un manuale di istruzioni per casi come il suo. «Avete libri che insegnino a ritrovare sé stessi?» Lo disse con un tono leggero, quasi come uno scherzo. E subito si pentì della propria superficialità. Cosa le era preso? Stava per scusarsi e uscire quando lui indicò un punto alle sue spalle.

«Certo che sì. C'è un libro per ogni necessità, non lo sapeva?»

Non rispose, un po' perché non sapeva cosa dire, un po' perché si vergognava di essersi lasciata sfuggire quel commento.

«"Al suo cervello il futuro non interessava. Gravato del passato, affamato d'altro ancora, già non gli lasciava spazio per immaginare, tanto meno per fare progetti per il domani."»

Come aveva fatto quell'uomo a capire come si sentiva dentro? Lo cercò con lo sguardo, turbata, e piena di interrogativi. Ma lui non le prestava attenzione. Continuava a guardare verso l'alto, cercando qualcosa nell'ultimo scaffale.

«No, non è *Amatissima* il libro che ci vuole per lei. Anche se le parole di Toni Morrison sono indubbiamente rivelatrici. Per lei ci vuole dell'altro. Ecco, *A casa* sono certo che sarebbe adatto. È la storia di un viaggio a ritroso. Ripercorrere i propri passi spesso è l'unico modo per trovare il coraggio di andare avanti. Perché quella è l'unica cosa da fare. Fermarsi significa "disastro".» La guardò con intensità. «Non mi fraintenda, non troverà le soluzioni che cerca in quel libro, se non le possiede già dentro di sé. Per quanto siano formidabili, e risolutori in certi casi, i libri, mia cara, non sono altro che scintille. Il fuoco però si accende solo dove c'è la legna, per capirci.»

Era un concetto un po' rude, ma Sofia lo comprese alla perfezione. «Lei non gira intorno alle cose, vero?»

«Sono troppo vecchio per farlo. Un tempo però non ero così.»

Chissà com'era stato da giovane. Bello, pensò Sofia, perché lo era ancora. E forte, come il suo sguardo. «Mi ricorda una persona.»

«Voglio sperare che appartenga ai buoni.»

Sofia si concesse un grande sorriso. «Ai migliori. Non lo sono forse tutti i nonni?»

Il libraio annuì, nello sguardo una luce di interesse. «Ha detto che da bambina frequentava la libreria, vive qui a Coppedè?»

Sofia scosse la testa. «No, qui ci abitano i miei nonni, appunto. Maxim e Therese Bauer. Io ho sempre abitato in altre zone di Roma, ma qui ho i miei ricordi più belli.»

«Ah. Lei... è molto fortunata.»

Sofia trovò curioso quel commento arrivato dopo un lungo silenzio, ma decise di lasciar perdere. «Mi scusi, le sto facendo perdere tempo.»

«In realtà no.» Lui fissò il libro che aveva tra le mani. «Ha detto di essersi smarrita... però conosce bene i libri, e il loro potere. Ed è una ragazza sensibile, gentile, preparata. Com'è potuto succedere?»

Un sorriso amaro affiorò sulle labbra di Sofia. «Nel solito modo, immagino. Ignorando le proprie necessità, facendo le scelte sbagliate, rimandando...» Si interruppe, pensierosa. «Dopo la laurea ho lavorato in una biblioteca. Era la mia specializzazione. Poi mi sono sposata. Ero spesso fuori casa, come mio marito. Ci sembrava di non avere abbastanza tempo per noi.» Non c'era molto altro da dire, in fondo la questione era piuttosto semplice. «Quello che ha lì è un libro antico, vero?»

Il libraio sollevò la testa. «Sì, inizio Ottocento. Ma ha seri problemi alla legatura. Dovrei farlo restaurare prima di metterlo in vendita.»

Sofia si avvicinò, e tese la mano. «Posso?»

«Certo.» Non glielo consegnò subito, però. Si prese qualche secondo, come se in realtà ci stesse riflettendo. «È di Christian Philipp Fohr. Il primo volume in tedesco della sua unica opera: *L'elogio della perfezione*, che è composto da *Discorso sulla natura*, *Discorso sull'uomo* e *Discorso sul pensiero.* Noi oggi la definiremmo una trilogia. È la prima edizione uscita presso questo stampatore.» Le tese il volume.

Era straordinario che, tra tutti, il libraio avesse tra le mani proprio il *Discorso sulla natura*, pensò Sofia. Lei amava molto Christian Fohr. Lo aveva incontrato quasi per caso durante la stesura della sua tesi sugli scrittori romantici, ed era rimasta incantata dal suo modo di aprirsi, perché era quello che lui aveva fatto. Era il suo cuore, l'essenza più remota della sua anima che aveva messo in prosa. E di quella autenticità ogni parola portava il segno. Così mentre si era inoltrata nella sua opera aveva avuto la sensazione che lui fosse al suo fianco, che le sorridesse, e che la guidasse lungo quel ragionamento che lo aveva spinto a immaginare un mondo ideale e idealizzato.

«Lo conosce? Sa il tedesco?» La sorpresa sul viso del libraio divenne un sorriso di piacere.

«Sì, mio nonno è originario della Germania, si è trasferito a Roma da ragazzo, e mi ha insegnato la lingua fin da quando ero piccola.» Voltò il libro, tenendolo saldamente tra le mani, lo sguardo sui rilievi del dorso, il cuore che le batteva forte. «Meno popolare di Goethe, ma altrettanto significativo, non crede? Il ritratto realista di un'epoca, e lo struggimento per ciò che avrebbe dovuto essere. Un'utopia, il sogno di un uomo che si infrange davanti alle contraddizioni di una società in rapido cambiamento.» Fu professionale, distaccata, anche se fremeva dentro. Il suo attaccamento per Christian era di natura più personale. La sua era ammirazione allo stato puro. Quell'uomo era stato capace di offrirsi completamente al suo lettore, e alla società impietosa del XIX secolo, mostrando la propria anima, assumendosi il rischio di essere condannato e deriso.

Il silenzio calò tra di loro, ognuno era immerso nei propri pensieri. «Ha detto che deve farlo restaurare prima di metterlo in vendita... Mi dica quanto chiede, lo prendo così com'è.»

«Ma non è in buone condizioni.»

«Non si preoccupi, penserò io a sistemarlo.» Ora che lo guardava meglio si rese conto che la copertina era una piccola opera d'arte. Il rilegatore aveva fatto un lavoro stupendo. «Quanto costa?»

Le parve che il libraio fosse stupito, titubante.

«Immagino che sia tra i libri più preziosi del suo catalogo. Mi dica pure il suo prezzo.»

L'uomo si strinse nelle spalle. «Non è questo... vede com'è malridotto?»

Sofia tirò fuori il portafoglio. «Non importa, a me piace così. Vissuto, con tutte le tracce del suo passato.» Non gli avrebbe detto quanto quel libro l'attirasse. Non era una cosa che voleva condividere con nessuno, la teoria secondo la quale i libri trovavano il proprio lettore nel momento opportuno. In quanto alle condizioni della legatura, avrebbe provveduto lei. Certo, erano passati alcuni anni da quando aveva riparato l'ultimo volume, ma possedeva le competenze per farlo. Fin da bambina le copertine dei libri antichi con i loro fregi, le decorazioni, gli inserti in stoffa, pelle, legno e metalli, l'avevano affascinata. Così, dopo alcuni tentativi maldestri, ne aveva parlato con Max e suo nonno l'aveva iscritta al primo corso specializzato di molti che sarebbero seguiti. Anche quando lavorava in biblioteca le era capitato di rilegare qualche vecchio libro.

E all'improvviso seppe di volerlo fare assolutamente. Il pensiero di occuparsi del libro di Fohr la entusiasmava. Non vedeva l'ora di mettersi all'opera su di lui.

«Non posso permetterle di pagarlo. Non sarebbe giusto. Facciamo così, io glielo regalo, a una condizione.»

«Cioè?»

«Mi prometta di ritornare e di farmi vedere come lo ha restaurato. Ci sta?»

Splendido! Era molto più di quello che aveva sperato. D'istinto si sporse verso l'uomo, abbracciandolo rapidamente. «Mi scusi, è che... grazie.»

«Lei mi commuove, signorina, non credo di ricordare nessuno che sia arrivato quasi alle lacrime dopo aver ricevuto in regalo un semplice libro.»

No, non era per quello che Sofia sentiva pizzicare gli occhi. O meglio, non era solo per quel regalo inatteso. Era per ciò che provava, per quella novità che rappresentava quel primo passo in direzione di sé stessa. «Mi darebbe anche il libro della Morrison?»

Dopo averlo pagato, Sofia salutò il libraio, assicurandogli che sarebbe tornata molto presto.

«Ne avrò buona cura, e poi glielo riporterò quando lo avrò restaurato.»

Lui annuì. «Allora l'aspetto.»

3.

«Si ama soltanto ciò che non si possiede.»
Marcel Proust, *La prigioniera*

C'era qualcosa di speciale a Villa Borghese. Non solo per via delle sue dimensioni, anche se era di fatto uno dei parchi più grandi della città di Roma. Sofia ci andava a correre tutte le mattine, perché ogni volta le sembrava di inoltrarsi su una strada sconosciuta, e la sensazione era così netta da darle sempre un senso di novità. Era la luce che cadeva sui prati, erano i muri, le colonne, le statue. Erano gli specchi d'acqua dove gli alti alberi si riflettevano, le persone che incrociava e con le quali scambiava qualche parola, erano un sorriso, una sensazione.

Quella mattina però non era a quello che pensava. Con la schiena poggiata a un tronco, le ginocchia abbracciate, fissava un punto lontano. La sua mente era rivolta al libro di Fohr e a quello che aveva scoperto sfogliandolo. Su alcune pagine c'erano delle note scritte a mano in tedesco in una calligrafia ricercata, antiquata. Non le sembravano moderne, chissà chi le aveva scritte. Erano per lo più commenti ad alcune parti del libro, soprattutto frasi che riguardavano i concetti di libertà e di uguaglianza che erano al centro dell'opera di Fohr.

«Sofia? Sei davvero tu?»

Sollevò la testa, lo sguardo ancora appannato da quei ragionamenti. «Ilaria, ma che sorpresa. Come stai?» Si alzò in piedi, incredula. E poi si lasciò abbracciare da quella che ai tempi dell'università era stata una delle sue più care amiche.

«Bene, e tu? Da quanto non ci vediamo? Quattro, cinque anni? Mi spiace di non essere potuta venire al tuo matrimonio.»

Sofia era incredula e felice. «Mi avevano detto che eri all'estero. Ho provato a chiamarti.»

«Lo so, ma vedi, allora le cose per me erano abbastanza complicate. Ero incinta.» Ilaria sorrise. «Ho un figlio, si chiama Alessandro. Guarda», disse tirando fuori il cellulare. «È lui.»

Un bambino biondo, con lo sguardo allegro e un sorriso da birbante, salutava con la manina sollevata. «È bellissimo. Non sapevo che allora frequentassi qualcuno...»

Ilaria si strinse nelle spalle. «È normale, non credi? Ci sono esperienze che uniscono, altre che allontanano. Anche tu del resto in quel periodo eri così presa da Alberto che ci siamo perse di vista...»

Sofia studiò con attenzione l'espressione di Ilaria, le sembrò la stessa ragazza allegra di sempre, con i gentili occhi nocciola, i capelli rossi e il mare di lentiggini che l'avevano fatta disperare. Eppure aveva come la sensazione che in fondo alle parole che le aveva appena rivolto ci fosse un velato rimprovero. «Hai ragione. Ma dimmi di te. Vivi a Roma?»

«Proprio qui dietro. Lavoro come responsabile delle risorse umane in una multinazionale americana. Tu invece? Hai figli?»

Sofia scosse la testa. «Non ancora.» All'inizio ci aveva anche pensato, ma Alberto continuava a rimandare. In seguito era stata lei a non esserne più convinta.

Camminando erano arrivate a uno dei piccoli chioschi. Ilaria le indicò un tavolo. «Sediamoci, ti va un caffè?»

«Un tè, grazie.»

Ordinarono, e poi si osservarono qualche momento senza parlare. Era stato un gioco tra loro in passato, capirsi così. Fu Ilaria la prima a rompere quel momento di sospensione. «È una giornataccia o qualcosa non va?»

Sofia allungò una mano, trovando quella dell'amica. «Sai, mi sei mancata da morire.»

Era la verità, e adesso che ne era consapevole si sentì una vera stupida per aver lasciato perdere tante cose cui teneva. Aveva rinunciato alla sua giovinezza così rapidamente. Quanto si era persa di quegli anni, in cui avrebbe dovuto sperimentare la vita invece di gettarsi a capofitto in qualcosa che era esistito solo nella sua immaginazione? Sono i fatti quelli che contano: era uno dei principi che i suoi genitori le ripetevano più spesso. E adesso che la delusione aveva spazzato via tutti i se e i ma, Sofia sapeva che era davvero così.

«Parliamo di cose belle. Raccontami un po' degli altri. Davide, Luigi, Serena... Hai più saputo qualcosa di loro?»

«Sì, certo.» Ilaria raccontò dei loro amici, di quelli che erano stati i loro traguardi. Di Luigi che aveva scritto un libro, e di Serena sempre a rincorrere qualche progetto assurdo. E mentre lei parlava Sofia si scoprì a ridere, come non le accadeva da tempo. Parlarono ancora un po' di quello che era stato dei loro sogni. Mentre Sofia cercava un argomento che non fosse legato al suo matrimonio, si rese conto che c'era un'unica cosa che meritava un po' di attenzione. «Ieri un libraio mi ha regalato una prima edizione del *Discorso sulla natura* di Christian Fohr.»

«La solita fortunata! È una caratteristica che hai sempre avuto.»

«Cosa?»

«Suscitare la considerazione degli altri, la loro ammirazione. È come se tu riuscissi a vedere dettagli che agli altri sfuggono, come se appartenessi a un mondo irraggiungibile e in qualche modo ne fossi la chiave. Sei sempre piaciuta a tutti. Hai qualcosa dentro che attrae.» La scrutò con attenzione. «È ancora tutta lì quella magia, sai? Non sei cambiata.»

Nonostante le parole di Ilaria fossero gentili, Sofia si sentì a disagio. Scosse la testa, e si guardò intorno. Lei non si era mai sentita così. «Esageri. Non ho affascinato il libraio, te lo posso assicurare, e poi guarda, avrà l'età di mio nonno. Il libro è davvero malmesso. Non credo che abbia un valore economico. È che sai...» Cercò le parole giuste. «Mi è venuta voglia di sistemarlo. Di restaurarlo, e magari di scoprire qualcosa di più su quel volume.» Guardò il cielo, e poi riportò l'attenzione su Ilaria. «Ci sono anche delle scritte a margine.» C'era anche, nelle controguardie, un simbolo strano, un cerchio con dentro due ali.

Ilaria la ascoltava con attenzione. «Sembra molto interessante. Chissà a chi apparteneva, quale storia c'è dietro, com'è arrivato in Italia...»

Si era dimenticata di come la sua amica fosse perspicace. Anche lei era affascinata dalla storia di quel libro, da chi lo aveva rilegato, da chi lo aveva letto e ne era stato così colpito da aver lasciato i propri commenti. «Sì, infatti.»

«Dunque intendi restaurarlo?»

«Sì, mi piacerebbe molto.»

Ilaria annuì. «I libri possono riservare grandi sorprese. Sai, un po' mi è dispiaciuto dedicarmi ad altro.» Guardò l'orologio. «La mia pausa è finita. Senti, che ne dici di vederci domani a cena? Potrei chiamare anche gli altri.»

«Sarebbe splendido.» Non pensò ad Alberto o al fatto che lui non sarebbe stato d'accordo, visto che probabilmente sarebbe rientrato proprio la sera seguente. Aveva voglia di trascorrere una serata con i suoi amici, e lo avrebbe fatto.

Salutò Ilaria, e la complicità che c'era stata tra loro sembrò riaffiorare con una naturalezza e una semplicità che la stupì.

È particolare il legame che si instaura con i compagni di scuola e di università. Trascorrere tanto tempo insieme, frequentare gli stessi luoghi, affrontare le medesime esperienze e condividerle, è un fatto acquisito che non risente dei flussi degli avvenimenti successivi. Basta poco per ritrovarsi, basta volerlo.

"Ma forse la volontà è alla base di ogni rapporto", pensò mentre usciva da Villa Borghese per avviarsi verso il centro.

Ricordava un negozio di belle arti, proprio accanto a piazza di Spagna. Avrebbe acquistato là il materiale che le serviva per restaurare il libro di Fohr. Colla di coniglio sintetica, carta di riso per riparare le pagine, creme e solventi per la copertina. E tutti gli utensili, dalle spatole ai cutter. Per fortuna aveva ancora il telaio da rilegatore da qualche parte nel ripostiglio, quello non lo aveva dato via. E filo, le serviva del filo, e aghi. Ed eccolo il negozio, era proprio là dove lo ricordava.

Il caldo di fine mattina si faceva ancora sentire, arrossando i volti dei passanti che cercavano riparo nella poca ombra. Ai turisti si erano uniti gli impiegati e i lavoratori in pausa pranzo. Sofia si inoltrò in quel flusso di persone pensando che ognuno di loro era spinto da un compito da assolvere, uno scopo, compresi coloro che si incantavano davanti alle facciate delle chiese, gli obelischi e le fontane. Sorrise e poi entrò. Mentre terminava gli acquisti, decise che non sarebbe tornata subito a casa. Voleva passeggiare ancora un po'. I suoi pensieri erano rivolti agli amici di un tempo. Poco alla volta le tornarono alla mente piccoli episodi che riguardavano l'uno o l'altro. Erano stati così pieni di entusiasmo, tutti loro. I corsi non erano mai abbastanza perché sembrava mancasse sempre qualcosa che dovevano assolutamente conoscere. E poi le serate a parlare di nulla e all'improvviso a discutere di politica, di comunicazione, di poesia, di filosofia, senza un filo logico nel susseguirsi dei pensieri, se non il desiderio di condividere e la fame di conoscere. Su tutto, il piacere della scoperta che ogni attimo portava con sé.

Salì le scale con le borse piene del materiale acquistato e il cuore che le batteva forte. Quando incontrò Joice, la vicina le sorrise. «Hai svaligiato un negozio? Meraviglioso. Aspetta, ti do una mano.» Le prese una borsa. «A che ti serve tutta questa roba?» disse sbirciando all'interno.

Sofia aprì la porta. «Ho seguito il tuo consiglio. Restaurerò un libro.»

«Brava.» Non attese altre spiegazioni. «Dove vuoi che la metta?»

«Là, su quel tavolo.» Sofia scostò le poltrone dello studio e sistemò i suoi acquisti in modo che fossero tutti ben ordinati. «Il telaio per la rilegatura lo mettiamo al centro.» Fece una pausa. «Mi servirebbe qualcosa per non danneggiare la superficie del tavolo.»

Joice ci pensò, poi sollevò una mano e si diresse verso il suo appartamento. Tornò quasi subito con una sorta di tovaglia spessa. «Ecco, questa andrà benissimo.»

La stesero insieme. Mentre Sofia entrava e usciva predisponendo gli utensili, lo studio-veranda iniziò ad assomigliare a un laboratorio. Il risultato era un ambiente molto luminoso e accogliente, con due larghi tavoli su cui era appoggiata la sua attrezzatura, qualche sedia e le pareti di vetro schermate da tende in toni sabbia e azzurro. «È perfetto.»

«Sì, bello. E adesso?»

Sofia aprì una borsa e ne tolse il libro di Fohr, appoggiandolo sul tavolo. Mentre lo apriva con molta delicatezza si accorse dell'espressione perplessa della sua vicina.

«È bello vero?»

Joice chinò la testa di lato, osservando il volume da un'altra angolatura. «Proprio bello non direi… interessante, magari.»

«Vedrai quando avrò finito.»

«Ci sono sempre dei margini di miglioramento in tutte le cose.»

Le piaceva l'ottimismo orientale di Joice. Ma in quel momento Sofia non riusciva a pensare ad altro che a mettersi all'opera.

«Ti lascio lavorare. Ci vediamo più tardi.»

Sofia annuì, gli occhi già sul libro. Un istante dopo, mentre saggiava la consistenza della carta, tutto ciò che la circondava scomparve. Adesso c'erano solo lei, il libro al centro del tavolo, le domande che sembravano sorgere dalle spaccature della rilegatura, dalle crepe della carta sottile, così trasparente da rivelare ciò che vi era dietro. Il capitello, sebbene apparisse ancora solido, in realtà era lesionato in più punti. Mentre apriva il volume, il dorso cedette, aprendosi da parte in parte. Strinse le labbra. Se lo aspettava da un momento all'altro, le condizioni erano veramente deplorevoli. Sospirò e con molta delicatezza esaminò il danno. Il filo della legatura era andato. Ne estrasse alcuni pezzi con le pinzette, e li mise da parte. Con grande cautela, servendosi di un coltello in osso, sollevò la controguardia del piatto anteriore. Era così che veniva chiamata la carta incollata all'interno della copertina. Poi si accigliò. «E questo cos'è?» Restò un istante perplessa a fissare l'interno del piatto, accanto alla cerniera. Era come se qualcuno vi avesse ricavato una sorta di tasca segreta. Allungò una mano tastando intorno in cerca delle pinzette, quasi temesse che, distogliendo lo sguardo, ciò che aveva scoperto potesse scomparire. Lentamente, con la massima attenzione, iniziò ad aprire la tasca di carta. Quando terminò, era troppo sbalordita per fare qualcos'altro che non fosse fissare il foglio ripiegato che quel nascondiglio aveva custodito. Si inumidì le labbra e cercò i guanti di cotone. Li infilò con un misto di urgenza e curiosità, con i battiti a mille. E poi tolse il foglio dal suo alloggio. «È antico.» Il sussurro si perse nel mare di congetture che la mente di Sofia formulava e scartava rapidamente. Controllò la carta, l'annusò, la guardò in trasparenza riconoscendovi i segni del passato. «Non è una contraffazione.» No che non lo era. Quel foglio era stato inserito nel libro dalla persona che lo aveva rilegato, era pronta a scommetterci. Ma chi poteva avere fatto una cosa del genere, e perché? Si sedette a cercare la spiegazione nel contenuto di quella pagina scritta a mano in tedesco, in una grafia sottile ed elegante.

Ho atteso a lungo che la casa si quietasse. Che l'oscurità giungesse.

Ciò che devo fare ha necessità di silenzio, di tempo, e di luce. Ma non quella limpida del giorno. No. La luce di cui parlo è lenta, tremula, fatta anche di ombre. È la luce della verità. Di ciò che è stato, delle lacrime e del sangue. Della morte. E della vita.

I ricordi sono sepolti, nascosti in una parte di me che visito di rado. Le candele brillano intorno al mio scrittoio, ma l'oscurità non mi abbandona. Così ho aperto la finestra affinché il tepore di questa notte d'estate mi aiuti a ricordare ciò che è stato, quello che devo mettere per iscritto. Ma, nonostante il mio desiderio di raccontare sia grande, c'è ancora qualcosa dentro la mia anima che si ribella, che mi spinge alla prudenza, a mantenere il segreto così a lungo custodito. Lo sguardo fugge lungo le pareti tappezzate, i dipinti, le stoffe e i mobili, i simboli del mio prestigio. Potrei perdere ogni cosa. Potrei mettere in pericolo i miei stessi figli.

Ma non posso continuare a tacere. È di tutti quello che ho nascosto. Non mi appartiene. È suo, è la sua opera migliore, quella più bella. Ed è anche mia.

Le parole sfuggono, rapide guizzano come pesci, scivolano tra le dita. Devo concentrarmi, devo iniziare il mio racconto.

La tenda oscilla lieve, sfiorando le assi di legno. Mentre il pennino d'oro corre sul foglio, la brezza solleva un profumo familiare. Viene dal giardino, dal roseto accanto alla villa che un uomo gentile ha piantato per me molti anni fa. Ma non è a lui che voglio pensare. Devo spingermi oltre, più lontano nel tempo. A quando ero una bambina e la vita era una scoperta. Era distese di neve candida, era l'abbraccio affettuoso di un padre e l'amore di una madre. Ho avuto un fratello, una volta. Mi teneva in braccio. Con lui ho scoperto la gioia e le risate, e quanto fredda e dolce diventi la neve che si scioglie in bocca. Questo accadeva prima che la morte trasformasse ogni cosa, e tutto diventasse buio, oltraggio e paura.

Devo fermarmi. Prendere fiato. Le emozioni tenute per così tanto nascoste sono sfuggite al mio controllo, e all'improvviso mi travolgono. Devo quietare la mia anima o non giungerò alla fine, e sarebbe terribile. La verità andrebbe perduta. Quello che lui ha compiuto non verrebbe più ritrovato. Il nostro segreto. Non mi resta molto tempo, e nessuna delle mie ricchezze potrà concedermene altro. Che senso ha possedere il mondo quando non puoi comandare al destino, ai minuti, giorni e anni che scivolano via?

Che sciocchi gli uomini che credono che il denaro sia in assoluto la cosa più importante. Non è il possesso che rende felici.

È la capacità di creare.

Il pensiero sfugge al mio dominio. È come un fiume che segue la scia dei ricordi. Non posso tacere, devo correre questo rischio. Mentre scrivo penso alle parole, al loro potere immenso. Sono fili che superano il tempo. Le parole hanno fatto di noi ciò che siamo. A loro è stato affidato il progresso. La genialità del pensiero, la sua arte.

La carta di Fabriano è spessa sotto le mie dita. Come il cuoio e la seta che ho conservato in attesa di questo momento. Nessuno dei miei familiari li ha mai visti. Nessuno conosce la loro storia. Li ho custoditi per anni all'interno di un ripiano segreto. Sono tutto ciò che mi resta di un tempo dimenticato, di quando, nascosta dietro una parete di legno della bottega di Frederik Schmidt a Vienna, spiavo i rilegatori chini sui tavoli.

Di quei giorni ricordo ancora l'odore acre delle fettucce di pelle allumata, dell'inchiostro che marchia i fogli e colora i palmi. Quello dolce della colla. La luce fioca che guizza sulla pelle screpolata, il sangue tra le dita, le labbra tese sui denti. Il silenzio spezzato dallo scalpello e dai gemiti degli ingranaggi. Il cuore nelle orecchie e nella gola come un tamburo.

Su tutto e tutti vigila un uomo. Ha una lunga barba bianca, le mani come ganasce, gli occhi piccoli e sporgenti. Mi ha insegnato a stare al mondo. Ma sono una donna e nessuno deve sapere quello che faccio.

Mi chiamo Clarice Marianne von Harmel, e a questo libro affido la verità.

Cos'è la natura senza l'uomo e il suo pensiero?

4.

«Era proprio così: anche le cose tristi passavano, anche i dolori,
le disperazioni, come le gioie, impallidivano, perdevano
la loro profondità e il loro valore, fin che veniva un momento
in cui non ci si poteva più ricordare cos'era stato a far tanto male.
Anche i dolori sfiorivano ed appassivano.»
Hermann Hesse, *Narciso e Boccadoro*

Vienna, 1804

Di quel poco cielo chiuso tra tegole e abbaini, Clarice non sapeva cosa pensare. A lei, cresciuta ai piedi delle montagne blu dalle cime innevate coperte da ciuffi di nuvole, sembrava solo un pallido scorcio di quello che era davvero l'immensità. Ma era tutto ciò che aveva a disposizione in quel momento, e così aveva scovato uno sgabello sul quale arrampicarsi, le piccole dita sui vetri gelati dalla neve, lo sguardo che vagava sui passanti.

Da quando era andata a stare a Vienna con i suoi zii la sua vita era drasticamente cambiata. Non c'era più Amme a occuparsi di lei. Suo zio, Kurt Vogel, non le aveva permesso di salire nella carrozza con loro. «Ha sei anni, non le serve più una balia.» Così l'aveva lasciata al castello, come gli altri. Di Amme le era rimasto nel cuore l'ultimo sguardo che le aveva rivolto prima di affondare la faccia nel grembiule. Clarice non aveva mai visto la sua tata piangere. Ma da quando i genitori e il fratello erano morti di febbre, niente aveva più avuto un senso.

Sua zia Marta era gentile, ma non era la sua mamma, anche se le somigliava molto. Dello zio non sapeva cosa pensare. Lui non c'era quasi mai nella casa buia e alta in cui era andata a vivere. Però una cosa la sapeva: quella città, Vienna, era davvero fredda, nonostante i grandi fuochi nei camini e i bracieri sparsi per la casa. E l'odore di legna bruciata era così forte da farle lacrimare gli occhi. Ogni tanto, quando la paura le toglieva il respiro, stringeva forte il ciondolo che le aveva regalato la mamma pochi giorni prima di morire. Era un cerchio con all'interno due ali di diamanti, il simbolo della sua casata. Lo sapeva perché era stata sua madre a dirglielo prima di metterglielo al collo.

In quella casa c'erano tante cose strane, diverse, che la meravigliavano e la stupivano. Le ore passate a pregare, per esempio. Non che a lei dispiacesse Dio, ma si chiedeva se davvero ascoltasse le invocazioni di Herr Krauser, l'uomo più spaventoso su cui Clarice avesse mai posato lo sguardo. Non aveva ben capito chi fosse. Non era un parente, né un vero curato. Sapeva solo che la servitù lo temeva. Hans Krauser andava a trovare la zia una volta alla settimana, sempre che lo zio fosse assente. Parlava continuamente di redenzione e modestia. E di come il mondo fosse pieno di profittatori capaci di derubare una dama per bene.

Liliana, la sua mamma, le aveva insegnato a guardare nel cuore delle persone. E lei aveva imparato così bene che trovava sempre in chiunque qualcosa di bello. A parte in Herr Krauser. Per quanto lo avesse osservato, non era riuscita a trovare nulla di buono in lui. Forse era a causa del suo abbigliamento sempre nero, del colletto alto abbottonato fin sopra la gola che lo faceva somigliare a un corvo. O forse era per lo sguardo severo che le rivolgeva, criticandola ora per il vestito di un colore troppo chiassoso, o per i capelli che avrebbe dovuto tenere legati.

Dal momento che quell'uomo criticava chiunque, Clarice non gli badava troppo. Il personale di servizio secondo lui era sbadato, o lento, il cibo che gli veniva servito mancava sempre di qualcosa, o la cottura era sbagliata. La zia lo sopportava in silenzio, a labbra serrate, lo sguardo sul piatto. Così Clarice aveva preso a imitarla, immaginando che fosse un contegno ideale. Ma Herr Krauser non aveva apprezzato.

Qualche giorno dopo Clarice stava guardando un libro di figure che suo zio le aveva portato al rientro da uno dei suoi viaggi. Krauser era entrato nella sala e l'aveva raggiunta mentre lei era seduta sul tappeto, davanti al fuoco. «Dov'è tua zia?»

Clarice aveva scosso la testa. «Non si sente bene. Oggi non riceve.»

Lui si era innervosito. Aveva iniziato a camminare avanti e indietro. Poi era tornato verso di lei, gli occhi in fiamme.

«È colpa tua. Le hai detto qualcosa contro di me, vero?»

Clarice non aveva la più pallida idea di cosa lui intendesse. «Non penso.» Non aveva mai parlato di lui con nessuno, ma era possibile che la zia avesse capito che non le era simpatico. D'altronde era la sorella di sua mamma, e Liliana aveva sempre capito tutto di Clarice senza bisogno di grandi discorsi.

L'uomo strinse le mani, sollevando i pugni minaccioso. «Sei una piccola ingrata. Dovresti renderti utile, guadagnarti il pane.»

Non era la prima volta che le rivolgeva quelle accuse. Forse non sapeva che era stata la zia a insistere per prenderla con sé. «Se mia zia non mi avesse voluto, mi avrebbe lasciato al mio castello con la mia Amme.»

«Piccola insolente.»

Da quel momento, ogni volta che lui arrivava Clarice correva a nascondersi.

Per fortuna gli abitanti della casa erano molto diversi. La cuoca Milly, per esempio, anche se era più alta e grossa dello zio, e gridava tanto da far vibrare i vetri, sapeva fare una torta al cioccolato talmente buona e dolce da farle venire le lacrime agli occhi. E pretendeva ogni volta che Clarice si sedesse sul tavolo della cucina e assaggiasse la prima fetta. «I bambini sono un dono del cielo, ma le bambine sono la sua magia.» Quello glielo aveva detto un giorno, dopo averle mostrato una porta. Era da là che entravano e uscivano i domestici. Se la zia era la signora della casa, era Milly che decideva in cucina. «Mezz'ora», le diceva indicando la porta, e Clarice correva fuori dopo aver infilato una mantella che teneva accanto alla stufa. La zia era buona, ma era molto apprensiva e non voleva mai che lei uscisse, figuriamoci poi da sola. In quel tempo che la cuoca le regalava, la bambina esplorava i vicoli intorno alla casa, faceva amicizia con i bambini del vicinato che erano più poveri dei suoi zii, scopriva che ci si poteva divertire anche se non si aveva più a disposizione un pony, o la superficie di un lago ghiacciato dove pattinare. Milly spesso le dava qualche moneta, così Clarice poteva comprare del latte o una pagnotta per i suoi amici che sostavano ai lati della chiesa a chiedere l'elemosina. Erano due fratelli, Lucas e Ruth. Non avevano i genitori, proprio come lei. Loro la capivano. Clarice lo leggeva nei loro occhi, per questo li preferiva agli altri. Una volta si era spaventata tantissimo. Lo zio era apparso inaspettato, e si era diretto verso di lei. Clarice sapeva che se l'avesse scoperta avrebbe passato un guaio, le era stato proibito di uscire di casa non accompagnata. L'uomo però era tornato sui suoi passi. Non avrebbe saputo dire se l'avesse riconosciuta. Visto che comunque non ne aveva mai fatto parola, lei aveva creduto bene fare altrettanto. Poi lo zio era partito per uno dei suoi viaggi, dal quale non aveva fatto ritorno per tanto tempo.

Quella mattina Clarice aveva visto cadere la neve. La voglia di uscire a giocare era così forte da spingerla a saltellare per tutta la camera. Era corsa giù e aveva salutato la zia che, china sul suo tavolo da lavoro, le aveva rivolto un breve sorriso. Sua zia era la persona più silenziosa che Clarice avesse mai conosciuto: come poteva essere così diversa dalla sua mamma, proprio non lo capiva. Si era precipitata in cucina, ma Milly non l'aveva nemmeno guardata. Clarice si era accorta che la cuoca aveva gli occhi arrossati, e che ogni volta che si chinava sulle pentole le sue spalle sussultavano. Così era tornata di sopra, pensierosa. Alla fine aveva deciso che, se non poteva uscire in strada, avrebbe comunque potuto guardare dalla finestra. Le piaceva la neve; quando nevicava al castello, suo fratello la teneva stretta a sé e insieme scendevano con lo slittino. Se chiudeva gli occhi poteva sentire ancora il suo profumo, e la sensazione di felicità e calore che provava ogni volta che Oscar l'abbracciava.

«*Fräulein*, scendete subito da quello sgabello! Cosa penserà la gente?»

Clarice si strinse nelle spalle. «Che voglio guardare la neve?»

«Non un'altra parola. Per punizione resterete chiusa in camera vostra tutto il giorno. Scenderete solo per le preghiere e chiederete perdono a Dio per la vostra insolenza.»

Dava era una donna alta e magra, con un taglio nella faccia pallida che sembrava dividerla in due. Era comparsa in casa all'improvviso, qualche settimana dopo la partenza dello zio Kurt. Clarice la temeva, o meglio, erano i suoi occhi a spaventarla, così simili a quelli di Herr Krauser. Era stato lui a raccomandarla alla zia per il posto di governante.

Solo più tardi Clarice aveva capito che era una sua parente.

Da quando la donna aveva preso servizio, Clarice aveva visto scomparire tutte le sue cose più care. Lo specchio di sua madre, le tende di pizzo, i colori e la carta. Anche i libri erano stati portati via. La sua camera adesso era ridotta a un lettino addossato alla parete, un tavolo e nient'altro. Dava aveva fatto portare via anche il bacile con la brocca dell'acqua, quello di smalto azzurro. Clarice non riusciva a capire come certi oggetti così belli potessero essere immorali. Erano spariti anche alcuni suoi abiti, sostituiti con altri di un colore che le ricordava il fango. A lei era dispiaciuto moltissimo, soprattutto perché quelli nuovi che le avevano messo nel cassettone le pizzicavano la pelle, arrossandola.

Clarice era abituata a stare lunghi periodi da sola. Era proprio in quei momenti che ripensava alla sua vita al castello, a suo padre che leggeva davanti al camino le storie di viaggi in paesi lontani. «Sembra che abbiano nasi così lunghi che, mentre camminano, sfiorano il terreno.» Gli saliva in grembo per osservare meglio le illustrazioni che lui le mostrava. «E guarda questi, *Liebling*, non sembrano cavalli che abbiano esteso così tanto il collo da raggiungere la cima degli alberi?» La biblioteca era immensa, alte pareti interamente ricoperte di libri, e una scala per raggiungerli che le era tassativamente proibita. Qualche volta suo padre radunava alcuni volumi usurati e li consegnava a un vecchio monaco. Padre Loretto era molto anziano, e parlava come se cantasse. Però le permetteva di stare accanto a lui mentre apriva i libri e li ricuciva con ago e filo. In seguito il monaco tagliava la pelle, o la stoffa, regalandole dei piccoli avanzi che lei utilizzava per fare le collane alle sue bambole. Quando padre Loretto riconsegnava a suo padre i libri che lui gli aveva affidato, non c'erano più strappi nelle copertine, erano come nuovi. Suo padre allora li disponeva sul grande tavolo e li contemplava, lo sguardo meravigliato e felice. E poi le faceva cenno di avvicinarsi. «Guarda Clarice, i libri non sono solo storie. Tutto in essi è arte. Sai cos'è l'arte, mia piccola principessa?» Lei scuoteva la testa, gli occhi sui libri. «È una delle massime espressioni dell'ingegno umano, tesoro. È la creatività. Senza, saremmo ben poco.» I ricordi di quei giorni felici spesso erano così nitidi da stringerle la gola. Dava poteva portarle via tutto, ma quello che aveva nella sua mente e dentro il cuore non poteva rubarglielo.

L'inverno iniziato con quella nevicata fu particolarmente duro. Lo zio Kurt non mandava più notizie, e la zia era diventata sempre più silenziosa. Spesso trascorreva ore intere china sul suo telaio da ricamo. Clarice allora leggeva per lei, e quando Dava era assente, cantava le ballate che le aveva insegnato sua madre. Qualche volta danzava come aveva fatto davanti ai fuochi che i contadini accendevano nei campi per le feste del raccolto. Altre volte suonava il violino, e le note si levavano alte e struggenti. In quei momenti Marta sembrava illuminarsi, e diventava bella come Liliana. Herr Krauser capitò per caso durante uno di quei pomeriggi, e si rammaricò moltissimo di come Clarice avesse potuto introdurre, in una dimora così rispettabile come quella dei Vogel, comportamenti tanto riprovevoli.

Quando la zia si ammalò, Dava con il sostegno di Herr Krauser prese le redini della casa, licenziando tutti eccetto una sguattera. Più di una volta Clarice aveva tentato di raggiungere la zia Marta nella sua camera, ma Dava la teneva d'occhio, impedendole di entrare. «Vattene, tua zia non vuole vederti.»

Ma lei non ci credeva. Sua zia era molto buona, solo che era tanto triste. L'assenza del marito non faceva altro che peggiorare le cose. Se lui fosse tornato sarebbe di certo guarita. La malinconia era una malattia brutta come un'altra. La sua Amme lo diceva sempre.

La mattina che la scoprirono mentre cercava di uscire di casa con l'intenzione di andare in cerca di notizie di suo zio, Clarice fu rinchiusa in cantina.

«Quando avrai imparato il valore dell'ubbidienza potrai uscire; fino ad allora resterai qui.»

Nonostante la freddezza con la quale Dava e Hans la trattavano, Clarice non si era mai sentita davvero in pericolo prima di allora. C'erano sempre stati gli zii tra lei e i Krauser. Ma mentre Hans la spingeva all'indietro, mandandola a cadere lunga distesa sui sacchi di patate, sentì una morsa di terrore gelarle il sangue. Era come se quella protezione fosse improvvisamente scomparsa. Si chiese se la zia fosse morta come era accaduto ai suoi genitori.

Il buio l'avvolse come una cappa, costringendola a rannicchiarsi in un angolo. Pianse a lungo, in una desolazione che non aveva mai sentito così forte come in quel momento. Il pavimento era gelato, e senza la sua mantella presto iniziò a tremare. Si tirò su e si asciugò il viso con la manica. Intorno a lei c'era un odore di pesce salato e vino bollito.

Spaventata, cercò se ci fosse modo di uscire da quella prigione. Si alzò e cominciò a perlustrare il sotterraneo. All'improvviso scorse una lama di luce che filtrava da dietro le sagome delle botti. Era fioca, ma in quel buio pesto le sembrò un faro luminoso. Oltrepassò gli alti contenitori di legno che custodivano il vino dello zio, e scivolò dietro di essi. La parete era tutta di pietra, ma nell'angolo si apriva una sorta di nicchia. Era da là che proveniva la luce. Ma era appena un filo. La raggiunse e ne sfiorò il fondo coperto da un pannello di legno, che la chiudeva come una porticina. «Sono qui», sussurrò piano più a sé stessa che a chi poteva sentirla, poi iniziò a gridare. «Aiutatemi, sono qui!»

Un istante dopo il pannello fu spostato con forza – era rimasto quasi bloccato, da tanti anni non veniva aperto – e l'uomo più grosso che Clarice avesse mai visto infilò la sua testa enorme nell'apertura.

«E tu chi sei?»

«Clarice Marianne von Harmel, signore. Potete aiutarmi per piacere?»

Quando varcò la soglia, Clarice si trovò in un ambiente molto simile alla cantina dei suoi zii, ma con decine di candele a illuminarla.

«Questa è la fabbrica dei libri vero?» Di quel luogo le avevano parlato Lucas e Ruth, i suoi amici della strada, e glielo avevano anche mostrato dalla vetrina. Quando era fortunato Lucas faceva qualche commissione per la bottega, per questo conosceva i nomi dei lavoranti, ed era rimasto al suo interno abbastanza da aver visto cose incredibili. «La polvere d'oro scende come una pioggia di luce sulle copertine.» Sia lei sia Ruth in quei momenti pendevano dalle labbra di Lucas che continuava a raccontare. «Dal ferro rovente saltano fuori cervi e aquile.»

Clarice allora si era ricordata di padre Loretto, e di come anche lui sembrava rendere vivi i libri. Ma il fascino delle storie di Lucas era superiore. Erano immagini che le si formavano nella mente come dipinti. E che la facevano pensare a suo padre.

Si guardò intorno, il cuore che le batteva forte. Là tutto era illuminato, e c'era un calore confortevole che le ricordò le cucine del castello. Anche il mantice per soffiare sul focolare era simile. «Non ho mai visto un luogo più bello di questo.»

Frederik Schmidt si lasciò cadere sulla seggiola sbigottito, lo sguardo su quella bambina che pochi minuti prima era saltata fuori dal muro. Era piccola, con uno sguardo acuto pieno di meraviglia e di qualcosa che non avrebbe saputo definire. «Perché eri chiusa là sotto? Dimmi la verità o ti riporto dentro. E bada, se mi mentirai io lo capirò!» In genere non era così burbero, ma la sorpresa aveva avuto la meglio sulle buone maniere.

«E come ci riuscirete?»

«A fare cosa?»

La bambina agitò una mano. «Come riuscirete a capire se vi sto dicendo la verità?»

Che insolenza. Frederik sentì un prurito in fondo alla gola, e dovette faticare per non scoppiare a ridere. Si alzò in piedi. La piccola gli arrivava appena alla cintola, ma non c'era paura nel suo sguardo, solo una grande curiosità. Era come se si trovasse a suo agio lì. Stava per risponderle quando lei gli girò attorno, raggiungendo il tavolo del telaio per la legatura dei fogli. Era uno dei lavori più umili del suo mestiere, Frederik in genere lo affidava a cottimo. Ma quel particolare libro su cui stava lavorando era troppo importante. Era una copia unica, non replicabile. Così aveva deciso di farlo da sé. La bambina indicò il telaio, e poi lo fissò. «Insegnatemi.»

L'ordine lo colse di sorpresa. Era al mondo da abbastanza tempo per conoscere il piglio tipico di chi era ben nato. E quella bambina, lo vedeva dai modi e dal portamento, era senza dubbio un'aristocratica. Gli stracci che indossava non riuscivano a mascherare la delicatezza dell'ossatura, i lineamenti finemente cesellati, i capelli sottili come oro brunito.

«Perché dovrei farlo?»

Lei sembrò rifletterci, poi allungò una manina. «Padre Loretto non ha voluto. Anche voi temete che Dio vi potrebbe punire perché io sono una femmina?»

Che assurdità era quella? E poi comprese. «Essere timorati di Dio non c'entra nulla con la nobile arte della rilegatura. Le signorine hanno dita delicate, potrebbero ferirsi.»

«Io mi pungo sempre quando ricamo. E non piango quasi mai. Vuol dire che posso farlo, vero?»

Questa volta Frederik rise forte, e quando Clarice si accigliò, scosse la testa. Salì i gradini scomparendo dietro la porta che conduceva al piano superiore, e tornò con un piccolo paniere. «Da quanto non mangiate, principessa?»

Lei osservò il pane e il miele con occhi grandi e pieni di desiderio. «Non sono una principessa, però una volta vivevo in un castello.»

«Se non siete una principessa, come vi devo chiamare?»

Lei ci pensò su, senza tuttavia distogliere gli occhi dal paniere. «Credo che "Clarice" andrà benissimo. Voi siete il rilegatore, vero? Vi ringrazio della vostra gentilezza, ma non posso pagare il vostro cibo. Ho solo il mio ciondolo, ma quello lo devo tenere sempre con me. L'ho promesso a mia madre.» In realtà Clarice, spaventata dal pensiero che Dava potesse prenderglielo, lo aveva infilato tra le tavole del pavimento della sua stanza, in una fessura.

«Questo cibo non è in vendita. Perciò, *Fräulein* Clarice, non c'è nessuna possibilità che voi possiate averlo pagando. Che ne dite invece di essere mia ospite? In cambio potreste raccontarmi la vostra storia. Ne avete una, vero?»

Tutti avevano una storia. Anche lei lo sapeva. Annuì lentamente. «Sì. Va bene.» Gli raccontò del lungo viaggio che aveva fatto in carrozza per giungere a Vienna, e che non sapeva più nulla degli amici che si era fatta tra i vicini di casa, né di Lucas e Ruth, i ragazzi di strada. Milly ormai era stata mandata via, e nessuno le aveva dato altre monete da regalare ai mendicanti della chiesa. Ogni tanto si fermava per dare un morso al pane, e solo dopo aver inghiottito ricominciava a parlare. «Credo che se lo zio non tornerà al più presto, Dava e Herr Krauser mi venderanno agli zingari.» Lo disse pensierosa, come se stesse valutando la questione. «Credete che gli zingari mi permetteranno di suonare il violino?»

Schmidt socchiuse le palpebre. «Sì, è probabile. Loro sono molto bravi in questo genere di cose.»

La bambina sembrò rasserenarsi. Frederik chiuse a pugno le grosse mani. L'idea che quella piccola fata potesse finire in mezzo a una strada era qualcosa di inconcepibile. Aveva inteso qualche voce, di recente, su quel vecchio avvoltoio che, approfittando dell'assenza di mastro Kurt Vogel, dettava legge a casa sua. Ma quella non era la prima né l'ultima volta che un uomo si arrogava il diritto di occupare un posto che non gli apparteneva. «E vostra zia?»

«Non esce mai dalla sua camera, credo sia malata.»

Lo disse con un'espressione talmente desolata da stringergli il cuore. Era così delicata che sembrava una bambola. Da qualche parte, in fondo al suo animo indurito dal lavoro e dall'asprezza della vita, Frederik sentì qualcosa muoversi. Le sue mani potevano essere forti e sgraziate come morse, ma il rilegatore aveva chiaro in testa il concetto di bellezza. Non avrebbe potuto svolgere il suo mestiere, se non lo avesse compreso. E quella creatura era molto più che bella. In lei vi era come una luce. All'improvviso seppe che non poteva abbandonarla al suo destino. «Che ne dite di restare qui per questa notte?» Era un azzardo il suo, e lo sapeva. Ma era pronto a scommettere che i Krauser si sarebbero guardati bene dall'attirare l'attenzione delle autorità. Uno dei servi di Vogel aveva lavorato per lui, lo avrebbe interrogato il giorno seguente. Se davvero la zia di Clarice era malata e di mastro Kurt non si avevano notizie, la bambina era priva di protezione.

Clarice spalancò gli occhi. «Davvero?»

«Certamente. Sempre che non preferiate andare dagli zingari.» Lo disse con l'intento di scherzare, e si stupì che invece lei prendesse in considerazione la cosa.

«Dava mi ha preso il violino, non so dove lo abbia messo. Senza, non credo di interessare agli zingari. Forse è meglio se resto con voi. Poi i libri mi piacciono molto.»

Non era esattamente quello che aveva sperato di sentire, ma tutto sommato poteva andare bene.

«Sapete leggere?»

La bambina gli lanciò un'occhiata stupita. «Certo. Anche voi, giusto?»

Frederik sorrise nuovamente. Preparò un giaciglio in un lato del laboratorio. «Dovrete stare qui sotto, però.»

«Ma potrò tornare anche domani, scappando di nuovo dalla cantina? Sarà il nostro segreto.»

«Sì, quando vorrete.»

Clarice ci pensò su. E dopo un po' annuì. «Mi insegnerete a fare i libri, vero?»

Era così speranzoso il suo sguardo, che Frederik sorrise. «Vedremo. Adesso finite di mangiare.»

5.

«Rimani con me sempre, prendi qualsiasi forma, fammi diventar pazzo! Soltanto non lasciarmi in questo abisso, dove non posso trovarti! Oh, Dio; è indicibile! *Non posso* vivere senza la mia vita! *Non posso* vivere senza l'anima mia!»
Emily Brontë, *Cime tempestose*

Il nome era chiaro. Clarice Marianne von Harmel. Era così che diceva di chiamarsi.

Sofia rabbrividì. Sollevò lo sguardo e batté le palpebre. Si era fatta sera, ecco perché aveva freddo. Si alzò per indossare un maglione. La città davanti a lei si era riempita di luci e di promesse. Era così che aveva sempre visto il tramonto su Roma. Arancio, oro sul cielo cobalto, e poi viola e un blu così scuro che smussava i contorni, addolciva gli spigoli, mostrava un volto diverso della città, che riuscivi a vedere solo se sapevi dove guardare.

Si voltò verso il tavolo, gli occhi sul libro, sul foglio. E poi dovette distogliere lo sguardo. Era sorpresa, incerta. Era confusa.

Quando aveva iniziato a riparare il libro di Fohr, sapeva cosa aveva tra le mani. Era una delle tante copie, per quanto antica, di un libro che aveva letto più volte. Lo aveva studiato, ne aveva discusso con i professori e i colleghi. Era in un terreno conosciuto, sicura di quello che avrebbe trovato e affrontato. Era un luogo, quel libro, che conosceva bene. Non aveva segreti per lei.

Si era sbagliata.

Il libro di Fohr custodiva al suo interno un'altra storia. E quello metteva in discussione tutto.

"Un'altra prospettiva", pensò emozionata, lo sguardo ancora rivolto al cielo che finiva di perdere ciò che era rimasto della sua luce. La sua espressione conteneva ancora traccia di quello sbalordimento misto a eccitazione che l'aveva colta quando aveva tirato fuori il foglio dalla fessura nel piatto.

Era tutto così strano, così incredibile. Le domande vorticavano dentro di lei. Il suo turbamento andava oltre il senso di meraviglia e di rivelazione. In quel momento, seppe che qualcosa era cambiato. Quella lettera, che una donna aveva scritto utilizzando un libro come una bottiglia lanciata nel mare del tempo, era stata lei a trovarla, lei a leggerla.

Era a lei che era rivolta?

Aveva la sensazione che fosse così. Quella non era una lettera qualunque. Non era qualcosa che Clarice aveva scritto rivolgendosi a qualcuno in particolare, era più un testamento, un lascito.

E lei lo aveva raccolto. Era come se, mentre leggeva, le parole diventassero fili che legavano una donna all'altra. «Cosa vuoi da me?» Lo sussurrò piano, e a un tratto sentì chiaramente il peso, la responsabilità di quella scoperta.

«Chi sei, Clarice?» Era quello che doveva scoprire prima di tutto.

Aprì di nuovo il libro e con molta attenzione scorse rapidamente le frasi scritte a bordo pagina. Erano semplici commenti di qualche riga. Era stato stampato a Stoccarda da un noto editore dell'epoca, Cotta. Aveva guardato in ogni pagina, in tutte le pieghe dei fogli, e all'interno dei piatti. Non poteva credere che quel libro ospitasse il foglio manoscritto per caso. Ci doveva essere per forza un legame.

Aprì il suo portatile e iniziò a digitare rapidamente il nome della donna misteriosa. Mentre le pagine si aprivano cercò freneticamente una corrispondenza.

«Clarice, Fohr. Forza, dai, dai...»

Ma non vi era nulla, niente che parlasse di una certa Clarice Marianne von Harmel.

Quello che sapeva era che l'opera di Fohr era stata pubblicata suddivisa in tre volumi. Era la visione utopica di un mondo ideale, che teneva conto dei luoghi come culla e nutrimento dell'anima. Il primo volume, *Sulla natura,* era una sorta di celebrazione ricca di indicazioni su come rispettare e custodire la natura, sorgente di tutte le emozioni. Il secondo volume, *Sull'uomo*, prendeva in considerazione il ruolo che ogni individuo aveva in quanto essere dotato di intelligenza, estendeva il concetto di uguaglianza e invitava tutti a dare il meglio di sé stessi alla società. Il terzo volume infine era una riflessione estetica. *Sul pensiero* metteva in rilievo la meraviglia dell'ingegno e dell'espressione umana. La musica, la letteratura, l'arte.

In quei tempi in cui l'uomo cercava di trovare sollievo e tregua ai suoi tormenti, Fohr aveva mostrato un'alternativa, una società diversa, e raggiunto onori e fama con un'unica opera.

Allungò la mano verso il foglio, e lentamente cercò il punto. Eccolo. Clarice parlava di un segreto, qualcosa che l'avrebbe potuta danneggiare. Qualcosa che non poteva restare nascosto. «A cosa ti riferisci, Clarice? O meglio, a chi? Perché hai nascosto la tua confessione in questo libro? Chi era Fohr per te?»

Spostò lo sguardo dal libro allo schermo del computer, pensierosa. Poi si alzò e prese a camminare. Era così nervosa che non riusciva a stare ferma. All'improvviso sollevò la testa. "Il libraio, lui saprà di certo qualcosa della provenienza del volume."

Lo squillo del telefono la fece trasalire. Attraversò la stanza, fermandosi accanto all'apparecchio. «Sì.»

«Sono io. Volevo solo dirti che torno domani.»

«Va bene.»

«Hai pensato a quello che ti ho detto? Dove vuoi andare?»

Lei si inumidì le labbra, gli occhi chiusi. «Perché continui a insistere? Ti ho già risposto, non è una vacanza che cambierà le cose.» Non c'era nulla ormai che potesse farlo. Dovevano solo trovare il modo per chiudere il loro matrimonio.

«Ne riparliamo domani a voce.»

«Come preferisci.»

Chiuse la conversazione. Domani, ci avrebbe pensato domani a quello che avrebbe detto ad Alberto.

Come si metteva fine a un matrimonio? Qual era il modo giusto per rompere qualcosa a cui si era tenuto tanto? Lasciarsi alle spalle tutto era l'unica soluzione, lo sapeva. Era l'unica strada per andare avanti con la sua vita. Ma nonostante fosse consapevole di ciò che doveva fare, quando iniziava il discorso con lui non riusciva mai a portarlo a termine.

Allungò una mano, trovò il foglio, lo tenne tra le dita. I pensieri lentamente si sollevarono da quella sorta di luogo buio nel quale erano precipitati dopo la telefonata di Alberto. Continuò a pensare a quelle parole che una donna aveva scritto circondata da candele, in una notte sospesa nel tempo. Non se ne rese subito conto, ma poi comprese che per lei quelle parole erano un rifugio da ciò che con la telefonata del marito si era preso i suoi pensieri.

Sapeva che scoprire il segreto di Clarice era importante, anzi, di più. Era ciò che le serviva, quello che le avrebbe permesso di essere Sofia Bauer, non la moglie di Alberto De Santis ma una persona completa.

Un'occhiata all'orologio le disse che era tardi per andare a Coppedè. Rischiava di trovare la libreria chiusa. Controllò l'urgenza che sentiva, mettendola da parte. Mise in ordine tutti gli attrezzi da lavoro. Si stese sul letto, il libro tra le mani, il foglio manoscritto al suo fianco. "Chi era Fohr per te, Clarice?" Aprì le prime pagine del libro e iniziò a leggere.

Non era stato il sole che le colpiva il viso a svegliarla. Era abituata alla luce, le piaceva iniziare il giorno in quella maniera. Sofia batté le palpebre mentre i contorni del suo mondo acquistavano nitidezza. E poi comprese cosa si era inserito nei suoi sogni. Era una presenza, qualcosa che l'aveva allarmata. Si tirò su a sedere di scatto, le mani chiuse sulle lenzuola.

«Alberto, cosa fai qui? Quando sei arrivato?» Si accorse di essere spaventata.

Suo marito la fissava dalla porta, la spalla sullo stipite, una tazza di caffè tra le mani. C'era una luce di freddezza nel suo sguardo, qualcosa che Sofia aveva imparato a conoscere.

«Ti sto guardando da un pezzo. Come mai ancora a letto?»

Lei cercò la sveglia, gli occhi ancora pieni del sogno che

aveva fatto e che iniziava a scivolare via. Sapeva che presto sarebbe stato appena una sensazione, dunque lo lasciò andare senza cercare di trattenerlo. «Ho fatto tardi, ieri notte.»

«Davvero? E dov'eri? O meglio, con chi?»

Quella frase la irritò. Aveva sempre odiato quelle scene. Non era una donna che commetteva l'errore di confondere la gelosia con l'amore. Per quanto la riguardava, la frase di suo marito era l'ennesima mancanza di rispetto. Gli indicò il libro sul letto. «Con lui. Uno scrittore dell'Ottocento.»

Alberto terminò il suo caffè e abbassò lo sguardo.

Bene, almeno aveva ancora la decenza di vergognarsi, pensò Sofia.

«Mi dispiace di essere saltato alle conclusioni.» Le si avvicinò, sedendosi sul letto, lo sguardo abbattuto, l'espressione tesa. Quando le cercò la mano Sofia tentò di ritirarla, ma lui si oppose. «Ascoltami, per piacere.»

Era una scena che aveva visto molte volte. Che in quegli anni si era ripetuta ciclicamente. Era il suo modo di scusarsi, di recuperare. Restò immobile, quasi impassibile anche se avrebbe voluto alzarsi, spingerlo via, allontanarsi da lui. Ma era come se le mancassero le forze, come se fosse rassegnata. Continuò ad ascoltarlo, in silenzio, pensando ad altro. Era facile non opporsi. Era come percorrere un tragitto che conosceva così bene da poterlo seguire a occhi chiusi. Nessuna sorpresa. Nessuna incertezza. Sapeva perfettamente che suo marito stava instaurando una tregua. Sapeva anche dove li avrebbe portati. Lo sapeva con una tale precisione da precedere con il pensiero ogni suo gesto, ogni sua parola, ogni sguardo.

«Riproviamoci, Sofia, non possiamo arrenderci.»

Ascoltò quelle parole sommesse, e quando nuovamente si rese conto che le aveva precedute nella sua mente, che erano come un'eco, si sentì accerchiata.

E poi decise che non poteva tenersi tutto dentro. Ci aveva provato a essere come lui voleva, ma non aveva funzionato.

«Non è così semplice.» Lo disse senza guardarlo, perché se lo avesse fatto le sarebbero mancate le forze. «Non so più chi sono, mi sono perduta, Alberto. Non si tratta solo di noi come coppia, ma di me come donna. Tu hai un lavoro, uno scopo. Tu sai chi sei e cosa vuoi. Questo non è mai stato un problema per te. Guarda me, e dimmi: a parte essere tua moglie, io cosa sono?» Aveva avuto così tante passioni, così tanti interessi, ma cosa ne era rimasto? Niente. Li aveva messi da parte uno alla volta, e poi non c'era stato più nulla, solo una sorta di apatia.

Lui continuava ad accarezzarle la mano, gli occhi nei suoi. «Non c'è qualcosa che ti piacerebbe fare?»

Anche quella era una cosa che Sofia aveva già sentito: in quei momenti suo marito sarebbe stato pronto a prometterle il mondo, il cielo e la luna insieme. Ma erano solo parole. Lo sapeva bene. Eppure nonostante tutto restò ad ascoltare quelle proposte, e nonostante sapesse che si trattava solo di buone intenzioni, lo seguì perché era facile, perché non sapeva cosa altro fare, e come farlo. E quando lui la esortò a raccontarle qualcosa di lei, indicò il libro. «Mi piacerebbe riprendere il mio lavoro. Ieri ho acquistato tutto l'occorrente per restaurare quel libro. Forse potrei fare un corso di aggiornamento.» Erano solo speranze, probabilmente lui non la stava ascoltando per davvero, eppure continuò a credere il contrario, a provarci ancora una volta.

«Sarebbe un'idea.»

La sua disponibilità la incoraggiò, così continuò a parlare. «Quando ho smontato il libro ho trovato un foglio nascosto. La storia di una donna. È molto affascinante...»

Ma mentre parlava, qualcosa nell'espressione di Alberto cambiò. Lui era cambiato. Non la stava più ascoltando, si era staccato da lei. Adesso era proiettato nei propri pensieri.

Le accarezzò il viso. «Io ho un'idea migliore.» Le si avvicinò, le mani sui suoi capelli. «Un figlio è quello che ti ci vuole davvero.»

Un figlio? Sollevò lo sguardo verso di lui, sbalordita.

Mentre Alberto si toglieva le scarpe e la camicia, senza perderla di vista, una rabbia come non aveva mai provato spazzò via quella sorta di torpore che si era impossessato di lei. «Un figlio che mi tenga impegnata, un figlio come una sorta di compito, di passatempo... È questo che intendi?»

Le sorrise. «Credo sia arrivato il momento di mettere su famiglia. Un bambino riuscirà a calmarti.»

Riuscirà a calmarti. La nausea le montò dentro. Era tutto troppo insopportabile, assurdo, ridicolo. Gettò via le coperte e si alzò. «Tu non hai ascoltato una parola di quello che ho detto.»

«Certo che sì. E se proprio vuoi saperlo, io ne farei volentieri a meno, di un figlio. Ma tu hai bisogno di qualcosa di concreto.»

«Non è di un figlio che ho bisogno, ma di dare un senso alla mia vita!» Era così arrabbiata, così furiosa.

«Non è quello che fanno i bambini?»

Qualcosa in lei si ruppe. Forse fu l'estrema superficialità di quell'uscita, o forse la misura era già colma, e lei semplicemente non se n'era ancora accorta. «I figli che si fanno per amore danno un senso alla vita dei genitori. Così si crescono, insieme, e con amore. Hai capito? È l'amore quello che rende tutto possibile, che...»

«Smettila di gridare.»

Tacque. Eccolo là suo marito, il vero Alberto. Rigido, con le braccia lungo i fianchi, l'espressione sprezzante di chi parla con qualcuno che non capisce. Era tornato a essere l'uomo con cui aveva vissuto in quegli ultimi mesi.

«I bambini non sono pezze da mettere a un matrimonio che è finito, hai capito?» Si asciugò le lacrime con il polso, e quando lui le andò incontro gli diede le spalle, uscendo dalla camera da letto. Si chiuse in bagno e si infilò sotto la doccia. Stupida, era solo una stupida. Come aveva osato proporle una cosa del genere? Era così arrabbiata, così indignata da non riuscire a trattenere il tremito delle mani. Voleva tornare di là e continuare a dirgli quello che pensava di lui. E poi all'improvviso le sembrò che tutto fosse perfettamente chiaro. Non c'era più nulla tra loro, anche l'ultimo filo che li aveva legati si era spezzato, anche l'abitudine ormai era finita.

La sorprese l'assenza di dolore. Era solo rabbia quella che sentiva, e poi sopraggiunse una calma mai provata prima.

D'un tratto le tornarono in mente le parole di Joice. Certe cose accadevano perché dovevano generarne altre. Senza quell'ultimo oltraggio da parte di suo marito, non avrebbe mai avuto la forza di lasciarlo. Quella rabbia iniziale si era già trasformata in consapevolezza e determinazione. Infilò in un beauty case le cose che le sarebbero potute servire, tornò in camera da letto e gettò un po' di abiti e biancheria in un trolley. Tornò anche a prendere gli attrezzi nello studio.

«Che diavolo stai facendo?» Alberto arrivò dalla stanza accanto, la voce era tagliente e minacciosa.

«È finita, basta così. Per quanto mi riguarda è durata anche troppo.»

Lui restò in silenzio, un'ombra scura di cui percepiva la presenza.

Sofia terminò di fare la valigia, poi ripose il libro di Fohr nella sua custodia di cartone, insieme al foglio. «Tornerò a prendere il resto.» Percepiva la sua furia: Alberto era sorpreso, incredulo. Nonostante l'evidente crisi di quegli ultimi mesi, non aveva mai davvero preso in considerazione che lei potesse lasciarlo.

«Sei una ragazzina viziata che non sa affrontare le difficoltà. Un problema, e tu pianti tutto e te ne vai? Sei solo un'egoista.»

Egoista? L'accusa era così assurda, così offensiva che le tolse il respiro. Avrebbe potuto lasciare le cose come stavano, ignorarlo e andarsene. Ma era come se ciò che aveva covato per troppo tempo esigesse di uscire, di trovare soddisfazione. «Ti sbagli, Alberto. Non lo sono stata mai, e questo mi dispiace profondamente. Ho scelto di essere come tu mi volevi.» Fece una pausa. «Solo che, dopo, tu non sapevi più cosa fartene di me. E io nemmeno.» Chiuse la borsa e raggiunse la porta.

Mentre scendeva le scale con ciò che restava della sua vita chiuso in una valigia, si sentiva stanca come mai era stata prima. E aveva paura. Non sarebbe rimasta per strada, questo no; le chiavi della casa dei nonni erano nella sua tasca, e aveva qualcosa da parte, anche se non sarebbe durato per molto. Le questioni di ordine pratico le piombarono addosso facendola tremare. Eppure, a ogni passo le sembrava di sentire venir meno la zavorra che aveva imprigionato i suoi desideri, privandola della concretezza e della determinazione necessarie per poterli realizzare.

Caricò tutto sulla sua macchina, e quando arrivò a Coppedè si rese conto di tremare ancora così forte che le servirono due tentativi prima di riuscire a entrare nel parcheggio. Il pianto la colse all'improvviso. Restò là, china sul volante con i singhiozzi che la scuotevano, eppure non vi era disperazione in quelle lacrime. No, era una sorta di liberazione, di purificazione.

Raggiunse l'appartamento dei nonni dopo essersi fatta promettere da Felipe, che la seguiva apprensivo, di non chiamare nessun dottore. «Non deve preoccuparsi», gli disse ancora una volta. «È solo un po' di mal di testa. Resterò qui per qualche giorno.»

«Certo che resterà qui. E noi ci prenderemo cura di lei. Vedrà che tutto andrà bene.»

Si era dimenticata quanto fosse debilitante la gentilezza. Ti coglieva all'improvviso, ti afferrava a tradimento e ti portava via le forze, lasciandoti in cambio la gola serrata dall'emozione. «Grazie.» Non riuscì a dire altro. Si chiuse la porta alle spalle e si rifugiò nella piccola camera che era sempre stata la sua quando restava dai nonni, nei lunghi periodi che i suoi genitori trascorrevano all'estero. Guardò la valigia, indecisa se disfarla. Non sarebbe rimasta a lungo. Doveva telefonare ai nonni per informarli che si era trasferita da loro per qualche giorno. Sapeva che avrebbero approvato, anzi, che ne sarebbero stati felici. Il fatto che lei non lo fosse era un problema tutto suo.

Ai genitori lo avrebbe detto in seguito. Si rese conto che aveva evitato di chiamarli, rispondendo sbrigativamente alle loro telefonate, quasi fossero un disturbo. E in fondo lo erano. Non perché lei non amasse sentire le loro voci. No, quello sarebbe stato impossibile. Li amava profondamente, e proprio quello alla fine era il vero problema. Si vergognava di sé stessa.

6.

«Lo stesso avveniva nel suo cuore: le migliori qualità
che possedeva, a lungo ripiegate su sé stesse, si erano trasformate
in un groppo di durezza pronto a sollevarsi contro un'amica.»
Charles Dickens, *Tempi difficili*

Vienna, 1805

La mattina in cui Kurt Vogel giunse a Vienna, nevicava. Anche nei giorni precedenti il tempo era stato orribile, così aveva stupito un po' tutti l'arrivo del mercante durante la tempesta. Un po' meno che fosse entrato in casa propria come una furia, e avesse messo fine all'usurpazione dei Krauser. Tutti i vicini, chi più chi meno, avevano condiviso i modi spicci con cui aveva gettato fuori a calci il predicatore e la sua parente. Nel momento in cui erano stati condotti via, un coro di voci e risate aveva accompagnato la caduta in disgrazia dei due.

Quando lo zio cercò Clarice, gli dissero che era in cantina, ma lì non c'era. Fu un servo a svelargli dov'era veramente la bambina. Non ci sono segreti che si possano nascondere per troppo tempo. Del resto il negozio di Schmidt un tempo apparteneva ai Vogel, per questo le cantine erano comunicanti.

Nel momento in cui il mercante varcò la soglia della bottega di legatoria chiedendo a gran voce del padrone, tutti tremarono senza sapere perché.

Clarice, ignara di tutto, sedeva su uno sgabello che Frederik aveva fatto portare giù per lei, gli occhi fissi alla polvere che il legatore aveva deposto sull'albume d'uovo. Presto il punzone avrebbe sciolto l'oro fissandolo alla pelle. Lo sapeva perché aveva visto quel passaggio decine di volte, e le prudevano le piccole mani dal desiderio di provare lei stessa. Il contrasto tra il cuoio brunito e lo splendore della scritta, del motivo in rilievo, era di grande fascino per lei. Era uno dei passaggi di finitura dei libri, quello della scritta e dei rilievi dorati. Sapeva di nuovo, e di buono. Sapeva di carta fresca e di cuoio. Era una delle più importanti e delicate operazioni del rilegatore, che ne stabiliva con chiarezza l'abilità, perché una volta eseguita non poteva essere corretta.

«Signore, mastro Vogel chiede di voi.»

Clarice spalancò gli occhi. Lo zio era tornato? Guardò Frederik, ma lui parve non udire il lavorante che aveva socchiuso appena la porta per avvisarlo. Continuò a occuparsi del libro con la massima concentrazione. E così Clarice, che avrebbe voluto correre di sopra, comprese che c'erano cose che andavano fatte in un certo modo, a prescindere da tutto.

Nel calore della stanza illuminata da un grande fuoco, da lucerne e candele, il tavolo era da un lato, e così i telai, le presse e i torchi. Così, le aveva spiegato Frederik, si poteva lavorare con più comodità. Quello in cui si trovavano non era il laboratorio vero e proprio, ma una sorta di stanza segreta, dove il legatore effettuava le operazioni più delicate. Era là che, all'interno di una cassaforte, venivano custodite la polvere d'oro e le pietre preziose che avrebbero decorato le legature. A pochi era permesso l'ingresso, e mai se la bambina era presente.

Clarice era in preda a una grande agitazione, e dovette costringersi a restare immobile. Lo zio era tornato, e se era lì l'aveva scoperta: questo significava che qualcosa nella sua vita sarebbe nuovamente cambiato.

«Gli parlerete?» Lo disse piano, un sussurro pieno di speranza, l'animo in subbuglio. Sapeva che mentre il legatore lavorava alla sua opera non doveva essere mai distratto. In quello Schmidt era stato chiarissimo fin da subito, ma non era riuscita a trattenersi. Aveva paura, e tremava dentro.

Adesso l'uomo che l'aveva salvata e sfamata esaminava l'opera che aveva appena terminato, in cerca di eventuali difetti. Di lui più di tutto le piaceva la calma. Quando si rivolgeva a lei lo faceva con gentilezza, ma senza condiscendenza. Conosceva tante bellissime storie, e sapeva raccontarle i libri che avrebbe rilegato, e come lo avrebbe fatto. In quei momenti nei quali Frederik le parlava, a Clarice sembrava di avere nuovamente suo padre accanto. Sebbene i due uomini fossero molto diversi l'uno dall'altro, avevano lo stesso modo di meravigliarsi davanti alle cose, e sapevano trasmettere il loro entusiasmo.

Continuò a guardare Frederik mentre lui sfiorava il libro, a testa china, il fuoco che danzava sui suoi capelli così chiari da sembrare bianchi. Quando, dopo un lungo minuto, annuì, lei iniziò a sperare.

«Non ve l'ho forse promesso? Adesso, uccellino, tenete chiusa la bocca e lasciate parlare me. Anzi, meglio che non vi muoviate dalla vostra seggiola.»

Clarice respirò a fondo, sollevata. Chinò la testa e prese a ondeggiare i piedini. Frederik avrebbe ricevuto lo zio, e sistemato le cose. Lui capiva sempre tutto. Le aveva comprato le scarpe, e anche il vestito. Il grembiule invece glielo aveva fatto fare su misura. Lo aveva voluto più leggero per lei, di pelle sottile, così che non la impacciasse nei movimenti. Da quando aveva cominciato a scappare in bottega, la sua vita era cambiata. Non era mai stata tanto felice. Non vedeva l'ora di raccontare alla zia Marta ciò che aveva imparato a fare, e di come le sue dita riuscissero a cucire le pagine dei fogli, di come sapesse piegarli bene.

Quando era arrivata a Vienna si era dovuta adattare alla nuova vita. E se prima aveva avuto la sua Amme a spiegarle le cose, all'improvviso aveva dovuto fare affidamento solo su sé stessa. Ma con Frederik la vita era semplice. Sapeva sempre ciò che ci si aspettava da lei. Lui impartiva gli ordini, e lei li eseguiva. Alcune volte era così compiaciuto di come la sua allieva aveva cucito i fogli, da mettersi a fischiettare. E nel petto della ragazzina si scioglieva qualcosa di caldo che la faceva diventare allegra. Clarice amava i libri, le loro storie, la consistenza della carta sotto le dita, la pelle che li ricopriva, persino la stoffa. Se avesse continuato a impegnarsi, dopo tre anni di apprendistato e tre a servizio, sarebbe diventata una legatrice a tutti gli effetti. Non ne aveva mai vista una, a dire il vero. Nella bottega c'erano solo uomini e ragazzi. Forse lei sarebbe stata la prima.

Era un bel pensiero, la faceva sorridere. Tre anni più tre, quello era il tempo necessario per imparare, così le aveva detto Frederik. Dunque avrebbe terminato il suo percorso a sedici anni. Sarebbe stata davvero vecchia allora! Sorrise e continuò a pensare al libro.

«Clarice, vieni subito qui.»

Sollevò la testa di scatto, la bocca spalancata per la sorpresa. Lo zio era sulla porta, in cima alle scale. Sembrava un orso dentro la sua pelliccia. Ed era arrabbiato. Clarice guardò in direzione di Frederik. «Zio, siete tornato.»

«Appena in tempo, sembra. Come ti sei conciata?»

La bambina si alzò. «È il mio vestito da apprendista.»

Kurt spalancò gli occhi, un gemito strozzato. «Che diavolo vi è saltato in testa, Schmidt? Sapete chi è quella bambina? Lei non avrebbe mai nemmeno dovuto vederlo, un posto come questo.»

Frederik strinse le labbra. «Probabilmente avete ragione, Vogel. Se non l'avessi trovata nella vostra cantina mezza morta di fame, con addosso qualche straccio, immagino che avrei pensato come voi.»

Sul viso dello zio apparve un forte rossore, l'espressione si fece ancora più tesa. «Vi devo la mia gratitudine, Schmidt, per ciò che avete fatto. Ma sono certo voi comprendiate che tutto questo», disse con un gesto della mano, «è fuori discussione. Mia nipote è una Von Harmel, e l'idea stessa di farne un'apprendista è un oltraggio alla memoria dei suoi genitori e della casata.»

Quando prese la mano di Clarice, stringendola nella sua, lei la tirò via. «Mi piace qui. Voglio continuare a lavorare.» Lo sussurrò, implorando l'uomo con lo sguardo.

Kurt l'afferrò prendendola in braccio.

«Lasciatemi, zio, io voglio restare qui, devo imparare a fare i libri. Lasciatemi ho detto!» Cercò di divincolarsi per sgusciare via dalla stretta dell'uomo. Fu allora che lui la scrollò violentemente, spezzandole il respiro.

«Basta così. Non ti permetterò di rendermi ridicolo. Quanto a voi, Schmidt, vi rinnovo la mia gratitudine. State certo che saprò come ripagarvi, ma da ora in poi starete lontano da mia nipote.» Attraversò la bottega a lunghi passi, la rabbia che si levava da lui a ondate.

Quando uscì, i lavoranti lo seguirono con lo sguardo. «Dicono che bisogna guardarsi da quell'uomo.»

Frederik era teso, pallido. «Se farà del male alla bambina, sarà lui che dovrà guardarsi le spalle.»

«Non vorrei contrariarvi, Schmidt, ma...»

Frederik sapeva già cosa voleva dirgli il suo socio. Peter Bach era stato contrario fin da subito che lui si occupasse di Clarice. «E allora non fatelo. E questo vale per tutti. Non voglio sentire un'altra parola su questa faccenda.»

Kurt Vogel, entrato in casa sua tenendo la nipote in braccio, appena varcata la soglia la posò sul pavimento. Che cosa diavolo doveva accadere ancora?

«Vai subito da tua zia, si occuperà lei di te.»

La bambina trasalì e corse via. La seguì con lo sguardo, poi si passò una mano sugli occhi e sulla barba. Era stanco e arrabbiato. Avrebbe dovuto torcere il collo a Krauser da subito. E quell'idiota di sua moglie non solo aveva continuato a riceverlo, ma si era presa in casa la parente di quel ciarlatano. E quei due insieme l'avevano quasi uccisa a forza di somministrarle tintura di oppio. Si fregò il viso con entrambe le mani. Sapeva di averli colti di sorpresa, non erano riusciti a fare grossi danni. I suoi beni erano al sicuro in banca. Sì, avevano rubato e venduto qualche cianfrusaglia, ma nulla di insostituibile.

Era l'inganno che non riusciva a tollerare, l'oltraggio alla sua persona. Alla sua autorità. Cosa avrebbe pensato di lui la gente? Che il diavolo se li portasse entrambi, quei Krauser! Attraversò l'atrio cercando qualcosa da bere. In quella credenza non era rimasto nulla, nemmeno una bottiglia. Anche la cucina sembrava un fantasma, grigia e fredda. Spalancò la porta e uscì in strada. «Tu!» ordinò a uno dei servi che si stavano occupando dei cavalli. «Conosci Milly, la cuoca?»

«Sì signore, certo.»

«Sai dove abita?»

L'uomo indicò la piazza alle sue spalle. «Oltre la chiesa.»

Gli lanciò una moneta. «Vai e portamela qui. Digli che Vogel è tornato e la rivuole a casa sua.»

Com'era potuto accadere? Un uomo onesto, un mercante con la sua posizione, derubato durante la sua assenza. Era tutta colpa di Marta. Fidandosi di quei truffatori aveva messo a rischio il loro futuro.

Quando i cognati e il loro figlio maggiore erano morti, lasciando sola Clarice, Vogel si era precipitato a Monaco con la moglie e, come unici parenti, si erano portati a Vienna la bambina per crescerla nella propria casa. I banchieri che gestivano il patrimonio di Harmel erano preoccupati del futuro della piccola erede, ma Kurt era riuscito a convincerli che stare con gli zii fosse il meglio per lei.

Il pensiero di cosa sarebbe potuto accadere se la storia della ragazzina maltrattata si fosse risaputa, gli strinse lo stomaco. Nel migliore dei casi avrebbe perso la sua custodia. I banchieri di Harmel avrebbero assunto a pretesto la sua negligenza verso quella mocciosa per sottrarla al suo controllo. Per fortuna il rilegatore aveva mantenuto la massima riservatezza sulla questione. In realtà a nessuno importava della bambina, se non a quell'idiota di Schmidt, che chissà perché aveva cominciato a insegnarle il suo mestiere. Gli aveva proposto di farne una rilegatrice, la sua apprendista!

Ma non era tanto quell'uomo a preoccuparlo. Avrebbe pensato a lui in un secondo tempo. Erano i banchieri che temeva davvero. Avrebbe combattuto con le unghie e con i denti prima di rinunciare al patrimonio di sua nipote. Da quel momento in poi avrebbe fatto in modo che tutto andasse come doveva. In quello era stato molto chiaro con Marta.

Non poteva ancora fidarsi di lei, era avvelenata dalla tintura di oppio. Ne aveva sentito la puzza nel momento stesso in cui era entrato in casa. C'erano volute delle ore e un bagno nell'acqua gelata per farla riprendere.

«Non è colpa mia, ti prego...» Glielo aveva ripetuto di continuo. Che Dio lo salvasse dai piagnistei delle donne.

Una cosa del genere non sarebbe dovuta accadere mai più. Avrebbe preso un tuttofare, e una governante di sua fiducia. E un maestro per la bambina. Personalmente credeva che più le donne stavano lontane dai libri, meglio era per tutti, ma aveva guardato in faccia sua nipote, e non voleva correre il rischio che lei gli disubbidisse. L'avrebbe tenuta impegnata. Da ora in avanti sarebbe rimasta in casa, dove lui avrebbe potuto tenerla sott'occhio.

Si lasciò cadere su una poltrona. Quando la sguattera arrivò, le indicò gli stivali. «Toglimeli e poi prepara un bagno.»

Clarice sapeva che piangere non avrebbe cambiato le cose, e dopo le sarebbe rimasto quel dolore sordo in fondo alla gola. Con la testa sulle ginocchia, si era raggomitolata in un angolo della sua nuova camera. Non sapeva perché l'avessero spostata al primo piano, accanto alla camera degli zii, ma almeno le sue cose erano tornate tutte al loro posto, compreso il violino e lo specchio della sua mamma. Quello avrebbe dovuto farle piacere, ma se c'era una cosa che aveva imparato in quel periodo della sua giovane vita, era che non poteva fidarsi di nessuno. Si sentiva come una foglia in balia del vento. E aveva paura.

«Non serve fare così, ti farà stare peggio.» Alzò la testa di scatto. Sulla porta c'era una ragazza che non aveva mai visto, e che le sorrideva. Era giovane e robusta, con lunghe braccia bianche e guance rosse. I capelli li teneva raccolti sul capo in due grosse trecce bionde. Non vestiva come Dava, o come la zia, ma indossava una camicia bianca a maniche corte, un corpino rosso e una gonna azzurra.

«Cosa vuoi?» la apostrofò. Si pentì subito, però. Non avrebbe dovuto rivolgersi a lei in quel modo brusco, non stava bene. Si morse un labbro, il respiro che ancora le doleva nel petto. «Scusa», mormorò. Si asciugò il viso con le mani.

Quando la ragazza si sedette sul pavimento accanto a lei, incrociando le gambe sotto la gonna, spalancò gli occhi, sorpresa. Nessuno aveva mai fatto una cosa simile, nemmeno Amme.

«Mi chiamo Charlotte, ma tu puoi chiamarmi Lotte. E da adesso in poi noi due staremo sempre insieme.»

«Sei la mia nuova Amme?» Clarice non avrebbe potuto essere più sorpresa.

«Sì, in un certo senso è così.» Lotte le raccontò della sua vita sulle montagne, e dei suoi cinque fratelli più piccoli che aveva dovuto lasciare. E mentre le diceva di come il cielo fosse blu sopra casa sua, e che per afferrare una stella dal tetto della sua baita bastava allungare una mano, Clarice dimenticò un po' della sua tristezza. Quando Lotte l'aiutò a cambiarsi, la lasciò fare. E nei giorni seguenti si sforzò di adeguarsi alla sua nuova condizione. Niente passeggiate, lo zio le proibì anche di andare in chiesa con Marta. Ma la zia era tornata a sorridere. Una sarta le cucì dei vestiti nuovi. Le sembrò strano che fosse lo zio a scegliere le stoffe e i colori, invece di Marta. Però la zia, quasi sempre di buonumore, la pregava di suonare il violino per lei. Anche Milly, nonostante la facesse chiamare in cucina ogni giorno per rimpinzarla, perché era un insulto al suo buon nome che lei fosse pelle e ossa, non le aveva più indicato l'uscita, che adesso era sbarrata da un catenaccio.

Alcune mattine lo zio la faceva chiamare. Lotte l'accompagnava nella biblioteca e poi li lasciava soli. A Clarice non piaceva la sua compagnia. Così, spesso se ne stava zitta nel fondo della poltrona dove lui le ordinava di sedere. Aveva imparato a osservare la gente, a capire cosa ci si aspettasse da lei. Aveva imparato che le persone dicono cose che non pensano, con la bocca. Ma gli occhi, quelli non mentono. Glielo aveva insegnato il suo amico Frederik, il giorno che le aveva svelato di come qualche volta si potesse sapere se uno mentiva, guardandolo a fondo negli occhi.

Una notte, Clarice decise di provare a tornare alla bottega. Aveva sceso i gradini di corsa, con il cuore in gola. La porticina era esattamente dove la ricordava, dietro la botte.

«Maestro, sono qui», sussurrò. Era tardi, ma la luce della candela indicava che Frederik era ancora al lavoro.

Un'esclamazione soffocata, e poi Frederik aveva spalancato l'apertura.

Un lampo di emozione nello sguardo, e un sorriso. «Ci avete messo un mucchio di tempo, uccellino. Credevo che vi foste dimenticata di me, e dei libri.»

«Mai, non succederà mai. Ve lo giuro.»

Stabilirono giorni precisi e orari adeguati per incontrarsi. La notte, soprattutto, quando la casa dormiva e nessuno avrebbe fatto caso a piedi veloci sui gradini di pietra, al fruscio di una veste. Furono prudenti. Il silenzio accompagnò sempre i loro gesti. E mentre Clarice cresceva, e Schmidt invecchiava, un antico sapere passava da un uomo a una ragazza. Lei imparò a tendere la pelle, a stendere l'albume e a decorare in oro, a dipingere le stoffe e decidere i formati, a ricavare dagli stracci la carta, a fissare la filigrana che le sarebbe servita per i quaderni in ottavo e in sedicesimo. E, come marchio indelebile, imparò l'importanza del silenzio e della prudenza. I libri divennero i suoi compagni, i suoi confidenti.

Di questo sodalizio consumato durante un tempo rubato, nelle lunghe notti d'estate, nessuno oltre a Clarice e Frederik seppe mai qualcosa. Ma poi, all'improvviso, quel vento che per qualche anno si era quietato, lasciandola vivere in una relativa tranquillità, prese a soffiare nuovamente.

Kurt Vogel non aveva più avuto seccature da parte degli avvocati e dei banchieri a cui il cognato aveva affidato la cura e il patrimonio di sua figlia. Ma adesso che lei aveva compiuto i sedici anni e si era fatta donna, era consapevole che da un momento all'altro le cose sarebbero cambiate. Quando lei si fosse sposata, il controllo dei beni sarebbe passato nelle mani del marito, almeno fino alla sua maggiore età.

Lo preoccupava, quel matrimonio incombente. E ad agitarlo non era solo la pressione dei banchieri in quel senso. Si chiedeva come avrebbe reagito Clarice. In alcuni momenti Kurt si rimproverava di essere stato troppo indulgente con lei. I maestri di musica, quelli di pittura, persino un insegnante di danza, in fondo era stato lui a ingaggiarli. E poi i libri, i colori per dipingere e quei quadri che Marta appendeva a ogni parete disponibile. Clarice aveva voluto una biblioteca sua, e lui ci aveva messo un po' a concedergliela, ma alla fine aveva ceduto. Ne aveva fatto una ragazza troppo indipendente.

Poteva anticipare gli avvocati, però. Scegliere lui stesso un marito adeguato. Qualcuno di manovrabile ma non troppo vecchio, che Clarice avrebbe potuto accettare. Il figlio di Ludwig von Roth, per esempio. L'uomo era nel consiglio della corporazione, non era un barone ma possedeva comunque un titolo. E dopo il matrimonio, né i banchieri né le autorità avrebbero fatto troppe storie, specialmente se Clarice fosse rimasta presto incinta. E quello non sarebbe stato un problema per il ragazzo, a sentire le voci che giravano sulle serve che Ludwig aveva dovuto mettere a tacere.

Era un completo idiota, il giovane Johan. Grosso come un armadio, con piccoli occhi bovini e l'espressione affamata. Kurt lo aveva visto di recente a un ricevimento, e non gli era sembrato migliorato. Per tutto il tempo lui non aveva fatto altro che guardare Clarice a bocca aperta, suscitando le risate e i commenti di molti.

Sì, più ci pensava e più si convinceva che il figlio di Von Roth sarebbe stato un'ottima scelta. Non avrebbe avuto problemi a controllarlo. E in quel modo avrebbe risolto tutto. A tenere impegnata la ragazza avrebbe pensato Johan. Da un po' di tempo aveva come la sensazione che Clarice potesse sfuggirgli. Se anche gli ubbidiva, non era riuscito a piegarla per davvero. Sapeva che era una questione di tempo. Un giorno sua nipote avrebbe trovato la porta aperta, e sarebbe volata via.

No, non poteva accettarlo. Il solo pensiero era un insulto a ciò che aveva costruito in quegli anni. Non aveva lavorato tanto per lasciarsi rubare ciò che era suo di diritto.

Chinò la testa, il bastone che affondava nei cumuli di neve ai lati della strada. Era arrivato al bivio che portava verso la sua casa, quando notò il luccichio. Fu solo un secondo, poi si gettò da un lato. Sentì la lama calargli sul braccio, aprirgli la carne. Mentre cadeva, un istante prima di battere violentemente la testa, riuscì a estrarre la pistola dalla tasca del cappotto, e fece fuoco. E là, nel riverbero della fiammata, incontrò gli occhi allucinati di Krauser. Riuscì a non perdere conoscenza. Sapeva che ne andava della sua stessa vita, così si morse a sangue le labbra. Il dolore lo mantenne lucido. Mentre il cuore gli martellava nel petto, sperò di averlo colpito. La bocca priva di denti sopra di lui era come tutto il resto di Krauser, spaventosa. Quando si torse in una sorta di sorriso, capì di averlo mancato.

«Ti ucciderò.»

Kurt aveva dimenticato quanto fosse amaro il sapore della paura. Era spacciato. Non poteva prendere il bastone, il braccio gli doleva come se ci avessero appiccato sopra il fuoco. Krauser lo colpì con un pugno, strappandogli un urlo.

«Ti avrei dovuto ammazzare con le mie mani.» La rabbia parlò per Vogel, ma l'altro non si scompose, sul suo volto apparve un sorriso.

«Non potevi, Dio mi protegge. Sei un demonio, e io ti ucciderò e poi andrò a casa tua e finirò quello che avevo iniziato. Prima tua moglie, e poi lei, quella maledetta ragazzina.»

La lama saettò nell'oscurità, prima di abbassarsi per l'ultima volta. Mentre Kurt sollevava il braccio sano tentando di proteggersi, uno sparo illuminò la notte, e poi un altro. Le ultime cose che vide prima di perdere conoscenza furono due mani che lo tiravano su. Un gruppo di persone accorsero attirate dagli spari, e il mondo scivolò nell'oscurità.

7.

«Il sentimento è tutto
il nome suono e fumo
che offusca il cielo ardente.»
Johann Wolfgang von Goethe, *Faust*

L'Antico Caffè Greco in via dei Condotti era uno di quei luoghi unici nei quali la storia si era depositata strato su strato. Di chi vi si era fermato quando ancora era il ritrovo di artisti squattrinati, poeti e pittori, erano rimaste vedute di Roma, descrizioni appassionate, ballate e sogni. Erano appesi alle pareti, sui mobili, tra cornici, foto ingiallite e fregi. E l'atmosfera che si respirava era misteriosa, affascinante, tanto che gli sguardi degli ospiti seguivano le immagini e si soffermavano sui dettagli, ma invece di risposte trovavano solo altre domande. Sofia lo conosceva bene, eppure ogni volta che ci tornava le sembrava di trovarvi sempre un dettaglio che le era sfuggito le volte precedenti.

«Mi dispiace moltissimo.»

La voce di Ilaria era gentile, la mano salda sulla sua. Sofia aveva chiamato l'amica per rinunciare alla cena che avevano fissato, non era ancora pronta per vedere i vecchi amici.

«Grazie, ma sai, io non sono sicura che mi dispiaccia.» E poi tacque, quasi stupita dalla sua stessa affermazione. Era assurda, detta così. Era superficiale. Sbagliata. Provò a spiegarsi meglio. «Mi sento come se all'improvviso mi mancasse una parte di me, e allo stesso tempo mi sento sollevata. È una strana contraddizione.» C'era anche qualcos'altro. Ma apparteneva a un aspetto così profondo di lei, a qualcosa di così nascosto da non poterne parlare con nessuno. Così lasciò che ad affiorare fossero solo la rabbia e il sollievo.

L'espressione di Ilaria cambiò. Una profonda tristezza appannò il suo sguardo. «Qualche volta mi chiedo se esistano veramente confini certi nella vita.»

Era vero. Sofia la pensava allo stesso modo.

«Quando si tratta di emozioni, le cose si complicano», proseguì Ilaria. «E tutto assume un significato meno definito. A quel punto non c'è più nessun bianco o nero, ma solo sfumature. E comunque credo sia normale essere confusi, in un momento simile. Non è facile smettere di amare qualcuno. In fondo, credo che questo non accada. Il rapporto cambia, si evolve o regredisce.»

«È sempre stato facile parlare con te.» Le sorrise. Sofia avrebbe potuto dire di più sul suo rapporto con Alberto, raccontarsi attraverso ciò che le era accaduto, ma non voleva farlo. C'erano delle cose che dovevano restare private.

Continuarono a parlare, il profumo della cioccolata tra di loro, e quello dei dolci che un cameriere continuava a portare. Il pomeriggio trascorse in un modo piacevole, e presto la pesantezza iniziale dei loro discorsi si dissolse, lasciando posto alle piccole sciocchezze, chiacchiere che tuttavia ebbero il potere di rinsaldare il loro legame. Stavano ridendo quando Ilaria sentì l'allerta del suo cellulare; un'occhiata rapida e subito si alzò. «Devo andare a prendere Alessandro alla scuola materna. Ti chiamo domani, okay?»

«Certo, grazie. Non ero molto in vena di uscire, ma sono stata davvero molto bene. Abbraccia il bambino da parte mia. Mi piacerebbe tanto conoscerlo.»

Ilaria annuì, pensierosa. «Mi raccomando, cerca di stare su. La prossima volta voglio sapere tutto su Clarice. La sua storia mi affascina da morire.» Aveva ascoltato con interesse la sua scoperta. Indossò il cappotto, e la salutò con la mano. Sofia la seguì con lo sguardo, un sorriso sulle labbra che si spense appena l'amica scomparve tra i passanti.

E adesso? Cosa avrebbe fatto?

Il lieve senso di panico che non l'aveva lasciata nemmeno per un momento, in quei giorni difficili, tornò a farsi vivo.

Non era una domanda a lungo raggio la sua, non era conoscere il suo futuro quello che la interessava davvero. Piano piano i contorni di un nuovo percorso andavano formandosi. Quello che però non sapeva, e la spaventava a morte, era l'immediatezza, il momento che sarebbe seguito a quello che stava vivendo. Il tempo del presente.

Restò così, a guardare il tutto e il nulla, la gente che entrava, i bambini accanto ai genitori che saltellavano davanti alle vetrine dei dolci e reclamavano questo o quello. I ragazzi che si tenevano per mano, le signore distinte nei vestiti eleganti. E poi seguì gli affreschi alle pareti, e chi si era fermato a osservarli a sua volta.

Stava ancora vagando con lo sguardo dall'uno all'altro quando si soffermò su una figura in particolare. Era un uomo alto, in camicia bianca nonostante l'aria frizzante del tardo pomeriggio, spalle ampie, capelli neri e corti. Si muoveva in modo sicuro, come se fosse solo, incurante di chi lo circondava. E fissava qualcosa sulla parete. A un tratto sollevò la mano, sfiorando qualcosa davanti a sé. Continuò a muoversi lentamente, immerso in un mondo esclusivamente suo.

Dal suo posto Sofia non riusciva a distinguerlo bene. Piano piano, però, si accorse che vi era in lui qualcosa di familiare.

In quel momento l'uomo si voltò. Un istante di perplessità, poi focalizzò lo sguardo verso di lei, gli occhi nei suoi. Non le sorrise, non fece altro che fissarla. E le andò incontro.

«La signora della pace e delle stelle.» Si fermò davanti a lei, una mano sullo schienale di una sedia. «Non credevo ci saremmo rivisti.»

«In realtà nemmeno io.» Era proprio l'uomo che aveva conosciuto alla presentazione del Goethe alla Galileo Society. Adesso che lo guardava in piena luce, le sembrò più giovane di quanto avesse creduto. Ma l'espressione era la stessa. Intensa e penetrante. Gli sorrise. «Questa volta la trovo in mezzo alla gente, si è stancato della solitudine?»

Lo sguardo di lui si ammorbidì. Sollevò un angolo delle labbra, giusto un accenno di sorriso. «Eppure la folla garantisce qualcosa di molto simile, non crede? Noi decidiamo di non vedere, di non sentire. È un po' un gioco di volontà.»

Era vero. E lei l'aveva sperimentato di persona. Bastava parlarsi senza capirsi. Bastava procedere in due direzioni solo apparentemente uguali. «Ciò che dice è profondamente malinconico, ma lei non sembra una persona triste. Anzi, ho come l'impressione che si stia divertendo.»

L'uomo la fissò ancora, poi si guardò intorno prima di ritornare su di lei. «È sconcertante.» Le sorrideva apertamente adesso.

«Prego?»

Sofia attese che si spiegasse, ma lui non sembrava averne la minima intenzione.

«Un giorno magari ne riparleremo», tagliò corto, senza lasciarle il tempo di replicare. «Mi chiamo Tomaso Leoni. E lei è...?»

«Sofia Bauer.» Gli porse la mano, lui la tenne nella sua e si chinò appena. Un gesto elegante di altri tempi, che la stupì.

«Prego, vuole sedersi?» Gli indicò la sedia davanti a sé, più per educazione che per altro. Non era in vena di... non sapeva nemmeno lei cosa.

Lui sembrò pensarci un istante. «Meglio di no. Ho come l'impressione che per lei questo non sia il momento adatto. Le auguro un buon proseguimento di serata, signora Bauer.»

Prima che Sofia potesse rispondere, lui le baciò la mano e si allontanò. Si svolse tutto molto rapidamente. Un istante era davanti a lei, quello dopo era sparito. Si guardò la mano. Che strano personaggio, Tomaso Leoni, con il suo sguardo scrutatore. E poi a un tratto si rese conto di cosa fosse quel disagio che aveva sentito mentre lui le parlava.

Aveva avuto paura di lui.

Non che potesse farle del male, quello no, la stessa idea era assurda. Ciò che aveva temuto davvero era che lui potesse leggerle dentro, e la trovasse patetica. Perché era così che si sentiva. "Sto diventando ridicola." Si passò le mani sul viso, cercando di riprendere il controllo delle sue emozioni. Non era che uno sconosciuto: perché avrebbe dovuto importarle il suo giudizio? Respinse il pensiero e si concentrò sulla parte più piacevole della conversazione. L'aveva chiamata «la signora della pace e delle stelle». E lei si era sentita bene. E per nessun vero motivo, perché non vi era stato altro che qualche parola tra loro. Nessuna seduzione, nessun sottinteso, nessuna allusione. Solo una conversazione. Come potevano le parole essere così dolci, comprese quelle di uno sconosciuto?

Ma forse era proprio quello che le aveva rese preziose. Che lui fosse uno sconosciuto. In quel modo non si sarebbero mai infrante, come invece era accaduto alla sua esistenza, ai suoi sogni schiacciati dall'impietosa ballata della vita. Sarebbe stata l'unicità di quei pochi istanti a preservarle. Si alzò dopo qualche minuto, e chiamò il cameriere. «Mi porta il conto?»

«È tutto sistemato, signora. Buona serata, torni a trovarci.»

Sofia batté le palpebre. «Dev'esserci un errore...»

Il ragazzo le rivolse un gran sorriso. « È tutto a posto. A presto.»

Uscì dal caffè pensierosa. Possibile che Ilaria avesse pagato il conto quando lei non aveva ancora finito? Non le sembrava plausibile. Ma allora... Tomaso Leoni. Davvero era stato quell'uomo? Ma per quale motivo? Non si conoscevano, non avevano scambiato che poche parole.

Si sarebbe dovuta risentire di quel gesto. Era perfettamente in grado di pagarsi le proprie consumazioni. E poi si ricordò dell'inchino, e del baciamano. Sì. Un uomo di altri tempi davvero. Visto così, quel gesto era comprensibile. Mentre camminava tra i passanti si sollevò il bavero della giacca, si era alzato il vento; rabbrividì e affrettò il passo.

Tomaso Leoni entrò nel suo ufficio, lasciò il quaderno sul tavolo di quercia e si tolse la giacca. Allentò il nodo della cravatta e si abbandonò sulla poltrona. Il sole stava tramontando sul pavimento di marmo, dall'ampia vetrata i tetti dei palazzi sembravano repliche dei disegni che aveva appena visto all'Antico Caffè Greco. Si massaggiò gli occhi con i palmi delle mani. Era esausto e arrabbiato. Come diavolo aveva fatto Frank a ficcarsi in quel guaio? Ci aveva pensato tutto il pomeriggio, aveva controllato le carte finché non c'erano più stati dubbi. La firma sul testamento, che la sua agenzia di grafologia forense doveva esaminare, non era autentica. Era palese, era così chiaro che tutta una serie di interrogativi si delinearono nella sua mente. Il suo patrigno nonché socio, Frank Hobart, invece, l'aveva dichiarata tale.

Si alzò e prese a camminare lungo l'ampio studio. Fissò oltre le vetrate, le mani affondate nelle tasche. Era sceso di sotto, al caffè, per calmarsi, per riflettere. Ed era stato là che aveva incontrato nuovamente quella donna, Sofia Bauer... Indugiò un momento su quel pensiero, poi lo mise bruscamente da parte.

Attraversò il corridoio e raggiunse in pochi secondi l'ufficio di Frank. Un colpo secco alla porta.

La segretaria si affrettò a uscire. «Vedi se riesci a farlo ragionare tu, io ci rinuncio.»

A Tomaso non sfuggì il suo sguardo preoccupato. Socchiuse gli occhi, lasciandola passare. A cosa si stava riferendo Carla? «Che succede?»

Frank eluse la sua domanda. «Dove ti eri cacciato, Tomaso?»

«Non importa.» Entrò nella stanza e si chiuse la porta alle spalle. Dietro uno scrittoio Luigi XVI, posato su uno spesso tappeto persiano, un uomo sui sessant'anni dall'aspetto gioviale, il colorito acceso, sorrideva.

«Perché hai confermato l'autografia del testamento Baldini?»

Frank biascicò qualcosa, si versò da bere e mandò giù. «Perché è quello che facciamo in questo ufficio?»

Tomaso si avvicinò, posò i palmi sulla scrivania e si sporse verso il patrigno. «Stronzate. È apocrifo, un falso, e tu lo sai.»

«Sei sempre stato così. Un ragazzino arrogante. Ti dirò quello che ti dicevo allora. Modera i termini, figliolo, e calmati.» Lo ammonì con un dito. «E comunque io ho fatto tutti i rilievi e le comparazioni. Ti sbagli... io sono sicuro.» Fece una pausa. «Abbastanza sicuro.»

Tomaso non aveva bisogno di sentire l'incertezza nella voce di Frank, ma quell'esitazione e l'improvviso tremore delle sue dita confermarono quelle avvisaglie che si era ostinato a ignorare negli ultimi tempi. Perché era da un po' che il suo patrigno si comportava in modo strano. Gli venne da ridere mentre la gravità di quella consapevolezza gli cadeva addosso. Sua madre diceva sempre che odiava avere ragione. E in quel momento poteva comprenderla. Perché anche lui avrebbe dato qualsiasi cosa per essere in torto. Torto marcio. «Ritirala, prendi un appuntamento, chiama il giudice, fai quello che vuoi, ma recupera la relazione.»

Frank spalancò la bocca, l'espressione sbalordita. «Non ti sembra di esagerare?»

Tomaso gli mostrò il foglio che teneva fra le mani. «Questa è la firma di Armando Baldini presa dal suo documento d'identità, questa è quella che hai autenticato tu.» Fece una pausa. Erano così assolutamente e totalmente identiche che l'autenticità era non solo improbabile ma impossibile. Tomaso avrebbe scommesso che era stata impressa, sul testamento saltato fuori all'improvviso, con l'aiuto di un mezzo meccanico. Probabilmente un pantografo. «Cosa diavolo ti è saltato in mente? Perché non hai richiesto la perizia dell'ingegnere meccanico?»

Frank lo fissò perplesso. «Mi stai controllando, Tommy?» Un velo di sudore gli imperlò la fronte. Adesso sembrava ancora più arrossato.

«Non chiamarmi così, Frank.» Certo che lo stava controllando. Era quello che gli veniva meglio. Le incongruenze, le irregolarità, i tratti differenti, o assurdamente identici, gli erano sempre saltati agli occhi. Così il carattere pratico di Tomaso aveva ricavato un vantaggio da quella sua facoltà. Non era sempre gradevole essere soggetto a quel tipo di ipersensibilità visiva, che gli consentiva di ricordare le immagini con precisione millimetrica, ma aveva deciso di metterla a frutto. La sua passione per la scrittura manuale e per la calligrafia aveva fatto il resto. Così era diventato grafologo forense. Del resto anche suo padre lo era, e con Frank aveva fondato l'agenzia per cui ora lavorava. Ma la sua non era una semplice analisi della scrittura: era un'interpretazione complessiva. Non gli bastava comparare le grafie, era uno schema che ricercava. Il loro significato.

Tomaso aveva smesso di guardare Frank. La sua attenzione adesso era sugli occhiali caduti ai piedi della poltrona. Da quando aveva iniziato a portarli? «Hai qualche problema di cui non sono a conoscenza?»

«Cosa?» Frank seguì lo sguardo di Tomaso, poi raccolse gli occhiali e li depose sulla scrivania. «No, nulla.» L'uomo si lasciò andare contro la poltrona, e chiuse gli occhi.

«Stai mentendo. Cosa diavolo ti sta succedendo, Frank?» Mentre si avvicinava al patrigno, la preoccupazione affilava i suoi tratti.

«Lasciami stare.» Frank si alzò in piedi di scatto, e barcollò. Tomaso si sporse rapidamente, e lo afferrò per un braccio, sostenendolo. «Ti porto in ospedale.»

«Non è niente, ti dico.»

«Preferisco sia un medico a dirmelo.» Le labbra tirate in una linea di preoccupazione, chiamò Carla. «Accompagno Frank da un medico.»

La donna li precedette, spalancando la porta. Mentre Tomaso usciva, gli sussurrò qualcosa. Lui si voltò sorpreso. «Quando è successo?»

«Ieri. Ha detto che era solo un capogiro.»

Tomaso sentì una morsa serrargli lo stomaco. «Avresti dovuto dirmelo.»

«Le ho ordinato io di non farlo», borbottò Frank asciugandosi la fronte.

«Perché?» Tomaso era sbalordito.

Lui distolse lo sguardo. «Non sono affari tuoi.»

Non gli rispose subito. Dovette aspettare qualche secondo, ma si riprese in fretta. Il dolore era come una fiamma, quando passava la prima sensazione di bruciore si doveva ignorare il resto. Era così che si restava in piedi, che si andava avanti. «Riesci a camminare?»

«Sì.»

Non era sicura che le avrebbero consentito di accedere alla consultazione. Sebbene Sofia avesse lavorato come dipendente alla Bibliotheca Hertziana, il regolamento per la consultazione dei libri era molto severo, e non faceva eccezioni per gli ex dipendenti. Ma lei non aveva scelta. Senza qualche riferimento oggettivo, non sarebbe riuscita a venire a capo della sua ricerca. Clarice sembrava non essere mai esistita. Per fortuna riuscì ad accedere agli archivi: cercò nei libri che parlavano della legatoria nella Germania dell'epoca, consultò volumi sulla storia di Vienna per cercare qualcosa sulla sua famiglia, ma non vi trovò nulla. Neanche la pista di una rilegatrice donna portò a nessun frutto. Fu allora che Sofia ebbe un'intuizione. Cercò del materiale su Fohr, soprattutto qualcosa di autografo, e fotocopiò quello che riuscì a trovare.

Uscita dalla biblioteca, sapeva dove doveva andare per parlare con qualcuno di Clarice, del libro e di tutto il resto.

La libreria era aperta. Entrò di corsa, sbattendo la porta. «Signor Vinci!» Aveva il fiatone, e si precipitò verso il banco.

Il libraio spalancò gli occhi, sorpreso. Sul suo viso rugoso apparve un sorriso. «Sofia, che sorpresa! Ha già restaurato il libro? Non credevo di rivederla tanto presto.»

«Sono venuta altre due volte, ma era chiuso.»

Vinci sospirò. «Alla mia età, cara Sofia, alcuni giorni sono peggiori di altri.» Allargò le braccia in un gesto che esprimeva la sua rassegnazione. «Ho preso il raffreddore.» Le sorrise mestamente. «Ma la vedo turbata, è accaduto qualcosa?»

Oh, se era accaduto qualcosa! Gli si accostò. «Non è un libro qualunque quello che mi ha dato. Là dentro c'è un'altra storia.»

Il libraio si tolse gli occhiali, e dopo aver preso un panno li pulì lentamente. «Non sarò certo io a doverle ricordare che i libri sognano.» Si fermò, schiarendosi la voce. «"Un libro sogna. Il libro è l'unico oggetto inanimato che possa avere sogni." Lo diceva Ennio Flaiano. E io francamente ho sempre pensato che avesse ragione. Allora, cara ragazza, mi spieghi meglio, chi sogna il libro di Fohr?»

Sofia si avvicinò, il cuore che le batteva forte. «Una donna. Il suo nome è Clarice Marianne von Harmel. A questo libro lei ha affidato la sua storia e il suo segreto.»

8.

«L'alba ha una sua misteriosa grandezza che si compone d'un residuo di sogno e d'un principio di pensiero.»
Victor Hugo, *I lavoratori del mare*

«Come ha detto?» Il sorriso era scomparso dal volto del libraio. Lentamente spostò i volumi che teneva sul banco. In cima c'era quello che stava leggendo quando Sofia era entrata, fra le pagine il foglio che usava per segnare le citazioni. «Vuol dire che ha trovato il messaggio di una donna fra le glosse sul libro di Fohr?»

Lei scosse la testa. «Sì, no. In realtà è un po' più complicato di così.» Per un istante Sofia prese in considerazione l'idea di correre a casa dei nonni. Forse, mostrando al vecchio signore il foglio di Clarice, lui avrebbe compreso meglio. Poi qualcosa le fece cambiare idea. «Mentre lo esaminavo, ho trovato sotto i risguardi una specie di tasca. È lì che ho trovato il foglio. Qualcuno lo aveva nascosto. Credo che sia stata la stessa donna che ha scritto il messaggio, ma non sono sicura.»

Il libraio era sconcertato. «È una storia incredibile.» Ci mise un po' a pronunciare la frase. «Mi dica tutto. Cosa diceva esattamente?» Stava per aggiungere qualcosa, ma all'improvviso si interruppe. Con un'occhiata si accertò che fossero soli, poi uscì da dietro il bancone e, raggiunta la porta, la chiuse a chiave. Si voltò, gli occhi che brillavano di interesse. «Sediamoci là.» Le indicò un angolo. «Staremo più comodi.»

Sofia lo precedette. Andrea Vinci si muoveva a fatica. Gli porse il braccio. «Si appoggi a me.»

Le sorrise, inclinando un po' la testa. «È solo un po' di artrite, non si lasci ingannare dal suo buon cuore.» Fece una pausa e poi le indicò una poltrona. «Adesso, Sofia, ricomincia da capo, ti prego», disse passando al tu. «Devi proprio perdonare la libertà che mi prendo nei tuoi confronti, ma trovo che sia difficile esprimere adeguatamente le emozioni mantenendo un linguaggio formale. E quando si ha a che fare con un testo scritto, la capacità di immedesimarsi è fondamentale per poterlo comprendere.»

Lei lo capiva benissimo. Erano sempre state le emozioni a guidarla, loro le avevano permesso di entrare nella narrazione, di andare oltre le parole, di afferrare il pensiero dell'autore. Per questo era stata così brava nel suo lavoro di bibliotecaria. «È un messaggio, quello di Clarice. Racconta di sé, della sua vita. È nata ricca, in una famiglia aristocratica che l'amava, poi è accaduto qualcosa che ha cambiato tutto. Ma ciò che teme di più è che la verità vada perduta.»

«Quale verità?»

Ci pensò su prima di rispondere. «Non è chiaro. Non ci sono altre spiegazioni. È come se fosse solo la prima parte della storia.» Si fermò un momento. Mentre parlava con il libraio, aveva la sensazione che le sue idee si distendessero. E che le fosse tutto più chiaro. «Credo che la prima domanda a cui dovremo trovare una risposta sia perché Clarice abbia scelto il libro di Fohr.» Fece una pausa. «Perché ha nascosto il suo messaggio nella legatura, una parte del volume a cui solo poche persone avrebbero avuto accesso?»

«Quali persone?»

«Qualsiasi rilegatore che si fosse occupato del libro in seguito. Evidentemente questo pensiero le ispirava fiducia... È stata lei personalmente a nascondere la lettera», disse sicura.

«Cosa te lo fa credere?» La domanda del libraio era secca, come lo sguardo che le rivolse.

«Se avesse potuto mettere a parte del suo segreto qualcuno che le era accanto, non avrebbe avuto bisogno di nasconderlo. In questo modo invece voleva farlo avere a qualcuno che considerava affine a sé.»

Il libraio annuì. «Certo, è logico. Che altro sappiamo di lei?»

Quella fu la prima volta in cui Sofia la vide per davvero. Fino a quel momento la donna misteriosa era stata una vaga immagine nella sua mente. Ma mentre parlava di lei, le parole vergate con eleganza sembrarono sollevarsi dalla pagina e definirne il viso, la figura. Era una donna attraente, forte, capace di affrontare le difficoltà, e superarle. Aveva vissuto grandi dolori, era stata capace di sopravvivere, e aveva imparato un'arte. Il suo senso di giustizia era saldo, e l'aveva spinta a fare ciò che era meglio. Aveva scritto, in quelle poche righe, che le sue azioni avrebbero potuto mettere in pericolo la sua famiglia. Ma nonostante tutto, era qualcosa che andava fatto. Aveva occhi blu, così scuri da sembrare neri, come spesso accadeva nelle nobildonne germaniche. E castani erano i capelli, lunghi come era in uso a quell'epoca. Amava i libri, e li conosceva intimamente, perché era una rilegatrice. E a quei tempi ciò significava avere una cultura profonda.

«Può anche darsi che non si fidasse dei suoi contemporanei. Forse era qualcosa che non doveva essere scoperto subito, ma che non poteva andare perduto. Qualcosa di importante, che non poteva ancora essere rivelato.» Andrea teneva le mani giunte, vi aveva posato sopra il mento e rifletteva in silenzio.

«Sì, è plausibile. Ma lei dice che il segreto non è suo, lei lo *conosce.* E poi parla di qualcosa che è stato compiuto e deve essere tramandato.» Tacque mentre una frase le tornava in mente. *Cos'è la natura senza l'uomo e il suo pensiero?* Spalancò gli occhi. «C'è una frase alla fine del foglio... È un messaggio. È un invito. La natura è il tema del primo libro, l'uomo quello del secondo, e il pensiero conclude l'opera. È come se Clarice ci stesse dicendo che dobbiamo proseguire nella lettura dei libri seguenti della trilogia. Infatti il messaggio a un certo punto si interrompe.» Si voltò, scrutando la libreria. «Il resto della storia deve essere all'interno degli altri due libri; senz'altro avranno la stessa legatura.» Si alzò. «Li ha qui?»

In quel momento il vecchio parve riprendersi. Ma subito il suo sguardo si spense. «Non li ho. Era isolato, quando lo... trovai. Non c'erano altri volumi.»

Com'era possibile? Sofia non riusciva a credere che il libraio non possedesse anche i restanti volumi dell'opera di Fohr. «E non ci sarà la possibilità di trovarli? È una prima edizione dell'editore Cotta di Stoccarda. L'anno è il 1816. La copertina in marocchino rosso...» Scandì le parole, aggiungendo un'informazione dopo l'altra, come se cercasse di persuadere il libraio. Non riusciva ad arrendersi. E poi prese a camminare avanti e indietro. «I cataloghi delle librerie antiquarie, delle biblioteche... Ormai tutto è digitalizzato.» La voce si affievolì. Sembrava che nemmeno lei credesse davvero a quello che stava dicendo. Ciò che stava cercando poteva trovarsi ovunque.

«C'è sempre stata una cosa che ha accomunato tutti i libri.» La voce del libraio era monotona, riflessiva.

Sofia tentò di ignorarlo. Non voleva ascoltarlo, non voleva pensarci. Non poteva finire tutto così. «Sono fatti di carta», sussurrò. «Bruciano, o si bagnano. E alla fine è quasi la stessa cosa. Questo significa che potrebbe non esserci altro da trovare.»

Un silenzio pesante di sconfitta scese su di loro, poi Andrea all'improvviso sorrise. «Cara ragazza, il libro, lo ricordo con precisione, aveva delle note a margine. Erano commenti al testo, per lo più. Ma visti nel complesso, alla luce di questi nuovi fatti, è possibile che possano aiutarti a comprendere meglio lo scritto di Clarice.» Si fermò un istante, l'indice che batteva sul mento. «Hai già letto anche quelle?»

Sofia si rianimò un poco. «In modo molto superficiale. Non ho avuto molto tempo.» Allora se n'era accorto anche lui? All'inizio non gliene aveva fatto cenno.

Si erano fermati davanti al bancone.

«E ti era tutto chiaro?»

Agitò una mano. «Certo, sono in tedesco, come lo scritto di Clarice, e in una grafia molto simile.» Si fermò, pensierosa. «Il problema non sono le note. Quelle riesco a leggerle, il punto è un altro.»

«Ossia?»

«Non sono in grado di stabilire con certezza se è stata Clarice ad averle scritte, o qualcun altro. La grafia è troppo minuta, non possiedo gli strumenti né le competenze per poterlo affermare. Se il libro fosse suo, se a scriverle fosse stata Clarice, allora tutto cambierebbe.»

Il vecchio passò dietro il banco, prese un quaderno e lo aprì. Il dito nodoso scorreva tra le pagine cercando qualcosa, mentre il silenzio era scandito appena dai loro respiri. «Ecco, segnati questi nomi. Frank Hobart, Tomaso Leoni. Sono due esperti grafologi. Loro sapranno darti delle risposte.» Scrisse i recapiti su un foglio, e lo porse a Sofia.

«Grafologi?»

«Sì, hanno un'agenzia che si occupa di perizie grafologiche, a scopo forense o per valutazioni antiquarie. Possiedono quel genere di abilità che può decretare le fortune di molti, o farle sfumare.» Lanciò un'occhiata a Sofia. La soppesò con lo sguardo. Poi chiuse il quaderno. Un sospiro profondo, e un sorriso. «Ti chiedo scusa mia cara. Ho esagerato.»

«Come?» Sofia era confusa. «Non capisco.»

Lui allungò una mano. «È evidente, sei turbata. Mi dispiace, non era mia intenzione insistere perché tu indagassi.» Rise piano, e poi si strinse nelle spalle. «È che tutto mi sembra così misterioso, e affascinante. Una donna vissuta due secoli fa nasconde un messaggio in un libro, tu lo trovi e riesci a comprenderlo... e adesso siamo qua a parlarne insieme. Ecco, temo di essermi lasciato prendere dall'entusiasmo.»

Il viso di Sofia si distese; comprendeva perfettamente l'interesse dell'uomo, e lo condivideva. Gli sorrise, qualcosa di molto simile alla complicità. «Lei non c'entra. Stavo pensando a Tomaso Leoni. Conosco quell'uomo.»

Adesso era il libraio a essere sorpreso. «Davvero? Ma che strana combinazione.»

Per un istante anche lei pensò che si trattasse di una coincidenza. Ma se rifletteva davvero, a favorire la loro conoscenza erano state una serie di circostanze riconducibili agli interessi che entrambi avevano in comune.

La prima volta aveva incontrato Tomaso alla presentazione del Goethe, la seconda al caffè Greco, un luogo che da sempre attirava scrittori e amanti delle arti. Adesso scopriva che lui esercitava un mestiere legato alla scrittura... Era un grafologo. Ecco perché era un uomo così particolare. Dovevi essere molto perspicace per riuscire a osservare qualcuno attraverso l'analisi della sua scrittura. No, decise. Non era una coincidenza quella che era capitata. Entrambi gravitavano all'interno di un mondo che alla fine era molto piccolo.

«Mi ha fatto un'ottima impressione. Gli chiederò una consulenza.»

Salutò il libraio con la mano. Sul foglietto, Andrea aveva aggiunto anche i propri recapiti. Lo infilò in tasca e uscì dalla libreria sorridente, all'idea di poter continuare le ricerche. Certo non era ciò che aveva sperato, visto che la storia di Clarice probabilmente si era interrotta, ma era curiosa di sapere cosa avrebbe scoperto sulle note. Mentre attraversava la strada le tornò in mente la conversazione che aveva avuto con Vinci. Lui non poteva sapere che, da quando le aveva regalato il *Discorso sulla natura*, la sua vita era cambiata. Era come se Clarice con la sua lettera l'avesse costretta a guardarsi dentro, a capire ciò che voleva. Possibile che bastasse così poco? Un giorno ti accade qualcosa, e tutto assume un nuovo significato?

E poi scosse la testa. No, non era quello, ma le conseguenze di eventi iniziati molto tempo prima. Come una sorta di catena, fatta di tanti anelli uno legato all'altro. Per un attimo il pensiero andò ad Alberto, ma per fortuna le telefonate di suo marito si erano diradate fino a scomparire del tutto. E quel silenzio la lasciava tranquilla.

Salì le scale e salutò Felipe.
«Oggi la vedo molto, molto meglio, signorina.»
«Grazie.» Sorrise tra sé, poi una volta in casa si preparò la cena, pensando ai passi successivi.
I suoi genitori li aveva già sentiti, anche se non avevano parlato a lungo. Entrambe erano persone molto pratiche, abituate a risolvere i problemi quando ne incontravano uno. Il fatto che non avessero mai legato con Alberto era stato d'aiuto, naturalmente. Con i suoi nonni però sarebbe stato diverso.
Sofia non voleva che sapessero quanto fosse provata da ciò che era accaduto, quanto si sentisse responsabile di quella situazione. E per quanto sapesse oggettivamente di non esserlo, perché il fallimento del matrimonio era qualcosa che ricadeva su entrambi, non riusciva a liberarsi del senso di colpa. Guardò nuovamente il cellulare. Domani, pensò. Il giorno seguente li avrebbe chiamati. Per adesso si sarebbe dedicata alle cose belle.
«Tomaso Leoni», disse piano. «Chi lo avrebbe mai detto?» Sorrise e si sedette, il foglio in grembo, il telefono tra le mani. Digitò il numero e attese.
«Sì?»
«Buonasera. Vorrei parlare con Tomaso Leoni.»
«Sono io. Mi dica pure.»
E adesso? Come doveva procedere? «Avrei bisogno di un appuntamento.»
La voce era come la ricordava, profonda, gentile. «Potrebbe dirmi qualcosa di più?»
«Veramente… è una cosa complicata da spiegare così.» Seguì un silenzio, nel quale a Sofia sembrò di vedere quel suo sorriso strano.
«Provi iniziando con il suo nome. Al resto ci arriveremo.»
Prese un profondo respiro. Un po' quella situazione la divertiva, un po' la spaventava. Non aveva idea del perché quell'uomo le facesse quello strano effetto, ma non aveva intenzione di sopravvalutare le sue ridicole sensazioni. Il libraio le aveva indicato Tomaso e la sua agenzia come una delle migliori, e a lei serviva un grafologo. La storia di Cla-

rice era troppo importante. Era possibile che finisse là, e che lei non avrebbe mai conosciuto il segreto a cui lei alludeva. Ma il resto, tutto ciò che il libro di Fohr poteva offrirle, quello lo avrebbe scoperto. «In realtà noi ci conosciamo.»

Un istante di silenzio. «Sofia?»

9.

«Verrebbe a mancare ciò che caratterizza le grandi passioni:
l'immensità degli ostacoli da superare
e l'oscura incertezza dell'evento.»
Stendhal, *Il rosso e il nero*

Tomaso attese che la telecamera di sorveglianza lo inquadrasse, le dita che battevano impazienti sul volante. Il cancello automatico si aprì lentamente. Inserì la marcia inoltrandosi nel parco. Mentre percorreva l'ampio viale si sforzò di respirare a fondo.

Non gli piaceva quella casa, ma più di tutto non gli piaceva essere costretto a fare cose che non voleva. Parcheggiò al solito posto, sotto il grande olmo. La sensazione di disagio cresceva, come la sua irritazione.

La villa si estendeva davanti a lui con una serie di arcate che conducevano a un portico ordinato, dove gruppi di gerani rossi spiccavano sotto le luci soffuse. Si elevava verso il cielo per tre piani. Nonostante la struttura classica che ricordava una dimora patrizia, era stata costruita in un periodo che poteva considerarsi moderno. Un'occhiata era sufficiente a stabilire che, qualunque fosse stata la visione dell'architetto, l'obiettivo di grandiosità e ostentazione era stato raggiunto in pieno.

La prima volta che l'aveva vista, Tomaso aveva dieci anni. Lo avevano dovuto trascinare di peso per costringerlo a entrarvi, e solo dopo aver riconosciuto sua madre aveva smesso di scalciare.

«Buonasera, signore. Come sta?» Una donna piccola ed esile, in uniforme, attendeva accanto al portone aperto. Nonostante l'età avanzata, lo sguardo era limpido, il sorriso sincero.

«Molto bene, grazie, Scilla. E tu?» Non le diede la giacca, raggiunse l'armadio nascosto da un pannello di quercia e l'appese personalmente.

La governante lo seguì divertita. «Adesso che lei è qui, benissimo. Le hanno detto di recente quanto sia diventato bello?»

Lui ricambiò il sorriso e poi si chinò a baciarle la guancia. «L'ultima a farlo sei stata tu. Ma il tuo parere non vale.»

«Il fatto che abbia dato qualche bacino ai suoi graffi quando portava i pantaloni corti non significa che sia cieca.» La governante schioccò la lingua con disapprovazione. «Che è successo alle donne di questo paese? Ai miei tempi, uno come lei sarebbe stato già messo nel sacco da un pezzo. Il prossimo mese compirà trentasei anni, dovrebbe tenerlo a mente.» Borbottando, Scilla lo precedette verso il grande salone.

Tomaso la seguì in silenzio, un sorriso divertito sulle labbra. Aveva dimenticato quanto fosse estenuante e allo stesso tempo piacevole avere qualcuno che si preoccupa costantemente di te.

Non si era mai legato davvero a nessuna. Le donne con le quali aveva condiviso un periodo della sua vita erano come lui, interessate a realizzarsi nel lavoro. E questo significava mantenere una certa distanza. Aveva lasciato la casa del suo patrigno appena compiuti i diciotto anni, e aveva fatto in modo di tornarvi solo in visita. Non era stato semplice, e costruire la sua carriera aveva assorbito ogni sua energia. Eppure, mentre schivava le domande impertinenti di Scilla, un'intensa sensazione di calore si propagò nel suo petto. Si chiese se aver messo quei limiti alla sua vita lo avesse privato di qualcosa di davvero importante. Quando si accorse della direzione che stavano prendendo i suoi pensieri, li riportò in carreggiata. Stava diventando sentimentale.

«Sua madre è in salotto. Vi lascio da soli. Non osi andarsene senza salutarmi», lo minacciò.

«Solo se mi prometti di uscire con me una di queste sere.»

Scilla era sulla porta, si fermò pensierosa. «Si ricorda di quando mi chiese di sposarla?»

«Certo. Il tuo rifiuto mi ha spezzato il cuore. A undici anni certe cose possono fare un male del diavolo.»

Il sorriso della governante si allargò. «A quell'epoca le diedi un consiglio, credo che adesso sia arrivato il momento di seguirlo.» Non gli lasciò il tempo di replicare, e sparì dietro una porta con un ultimo gesto di commiato.

Era stata Scilla, in quei primi tempi trascorsi alla villa, a prendersi cura di lui. E sempre lei aveva coperto le sue fughe, andando a recuperarlo personalmente tra le quattro mura della biblioteca di suo padre. Era quello il suo rifugio, il luogo sicuro nel quale nascondersi. E in seguito, quando lo stabile era stato affittato, Scilla aveva organizzato il trasloco dei volumi, trasferendoli in un magazzino e portandoci Tomaso di tanto in tanto, affinché lui sapesse che ciò che restava di Massimo Leoni era al sicuro, tenuto in serbo per lui.

Le ampie vetrate sembravano pareti di velluto nero. Non c'era la luna, quella notte. L'oscurità era densa, fitta come una coltre. Tomaso fissava un punto indefinito, una porta sul passato. Non ricordava il volto di suo padre. E negli anni successivi alla sua morte questo lo aveva riempito di disperazione. L'amore per la scrittura era ciò che lo aveva legato davvero a lui, così ne aveva fatto un mestiere. Aveva lasciato l'Italia per trasferirsi a New York, e là si era presentato a casa del fratello di sua madre con una lettera stretta nel pugno. Suo zio gli aveva dato una pacca sulla spalla, messo un tetto sulla testa e aiutato a trovare un lavoro con il quale mantenersi al college. E Tomaso era diventato un uomo.

«Eccoti, finalmente.»

Si voltò in direzione della voce.

«Perché ci hai messo tanto?» Luisanna Leoni Hobart gli andò incontro, porgendogli la guancia. Prima di chinarsi verso sua madre, Tomaso socchiuse gli occhi. Non la baciò, preferendo stringerla in un abbraccio, e con un lampo di sconcerto si rese conto di quanto fosse dimagrita. «Il traffico sul raccordo è peggiorato. La prossima volta, per raggiungerti in tempo per la cena dovrò partire il giorno prima. Dovrai telefonarmi per tempo.»

Luisanna agitò un dito, ammonendolo. «Ragazzo insolente. Sai benissimo di non avere bisogno di inviti per cenare a casa tua.» Nonostante sorridesse, in fondo ai suoi occhi c'era un'ombra. Ma lui non poteva farci proprio nulla.

Come non poteva fare nulla per ciò che provava riguardo a quella che in realtà era la casa di Frank.

Che lui non si fosse mai sentito a suo agio, là dentro, era un fatto. Ma lo tenne per sé. In fondo gli bastava sapere che sua madre era sincera. Che pensava veramente ciò che gli aveva appena detto. Le prese una mano, e ne baciò il dorso. «Le mie scuse, mamma. Sai come sono fatto.» Non inventò impegni fasulli, né altre giustificazioni. La guardò negli occhi e le disse la verità.

Sul viso della donna brillò un lampo di emozione, subito sostituito da una smorfia. Un silenzio teso scese tra loro. Poi Luisanna sorrise. «Vieni di sopra, tuo padre… non so più cosa fare con lui. Non mi ascolta, spero che a te dia retta.»

Quel tono forzatamente leggero lo disturbò. Non era quello che aveva avuto intenzione di dirgli, lo sapevano entrambi.

Tomaso irrigidì la mascella, e per un istante si rimproverò di aver accettato l'invito. Una rabbia gelida rallentò i suoi passi. Perché sua madre aveva sentito il bisogno di tirare in ballo Frank in quel momento che era solo loro? Odiava quel modo di fare. Era ciò che lo aveva allontanato da lei in quegli ultimi anni.

Ritornò al presente. Luisanna aveva tirato in ballo Frank perché era a conoscenza del fatto che lui non lo aveva mai accettato nel ruolo di padre. Perché voleva costringerlo a rendersene conto, a cambiare atteggiamento. Ma lui non ne aveva la minima intenzione. L'uomo che Luisanna aveva sposato dopo essere rimasta vedova non era suo padre. E nonostante lei si ostinasse a pensarla a modo suo, non c'era nulla che potesse cambiare le cose.

All'improvviso sentì una profonda compassione per sua

madre, presa tra due uomini che avevano deciso di aver a che fare l'uno con l'altro solo per amore di lei.

«Cosa volevi dirmi prima?» Le prese una mano, e la tenne saldamente. Non ebbe bisogno di specificare a cosa si riferisse. Lei lo sapeva perfettamente. Percepì la sua tensione. Era nel tentativo di liberarsi, nel tremito delle dita delicate. Luisanna lo guardò da sopra la spalla. «Non adesso», lo supplicò.

Ma Tomaso non aveva nessuna intenzione di lasciar perdere. «Voglio solo sapere cosa stavi per dirmi.» Non comprendeva quell'esitazione, quella reticenza. Sua madre non era una donna debole. Se lo fosse stata, non sarebbe arrivata dov'era. Un istante prima aveva visto aprirsi una crepa in quella superficie pacata, prima che lei la richiudesse estromettendolo.

Sembrava esausta, i begli occhi cerchiati di scuro. La sentì sospirare, un esile gemito che divenne un sorriso triste. «Non lo indovini da solo? Davvero hai bisogno che te lo confermi io?»

Che strana domanda, pensò. Era ancora molto attraente Luisanna, di quella bellezza che invece di diminuire con l'età cambia e si trasforma in fascino ed eleganza. I capelli neri lisci raccolti sopra la testa, l'ovale pallido da madonna, il sorriso malinconico, come lo sguardo. Non aveva preso nulla da lei. Era alto, robusto, con grosse mani dalle dita lunghe e forti. Nessuno, guardandoli insieme, avrebbe mai detto che fossero madre e figlio.

Luisanna chinò la testa, e quando la sollevò i suoi occhi erano lucidi. «Sei identico a Massimo. Lui sarebbe fiero di te.»

Un nodo gli serrò la gola. Aveva perso suo padre all'improvviso, e nonostante da allora fossero trascorsi più di vent'anni, Tomaso aveva sentito la sua mancanza tutti i giorni. «Grazie.» Il sussurro era solo per lei, nessun altro lo udì.

Si vergognò di aver perso la pazienza. Sua madre non parlava mai del primo marito. A Tomaso c'erano voluti anni per comprendere che non si trattava di indifferenza. Quel colloquio gli dimostrava che, per quanto lei tirasse in ballo Frank, c'era comunque Massimo Leoni nei suoi pensieri.

Non lo aveva dimenticato. Non lo aveva cancellato dalla sua vita.

Luisanna gli sorrise e lo prese sottobraccio. «Ho bisogno di te, e anche lui. Se tu non lo avessi costretto ad andare all'ospedale, sarebbe morto. Non so come ringraziarti, figlio mio.»

Non voleva i suoi ringraziamenti. E gli dispiaceva che sua madre sentisse di dover mantenere quelle formalità tra loro. «Farsi dimettere prima del tempo non mi sembra la mossa migliore per restare vivo.»

«Ho cercato di convincerlo a ricoverarsi in una clinica, ma non ne ha voluto sapere. Continua a minimizzare. Io... non l'ho mai visto così.»

«Cosa vuoi dire?»

Lei abbassò la voce. «Confuso, assente. Non ci vede, sai? L'ho sorpreso a tastare lo spazio con la mano. È una cosa che gli accade all'improvviso, e poi torna tutto normale. Non so che fare.»

Sua madre socchiuse la porta della camera. «Frank caro, possiamo entrare? Tomaso è arrivato. Avevi detto di volergli parlare assolutamente, ricordi?» Ammutolì, allarmata, gli occhi sul marito accasciato sui cuscini. «Che hai? Ti senti male?» Gli corse accanto, il bel viso tirato dalla preoccupazione.

«No, no. Riposavo solo gli occhi.» La voce era roca, il respiro affannato. «Vorrei il mio tè, potresti prepararmelo cara? Ma non farlo fare a Scilla, non mi piace il suo.»

«Certo. Torno subito.» Luisanna uscì, lasciando soli i due uomini.

Frank si tirò su, poi ricadde pesantemente sul letto. Tomaso subito gli fu accanto. «Lascia fare a me.» Lo sostenne, aiutandolo a distendersi. In quei pochi giorni il patrigno sembrava invecchiato di un decennio. «Non dovresti affaticarti.»

L'uomo scoppiò in una risata, subito spenta da una tosse rauca. Indicò la porta da cui era appena uscita sua moglie. «Sai, non ho mai capito perché abbia accettato di sposarmi. Dopo la morte di tuo padre era come se se ne fosse andata con lui.» Tacque un istante. «A ogni modo sono grato al cielo che lo abbia fatto.»

L'espressione di Tomaso era di pietra. Non aveva nessuna intenzione di replicare.

Una smorfia, un sorriso amaro, seguito da un silenzio pesante. «Ti capisco sai, se ce l'hai con me, Tommy. Avevi ragione a odiarmi. E comunque, ragazzo, detto tra noi, non mi sei mai andato a genio neanche tu. Eri un piccolo bastardo litigioso.» Gli sorrise. «Con la crescita sei migliorato, non posso negarlo. Voi italiani l'avete nel sangue, l'eleganza. Ma continui ad assomigliargli troppo.» Sospirò, lo sguardo lontano. E poi agitò un dito nella sua direzione. «Era come averlo tra i piedi in continuazione, Massimo.» Un altro respiro aspro. Una lunga pausa. «Abbiamo litigato un'unica volta, io e lei. Fu per colpa tua. Fece le valigie sai? Quel giorno finalmente riuscii a comprenderla per davvero. Se non avessi trovato il modo di volerti bene, l'avrei perduta. Per questo quando hai preso il posto di tuo padre nell'agenzia ti ho sostenuto, lasciandoti ampia libertà. In quanto a tua madre... che Dio mi aiuti, ho fatto quello che era necessario per darle tutto ciò che meritava.»

Nemmeno per un istante Tomaso fece l'errore di scambiare il discorso del patrigno per delle scuse. Lo conosceva bene, sapeva che sotto quelle parole c'era ben più di quanto gli stava dicendo. Era il suo modo di metterlo in guardia. Socchiuse gli occhi, la preoccupazione che montava dentro di lui. «Cos'hai fatto esattamente, Frank?»

Il patrigno distolse lo sguardo, fissandolo nuovamente sulla porta. «Ciò che dovevo. Adesso tocca a te, figliolo. Occupati di lei. Tua madre avrà bisogno di te.»

Per un breve momento Tomaso pensò di scrollarlo fino a fargli sputare la verità. Invece restò là, impietrito dall'impotenza. Si fece coraggio, prese un respiro profondo. «Che ti ha detto il medico?»

«Le solite cose.» Si passò il dorso della mano sulla bocca. «La verità è che mi ci vorrebbe un cuore nuovo. Questo ormai è andato.»

Solo allora Tomaso si rese conto del colore livido intorno

alle sue labbra. Prima che potesse indagare oltre, Luisanna entrò nella stanza, un sorriso forzato, l'espressione tesa. «Eccomi, tesoro. Tommy, avete parlato abbastanza, adesso tuo padre deve riposare.»

Lui prese il vassoio dalle mani della madre e lo posò sul comodino. «Certo. Ti aspetto di là.» Si congedò con un'occhiata. Ma, per quanto fosse furioso, non riuscì a provare per il vecchio disteso sul letto altro che una profonda pena. Si erano odiati a vicenda, e poi avevano imparato ad andare d'accordo. Ma quello era tutto.

Uscì in corridoio e scese di sotto, le parole di Frank in testa. Non aveva smesso un momento di pensarci.

Erano lontani i tempi in cui si sarebbe sfogato con i pugni, eppure a Tomaso prudevano le mani. Era maledettamente tipico di Frank Hobart e del suo bizzarro senso dell'onore, quell'atteggiamento. Per quanto lo riguardava, il patrigno e la sua etica americana potevano andarsene al diavolo.

10.

«Io non odio persona del mondo, ma vi sono cert'uomini
ch'io ho bisogno di vedere soltanto da lontano.»
Ugo Foscolo, *Le ultime lettere di Jacopo Ortis*

Era da qualche minuto che, seduta all'interno della sua vettura, Sofia osservava l'ingresso del palazzo in cui aveva vissuto negli ultimi anni. Controllò l'ora per l'ennesima volta, senza tuttavia decidersi a salire. Dubitava che Alberto fosse nell'appartamento, ma voleva essere sicura di non incontrarlo.

Aveva bisogno di diverse cose che aveva lasciato in casa. Inspirò profondamente cercando di farsi coraggio. Non aveva più sentito suo marito. Gli aveva scritto un messaggio per informarlo che intendeva andare a prelevare la sua roba, ma lui non le aveva risposto. «Nemmeno la più banale cortesia», borbottò.

Più tempo trascorreva lontano da lui, più le sembrava di ritrovare sé stessa. E di vederlo per ciò che era.

La distanza che aveva messo tra loro l'aveva aiutata a comprendere quanto fosse stata stupida a far durare quel matrimonio che fin da subito aveva mostrato le sue fragilità. Era come se per tutto il tempo si fosse ostinata a cercare in quello sconosciuto cupo e pieno di risentimento il giovane divertente e solare del quale si era innamorata. All'inizio della loro relazione Alberto era stato un ragazzo pieno di vita.

Peccato che dell'entusiasmo iniziale, già dopo pochi mesi, non era rimasto che una sorta di famelica avidità, e un cieco egoismo. E se all'inizio Sofia aveva attribuito il suo cambiamento a una serie di circostanze sfavorevoli, in seguito aveva capito che c'era qualcosa in lui che gli impediva di gioire dei propri successi, delle piccole soddisfazioni, della bellezza che lo circondava. Se accadeva qualche problema sul lavoro era perché i colleghi lo odiavano. C'era sempre qualcuno dell'ufficio legale da superare, e poi da umiliare doverosamente, perché altrimenti gli altri si approfittavano di te. Quella era in sintesi la sua filosofia di vita.

Fece una smorfia. Detestava quel modo di pensare. Era intossicante. E per quanto la notte si svegliasse da sola, in preda alla paura, era comunque felice di essersene liberata.

Un colpo secco al finestrino la fece trasalire. «Gesù, Joice, mi hai fatto prendere un colpo. Che ci fai qui?»

«Ti ho vista dalla finestra. Dai, sali che ci facciamo due chiacchiere. Tuo marito è venuto a trovarmi l'altra sera.»

Sofia se ne chiese il motivo. A lui Joice non era mai andata a genio. «Sai se è in casa?»

L'amica scosse la testa. «Credo sia uscito. L'ho incontrato sulle scale questa mattina, andava di fretta.»

Scese dalla macchina e tornarono insieme verso il palazzo. Mentre faceva i gradini, provò nuovamente la spiacevole sensazione di oppressione di quando abitava là. Era come toccare un nervo scoperto, si rese conto. Si sentiva ancora troppo coinvolta.

Inserì la sua chiave nella serratura, e tentò di aprire. «Non capisco», borbottò riprovandoci.

Ma dopo un paio di tentativi dovette arrendersi all'evidenza.

«Ha cambiato la serratura senza nemmeno avvisarmi.» Non riusciva a crederci.

«Lascia perdere. Il fabbro è venuto il giorno dopo che sei andata via.» Joice era stata zitta, ma aveva, sul viso un'espressione tra la compassione e il divertimento. «E non fare quella faccia, io al posto tuo sarei contenta.»

No che non era contenta. Era delusa, amareggiata. «Là dentro c'è tutta la mia roba.» Ma nello stesso momento in cui pronunciava quella frase si rese conto che era riduttiva, era persino sciocca. Al diavolo i suoi oggetti personali. Il punto era un altro. Non erano che due estranei, ormai. Lei intenzionata a non vederlo, a non sentirlo. Lui che la offendeva e le impediva persino di prendere le proprie cose.

Joice si strinse nelle spalle. «Puoi sempre passare dal terrazzo. Ma vorrei che prima mi togliessi una curiosità: cosa ti sei dimenticata di così tanto importante da farti tornare nella tana del lupo?»

Sofia le scoccò un'occhiataccia. «Non ti sembra di esagerare?»

«Per niente.» Joice si fece da parte, invitandola a entrare nel suo appartamento. «Tu vedi sempre il meglio nelle persone. Persino in lui.»

Non le diede retta. «Cosa voleva da te, a ogni modo?»

«Come posso saperlo?»

«Ma non hai detto di averci parlato?»

«No. Lui voleva parlare. Io mi sono limitata a guardarlo dallo spioncino.»

Sofia scosse la testa. Le era difficile qualche volta seguire i ragionamenti di Joice.

Ci volle meno di un minuto per scavalcare il muretto, come aveva fatto decine di volte quando abitava ancora là, anche se nel senso inverso. «Speriamo che non abbia chiuso la vetrata.» Mentre girava la maniglia, l'anta prese a scorrere. Le due amiche si scambiarono uno sguardo.

«Non è violazione di domicilio, tecnicamente siete ancora sposati. E questo è il vostro domicilio coniugale.»

Sofia non aveva nessuna intenzione di discutere la teoria di Joice. L'unica cosa che le interessava davvero era recuperare le proprie cose e andare via. Il fatto che Alberto avesse cambiato la serratura di casa era un gesto che parlava da solo. E il messaggio era chiaro.

Aprì l'armadio in camera da letto, ma al posto dei suoi vestiti c'era il vuoto. E non trovò nulla nemmeno nella scarpiera e nello studio. Niente. Niente in ogni camera della casa. Ogni oggetto che le era appartenuto era sparito. Vestiti, libri, fotografie. Sofia capì che aveva gettato via ogni cosa, quasi volesse impedirle di riappropriarsi della sua vita.

«Credo che questo sarebbe un buon momento per qualche imprecazione di buongusto. Che so, qualcosa che abbia a vedere con gli antenati di Alberto, voi italiani siete maestri in questo genere di cose.» Joice sospirò mestamente. «Scusa se te lo dico, Sofia, ma tuo marito ha grossi problemi di relazione.»

«Non è mio marito. Non lo è più da un pezzo.»

Non accettò l'invito a trattenersi dall'amica. Uscì quasi di corsa, e tornò in macchina. Mentre faceva inversione lo vide arrivare. Alberto stava attraversando la strada. Per un istante pensò di fermare la macchina là in mezzo alla via e dirgli cosa pensava di lui e del suo inqualificabile gesto, poi ci ripensò. Era ancora piena di amarezza, ma l'idea di guardarlo in faccia dopo quello che le aveva fatto la nauseava. E allora si sentì invadere da una sorta di calma.

Di quel qualcosa che nei giorni precedenti le aveva impedito di formalizzare la separazione, non era rimasta traccia. Dopo l'appuntamento con Leoni avrebbe chiamato Ilaria, decise. Chissà se la sua amica conosceva qualche bravo avvocato divorzista. Prima si liberava di Alberto De Santis e meglio sarebbe stato per tutti.

Conosceva l'odore del tradimento. Avrebbe dovuto sapere cosa stava combinando Frank. Se solo non si fosse voltato dall'altra parte, lo avrebbe scoperto subito. Il punto era che non aveva voluto vedere, lo aveva ignorato deliberatamente in nome di quell'impegno che aveva preso con sua madre di cercare di far funzionare le cose tra loro.

Seduto sul pavimento, con le spalle alla parete, Tomaso portava sul volto i segni della notte che aveva trascorso a controllare carte e registri. Adesso giacevano ammonticchiati ai suoi piedi.

Frank aveva tenuto una doppia contabilità. Sulle transazioni di cui si era occupato aveva trattenuto una percentuale. E non aveva pagato completamente i fornitori, né le costose consulenze agli ingegneri chimici e meccanici di cui si avvalevano per il loro lavoro. Non aveva pagato nemmeno i ricercatori. Si era limitato a tenerli a bada con acconti. Ecco perché, nonostante all'agenzia non mancasse il lavoro, ogni imprevisto diventava un problema. Si coprì il volto con le mani, e poi si alzò. Era mortalmente stanco. Che sciocco era stato. Si era fatto mettere nel sacco dal suo patrigno. Ma poi perché? Quale dannato motivo aveva spinto quell'uomo a fare una cosa del genere? Possedeva un proprio patrimonio personale che definire considerevole sarebbe stato riduttivo.

Uscì dall'ufficio e aprì la porta d'ingresso nel momento in cui entrava Carla.

«Ciao, Tomaso, buongiorno.»

Non le rispose, limitandosi a un cenno del capo, l'espressione cupa.

L'ampio sorriso di Carla si spense. «Frank è peggiorato?» gli chiese con un filo di voce.

«No, ma ci sono delle cose di cui dobbiamo parlare.» La guardò freddamente. Il patrigno non sarebbe riuscito a ingannarlo senza qualcuno che lo aiutasse. A parte due o tre praticanti che gravitavano intorno all'agenzia saltuariamente, era Carla che si occupava della contabilità. Si fece da parte per farla passare. E mentre lei si toglieva il soprabito, appendendolo con cura, gli sembrò di vederla per la prima volta.

Superata da poco la cinquantina, era ancora attraente anche se in quel momento era pallida e le tremavano le labbra. Ma Tomaso non aveva bisogno di vederla in quello stato per capire che era stata lei ad aiutare Frank. Quello che voleva sapere era per quale dannato motivo avesse fatto una cosa del genere.

«Da quanto lavoriamo insieme noi due?»

Lei batté le palpebre. «Perché mi fai questa domanda?» Raggiunse il suo tavolo e si sedette, la testa alta, le spalle dritte. Iniziò a spostare gli oggetti da una parte all'altra della scrivania, l'espressione tesa.

Il silenzio tra loro era pieno dell'indignazione di Tomaso, di rabbia, delusione, incredulità. «C'è qualcosa che vuoi dirmi?» la incalzò lui nuovamente. Voleva una risposta, e la voleva subito. E se la situazione gli era chiara, non riusciva a comprendere le motivazioni.

Carla trasalì, ma restò in silenzio, gli occhi sulla parete come se la carta da parati potesse suggerirle le risposte da dargli.

Un lampo di collera lo costrinse a voltarle le spalle. Ritornò a grandi passi verso il suo ufficio, consapevole che se non fosse uscito subito di lì avrebbe fatto o detto qualcosa di cui si sarebbe pentito. «Voglio le tue dimissioni sulla mia scrivania.» Sbatté la porta, e poi si inginocchiò sul pavimento. Mentre accatastava le cartelle, sentì la porta alle sue spalle aprirsi lentamente.

«Lo avevo avvertito che lo avresti scoperto, che ci avresti scoperti tutti. Ma lui non ha voluto darmi retta. Ha detto che se c'era uno capace di comprendere ciò che aveva fatto, quello eri tu.»

Ma che diavolo blaterava quella donna? Non aveva certo immaginato un discorso del genere. Non somigliavano nemmeno a delle scuse, quelle parole. Erano assurde, senza il minimo senso. Tomaso era incredulo, il cuore che gli scoppiava nel petto. Poggiò le mani sul pavimento e si voltò verso Carla. «Cosa vorresti dire? Capire? Cosa dovrei capire, spiegamelo! No, anzi, lascia perdere. Non voglio sentire altro.» Le diede le spalle. «Dovrei denunciarvi entrambi. Truffa, appropriazione indebita, falso. Ti basta o devo continuare?»

«Non è come pensi.»

Era sbalordito da quell'impudenza. Carla per lui non era stata semplicemente una dipendente, non era un rapporto formale quello che avevano condiviso. Era amicizia, complicità. E adesso, mentre raccoglieva ciò che restava della sua agenzia dal pavimento, si rese conto di quanto fosse stato stupido a ignorare il suo istinto, perché in fondo lui aveva già dei sospetti. Da tempo aveva capito che qualcosa non andava per il verso giusto. Era come una leggera vibrazione, una distorsione sulla linea. L'aveva ignorata volutamente. E adesso ne pagava il prezzo.

«Vattene, Carla, esci di qui.»

Lei indietreggiò. Quando Tomaso vide lo spavento sul viso di quella donna che era stata un punto di riferimento per lui, si alzò in piedi e si allontanò da lei, raggiungendo la finestra. «Mi fidavo di te.»

«Ascoltami, non è come pensi tu.»

«No? E com'è?» Continuò a guardare fuori, la mano chiusa a pugno sulla stoffa della tenda. Era stanco, non vedeva l'ora che Carla uscisse. Doveva trovare una soluzione, e non poteva farlo se lei si ostinava a restare.

«Non devi giudicare Frank prima di conoscere i fatti.»

«Ora credo di conoscerli, i fatti. Tu invece di cosa diavolo stai parlando?»

Carla non si lasciò intimidire da quella voce carica di risentimento. «Il tuo patrigno ha perso tutto con il fallimento della Lehman. All'inizio ha cercato di recuperare, ma non c'era nessuna possibilità. Non gli era rimasto nulla.»

«Aveva l'agenzia, il suo lavoro.»

«Fammi finire.» Restò un istante in silenzio, pensierosa. Poi ricominciò a parlare. «Aveva messo insieme il suo patrimonio grazie alla sua abilità di broker, questo lo sai.»

Tomaso era incredulo. «Ha giocato in borsa dei soldi rubati allo studio?»

«No, li ha investiti. È diverso.»

«Non prendermi per idiota! E comunque non gli appartenevano, non ne aveva nessun diritto.»

«Era ossessionato. Voleva che tua madre continuasse a vivere come era abituata. Non ha speso nulla per sé, e se credi che lo abbia fatto per me, ti sbagli di grosso.»

Quello era troppo. Carla era al corrente di ogni cosa. E se Tomaso poteva capire che non avesse potuto fermare Frank, non aveva nemmeno provato ad avvisare lui. Gli venne il dubbio che il legame tra Carla e Frank andasse oltre la semplice amicizia. E quel pensiero gli rivoltò lo stomaco.

«Lascia mia madre fuori da questa storia.» La sua voce aveva perduto l'asprezza di un momento prima, adesso era calma, minacciosa.

Carla scosse la testa. «Non posso. Io… ti faccio vedere una cosa.» Tornò nell'anticamera.

Tomaso la sentì aprire e chiudere i cassetti. La seguì, mosso da una rabbia che lo spingeva a esigere, a farsi spiegare dove volesse arrivare Carla con le sue mezze frasi. Per colpa sua e di Frank l'agenzia era in pericolo, ciò che lui aveva costruito in quegli anni di duro lavoro poteva crollare da un momento all'altro, sepolto da una valanga di fango. A sua madre non voleva nemmeno pensare. L'idea che il suo patrigno l'avesse tradita era inconcepibile.

Carla gli porse una serie di cartelle.

«Questi sono i documenti della banca sull'ipoteca, e questi», disse mettendogli in mano un raccoglitore, «sono i pagamenti. Verificali pure», lo sfidò. «Le cifre corrispondono alle uscite a cui facevi riferimento. Là invece sono segnate le spese relative al mantenimento della villa. Qui ci sono le azioni che ha acquistato. Un giorno riprenderanno valore, e allora Luisanna sarà una donna ricca.»

Tomaso non riusciva a capire. Mentre scorreva le pagine, di tanto in tanto sollevava lo sguardo verso la donna. Sembrava tutto vero. «Ammettiamo che Frank abbia sottratto alla società il denaro che gli è servito per pagare queste spese. Tu cosa c'entri in tutto questo?»

Carla si inumidì le labbra, poi si sedette alla sua scrivania, le mani sulla superficie lucida del legno. «Il tuo patrigno è il mio rappresentante. Sono io la tua socia di minoranza, non lui.»

«Cosa?»

Incrociò le braccia sul petto. «Hai capito bene. Qualche mese fa ho acquistato da Frank le sue quote. E lui con quel denaro ha estinto il debito con la banca. Come vedi, se c'è qualcuno che ha avuto fiducia in te, tanto da investire tutto ciò che possedeva nel tuo lavoro, quella sono io.»

Tomaso non riusciva a credere a ciò che gli stava dicendo Carla. «Ma perché?» Esclamò sbalordito. «Eri a conoscenza di tutto, perché avresti dovuto fare una cosa simile?»

Carla restò un momento in silenzio, poi si schiarì la voce. «Ho trascorso in questo ufficio dieci anni della mia vita. Non ho famiglia, non ho altro che questo.» Allargò le braccia. «L'agenzia è tutto per me. Sono troppo in là con gli anni per cercarmi un altro lavoro, per ricominciare.» Distolse lo sguardo. Inspirò profondamente. «Prima di venire da te facevo l'informatore medico. Ho dovuto imparare tutto da zero, e credimi, Tomaso, non potrei farlo di nuovo. Non posso ricominciare da capo. E non voglio. Perché quello che faccio, che facciamo, mi piace. Le ricerche, le indagini. È giusto accertare se una firma è autentica o no, e ben poche cose ormai lo sono.» Lo fece tacere con un gesto della mano. «So che avrei dovuto fermare Frank, che avrei dovuto trovare il modo di avvisarti, ma non potevo. Lui mi ha persuasa. Era così convincente, e le sue motivazioni in fondo erano buone.» Fece una pausa. «Hai mai fatto una pazzia per amore, Tomaso? Nessuno ha mai fatto niente di simile per me. Mai. Io...» La voce si spense lentamente. «E poi te l'ho detto, no? Ho fiducia in te, sono certa che ora metterai tutto in ordine.» Gli posò una mano sulla spalla. «Sono settimane che cerco un modo per dirtelo. Mi dispiace in un modo che non riesco nemmeno a dirti. So che è sbagliato, e che Frank avrebbe dovuto parlarti dei suoi problemi. Ma capisco anche lui.» Fece una pausa. «Non poteva. Non ne aveva il coraggio. Credo che alla fine sia stato quello a causargli l'infarto. Era ossessionato dall'idea che tua madre perdesse la villa, il suo benessere. Che lui non fosse più in grado di mantenerla. Sai bene com'è fatto.»

Era travolto dalle parole di Carla. Gli sembravano un mucchio di chiacchiere, una montagna di giustificazioni in cui stentava a trovare un filo, un senso. Era sbagliato. «Avrei pensato io a lei.»

Rise amaramente. «Ma tu sei il figlio di sua moglie. Per un uomo come il tuo patrigno una cosa del genere avrebbe voluto dire il massimo fallimento. Non capisci? Avrebbe perso la faccia. Non gli sarebbe rimasto davvero più nulla.»

No, non era così semplice. «Perché, se adesso lei lo venisse a sapere, credi che la prenderebbe bene?»

Carla respirò a fondo. «E chi andrebbe a riferirle una cosa simile, Tomaso? Frank? Non lo farebbe nemmeno in punto di morte, lo sappiamo bene entrambi. Per quanto mi riguarda, ti assicuro di non avere la minima intenzione di raccontare a Luisanna come suo marito si sia procurato il denaro per mantenerla. Dunque resti tu. Ti vendicherai di Frank? Distruggerai l'idea che tua madre ha di suo marito?»

Il solo pensiero era assurdo. Non avrebbe mai dato a sua madre un dolore del genere. Non gli importava più quale fosse la verità. In quel momento qualcosa scattò in Tomaso. Forse fu lo sguardo eloquente di Carla, forse l'evidenza dei fatti. Gli venne da ridere. Una risata che sapeva di rabbia, di gelo, di nulla. Si sentiva accerchiato, e solo. Come mai lo era stato prima di allora.

Era questo che facevano i segreti alla gente, li separavano dagli altri, li proiettavano in una strada che dovevano percorrere da soli, o nel migliore dei casi insieme ai loro complici.

«So che sistemerai le cose.»

Stupida, idiota, cieca donna. «Risparmiami il tuo ottimismo, non la voglio la tua maledetta fiducia. Non so che farmene.»

Non si sentiva meglio, adesso che sapeva la verità. Anzi, il ruolo di Carla e di quella sua insensata generosità complicava una situazione già di per sé assurda. Tomaso si sentì sprofondare, una sensazione di soffocamento gli chiuse la gola. Non sapeva che dire, era così sbalordito da sedersi ammutolito sulla prima sedia che trovò. Il mondo che conosceva sembrava essersi capovolto.

11.

«Il nostro poeta qui insinua che la vita umana altro non sia
che una serie di note a piè di pagina apposte a un immane,
oscuro capolavoro incompiuto.»
Vladimir Nabokov, *Fuoco pallido*

Sofia era ferma nell'atrio in attesa che qualcuno aprisse. Non voleva suonare ancora. Dai rumori che arrivavano da dietro la porta sapeva che c'era qualcuno nell'appartamento. Diede giusto un'occhiata all'orologio per assicurarsi di non essere in anticipo, e poi si guardò intorno. Se dall'esterno aveva avuto l'impressione di trovarsi davanti al solito anonimo ufficio, adesso che vedeva le pareti affrescate del palazzotto sapeva di essersi ingannata. Era incantata dalle linee ricercate, dalla doppia scalinata. Aveva il carattere e il fascino delle antiche dimore, quel piccolo palazzo.

«Lei deve essere la signora Bauer. Prego, la stavamo aspettando. Io sono Carla Bertini.»

Una donna sorridente dai capelli corti, bianchissimi, la invitò a entrare.

Sofia ricambiò il sorriso. «Grazie.» L'ingresso dell'appartamento era classico, con un'elegante anticamera. Si accomodò sul divano, la borsa che conteneva il libro di Fohr era un peso tranquillizzante sulle gambe. L'ambiente era bello, con pareti in pietra a vista, pavimenti in rovere sbiancato e mobili d'epoca. Un lieve profumo di fiori rendeva l'atmosfera accogliente.

«Gradisce qualcosa da bere?»

«No, grazie, sto bene così.»

Dov'era Tomaso? Non sapeva se lui avrebbe accettato l'incarico, e questo la metteva un po' in ansia. Si costrinse a sorridere. Carla continuava a parlarle. Era una donna davvero gentile, ma lei non vedeva l'ora di sapere se lui poteva aiutarla nella sua ricerca.

«Posso chiederle il motivo della sua visita?»

Sofia batté le palpebre. E poi decise di restare sul vago. «Ho bisogno di una consulenza su un libro antico.» Non disse altro. Guardò verso le due porte di fronte, chiedendosi di nuovo dove fosse Tomaso. Cambiò posizione un paio di volte. Era nervosa, sperava di non aver commesso un errore andando là. In fondo non lo conosceva bene, quell'uomo. Quando sentì aprirsi un uscio, si alzò in piedi.

«Buonasera, Sofia.» Tomaso le andò incontro, porgendole la mano.

«Grazie per avermi ricevuto.» Gli sorrise, ma lui non ricambiò. Non sembrava contento di vederla. Gentile, freddo, elegante. Sentì venire meno un po' della sua determinazione.

«Mi ha detto che era molto urgente.»

Al telefono Sofia aveva dovuto insistere per farsi dare l'appuntamento. Era chiaro che lui non lo aveva apprezzato.

«Sì, infatti.» Era imbarazzata. In quel momento si rese conto di aver dato per scontato un diverso tipo di accoglienza. Guardò l'uscita con desiderio. Era ancora in tempo per andare via, pensò. Nessuno la obbligava a restare. Chinò la testa, le mani intorno al libro. E poi? Non avrebbe mai saputo che ne fosse stato di Clarice. Sarebbe stata l'ennesima occasione perduta, una delle tante cose della sua vita che per un motivo o per l'altro aveva lasciato andare via.

«Vuole entrare? Magari si sentirà più a suo agio una volta che le avrò spiegato come lavoro.»

Sofia alzò la testa, incontrando il suo sguardo.

L'espressione di Tomaso si era ammorbidita. Ebbe la sensazione che fosse nuovamente l'uomo gentile che aveva incontrato. Era come se si fosse accorto del suo turbamento e vi stesse ponendo rimedio. «Grazie.»

L'ufficio era ampio e molto luminoso. Sofia si fermò davanti alla massiccia scrivania al centro della stanza, gli occhi sulle sculture antropomorfe che ne occupavano una parte. Erano orribili. Rabbrividì.

«Venga, sediamoci.» Tomaso le indicò una coppia di poltrone accanto alla finestra.

«Prima di tutto volevo chiederle come ha saputo che lavoro faccio.»

«Il suo nome mi è stato consigliato da un conoscente, un libraio.»

«Mi ha accennato a un riconoscimento grafologico», disse Tomaso guardandola in faccia.

«Sì.» Aprì la borsa e dopo aver preso il libro di Fohr lo tenne un istante fra le mani, prima di porgerglielo. «Ci sono delle note a margine. Non in tutte le pagine, come può vedere. Sono dei commenti.»

Tomaso si soffermò sul frontespizio. Poi prese a scorrere le pagine. Le sfogliava con attenzione, lentamente. Dallo sguardo e dalla sua espressione traspariva una concentrazione totale. Era come se esistessero solo lui e il libro. E conosceva il tedesco. Sofia ci avrebbe scommesso. Proprio in quell'istante stava leggendo quelle parole sulla libertà e sull'amore. Lei ormai, dopo il suggerimento del libraio che potessero essere una traccia, le aveva imparate a memoria:

E invero mi chiedo se ci sia davvero giustizia in una morale comune che impone la decenza come un velo gettato sulla verità, che mai deve apparire. E così alla menzogna dorata della rispettabilità vengono sacrificati i veri sentimenti, poiché troppo difficili da accettare. Questa in fondo non è che la celebrazione dell'ipocrisia. Questa non è altro che la negazione dell'anima.

È nella condivisione del pensiero che l'anima si arricchisce, cresce e prospera.

L'amore è l'unica verità che conosciamo. È lo specchio nel quale riflettiamo noi stessi, quello che ci mostra senza indulgenza alcuna ciò che siamo.

«Non sono scritte dalla stessa persona. Direi con un certo margine di errore che appartengono a una mano femminile e a una maschile.» Chiuse il libro e glielo rese.

Sofia lo prese, tenendolo in grembo. «Quanto è ampio il margine?»

Per la prima volta da quando era entrata, Tomaso sorrise. Ma non a lei, più come se avesse ricordato qualcosa. Un episodio buffo. «Uno o due per cento.» Sospirò. «Se vuole un'analisi più precisa», continuò parlandole lentamente, come se volesse essere sicuro che lei capisse, «una perizia ufficiale, per intenderci, ci vorrà solo un po' più di tempo. Ma se le interessa per una questione puramente amatoriale, non legale, posso dirle che siamo intorno alla prima metà dell'Ottocento, che le note sono compatibili con pennini e inchiostro di quell'epoca, e che a un esame visivo, e dunque superficiale, non c'è assolutamente nulla di strano. Le persone hanno sempre utilizzato i libri nei modi più diversi. Dalle storie di famiglia raccontate sulle Bibbie, a veri e propri diari tenuti sulle pagine bianche. Il loro uso dipendeva un po' dal legame che il lettore instaurava con l'oggetto. È abbastanza frequente trovare questo genere di annotazioni sui libri antichi.»

Sofia non lo stava più ascoltando. Una cosa le era rimasta impressa. Le note manoscritte, benché simili, appartenevano a due persone diverse. «Cosa serve per un riconoscimento?» gli chiese all'improvviso, la voce tesa, come la sua espressione.

Tomaso aggrottò la fronte. «Vuole sapere chi sono le persone che hanno scritto sul libro, conoscere la loro identità, ho capito bene?»

«Sì, precisamente.» Non aggiunse altro. Un'idea prese forma nella sua mente, qualcosa di così grande, così enorme che quasi non riusciva a pensarci. Clarice... e Christian. Era la risposta alla sua domanda iniziale. Perché la donna aveva scelto quel particolare libro per nascondere la sua storia? Forse perché ne conosceva l'autore, suo contemporaneo?

In quel momento si ricordò di una frase che aveva letto una volta. «Se è liquido, bianco, e sta dentro una bottiglia, quasi di sicuro è latte.»

Era un modo spiccio per affermare che la prima cosa che ti viene in mente in una certa situazione, spesso quella più semplice, è anche quella esatta. Clarice aveva scelto il libro di Christian perché lo conosceva. Ne era sempre più convinta.

«Mi servono documenti, lettere, qualsiasi cosa sia stata scritta personalmente da chi lei ritiene possa essere l'autore – gli autori – di quelle note. Più estesa è la scrittura, più facile e rapida sarà l'identificazione.»

Aveva documenti: la lettera di Clarice e i documenti di Fohr presi in biblioteca. Sofia era euforica. Ancora una volta, da quando il libraio le aveva regalato il libro di Christian Philipp Fohr, sentì che qualcosa di grande, qualcosa di veramente unico era entrato nella sua vita. «Ammettiamo che sia possibile, che io le fornisca ciò di cui ha bisogno: quanto tempo le occorrerebbe per eseguire l'analisi?»

Era agitata, nervosa. Il suo viso aveva assunto una sfumatura rosata che accendeva lo sguardo, ne esaltava i tratti. Tomaso era colpito. In quel libro c'era qualcosa che per Sofia era molto importante. La guardò meglio, attento a non farsi scoprire. Quella donna era un enigma. In alcuni momenti era ordinaria, sarebbe passata inosservata, ma in altri qualcosa di lei usciva allo scoperto e la cambiava, diventava un'altra. Il portamento, l'espressione determinata del viso, la passione... Era attraente, in un modo che ti portava a guardarla. Con un lampo di interesse comprese che Sofia Bauer indossava una maschera. "Chi sei?" pensò. Ma subito mise da parte quella considerazione troppo personale. Doveva concentrarsi sulla domanda che lei gli aveva appena rivolto. Era quella la cosa importante. Quanto tempo gli sarebbe servito per confrontare i campioni delle grafie?

Non le rispose subito, o meglio, non lo fece nei termini che lei immaginava. Non giovava che i clienti sapessero che era in grado di effettuare un riconoscimento quasi in modo istantaneo. Quella era una cosa che aveva imparato a tenere per sé. Era cresciuto nell'agenzia del padre, e da lui in seguito aveva imparato l'arte della calligrafia. Scrivere a mano era sempre stata una passione di famiglia. Dopo la Columbia University a New York, aveva deciso di approfondire questa sua abilità estendendo il suo interesse al campo grafologico. Aveva frequentato diversi corsi e si era specializzato a La Trobe, Victoria, Australia. Era diventato così un esperto forense di calligrafia. Ma ciò che lo rendeva bravo nel suo mestiere era la sua memoria fotografica, unita a una logica spietata che applicava con razionalità e buonsenso.

«Immagino che a lei interessi sapere se sono in grado di farlo, giusto? E quello lo abbiamo già stabilito. Il tempo non è così rilevante. La domanda è un'altra...»

Se quando l'aveva vista nell'anticamera l'aveva giudicata nervosa, in quel momento gli sembrò pronta a saltare su dalla sedia e fuggire via. Doveva andare con i piedi di piombo, se voleva capire qualcosa in più di quella storia che stava iniziando a incuriosirlo per davvero.

«Procediamo per gradi», continuò. «Cosa conosce della storia del libro? Ora è rovinato, ma sarebbe d'aiuto saperne qualcosa di più.»

«Era rilegato con cura. Marocchino rosso, foglia e polvere d'oro negli intarsi. Sono stata io a togliere la copertina. Era rovinata, si è praticamente sbriciolata nelle mie mani.»

La guardò perplesso. «L'ha conservata, vero?»

La domanda sembrò coglierla di sorpresa. «Per chi mi ha preso? Certo che sì.»

Tomaso restò impassibile. Aveva commesso un errore esprimendosi in quel modo, e se ne rammaricò. Non era una donna comune, quella. Lo sembrava, ma non lo era. E lui se n'era reso conto dal primo istante in cui l'aveva vista. Per quello Sofia Bauer gli era rimasta così impressa. Era sensibile, capace di lasciare una festa per ritrovare il senso delle cose guardando le stelle, amava il silenzio, la pace. E, visto il luogo dove si erano conosciuti, era probabile che si intendesse di libri antichi. Se voleva tirarla fuori da quel luogo in cui si nascondeva, e sapere di più su di lei e sul libro, doveva essere cauto.

Il pensiero lo riportò alla discussione che aveva avuto con Carla prima che lei arrivasse. Se solo fosse stato più diretto anche con Frank, probabilmente non si sarebbe trovato a dover fronteggiare quella situazione. Un lampo di amarezza gli provocò una fitta alla bocca dello stomaco. Perché il suo patrigno non gli aveva detto in quale guaio si trovava? Lo avrebbe aiutato, avrebbe fatto qualsiasi cosa in suo potere per dargli una mano. Che razza di persona credeva che fosse? Era esterrefatto, e profondamente deluso. Non riusciva a credere quanta poca considerazione di lui avesse avuto quell'uomo.

Mise da parte quelle riflessioni. Si rese conto che lo stavano distraendo. Tornò alla realtà, a quella ragazza che gli sedeva davanti e che incautamente aveva offeso.

«Posso chiederle perché si è risentita? È plausibile immaginare che chi non conosce la storia del libro si sbarazzi di qualcosa che si presenta in condizioni estremamente deteriorate, non crede?» Tomaso aveva iniziato a farsi un'idea su di lei. Doveva essere un'addetta ai lavori. Eppure non gli era mai capitato di vederla in quel piccolo mondo costituito da librai, bibliotecari, collezionisti, calligrafi, se non quella sera alla Galileo Society. Si sarebbe ricordato di lei, di questo era assolutamente sicuro.

«Ho fatto la bibliotecaria, e ho una passione per la legatoria.»

Tomaso la fissò per un lungo momento. «Certo, questo spiega tutto.»

«Lei non poteva saperlo.»

Tomaso sentì che la tensione tra loro si allentava, Sofia sembrava più tranquilla. «Proviamo a ricominciare da capo. Di questo libro che presenta delle scritte al suo interno, possediamo anche la coperta originale, dico bene?»

«Sì, esatto. Era senz'altro la prima rilegatura.»

«Bene, adesso concentriamoci sulle note. Abbiamo stabilito che appartengono a due persone diverse e che sono distribuite in tutto il volume. Ora, detto questo, lei vuole conoscere l'identità di chi le ha scritte, e possiede delle carte autografe dei presunti autori.»

«Precisamente.»

«Posso chiederle a cosa le serve saperlo? Sta facendo una ricerca? Uno studio sullo scrittore?» Prima che lei rispondesse, decise di spiegarsi meglio. «La mia non è semplice curiosità. Ho bisogno di puntare la mia attenzione in una direzione precisa, o non troverò ciò che lei sta cercando.»

Se inizialmente si era sentita infastidita dalle domande di Tomaso, quando lui si spiegò meglio Sofia comprese le sue motivazioni. E non poté fare a meno di condividerle.

Guardò nuovamente il perito, e sentì di potersi fidare. E poi comprese che c'era qualcosa di più. Voleva farlo. Aveva bisogno di ritrovare la fiducia nel prossimo. Non voleva permettere ad Alberto di trascinarla in un mondo pieno di sospetto e di risentimento. Lei non era così. Lei non era quel genere di persona che si chiude perché sa che tutto ciò che le può venire dagli altri è solo sofferenza. Eppure quella descrizione rappresentava abbastanza bene ciò che era stata in quell'ultimo periodo. Si era chiusa talmente tanto nel suo piccolo mondo da aver escluso le persone che amava, e che l'amavano. Prima gli amici, poi la sua famiglia. Basta, ne aveva davvero abbastanza.

Quella nuova volontà spazzò via tutta la reticenza che le era rimasta. Aprì la borsa. La busta che conteneva la lettera di Clarice era all'interno. Porse il foglio a Tomaso.

«Questo era dentro il libro, nascosto sotto il risguardo anteriore. Per me sarebbe di grande importanza sapere se questa donna ha scritto anche le note a margine.»

Con molta attenzione Tomaso esaminò il foglio. «Come sa che è una donna?»

«Ha firmato la lettera. Si chiama Clarice Marianne von Harmel.»

La guardò in modo interrogativo. «È una sua antenata?»

Era sorpresa. Che strana domanda. «Perché me lo chiede?»

«Ne parla come se la conoscesse.»

Scosse la testa. «No, il ritrovamento del libro è del tutto casuale. Mi è stato regalato da un libraio che voleva farlo restaurare. Tutto qui.»

Tomaso non parve molto convinto da quella spiegazione, ma qualcosa sul foglio catturò il suo sguardo. Era un simbolo che aveva visto prima mentre esaminava il libro, un cerchio con all'interno due ali. Era impresso nella carta sottile del manoscritto, mentre le controguardie lo presentavano come filigrana. S'immerse nella lettura.

L'espressione di Tomaso era totalmente assorta. All'improvviso si alzò, portandosi dietro il libro e il foglio. Dispose il foglio con attenzione su una fotocopiatrice che si illuminò, e poi fu la volta del libro. Il silenzio era assoluto. Sofia avrebbe giurato di sentire chiaramente ogni respiro, persino i pensieri emettevano un suono. Si avvicinò a Tomaso, e lui la cercò con lo sguardo, allungando una mano nella sua direzione, invitandola ad avvicinarsi ancora.

«Una parte delle note è stata scritta dalla stessa persona della lettera. Clarice è l'autrice.» Corrispondeva in pieno alla mano femminile che aveva osservato. C'erano delle variazioni, un'evoluzione della grafia più che altro, probabilmente legata all'età dell'autrice.

Lo sapeva! Un senso di euforia travolse Sofia. In quel momento, mentre sorrideva a Tomaso, si sentì ancora più sicura di chi avesse scritto il resto delle note. Ed era così convinta, così certa della sua teoria da non voler prendere in considerazione nient'altro. Non le interessava che quell'ipotesi fosse assolutamente azzardata. Qualcosa le diceva che erano stati loro due a scrivere sul libro, Clarice e Christian. Restava da capire qual era la storia che li legava. Le batteva forte il cuore ed era felice, elettrizzata.

«Dalla sua espressione, direi che è una buona notizia.»

Dovette trattenersi dall'abbracciarlo. «Stupenda!»

Era così contagioso quell'entusiasmo che Tomaso si ritrovò a sorridere a sua volta. «Ho come l'impressione che lei sappia anche a chi appartiene l'altra grafia.»

«Ho qualche idea», rispose tenendosi vaga.

Tomaso la studiò un istante. Non le avrebbe chiesto nulla, anche se era curioso di sapere chi fosse l'altro autore. «È sorprendente che fra tutti i libri possibili lei mi abbia portato uno dei miei preferiti.»

«Conosce l'opera di Fohr?»

«Sì, ho studiato il tedesco e ho una grande passione per gli autori romantici. Personalmente trovo la sua prosa poetica e le sue idee illuminanti.»

Anche per lei era così. Era quello il termine che avrebbe usato per definire la scrittura di Christian, «illuminante». Si scambiarono un sorriso, un po' imbarazzati dall'intensità delle loro emozioni.

«È tutto ciò che voleva sapere o posso fare altro per lei?» Le restituì il libro, il foglio manoscritto lo inserì nella busta che posò sopra.

«Ha idea di dove potrei trovare gli altri volumi?»

«Certo. Ogni biblioteca che si rispetti possiede almeno una copia dell'opera completa di Fohr.» Non fu sorpreso dalla delusione che apparve sul viso di Sofia. Sapeva che non gli aveva detto tutto. E quello lo incuriosì. «Ma lei non vuole una copia qualunque, giusto?»

«No. Non servirebbe.»

Socchiuse le palpebre, scrutandola con attenzione. «Perché non mi spiega bene ciò che sta cercando?»

Paura, speranza, e qualcosa che Tomaso non riuscì a identificare. Sofia Bauer era un libro aperto quando decideva di mostrarsi. E poi vide qualcosa che gli fece trattenere il fiato. Fiducia, una cieca, totale fiducia. Ne fu così sorpreso che istintivamente pensò di metterla in guardia. Non doveva fidarsi di lui. Non doveva fidarsi di nessuno.

«Credo che il seguito della storia si trovi negli altri volumi di quest'edizione dell'opera. Ma io non li ho.»

Restarono in silenzio, assorbendo le informazioni che si erano appena scambiati.

«Non si tratta solo di un rompicapo antiquario, vero? Lei vuole sapere qual è il segreto a cui si riferisce Clarice, ma questo le richiederà tempo, risorse e mezzi. Fin dove è disposta a spingersi per continuare la sua ricerca?»

L'espressione di Sofia era così perplessa da strappare un sorriso a Tomaso. «Deve scusare la mia infelice scelta di parole. In genere non sono così maldestro. La questione è semplice. Se si è rivolta a me, vuol dire che non è in grado di affrontare questa ricerca. Non è materia per una dilettante, se mi lascia passare il termine, che, mi creda, è solo una considerazione oggettiva.»

Sofia non aveva la minima idea di quello che le stava dicendo. All'improvviso si era come ritirato in sé stesso. E adesso le parlava in un tono formale, distaccato.

«Io voglio sapere la verità, conoscere la storia di Clarice, scoprire perché ha scelto il libro di Fohr per nascondervi dentro il suo segreto. Perché ha scritto quella frase che allude ai due volumi successivi come se fosse una traccia, una sorta di percorso.»

«Tutto qui?» Era sorpreso, e compiaciuto.

Sofia annuì.

«Ammettiamo che io le fornisca questa parte della storia. È disposta in cambio a cedermi il libro, la lettera e tutto quello che troveremo?»

«No!» esclamò Sofia. «Perché mai dovrei farlo?»

«La solita ragione, quella che fa girare il mondo?»

Per quanto avesse bisogno di soldi, Sofia non avrebbe mai dato via quel libro. Mai. Il fatto che lui non lo avesse capito la deluse. Si strinse la borsa al petto, e scosse la testa. «Grazie dell'offerta, ma no.»

«Certo, capisco.»

No che non capiva. All'improvviso fu come se l'allegria che aveva provato fino a quel momento scomparisse di colpo. Sofia si voltò verso la porta. Non vedeva l'ora di andarsene. Era stato uno sbaglio rivolgersi a Tomaso Leoni. Avrebbe dovuto andare da un altro esperto, qualcuno che non conosceva affatto, di cui non le sarebbe importato nulla. «Pago la fattura alla signora all'ingresso?»

«Non mi deve nulla. È stato un piacere aiutarla. Venga, l'accompagno.»

Non protestò, voleva solo andarsene, e voleva farlo subito. «Grazie.»

Salutò Carla e uscì senza guardarsi indietro.

Tomaso chiuse la porta, le mani infilate nelle tasche, l'espressione pensierosa.

«Quando inizi?»

«Cosa?»

Carla gli porse una serie di fogli. Lui li esaminò, poi rivolse alla donna uno sguardo interrogativo. «Che significa? Perché hai stampato la scannerizzazione dei documenti? Io stavo solo facendo un'analisi sul testo. Sono cose che richiedono il consenso del cliente.» La voce di Tomaso era gelida.

«Secondo te perché l'avrei fatto?»

«Hai ascoltato tutta la conversazione», l'accusò.

Carla si strinse nelle spalle. «In realtà era piuttosto noiosa. Ma quando le hai proposto di venderti il libro, ho capito che c'era sotto qualcosa di importante. Non ho inteso tutto», borbottò indicando i fogli, «ma una buona parte. Il resto lo hai fatto tu. Se volevi avere quel volume, significa che ci hai visto qualcosa di significativo. Ho sempre trovato affascinante questa tua passione per la ricerca dei libri perduti.»

«Forse ti sei persa la parte dove quella donna ha rifiutato la mia offerta. Non è interessata. Non capisco dunque a cosa ti stia riferendo.»

Carla gonfiò le guance. Era furiosa. «C'è una cosa che ho sempre ammirato di te, Tomaso.»

Lui si limitò a un'occhiata paziente.

«Non mi hai mai trattato come una sciocca. Dunque vedi di continuare così e andremo sempre d'accordo, noi due. Tu hai capito che quella lettera è una guida, un sentiero che porta a qualcosa. Forse a qualcosa di antico e prezioso.»

Tomaso restò impassibile. Non si sarebbe dovuto sorprendere. Carla era con lui da molti anni, conosceva il suo modo di agire, sapeva come impostava le sue indagini. Lo aveva assistito diverse volte mentre cercava libri scomparsi. Perché ciò che sosteneva l'agenzia era la sua attività di analista forense, di perito grafologo, ma la sua passione erano i libri misteriosi e introvabili, di cui si avevano scarsissime notizie. Tuttavia questo non cambiava nulla. «Forse, o forse no. Ma, comunque stiano le cose, la legittima proprietaria di quel volume non ha alcuna intenzione di vendere, così noi siamo fuori dal gioco.»

Carla batté le mani sul tavolo. «Non ci interessa quello che Sofia Bauer vuole o no. Se il segreto fosse qualcosa di prezioso e tu riuscissi a trovarlo, la nostra agenzia non avrebbe più problemi. Potremmo pagare tutti i debiti, e, tralasciando il rientro economico, quello di immagine sarebbe esponenziale. Spero tu te ne renda conto», concluse calcando sulle parole.

«Era una consulenza. Ciò che ci siamo detti là dentro io e la signora Bauer è strettamente confidenziale.»

«Ti pare che io abbia intenzione di divulgarlo?»

«La risposta continua a essere no.» La piantò in asso, tornò nel suo ufficio, afferrò la giacca e uscì. «Chiudi tu, per cortesia. Io me ne vado a casa.» Era quasi sulla porta quando si fermò. «Voglio che tu abbia ben chiara una cosa, Carla. Ci sono cose che non accetto, ma posso capire. Quello che avete fatto tu e Frank, per quanto sia sbagliato, ricade tra queste. Non so se riuscirò a tirarci fuori dalle irregolarità. Dipende da una serie di cose, e alcune esulano dalla mia volontà. Per le altre ti prometto di impegnarmi a fondo. Cercherò di farcela.» Tacque un momento, poi la inchiodò con lo sguardo. «Ma non forzarmi la mano riguardo all'etica dell'agenzia. Riguardo a ciò che io sono, a quello che rappresento. Ci sono cose sulle quali non sono disposto a passare sopra.» Adesso la sua voce era calma, profonda. «Butta via tutto ciò che hai in mano su Sofia Bauer. La questione non ci riguarda più.» Non aggiunse altro, né restò per controllare che la donna facesse come le aveva detto.

E non perché si fidasse di lei.

Quello non sarebbe successo mai più.

Se anche fosse riuscito a salvare l'agenzia dal fallimento, nulla sarebbe più tornato come prima. Non ci sarebbe più stata complicità, né fiducia. Lo sapevano entrambi.

Carla fissò le carte, era scossa. Non aveva mai visto Tomaso in quello stato. Non le aveva mai parlato in quel modo prima. La sua non era stata una minaccia, no. Era andato oltre. Ma perché non voleva capire? La soluzione dei loro problemi era tra quei fogli. Tomaso lo sapeva, e lo sapeva lei. Sollevò lo sguardo verso la porta che l'uomo aveva chiuso alle sue spalle. E se... ma nello stesso momento in cui il pensiero prendeva forma nella sua mente, le fu chiara quale sarebbe stata la conseguenza del suo gesto se lo avesse ingannato ancora.

Con un sospiro infilò le stampate nel tritadocumenti. Mentre l'apparecchio riduceva in tante piccole strisce le sue speranze, indossò il soprabito, inserì l'allarme e uscì.

12.

«In questo mondo, compagni, il peccato che paga può viaggiare liberamente e senza passaporto, mentre la virtù, se è povera, viene fermata a ogni frontiera.»
Herman Melville, *Moby Dick*

Vienna, 1812

Furono le grida a svegliarla. Clarice tentò di afferrarsi al sogno, di trattenerlo ancora un po'. Serrò persino le palpebre, ma niente poteva riportarla indietro. Il sogno era come il tempo, andava sempre avanti.

Si stropicciò gli occhi e si sedette sul letto. Nell'oscurità brillavano appena le braci del fuoco che Lotte aveva acceso per lei la sera prima. A piedi nudi, rabbrividendo, raggiunse la porta, tolse il chiavistello e la socchiuse. Un urlo la fece balzare all'indietro; richiuse forte la porta appoggiandosi al battente con la schiena, il respiro spezzato nel petto. Che stava succedendo? Del tutto sveglia, batté le palpebre, il labbro tra i denti. Tese l'orecchio, spaventata. Da sotto provenivano altri rumori, mobili che venivano spostati, un pianto sommesso. Corse alla finestra. Alcune persone si accalcavano davanti all'ingresso del palazzo. Il pensiero corse alla zia. Nei giorni precedenti Marta era stata poco bene, le aveva fatto strani discorsi sul futuro. Non riuscì più a trattenersi. Si precipitò alla porta, spalancandola. Corse giù, volando sui gradini, il cuore in gola.

Dalle scale, Clarice non riusciva a vedere bene. Scese l'ultimo gradino e avanzò, rasente al muro. Quando vide la zia inginocchiata in un angolo dell'atrio, corse da lei e l'abbracciò. «Che succede?» le sussurrò scostandole i capelli dagli occhi. Marta non le rispose, scossa da un pianto muto, le mani sulla bocca.

Clarice seguì la direzione del suo sguardo, e si alzò.

«Luce, maledizione, portate delle candele!» Un uomo sulla trentina coperto da una pesante pelliccia sovrastava sui presenti, sembrava aver preso il controllo della situazione. L'ordine secco fece schizzare la servitù da ogni parte. Clarice approfittò del varco che si era creato per avvicinarsi. Spalancò gli occhi. A terra c'era suo zio. E quello che aveva sul viso e sul petto era sangue. Kurt si agitò muovendo la testa e Clarice fu invasa dal sollievo. Non era morto come aveva creduto in un primo momento. Doveva tornare dalla zia, rassicurarla.

Lo sconosciuto si accorse di lei, socchiuse gli occhi e la squadrò, facendo scivolare lo sguardo sulla sua camicia da notte. «Cosa fate qui? Non è posto per voi.» Afferrò uno dei domestici per un braccio. «Fai allontanare le donne.»

Il servo si affrettò a ubbidire. Aveva appena raggiunto Clarice, quando lei si scostò. «Non toccarmi.» Lo fulminò con un'occhiata. «In quanto a voi», disse rivolgendosi all'uomo, «chi siete? Cosa è accaduto a mio zio?»

Per tutta risposta l'uomo si tolse la pelliccia e avanzò verso di lei. Clarice dovette sollevare la testa per guardarlo negli occhi. Ma non indietreggiò, sostenendo l'occhiata impenetrabile dell'imponente sconosciuto. «È stato ferito da un malvivente. Non preoccupatevi, guarirà.» Le poggiò la cappa sulle spalle, coprendola. «Sono August von Kirchberg, un lontano parente di vostro zio.»

Lei non aveva mai sentito parlare di quell'uomo. Ma questo in fondo non aveva molta importanza. «Avete la nostra gratitudine, Herr Von Kirchberg.» Si tolse la pelliccia e gliela rese, poi aiutò la zia ad alzarsi. Non si accorse degli sguardi che la seguivano, né che le luci delle candele rendevano la sua camicia trasparente come un velo. «Venite, vi accompagno in camera.»

August attese finché le due donne salirono al piano superiore. Mentre tornava sui suoi passi udì un commento sulla bellezza della ragazza. Afferrò il bavero della giacca del malcapitato. «Fuori di qui», sibilò cacciandolo oltre la soglia. Quando si voltò, tutti i servitori lo fissavano sbalorditi. Strinse le grosse mani a pugno. «Finché mio cugino non si riprende, eseguirete i miei ordini. Qualche altro commento?» Il silenzio che seguì fu eloquente. Nessuno osò protestare.

Tornò da Kurt. L'emorragia si era fermata, ma il volto dietro la barba era esangue. Sussurrò qualcosa al medico, che era arrivato a esaminare il ferito.

«Portiamolo nel suo letto», ordinò il dottore. «Prendete una coperta.»

Più tardi mentre Vogel riposava nel silenzio della propria camera da letto, August gli si avvicinò. «Appena in tempo, eh Kurt?»

Le palpebre di Vogel fremettero, lentamente aprì gli occhi. Ci volle un po' prima che riuscisse a mettere a fuoco la figura che incombeva su di lui. «Tu?» La voce era rauca, tesa.

August gli sorrise freddamente. «Come, non sei felice di vedermi?»

Kurt ignorò la domanda e, mentre recuperava la lucidità, cercò di sollevarsi. «E Krauser?»

Un sorriso crudele apparve sul volto del giovane. «Se ti riferisci all'uomo che stava per tagliarti la gola, ha avuto ciò che si meritava.»

«Ma come... come mai eri qui?»

Non era stato un caso, naturalmente. E se Kurt fosse stato in condizioni migliori, non gli avrebbe rivolto quella domanda. Avrebbe capito da sé, pensò August. Erano giorni che lo teneva d'occhio, aspettando il momento opportuno per farsi vedere. Vogel era in debito con lui. Era lì per riscuotere. In quanto alla presunta parentela, era quasi vero. Una volta loro due erano stati cognati.

«Cosa vuoi, August?» La voce di Kurt era ancora flebile.

L'uomo gli si accostò. «Vienna è una bella città. Credo che mi fermerò. Naturalmente mi guadagnerò la tua ospitalità.» Fece una pausa, e gli sorrise. «Ho detto a tutti di essere un tuo parente, vedi di ricordartelo.»

«Perché mai dovrei farlo?»

August si chinò in modo che i loro occhi fossero alla stessa altezza. «Farò in modo che ti convenga. In questo momento hai bisogno di tutti gli amici che puoi trovare.» Non fu necessario aggiungere altro. La minaccia era insita in quelle poche parole. Lo sapevano entrambi. Non attese una risposta, non era necessario. Era ormai sulla porta quando Kurt lo richiamò. Si fermò, senza voltarsi.

«Mi dispiace per Else... non avrei mai voluto che andasse così.»

L'altro annuì. Un cenno del capo che non rivelava minimamente l'odio che gli ardeva dentro. «Certo», mormorò.

«Bene...»

August uscì e a grandi passi raggiunse il fondo del corridoio. Quando passò davanti a una delle camere sentì la porta chiudersi in fretta. Un lento sorriso gli piegò le labbra. Era pronto a scommettere che la ragazza dormisse là. Si guardò intorno e poi tornò indietro. La camera accanto a quella di Clarice von Harmel sarebbe andata benissimo per lui.

Quando era arrivato in città e aveva scoperto che il cognato si era preso in casa una nipote, aveva creduto che si trattasse di una bambina. Ma quella che era scesa dalle scale, mostrandosi a tutti senza pudore, era una donna. Molto giovane, ma pur sempre una donna.

Nelle settimane che seguirono Kurt Vogel combatté duramente. Si sottopose a tutte le cure, ma la ferita causata dalla lama lurida del coltello di Krauser suppurò. Divorato dalla febbre, restò tra la vita e la morte per molto tempo. Quando finalmente si risvegliò, trovò la moglie accanto a lui.

«È un miracolo», la udì sussurrare. Marta ringraziò Dio per averlo salvato, e lui si vergognò di sé stesso, e del poco amore che aveva sempre sentito per quella donna. «Ho fame», sussurrò un istante prima di scivolare nel sonno.

Da quel momento la guarigione fu rapida. Kurt recuperò le forze, ma non fu più lo stesso. Trascorreva molto tempo in camera sua davanti al fuoco, lo sguardo fisso sulle fiamme. Marta lo riempiva di attenzioni che lui accettava senza protestare, così come aveva fatto con la presenza di August von Kirchberg. Adesso era lui a dirigere la casa e i suoi affari. Era lui a intrattenere la moglie e la nipote a cena, a scortarle fuori, a passeggio e in chiesa, e lui non poteva farci nulla.

Ogni volta che lo guardava, il pensiero di Else lo travolgeva. August aveva gli stessi occhi marroni, grandi e luminosi della sorella. La donna che Kurt aveva sposato e poi lasciato una vita prima.

Si appoggiò contro lo schienale della poltrona rovesciando la testa all'indietro, gli occhi al soffitto. Li chiuse un istante. E lei fu lì con lui. «Non potevo fare altrimenti», sussurrò. Ricordava ancora con precisione il giorno in cui l'aveva abbandonata. Le aveva promesso che sarebbe ritornato. Lei ci aveva creduto per un po'... ma poi qualcuno le aveva detto del fidanzamento con Marta, e si era uccisa. Per lui Marta voleva dire la città, una carriera, una vita diversa.

Suonò il campanello che teneva sulla scrivania. Poco dopo il servo bussò. Il ragazzo era uno nuovo, di quelli che gli aveva trovato August. Per un istante Kurt pensò di congedarlo, poi scosse la testa. Doveva smetterla di agire in quel modo. Ormai sospettava persino di Marta. «Porta questa lettera a Von Roth, e attendi la risposta. Sbrigati.»

Il ragazzo scomparve rapidamente e in silenzio, così come era entrato. Kurt si alzò e raggiunse la finestra, scostò la tenda, e seguì con lo sguardo il giovane servo. Poi tornò al suo tavolo. Gli tremavano le mani. Non aveva scelta, si disse mentre un improvviso ripensamento si agitava dentro di lui. Non avrebbe mai rinunciato al patrimonio della nipote, e l'unico modo di conservarne il controllo era attraverso il futuro marito di lei. Johan von Roth.

Doveva agire, prima che a pensarci fossero i banchieri di Harmel.

August entrò nel cortile, tolse la sella ai cavalli e li impastoiò. Diede istruzioni a uno dei garzoni di stalla, e si sedette un istante nel buio, gli occhi verso la notte. Nessuno lo aspettava, il suo ritorno era previsto per la settimana seguente. Con un po' d'aiuto era riuscito a sistemare gli affari del cognato. Si era insinuato lentamente, approfittando della negligenza dell'uomo. Ormai Vogel era un vecchio. In passato era stato scaltro, ma la malattia lo aveva indebolito. Era questione di tempo, pensò August. Doveva solo pazientare ancora un po' e tutto sarebbe passato a lui, compresa Clarice. Il pensiero gli provocò un brivido e il desiderio per la ragazza gli montò dentro, divorante come fuoco. Si passò una mano sulla fronte, un sorriso aleggiava sulle sue labbra. Chissà se era ancora in piedi o si era già ritirata. Aveva voglia di vederla, gli piaceva come lei ascoltava i suoi racconti, come pendeva dalle sue labbra mentre immaginava il mondo che le era proibito. Sorrise tra sé. Le aveva promesso di portarla in viaggio, un giorno, ma Clarice non gli aveva creduto. C'era anche una strana scaltrezza in lei. Qualcosa che lo metteva a disagio. Forse era il modo in cui soppesava le sue parole, come lo studiava con quei suoi occhi attenti.

Sollevò la testa, in cerca delle sue finestre. Chiuse, nessuna luce. Tuttavia una carrozza nella rimessa indicava la presenza di qualcuno. Probabilmente Vogel aveva ospiti. Chissà cosa aveva indossato la piccola. Gli piacevano i suoi vestiti, il modo in cui suonava quel suo violino, la piega del collo mentre l'archetto sfiorava le corde. Gli piaceva lei. Un giorno l'avrebbe avuta. E anche nell'attesa c'era un non so che di piacevole. Entrò in cucina sbadigliando. Era stanco, avrebbe mangiato qualcosa e poi si sarebbe messo a letto.

«Buonasera, Milly.» Salutò la cuoca e sorrise incontrando il suo cipiglio.

«Signore, ben tornato.»

August scosse la testa. Avevano più o meno la stessa corporatura, una cosa davvero assurda per una donna. Si levò la marsina, e dopo aver sciolto i muscoli delle spalle cercò sulla stufa i resti della cena. Mentre si sedeva a mangiare si rese conto del malumore della cuoca.

«È accaduto qualcosa?» Non che gli interessasse per davvero. Per quanto lo concerneva, Vogel poteva marcire all'inferno. Anzi era probabile che fosse lui stesso un giorno a mandarcelo. La donna gli rispose con un grugnito, poi prese a colpire la pasta del pane, i gomiti bianchi di farina, l'espressione truce.

«Che succede una buona volta?» Stava iniziando a perdere la pazienza.

Per qualche secondo Milly lo ignorò, poi imprecò a voce alta, indicando la porta. «Non avete saputo? Clarice si sposa.»

Il cucchiaio si fermò a mezz'aria. Lentamente August riprese a mangiare. Ma adesso la minestra, che fino a un istante prima gli era sembrata deliziosa, aveva perso di sapore. Quello non lo aveva previsto. Così in fretta? Doveva esserci qualcosa sotto. Terminò, e spinse via la ciotola. La sguattera che era appena entrata si affrettò a ritirarla. August si alzò, raggiuse la porta. «Chi è il fortunato?»

«Johan von Roth.»

August aggrottò la fronte, uno sguardo interrogativo. «Deve trattarsi di un errore, quel giovane è un povero idiota.»

Milly tirò su col naso. «Nessun errore.» Poi si asciugò la faccia. «Come se non avesse già sofferto tanto, quella povera bambina. Maritarla a uno così...»

Lui non si prese la briga di commentare, e si avvicinò alla biblioteca. La porta era socchiusa, e un'occhiata all'interno gli bastò per comprendere che Milly non si era ingannata. Ludwig von Roth sedeva davanti a Vogel. Marta, immobile in un angolo della stanza, sembrava in procinto di svenire da un momento all'altro. Non c'era traccia di Johan né di Clarice, ma questo era normale in una trattativa fra le famiglie. Ciò che lo sconcertava era un altro pensiero. Aveva dato per scontato che Vogel tenesse alla ragazza, visto come la sorvegliava, ma nessuno con un briciolo di buonsenso avrebbe concesso neanche la propria serva in moglie a quel Roth, figurarsi una parente.

Tornò sui suoi passi. Cosa gli sfuggiva di quella situazione?

Salì un gradino alla volta, pensieroso. Il corridoio era illuminato solo da una candela, e la luce vacillava, come i suoi pensieri. Era quasi arrivato quando un rumore lo immobilizzò. La mano corse al pugnale. Si voltò lentamente: la porta di Clarice era solo accostata. Nuovamente quel suono. August si irrigidì. Una furia gli esplose dentro. Era un gemito. Il gemito di una donna. Spalancò la porta con una spinta, e quasi travolse la ragazza. Sorpreso, la afferrò per un braccio, impedendole di cadere. «Cosa diavolo credete di fare?» le urlò.

La ragazza era sorpresa quanto lui, ma subito riprese il controllo. Indossava un cappotto pesante, ai suoi piedi la borsa che le era caduta pochi istanti prima. «Vado via. Spostatevi.»

«Dove?»

«Non importa.» Aveva gli occhi arrossati, il viso gonfio. «Mi costringono a sposarmi. Non sono che un oggetto per loro», aggiunse piano.

August era consapevole del suo corpo, del profumo di fiori, del calore della sua pelle che gli arrivava attraverso la stoffa. Il desiderio di poco prima si acutizzò, adesso era dolore, bisogno.

In quel momento gli tornarono in mente i racconti della sua balia su alcune donne capaci di stregare chi volevano con il sortilegio del loro corpo. Che Clarice fosse un'incantatrice lo sapeva. Persino quando lei era china sul suo ricamo, o immersa nella lettura, era capace di attirare gli sguardi di chi le era accanto. Tutti gli uomini, a prescindere dalla loro età e posizione, erano attratti da lei. August lo leggeva nei loro sguardi, in quei sospiri che lo riempivano di rabbia. Il pensiero che lei dormisse nella stanza attigua lo aveva tenuto sveglio molte notti.

«È il destino di ogni donna. Che c'è di male nello sposarsi e mettere al mondo dei figli?» Non si era mai sentito tanto turbato. In quel momento avrebbe potuto uccidere quel Roth, per lei. Avrebbe tagliato la gola anche a Vogel senza il minimo ripensamento. Le prese entrambe le mani e se le portò al petto, le voleva su di sé. Dovette costringersi a non abbassare la testa, a stare lontano da quella bocca che lo tentava, con il suo tremito, l'apparente fragilità. Era una strega, una maledetta incantatrice. «Non c'è nessun posto deve possiate rifugiarvi. Vostro zio vi troverà.» Anche lui l'avrebbe fatto. Non gli sarebbe mai sfuggita. Ma quello lo tenne per sé. Sentiva il bisogno di dominarla, doveva farlo. Era come se solo in quel modo potesse riavere il controllo. Vederla impallidire, ritirarsi in sé stessa, tremare davanti a lui, gli dava un enorme piacere.

Clarice cercò di allontanarsi, ma August la tenne stretta, impedendole di muoversi. «Lo sapete anche voi che comunque sarà il vostro destino, perché vi opponete?» Voleva tormentarla, voleva ferirla. La voleva tremante.

Clarice sollevò il mento, l'espressione determinata. Non l'aveva spaventata, comprese August. La sua fierezza era sempre là.

«Rispondete.» La scrollò, desiderando di fare ben altro.

«Io sono una persona, ho il diritto di scegliere da sola.» La voce era chiara, risoluta. Quel tremito che lui andava cercando, se vi era mai stato, era stato prontamente nascosto.

August era affascinato da quella passione, dalla bellezza di quei tratti delicati e orgogliosi. Si chiese cosa avrebbe provato a piegarla, a possederla. E quel pensiero gli incendiò il sangue. «Parlerò io con mio cugino. Vi aiuterò.»

Clarice lo studiò per un lungo momento. August intuì la sua istintiva diffidenza. Non era una stupida, avrebbe dovuto agire con scaltrezza per convincerla a dargli fiducia. «Dovete fidarvi di me.»

Lei lo fissò, nello sguardo un lampo di stanchezza. «Lo farete davvero?» La voce era incredula, ma vi era un filo di speranza, e August lo afferrò con tutte le sue forze. Eccolo il suo punto debole: come tutte le donne, credeva ciò che desiderava. Le strinse nuovamente le mani, premendovi sopra le labbra. «Ve lo prometto. E adesso andate a dormire.»

Clarice si scostò e annuì. Si avvicinò alla borsa, ma lui fu più rapido. Quando la sollevò, aggrottò la fronte sentendone il peso. «Che diavolo avete qua dentro? L'argenteria di Vogel?» L'aprì perplesso, e lo fu ancora di più quando vide il contenuto. Alzò la testa, sorpreso. «Pensavate di usare dei libri per sopravvivere là fuori?» Che sciocca! Lo divertì quel pensiero, e rinsaldò la sua fiducia in sé stesso che solo un istante prima aveva messo in discussione.

«Sono miei.»

«Non ne dubito, ma credetemi, Clarice, non vi sarebbero serviti per comprarvi la libertà.» Rise piano, e le porse la borsa. Era più tranquillo adesso. In fondo era solo una sciocca fanciulla.

Era sulla porta quando si fermò. «Mi aspetto la vostra riconoscenza per quanto sto per fare. Io sono vostro amico Clarice. Tenetelo a mente.»

Ci volle un po', ma alla fine lei rispose. «Non dubitate.»

Le settimane seguenti a Clarice sembrarono un incubo. Lo zio aveva allentato la sorveglianza, ma il prezzo per quei momenti di libertà che trascorreva a passeggio con Marta, partecipando a feste, ricevimenti o a teatro, era altissimo. Johan von Roth passava ogni sera a trovarla con ogni genere di doni. E lei era obbligata a riceverlo.

Lotte cercò di convincerla ad accettare il suo destino, e anche la zia. Dopo un iniziale sbalordimento, le due donne si erano prodigate entrambe per aiutarla con ogni mezzo. Ma c'era ben poco che potessero fare. Ormai il fidanzamento era stato annunciato, e le nozze erano imminenti. Le cucitrici lavoravano alacremente al corredo. Anche l'abito era stato confezionato. Non restava che essere pratiche, e quello significava accettare il proprio destino e sopravvivere. «Opporti peggiorerà le cose, devi mostrarti docile e sottomessa. Cerca di guadagnarti il suo affetto, e tutto andrà bene. Quando resterai incinta, tutto migliorerà, vedrai. Gli uomini sono molto sensibili all'arrivo di un erede.»

Ma lei si sentiva morire. Come potevano dire quelle cose? Non li sopportava quei discorsi, non li accettava. Clarice era spaventata da quel ragazzo che le girava attorno con il suo sguardo vacuo, e l'espressione affamata.

La sua unica speranza era riposta in August. Lui le aveva promesso di aiutarla. Doveva solo avere pazienza. Era sicura che presto sarebbe ritornato dal nuovo viaggio che aveva intrapreso per conto dello zio. Al suo ritorno August avrebbe parlato a Kurt, e tutto sarebbe finito. Non ci sarebbe stato nessun matrimonio. Glielo aveva promesso.

August le voleva bene. Quando le sorrideva, quando le raccontava le sue avventure o la coglieva di sorpresa negli angoli della casa con i suoi scherzi, lei si sentiva felice e turbata allo stesso tempo. E quei brividi che provava erano strani, le facevano desiderare cose a cui non sapeva dare un nome.

Una sera, mentre Clarice attendeva in salotto la visita di Johan in compagnia di Lotte, August entrò all'improvviso. Dopo averla guardata le indicò la porta. «Andate a cambiarvi, Clarice, spero che abbiate qualcosa di adeguato all'occasione.»

«Che intendete dire?»

«Johan von Roth è morto. Una caduta da cavallo, pare.»

Lotte si alzò in piedi, il ricamo finì sul tappeto. «Vado a chiamare la signora.» Corse fuori, lasciando Clarice sola con August. Lei sollevò gli occhi verso di lui. Dopo l'iniziale sorpresa, scoprì di essere addolorata per la morte del fidanzato. «È terribile», sussurrò. Eppure, mentre diceva quelle parole, non riuscì a ignorare il senso di profondo sollievo che provava. Com'era possibile che fosse così cattiva?

August sorrise, un lento stirare di labbra. «Non sei felice?»

«No! Io non volevo sposarlo, ma è terribile che sia morto.»

«Stai tranquilla, ora andrà tutto a posto.» August le sorrise nuovamente. Non le disse che il matrimonio si sarebbe celebrato comunque. Solo che al posto di Johan, di cui si era sbarazzato con sorprendente facilità, ci sarebbe stato lui.

Si era già messo d'accordo col cognato. Una volta scoperto l'interesse che Kurt aveva per il patrimonio della nipote, era stato un gioco negoziare un accordo accettabile per entrambi. August aveva già scelto la dimora dove sarebbe andato a vivere con Clarice. Aveva scritto alla sorella Maud, chiedendole di raggiungerlo per organizzare le nozze.

Sorrise tra sé, e premette le labbra sulla tempia di Clarice. «Vedrai, le cose da adesso in poi saranno perfette.»

13.

«Non riusciamo a cambiare le cose secondo il nostro desiderio,
ma a poco a poco il nostro desiderio cambia...
Non abbiamo potuto superare l'ostacolo, come volevamo
assolutamente, ma la vita ce lo ha fatto aggirare, oltrepassare e
a stento, allora, volgendoci verso il passato in lontananza,
riusciamo a scorgerlo, tanto è diventato impercettibile.»
Marcel Proust, *Albertine scomparsa*

A quell'ora della sera, la scalinata di Trinità dei Monti era gremita di turisti e passanti. Alle famiglie con bambini si erano sostituiti ragazzi in gruppo, uomini, donne, alcuni soli e altri in compagnia. Qualunque fosse la loro condizione, tutti erano in cerca di istanti speciali, capaci di regalare emozioni uniche. Nel tempo le avrebbero rispolverate, tirandole fuori dalla memoria. Roma avrebbe fatto da sfondo a un bacio indimenticabile, una confessione, un incontro capace di cambiare una vita intera.

I più fortunati avrebbero dato e ricevuto sguardi complici, mentre raccontavano di quella volta che, tra le vie del centro storico della bellissima città, la loro esistenza aveva preso una piega inaspettata. Avrebbero riso tutti insieme. Ad altri invece sarebbe rimasto il sapore agrodolce di un bel ricordo. Il destino peggiore invece sarebbe stato quello degli indecisi. Perché a loro sarebbe appartenuto lo struggimento del rimpianto per ciò che non erano stati capaci di fare.

Sofia camminava tra la gente, lo sguardo spento, l'espressione stanca. Il libro di Clarice le batteva contro la gamba, così lo prese e lo tenne accanto al petto. La tristezza che provava era una presenza solida al suo fianco. Qualcosa di tangibile.

Erano accadute troppe cose in quegli ultimi giorni. E lei si era afferrata alla storia di Clarice come a un salvagente, qualcosa in grado di traghettarla verso una sponda sicura. Ma la vita non era così, non c'era un galleggiante capace di compiere il miracolo, senza la volontà di chi si sentiva affondare.

Non c'era nessuno che lo sapesse meglio di lei, perché in passato aveva evitato con cura ogni possibilità di cambiamento pur di non perdere ciò che si era illusa di possedere. Solo in quel momento riusciva a capirlo per davvero. Tutto ciò che aveva vissuto, tutto quello che aveva pensato di volere ma non aveva avuto il coraggio di perseguire, le appariva con una tale chiarezza da lasciarla senza fiato. Come aveva potuto essere così stupida? Cosa aveva fatto a sé stessa? Cosa aveva permesso ad altri di farle?

Fu come aprire una porta che dava direttamente nella sua anima, e poi un'altra e un'altra ancora. E ciò che si era rifiutata di guardare, di prendere persino in considerazione, le apparve davanti in una visione di lucida e spietata chiarezza.

E poi fu troppo. Era così profonda la sensazione di disperazione, che per un momento le sembrò di non riuscire a contenerla. Ma non sarebbe scoppiata a piangere nel bel mezzo di via Condotti.

Si guardò intorno, perplessa. Come mai era ancora là?

Voltò la testa da una parte, poi dall'altra. Era come se avesse fatto un lungo giro per ritornare al punto di partenza. Batté le palpebre. La vetrina del caffè Greco era davanti a lei. La raggiunse lentamente, gli occhi che le bruciavano. Un minuto, pensò. Le serviva solo un minuto per riprendersi. Ma ogni cosa dietro il vetro sembrava sfumata, priva di confini.

Il locale era affollato. Il brusio intenso, un fiume di parole nel quale annegare. Eppure non era una sensazione spiacevole. In fondo era come essere soli. E lei ci era abituata.

«Mi dispiace, non c'è posto a sedere.» Una cameriera le sorrise mestamente, l'espressione gentile.

«Non ha nemmeno uno sgabello? Mi basterebbe.»

La cameriera ci pensò su, poi si guardò intorno. «Be', visto che è sola posso proporle di dividere un tavolo. Che ne dice?»

Sofia si sarebbe seduta anche per terra. «Andrà bene.»

La ragazza le sorrise nuovamente. «Aspetti là, sono subito da lei.»

Non era una vera e propria saletta quella che le aveva indicato la cameriera, era più un angolo con sgabelli alti, come quelli dei soliti bar, solo più belli. Si appoggiò a uno di essi, e lo sguardo cadde sul tavolo che aveva occupato qualche giorno prima. Avrebbe dovuto chiamare Ilaria. Aveva tanto da dirle. Ma non era all'amica che stava pensando davvero. Era a un uomo, qualcuno che aveva piantato in asso poco prima.

Si costrinse a guardare da un'altra parte, a distrarsi. E sebbene per qualche istante la tecnica sembrasse funzionare, quasi subito riprese a farsi domande su Tomaso. Era stato diretto, brutale. Voleva il libro di Clarice. No, non di Clarice, di Fohr.

Perché Tomaso Leoni le aveva chiesto di vendergli il libro?

Come se i suoi pensieri avessero avuto il potere di evocarlo, lo vide entrare nel locale. Lui non l'aveva notata. Era assorto, pensieroso. Non guardava nessuno, come se fosse in una dimensione solo sua, nella quale gli altri non erano invitati. Non si accorse delle persone che lo osservavano; perché, per quanto lui potesse ignorare il resto del mondo, non era il genere di uomo che passava inosservato.

La stessa cameriera che aveva accolto Sofia si affrettò ad andargli incontro. Si salutarono come se si conoscessero, scambiando qualche parola. La ragazza annotò qualcosa sul suo palmare, muovendo la testa in un gesto affermativo. Sofia lo guardò ancora, sicura di non essere vista. Sembrava preoccupato, teso. I capelli gli ricadevano sulla fronte, aveva allentato il nodo della cravatta, sbottonato la camicia. Si tolse la giacca e la sciarpa, appendendole distrattamente a un attaccapanni. Poi si diresse verso l'angolo degli sgabelli, e Sofia se lo trovò quasi accanto. Gli girò immediatamente le spalle. Ci mancava solo che lui si accorgesse che era là. Si consolò pensando che avrebbe potuto imboccare l'uscita quando voleva. Continuò a dirsi che non aveva intenzione di parlare con lui, e sicuramente nemmeno a Tomaso avrebbe fatto piacere. Ma si rese conto di quanto quei pensieri fossero infantili. Non sarebbe andata via solo perché quell'uomo era là.

D'altronde Tomaso non le aveva fatto nulla di male, e la sua richiesta di acquistare il libro era perfettamente plausibile. Il fatto che lei fosse delusa perché se lo era immaginato diverso, perché era legata alla storia di Clarice come se davvero la conoscesse, be', quello era un suo problema.

«Eccomi, si è liberato un tavolo. Cosa le porto?»

«Un'insalata andrà benissimo. E un tè.»

La cameriera segnò tutto. «Cinque minuti e arrivo.»

Il tavolo di Sofia era dalla parte opposta della sala. Da lì non vedeva più Tomaso. Meglio, considerò, stava solo perdendo tempo invece di occuparsi dei suoi problemi reali. Aveva molte cose a cui pensare. Cose concrete. Doveva cercare un bravo avvocato per il divorzio. Un luogo decente dove andare a vivere, e un lavoro. E poi c'era l'offerta dei suoi genitori, che volevano andasse in Francia. Avevano una casa in Camargue e un appartamentino a Parigi, giusto un monolocale. Era carino, e Montparnasse era sempre piaciuto a Sofia. Però non sapeva se era pronta a lasciare l'Italia. Certo, trasferirsi l'avrebbe aiutata a ricominciare. Sarebbe stato un taglio netto tra lei e il passato.

Terminò la sua cena, pagò e lasciò il locale.

Mentre camminava sotto le luci che illuminavano la notte, pensò a quanto fosse calda la sensazione che provava. Roma le piaceva, le era sempre piaciuta. Era casa sua. E non si trattava solo di una considerazione oggettiva, era più una questione di pelle, qualcosa che non avrebbe saputo spiegare a parole. Era un'emozione pura e semplice. Di quella città le sarebbe mancato tutto. Gli alberi di Villa Borghese e i suoi sentieri, i villini, e ciò che restava degli antichi templi. Le piaceva l'aura decadente di capitelli e colonne, e allo stesso modo amava il centro storico. Per Coppedè poi, e la sua bizzarra asimmetria, nutriva una vera passione. Amava quel misto di antico, e di moderno così assurdamente mescolato in un'armonia impossibile da replicare in un'altra città, in un altro luogo che non fosse Roma stessa.

Si era alzato il vento; rabbrividì e si guardò attorno. Osservò il cielo, ma da lì non vedeva altro che la luce dei lampioni. Salì i gradini della scalinata di Trinità dei Monti, avvolta in un filo di sottile dispiacere. "Clarice, avrei tanto voluto sapere qualcosa di più su di te. Mi sarebbe davvero piaciuto tanto aiutarti." Continuando a camminare rivolse i pensieri a quella donna che l'aveva chiamata dal passato, che le aveva affidato la sua storia. Sentiva quasi di averla abbandonata, di non aver fatto il possibile, ed era una sensazione molto intensa. E Tomaso se n'era accorto. Non le aveva forse chiesto se fossero legate da una parentela?

Era quasi in cima quando decise di proseguire verso il Pincio. Era una delle zone di Roma più suggestive. Dalla terrazza la città si mostrava quieta, quasi sonnolenta all'alba, ma la notte splendeva di luce propria, in migliaia di piccoli bagliori che pulsavano di vita. Raggiunta la sommità, si fermò a riprendere fiato. Da lì Roma era un quadro.

L'emozione le chiuse la gola. Che le stava succedendo? Non ricordava un altro periodo della sua vita in cui fosse stata altrettanto emotiva. Qualsiasi cosa la turbava, la sconvolgeva, la portava sull'orlo delle lacrime, lei che aveva sempre avuto nervi d'acciaio. Ma quello era prima. Adesso le cose erano diverse.

Restò ancora un po' ad ammirare il panorama. Era contagiosa quella sensazione di pace, quell'intensa emozione. Era sui volti delle persone che le stavano attorno. Ovunque. Le fece piacere, significava che lei non era poi così strana, che altre persone condividevano la bellezza di quel luogo. Inspirò profondamente l'aria fredda, trattenendola un poco per poi soffiarla sulla punta delle dita. La camminata le aveva fatto bene. Si era scrollata di dosso un po' dell'angoscia che l'aveva stretta in una morsa di profonda infelicità. Restava giusto un po' di tristezza. Ma a quella poteva fare fronte.

Alle sue spalle, lo spiazzo davanti alla terrazza era occupato da ragazzi che scherzavano tra loro. Ai lati, accanto alle aiuole, alcuni sedevano sulle panchine e continuavano a godere del panorama. Si spostò, cercando una visuale migliore.

Fu allora che lo vide.

Possibile che fosse lui? Era davvero Tomaso Leoni l'uomo con i gomiti sul parapetto? Non si rese conto di essersi avvicinata così tanto. Non finché incontrò il suo sguardo, e poi il suo sorriso.

«Lei è la donna più sconcertante che io abbia mai conosciuto.»

Restò immobile, senza una risposta da dargli. «Io volevo solo...» Non concluse la frase. Tacque, e quando il silenzio tra loro si tese, fu Tomaso a spezzarlo.

«Cosa. Cosa voleva Sofia?» La sua voce era bassa, profonda.

Adesso erano uno a fianco all'altra, spalla contro spalla, in silenzio.

Sofia si inumidì le labbra. «L'ho vista prima, al caffè Greco.»

Lui annuì, lo sguardo sulla città. Si voltò lentamente verso di lei. «Lo so.»

Forse fu per quello sguardo, che percepì come una carezza, che decise di porgli la domanda che aveva continuato a tormentarla da quando era uscita dall'agenzia. «Perché volevi comprare il mio libro?» Il passaggio al tu venne naturale.

«Credo che tu lo sappia.»

Nuovamente la sensazione profonda che lui sapesse, che lui la capisse intimamente. Per un momento, un singolo istante, fu come se lo conoscesse da sempre, Tomaso. Come se non avesse mai sentito nessuno tanto vicino. E quello era assurdo. Si poteva sentire una tale affinità con qualcuno che si era appena conosciuto?

Ma aveva già commesso l'errore di supporre troppe cose su di lui. E si era sbagliata. Non era forse quello il motivo che l'aveva spinta ad avvicinarsi, a chiedergli spiegazioni? «Sono stanca di queste mezze frasi. Rispondimi chiaramente, per favore.»

Un'espressione fredda, distante sostituì quella amichevole che le aveva rivolto fino a quel momento. «D'accordo.» Si prese un po' di tempo per rispondere. Come se stesse scegliendo con calma le parole. Le indicò il viale. «Facciamo due passi.»

Accettò. Muoversi le parve una buona idea, avrebbe scacciato un po' il freddo che sentiva.

«Quanto sono estese le tue competenze riguardo ai libri antichi?»

«Ho una laurea in conservazione dei beni culturali, con una specializzazione in biblioteconomia.»

Tomaso annuì. «E come sei arrivata a fare la rilegatrice?»

«Ho seguito dei corsi. Ma è stato diverso tempo fa.»

Tomaso non indagò oltre, limitandosi a un lungo sguardo. «Come tu hai una passione per la legatoria, io ho quella per i libri perduti. Sono un cacciatore di libri.»

Non ne fu sorpresa. «Come il mitico Corso?»

Lui ridacchiò. «Francamente non sono molto sicuro che il paragone mi piaccia. Mi auguro tuttavia che nel peggiore dei casi ti stia riferendo al libro, *Il Club Dumas* di Pérez-Reverte.»

«E non al famoso film? *La nona porta.* Johnny Depp è il protagonista, se non mi sbaglio.»

«Non ti sbagli.» Tomaso continuava a guardarla, gli occhi socchiusi, l'espressione esageratamente truce.

Sofia si stava divertendo. E quello la stupì e le fece piacere. Quando gli si era avvicinata, pochi minuti prima, non aveva idea di come sarebbe andata a finire tra loro, di certo non aveva previsto quella sorta di chiacchierata. «Non fare quella faccia, ne usciresti comunque benissimo.» Si sentì leggera. Stavano scherzando, ridendo insieme. Era sorprendente l'esito di quella che era iniziata davvero come una giornata orribile.

Tomaso si tolse la sciarpa e gliela avvolse intorno al collo. «Se continui a tremare in quel modo verrà freddo anche a me.»

Lei si sforzò di ignorare il suo gesto, il suo sguardo, l'odore che adesso portava su di sé. Non significava nulla, si disse. Mise da parte ogni considerazione personale, concentrandosi sulla risposta che doveva dargli, le dita intorno alla stoffa. «Dunque tu in quel libro hai visto più di quello che mi hai detto, vero? Per questo volevi comprarlo.»

Tomaso annuì. «Vedi, Sofia, ci sono molte leggende intorno ai libri perduti, ogni cercatore le conosce tutte. Christian Philipp Fohr, secondo la storia della letteratura, ha scritto un'unica opera in tre volumi.»

«Questo lo so.» Le tremò la voce. Si strinse nella giacca rabbrividendo, mentre il fiato diventava vapore.

«Ma non è detto che sia così. I libri possiedono qualcosa di speciale. Per loro stessa natura contengono potenzialmente risposte a ogni sorta di domanda. Dunque il fascino dei libri scomparsi è doppio, perché ognuno proietta in loro le proprie speranze. L'immaginazione dell'uomo è una spinta straordinaria. Ti fa compiere le imprese più audaci.» Calciò un sassolino e lo osservò rotolare via. Poi la guardò negli occhi. «Ogni cercatore di libri sa che esiste sempre la possibilità che le voci su questo o quest'altro libro, di cui non si sa più nulla, potrebbero essere vere. I libri spariscono e riappaiono di continuo. È come se vivessero di vita propria.»

«Ma non c'è scritto da nessuna parte che Fohr abbia scritto un altro libro. Io l'ho studiato a fondo, e non ho mai trovato riferimenti a un inedito.» Un lungo brivido le risalì su per la spina dorsale. «Credi sia quello il segreto a cui allude Clarice?»

«Presa da sola, la sua lettera non sarebbe altro che una bellissima e affascinante testimonianza di un passato lontano. Ma lei non ha scelto un libro a caso per conservare quel foglio. È di Fohr il volume in cui l'ha nascosto. E, guarda caso, proprio lui ha scritto qualcosa che non è mai stato trovato. Qualcosa di così affascinante e potente da restare nella memoria di quei pochi amici e compagni a cui lo aveva mostrato.»

Dunque era a quello che faceva riferimento Tomaso: testimonianze contemporanee di chi aveva visto l'inedito. «Si sa altro?»

Ci mise un po' a rispondere, e quando lo fece Sofia aveva già deciso che, se Tomaso Leoni l'avesse aiutata in quella ricerca, gli sarebbe stata per sempre grata.

«Si suppone che la sua seconda opera sia stata scritta proprio qui, a Roma. Trascorse in città alcuni anni, e qui morì, come saprai. Ma nessuno riuscì mai a trovare sue carte segrete. Forse a causa della morte improvvisa, la villa dove abitava restò senza custode, ed è possibile che il testo sia stato trafugato. O che sia stato portato via dalla famiglia.»

«Ma se così fosse, perché non lo avrebbero pubblicato? Era uno dei più grandi scrittori del suo tempo.»

Tomaso scosse la testa. «Dai familiari di George Byron fu decisa la distruzione di un suo inedito, e il marito di Sylvia Plath, dopo la sua morte, impedì la pubblicazione di altre sue opere. Sono molti i libri che non vedremo mai perché così è stato disposto dagli eredi. Può essere accaduto lo stesso per Christian Fohr, anche se non lo sappiamo e non lo sapremo mai.»

Si guardarono per un lungo istante. Erano arrivati alla parte opposta di Villa Borghese, ed erano soli. «Ti accompagno a casa.»

«No.»

Lui sollevò la mano. «Allora facciamo che mi accompagni tu.»

Sofia scosse la testa. «Non alludevo a quello, mi riferivo a Fohr. Se troviamo gli altri volumi della trilogia, potremo sapere tutto. La lettera di Clarice promette di svelare un segreto, e implicitamente suggerisce di tenere uniti tutti e tre i libri. È plausibile credere che lei abbia nascosto all'interno degli altri volumi le indicazioni per trovare lo scritto inedito di Fohr, se è questo il segreto. Dobbiamo trovarli, Tomaso.»

«Noi?»

«Esatto. Non ti venderò il libro, faremo un accordo. Tu e io al cinquanta per cento. Io metto l'idea, la lettera di Clarice, il libro di Fohr, tu mi aiuti. Ci stai?»

Tomaso restò in silenzio, riflettendoci con calma. «In linea di massima, accetto. Ma domani definiremo i termini del nostro accordo, e dopo li metteremo nero su bianco. Fino a quel momento, se cambierai idea, lo capirò. E adesso possiamo andare?» Le porse la mano, e lei l'accettò.

Lui rimase a bocca aperta. «Sei congelata.» L'attirò a sé e

le passò un braccio sulle spalle. «Non farti strane idee, sto solo proteggendo il mio investimento.»

Sofia rise nuovamente. Era agitata, piena di entusiasmo, e mentre camminavano insieme in cerca di un taxi, si chiese dove l'avrebbe condotta la storia di Clarice e di Fohr.

14.

«Oggi non è che un giorno qualunque di tutti i giorni
che verranno. Ma quello che accadrà in tutti gli altri che verranno
può dipendere da quello che farai tu oggi.»
Ernest Hemingway, *Per chi suona la campana*

Sebbene la serra avesse un'apparecchiatura ultramoderna a controllare temperatura e umidità, l'aspetto era quello di un antico giardino d'inverno vittoriano, fatto di vetri allungati incuneati in cornici in ferro battuto e sormontati da una cupola bombata.

Aveva sempre fatto parte del mondo di Sofia, perché Max, suo nonno, ce l'aveva condotta fin da piccina. Là aveva sfiorato con le piccole dita i nuovi boccioli delle orchidee farfalla, le *Phalaenopsis*, aveva imparato a conoscere il profumo che sprigionavano i fiori dei *Dendrobium*, e guardato le molteplici sfumature dei petali delle Vanda che pendevano dal soffitto con le loro lunghe radici d'argento.

Max le aveva trasmesso il suo amore per quelle piante esotiche così come le aveva fatto apprezzare i libri e la lettura.

«Non c'è nulla che ti possa rendere libera quanto un libro. Nelle sue pagine troverai sempre uno spazio. Sarai tu poi a decidere come utilizzarlo.» Glielo aveva detto quando da bambina era dovuta stare immobile a causa di una brutta caduta sui pattini. I suoi genitori all'epoca si trovavano negli Stati Uniti, e così erano stati i nonni a prendersi cura di lei. E se all'inizio aveva pianto per poi chiudersi in un silenzio ostinato, presto la voce di Max, che le raccontava la storia delle sorelle March, l'aveva convinta a uscire da sotto le lenzuola dove si era rifugiata. Così, in un caldo pomeriggio d'estate, Jo, Meg, Beth e Amy l'avevano invitata nella loro vita, aprendo una porta su un mondo completamente diverso, nel quale però si sentiva a casa.

A Sofia era sempre piaciuta l'idea che i libri fossero degli spazi. In realtà lei pensava che somigliassero anche agli specchi che la nonna Therese collezionava. Perché se riuscivi a ritrovarti all'interno delle pagine, a comprenderle intimamente, a immedesimarti, e dunque a rifletterti in esse come in uno specchio, alla fine dipendeva anche da te.

La mattina dopo la serata sorprendente che aveva trascorso con Tomaso, Sofia si era rifugiata nel silenzio della serra di Max. Prendersi cura delle orchidee del nonno aveva smorzato la sua agitazione. I pensieri si erano allineati, e lentamente, mentre innaffiava, ripuliva, rinvasava, si erano come dissolti, dandole tregua.

Quel giorno avrebbero stabilito i termini del loro accordo. E sebbene quella formalità le mettesse un filo d'ansia, non vedeva l'ora. Si guardò intorno. Il profumo dei fiori a quelle temperature era intenso, e l'avvolgeva in una bolla di benessere. Si tolse i guanti e li posò sul ripiano degli utensili. Controllò ancora una volta il termostato e il vaporizzatore delle piante, un'occhiata allo schermo elettronico, e finalmente uscì, chiudendosi bene la porta alle spalle.

C'era un'altra cosa che doveva fare. Aveva appuntamento con un avvocato. Il pensiero di quello che Alberto aveva fatto dei suoi effetti personali la faceva stare ancora male. Come aveva potuto spingersi a tanto? La sua espressione si incupì. Dopo un iniziale istintivo rifiuto di affrontarlo, aveva stabilito che non era giusto che lui la passasse liscia, così era tornata a quello che era stato il loro appartamento. Quando lui le aveva aperto, non era entrata. Là sul pianerottolo, gli aveva detto cosa pensava di lui, e di come ormai si vergognasse di averlo sposato. Non c'erano voluti che pochi minuti. Alberto, colto di sorpresa, aveva tentato di replicare, ma Sofia lo aveva fulminato. «Tu hai buttato via le mie cose, ciò che non ti apparteneva, perché volevi ferirmi. Piantala di attribuire agli altri le responsabilità delle tue azioni meschine. E fatti un favore, curati.»

Joice, che aveva assistito da dietro la porta, le aveva offerto un dolce e la sua ammirazione. «Sono orgogliosa di te, Sofia, temevo che gliel'avresti fatta passare liscia anche questa volta.»

Non voleva avere più nulla a che fare con lui. Il suo matrimonio era stato un errore, e vi avrebbe posto fine quanto prima. Non aveva nessuna intenzione di sprecare altro tempo con quell'uomo, per quanto la riguardava ne aveva gettato via fin troppo.

Terminò di riordinare. Mentre raggiungeva l'ingresso, un'occhiata allo specchio la trattenne. Si guardò. Aveva perso peso, ed era pallida. I capelli le ricadevano sulle spalle, gli occhi erano cerchiati, eppure luminosi. Decise che non sarebbe stato male fare qualche cambiamento. I capelli, come prima cosa, li avrebbe accorciati; e poi sarebbe passata all'abbigliamento. Non le piaceva quel vestito. Era troppo classico, come tutti i suoi abiti. Stava cambiando, di quello era pienamente consapevole. Spaventata e consapevole.

Stava salendo in macchina quando il cellulare vibrò. Era un messaggio dallo studio legale. Un cliente aveva disdetto un appuntamento: dal momento che lei aveva urgenza, se era disponibile l'avrebbero ricevuta subito. Rispose immediatamente, controllò l'indirizzo e uscì dal parcheggio. «Lo prenderò per un buon segno.»

E lo fu. L'avvocato era un uomo molto gentile. Sofia non si dilungò troppo in particolari. Disse solo che una riconciliazione era fuori discussione. Raccontò del gesto di Alberto, ma rifiutò la proposta di un accomodamento economico. «Non voglio nulla, non mi interessa altro che chiudere questa storia il più presto possibile.»

«In questo caso, e visto che non ci sono figli, la procedura sarà molto breve.»

Sulla strada del ritorno andò a parcheggiare sul Lungotevere, aveva bisogno di fare due passi. Con gli occhi lucidi camminò per le stradine del ghetto, i passi pesanti come il suo cuore. Comprò qualcosa da mangiare in strada, seguendo la scia dei passanti, fermandosi di tanto in tanto davanti alle vetrine. Erano soprattutto gli oggetti antichi a catturare la sua attenzione. Una pesante collana d'oro, una scatola da cucito, un'acquasantiera da camera. A chi erano appartenuti? Quali storie si nascondevano dentro quegli oggetti?

Si inoltrò nel cuore del quartiere mentre i profumi dei carciofi fritti, dei pesci e dei dolci della cucina kosher si levavano insieme alle risate e le esclamazioni di chi si era fermato per strada. In uno dei mercatini rionali trovò qualcosa che le piaceva. Era un vestito azzurro e giallo oro. Poi fu la volta di un paio di scarpe col tacco. Quando tornò alla macchina si sentiva un po' meglio. Di quel dolore che l'aveva colta a tradimento, adesso, non vi era più traccia. Era normale, si disse. Non si poteva tagliare via qualcosa senza sentirne la mancanza. Sarebbe passato. Doveva solo aspettare.

Mise da parte quei pensieri, concentrandosi su altri, e allora le sembrò di sentirsi più leggera, più fiduciosa. "Sono le nuove possibilità a traghettarti verso il futuro", pensò. "La speranza è ciò che ti permette davvero di trovare la forza di cambiare."

Una volta a casa si cambiò rapidamente. Aveva un po' di tempo prima di vedere Tomaso, e voleva sentire i suoi nonni.

Max rispose al secondo squillo. «*Liebling!* Mi chiedevo quando ti saresti ricordata del tuo vecchio nonno.»

Sofia sorrise. «E se ti dicessi che vi ho pensato ogni giorno?»

Un lungo sospiro soddisfatto, e una risatina. «Ti crederei, luce mia. Allora, dimmi è stata dura?»

«Sì.»

«Ogni passo che farai da adesso in poi ti porterà sempre più lontano. Hai appena cambiato il corso della tua esistenza, e stai iniziando una nuova avventura. Ti capiteranno tante cose nuove. È questo il bello del cambiamento. Quello che ti accadrà sarà nuovo, diverso.»

Restò un istante in silenzio, riflettendo sulle parole del nonno che sentiva vere sulla pelle. «Forse andrò a stare in Francia.»

«Davvero? E perché? Ho sempre pensato che Roma ti piacesse molto, che ti ci trovassi bene.»

«È complicato. Non ho un posto dove stare. Non ho un lavoro, e al momento sono abbastanza confusa.»

«Come sarebbe, non hai un posto dove stare?» Sofia stava per rispondere quando Max riprese a parlare. «Tua nonna ha qualcosa da dirti, ascoltala! *Liebling*, sei nel mio cuore.»

«Anche tu.» La nonna voleva parlarle? Sofia si chiese cosa potesse essere accaduto. Therese odiava il telefono. Lo utilizzava solo se non poteva farne assolutamente a meno, preferiva stare accanto a Max e far parlare lui.

«Sofia, tesoro! Hai mangiato? Stai dormendo? Hai un buon avvocato, spero... Ma prima di tutto come stai?»

Non le mentì, lei lo avrebbe capito e si sarebbe preoccupata. «È difficile, nonna. Ma sto ogni giorno meglio.» Era vero. «È una sensazione strana. Più passa il tempo e più mi rendo conto di quanto sia stata stupida.»

«No, non dire così. Ti stai liberando di pensieri e di situazioni difficili, alcune delle quali non ti sono mai appartenute. Non erano tue convinzioni né i tuoi pensieri. Per questo adesso riesci a vedere tutto con più chiarezza. È normale. È questo che fa la libertà.»

Libertà. Un concetto che adesso assumeva tutta una serie di sfumature. Poche persone sono davvero capaci di vivere una vera e totale libertà. Si tratta di scelte, di consapevolezza, di estremo coraggio. La maggior parte della gente preferisce muoversi all'interno di confini stabiliti da altri. Lei, per esempio, i suoi limiti se li era creati da sola, modellandoli sulle esigenze di Alberto. Si massaggiò una tempia. Si era creata lei la sua prigione personale. Finché Clarice non era entrata nella sua vita, innescando una serie di eventi che l'avevano portata lì, dov'era adesso, nella casa dei suoi nonni, ad aspettare un uomo che l'avrebbe aiutata a addentrarsi ancora di più nella vita di una donna vissuta secoli prima, e a conoscere il suo segreto.

«Mi piace decidere da sola. Per il resto stiamo a vedere che succede. Non potevo continuare così, nonna. Ci ho provato ed è stato un errore.»

Therese sospirò. «Avrei tanto voluto che Alberto fosse la persona giusta per te. Il fatto è che non c'era abbastanza amore tra voi due. Questo in fondo al tuo cuore lo sai bene.»

«Credevo che tutto il resto potesse bastare.» Non aggiunse altro, non c'era bisogno. Sapeva che la nonna la capiva. Era sempre stato così tra loro. Uno sguardo, un sorriso, un pensiero condiviso senza bisogno di troppe spiegazioni.

«Devo dirti una cosa, tesoro, e spero tu possa aiutarci.»

«Certo nonna, che succede?»

«Non è stato facile convincere tuo nonno a tornare a Monaco. Ci avevo messo una pietra sopra ormai. Poi una mattina non so che gli è preso, ha fatto le valigie e siamo andati in aeroporto. Così, vedi... io vorrei approfittare di questa sua improvvisa voglia di viaggiare per vedere anche Vienna. Dopo vorrei proseguire per la Francia. Ho promesso a tua madre che sarei andata a trovarla. Puoi prenderti cura dell'appartamento ancora per un po'?»

Sofia si sentì invadere dal sollievo. Per un momento aveva temuto che ai nonni fosse accaduto qualcosa di brutto. «Certo. Così avrò più tempo per decidere cosa fare.» Prendere tempo in fondo non era una cattiva idea. Stava per raccontare a Therese di Tomaso, poi cambiò idea. Non aveva nulla di concreto in mano. Solo la storia di Clarice. «Ho un progetto che sto seguendo. Appena ne saprò di più ti racconterò tutto.»

«Abbi cura di te, *Liebling*. Tuo nonno ti abbraccia forte e ti raccomanda le sue piccole.»

«Dagli un bacio da parte mia. Gli manderò le foto delle orchidee Vanda, sono fiorite sai? Digli di controllare la casella di posta.» Chiuse la chiamata, e sorrise. Quando suonò il citofono, trasalì. Guardò l'orologio, doveva essere Tomaso.

«Eccomi, Felipe.»

«Un signore chiede di lei.»

«Lo faccia passare. Grazie mille.»

Aprì il portoncino e tornò nella biblioteca, dove sopra il tavolo aveva disposto i suoi strumenti da rilegatrice. Il *Discorso sulla natura* era al centro, accanto al libro i piatti della copertina, il dorso e ogni più piccolo filo che aveva tolto. Tutto era stato catalogato e fotografato. Sofia aveva preparato ogni cosa per il restauro, prima di fermarsi a indagare su Clarice.

«Buongiorno, Sofia.» La voce di Tomaso la colse di sorpresa.

«Scusami, ero sovrappensiero.» Gli sorrise, invitandolo a entrare.

Lui continuò a guardarsi intorno, una luce di ammirazione negli occhi. Raggiunse il tavolo e indicò il libro. «Posso?»

«Certo, accomodati.» Aprì le imposte. Una luce intensa illuminò la camera, rivelando le pareti a doppia altezza ricoperte da scaffali di libri. «Questo è il regno di mio nonno Maxim Bauer.»

«È una splendida biblioteca.»

Sofia annuì. «Sì, lui dice che i libri sono dei luoghi, spazi nei quali ritrovarci.»

Le sorrise. «E tu cosa pensi?»

Continuava a sorprenderla, l'interesse di Tomaso. Continuava a piacerle. Distolse lo sguardo. «I libri possiedono un grande potere. Accendono ciò che hai dentro, sono come scintille. Agiscono su quello che già esiste, permettendogli di crescere e svilupparsi.»

Mentre Tomaso indossava i guanti di lattice, un sorriso lieve addolciva i suoi tratti. «Mi chiedo se questo valga per tutto.»

«Non capisco.»

Le indicò il tavolo. «Clarice, la sua lettera. Cosa significa per te?»

«Una possibilità.» Si pentì subito di quelle parole così personali. Non aveva il diritto di parlargli in quel modo. Non erano nemmeno veri amici. «Che ne dici di procedere?»

Tomaso socchiuse gli occhi. «Naturalmente. Sono qui per questo, no?»

Sofia si avvicinò, un blocco di carta tra le mani, gli occhi sulle parti del volume disposte sul tavolo, mentre lui le esaminava con attenzione, un pezzo alla volta.

«Questo marchio... potrebbe aiutarci a rintracciare gli altri volumi.» Tomaso sfiorò la carta delicatamente.

«È una filigrana. Su carta fatta a mano.»

«Esatto. Lo troviamo in entrambe le controguardie, nei fogli di guardia e sul dorso.»

Si era chinata in avanti, gli occhi sul curioso simbolo. «Sono ali, una coppia di ali.» Uno dei simboli della libertà.

Restarono un istante in silenzio, assimilando quell'ultima informazione.

«Che ne dici di fare il punto della situazione prima di procedere oltre?» La voce di Tomaso era calma, ma lo sguardo tradiva la sua impazienza.

«Va bene.»

«Inizia tu, per piacere.» Tomaso si era seduto, il libro di Fohr tra le mani, lo sguardo che andava dal libro a lei.

Le ci volle qualche minuto per decidere da che parte iniziare. Non era una storia semplice. Richiedeva la massima concentrazione. Doveva staccarsi da Clarice e dalla sua vicenda per essere il più possibile obiettiva. «Un manoscritto autobiografico nascosto all'interno di un libro promette di svelare qualcosa riguardo a una verità che non deve andare perduta. Il testo è in tedesco, sia la carta sia l'inchiostro sono riferibili alla prima metà dell'Ottocento. È verosimile che la persona che l'ha scritto abbia anche rilegato il libro nella cui copertina era nascosta.»

Tomaso annuì. «Che cosa sappiamo della donna che l'ha scritto?»

«Ha appreso l'arte della legatoria da bambina. Di origini nobili, ha affrontato un periodo molto difficile. Teme di perdere la posizione raggiunta a causa della rivelazione di questo segreto. Tuttavia non può rinunciare perché la verità non può andare perduta.»

Lui le fece cenno di proseguire. «Cosa ne pensi?»

«Clarice sapeva bene quello che faceva. Ha nascosto il suo messaggio in una parte del libro specifica. Dove potesse essere trovato da un rilegatore, un esperto di libri, qualcuno capace di raccogliere la sua eredità. Qualcuno che fosse in grado di comprenderla.» Si fermò un istante. «Il primo volume dell'opera di Christian Philipp Fohr, forse lo scrittore più grande del suo tempo, non è stata una scelta casuale. Lei e Fohr sono vissuti nello stesso periodo, erano entrambi tedeschi. Alcune delle note a margine del testo sono state vergate da lei.» Si fermò. Era il momento di dare un'altra prova di fiducia a Tomaso. «Posso farti vedere una cosa?»

«Certo!»

Sofia respirò piano, aprì un cassetto e ne estrasse alcuni fogli. «Sono esempi della grafia di Fohr.» Gli porse le copie digitali dei frammenti autografi trovati in biblioteca, tra i quali anche una firma. Tomaso le lanciò un'occhiata, poi tornò al tavolo.

Fu infinito il tempo che lui trascorse a capo chino, almeno così parve a Sofia. Decise di andare in cucina a preparare il caffè. Entrambi avevano bisogno di energia. E almeno avrebbe fatto qualcosa che non fosse trattenere il fiato.

Il sole del pomeriggio illuminava le grandi finestre, accendendo il pulviscolo. Nella biblioteca il silenzio era totale. Tomaso, assorto nel suo compito, ogni tanto spostava lo sguardo sul libro, poi lo riportava sui fogli che gli aveva consegnato Sofia.

Gli era bastata un'occhiata per stabilire che la grafia delle note non attribuite corrispondeva a quella di Fohr, anche in assenza di un campione originale. Qualche minuto per eseguire un'analisi più accurata, e il resto del tempo lo aveva utilizzato per riflettere sulle implicazioni di quella conferma. Attese che Sofia tornasse, e poi glielo disse. «È lui. Questa è la sua scrittura.» Quella copia del *Discorso sulla natura* era stata annotata dal suo autore. E lo stesso aveva fatto Clarice. Ma in quale sequenza temporale?

«Sì, lo sapevo. Lo sapevo.» Sofia prese a girare per la stanza, in preda a un'allegria incontenibile. Poi si immobilizzò. Tomaso continuava a fissare il libro, l'espressione cupa.

Gli si avvicinò cauta. «Qualcosa non va?»

Lui scosse la testa. «Alcune delle note a margine sono opera di una sola mano. Appartengono all'una o all'altro. Ma queste», disse indicando una pagina, «sono scritte come se i due autori si fossero divisi lo spazio. E si ripete qui, e anche qui.»

Sofia non aveva il coraggio di parlare. Quella che le aveva appena dato Tomaso era la conferma alle sue supposizioni. Clarice e Christian Fohr si conoscevano.

«Cosa ne pensi?»

Le mancava il fiato per l'emozione. «Si conoscevano.» Non era una domanda.

«Probabilmente sì.» Tomaso indicò il libro. «È un documento storico di grande valore. La natura delle note implica un utilizzo intenso da parte di Fohr. Credo che quella fosse la sua copia personale. Ha continuato lì le sue riflessioni.»

«E Clarice? Non ha solo rilegato la copia...»

«La cosa che sappiamo di certo è che per un periodo è stata in suo possesso.» Per il resto si potevano solo esprimere speranze, congetture, ipotesi. «Ci servono gli altri due volumi dell'opera. Solo così potremmo saperne di più.»

«Gli elementi che abbiamo sono pochi. Come farai a trovarli?»

Tomaso la fissò. «Ho dei contatti, spargerò la voce. Appena saprò qualcosa ti metterò al corrente.»

Per un istante Sofia credette di aver compreso male. C'era qualcosa nell'espressione di Tomaso che la metteva in allarme. «Se parti per cercare i libri, io vengo con te.» Non aveva nessuna intenzione di restare a casa ad aspettare una sua telefonata. «La mia proposta è per un accordo al cinquanta per cento. Stessi rischi, stessi vantaggi. Insieme.»

Lui si strofinò la fronte. «Ascolta, non ho nessuna intenzione di tagliarti fuori. Ma deve esserti chiara una cosa. Prendere decisioni sul momento è fondamentale. Non avrò il tempo di fare una riunione con te per ogni dettaglio.» Lo disse senza mezzi termini. «Abbiamo in mano qualcosa di clamoroso. La riuscita o il fallimento della ricerca dipenderà da quanto sarò convincente, rapido, e Dio solo sa cosa.»

«Mi sembra ragionevole.»

Quel commento lo sorprese. Si era aspettato altre proteste. Un lampo di ammirazione comparve sul viso di Tomaso. Sapeva che Sofia era perspicace. Quello che l'aveva colpito subito di lei era la direzione dei suoi pensieri. Era come se condividessero lo stesso modo di vedere le cose. Per questo riuscivano a capirsi così bene. Ne avrebbe dovuto tenere conto, decise. Ma questo non cambiava la situazione. Non sapeva quello che avrebbe trovato una volta iniziato a indagare. Non aveva idea di cosa avrebbe dovuto fare per procurarsi i volumi mancanti. Lei poteva essergli d'intralcio.

Si era avvicinata alla finestra e adesso guardava fuori. Voltò la testa verso Tomaso. «Però voglio sapere tutto. Ogni cosa. Come hai detto tu stesso, non devi tagliarmi fuori.»

Lui era abituato a lavorare da solo, e non aveva nessuna intenzione di cambiare il suo metodo. Ma avrebbe valutato volta per volta. «Allora siamo intesi. Carla butterà giù una bozza di accordo, puoi passare domani pomeriggio a firmarla?»

«Sì. Certo.»

Lui indossò la giacca che aveva lasciato all'ingresso. Era sulla porta quando si fermò e si voltò verso di lei.

«Che c'è?» Sofia era di malumore, si era aspettata qualcosa di diverso da quella riunione. Tomaso invece sembrava soddisfatto, addirittura divertito.

Le fece un cenno di saluto con la mano. «Inizierò subito a fare ricerche. Ci vediamo domani in agenzia.»

Lo guardò uscire chiedendosi che cosa non le avesse voluto dire.

15.

«L'amore e la ragione sono due viaggiatori che non abitano mai insieme nello stesso albergo: quando uno arriva, l'altro parte.»
Pagnon e Callet, *Allan Cameron*

Erano già le nove quando Tomaso lasciò il suo studio. Ruotò la testa, sciogliendo i muscoli delle spalle, e sbadigliò. Aveva lavorato senza sosta, interrogando i motori di ricerca, spulciando i cataloghi antiquari online e facendo un giro di telefonate. Aveva smosso le acque. Adesso non restava altro da fare che attendere.

A casa, mentre si preparava la cena, i suoi pensieri passarono da Sofia a Frank. Aveva fissato un incontro con gli avvocati degli eredi Baldini e della controparte. Non aveva idea di come risolvere la questione con la perizia errata del patrigno. Avrebbe dovuto improvvisare. La cosa di cui era assolutamente certo era che non poteva permettere che si compisse un'ingiustizia. La firma sul testamento, per quanto potesse sembrare autentica, in realtà non lo era.

Mangiò lentamente, di malumore. Screditare Frank era fuori discussione. Non gli interessava che fosse il modo più rapido e sicuro di togliersi dai guai. Avrebbe dovuto trovare un'altra maniera di tirarsi fuori da quel pasticcio. Le condizioni del patrigno erano un po' migliorate, ma non tanto da sostenere un confronto. E poi c'era la questione degli ammanchi dai conti della società. Come aveva potuto fargli una cosa simile? Tomaso spinse via il piatto e restò un istante a fissare il nulla. Era accerchiato. Da qualsiasi parte guardasse, le difficoltà sembravano moltiplicarsi. Riordinò la cucina e si fece una lunga doccia. Con indosso solo una vestaglia di seta, a piedi nudi tornò in salotto.

Il suo appartamento si trovava in una strada del centro storico di Roma, in un palazzo della fine del Settecento. Un antico muro di pietra lo separava dalla strada, concedendogli privacy e una barriera contro il chiasso della città. Quando aveva deciso di restaurare lo stabile che era appartenuto alla famiglia di suo padre, Luisanna aveva cercato di fargli cambiare idea.

«Il passato deve restare tale. Guarda avanti, dimentica. Liberati di ogni cosa.»

Ma non c'era nulla che lei potesse fare o dire per dissuaderlo. Tomaso aveva le sue ragioni per prendersi cura di ciò che era appartenuto a suo padre. Era una questione di dovere, di legami e di continuità.

Qualcosa per cui lei aveva perso ogni interesse.

Tomaso non aveva cambiato di molto la disposizione degli ambienti. Erano stati pensati per ricevere tutta la luce possibile, ampi, con enormi finestre. Gli piacevano, ci si ritrovava. Era una sensazione accogliente quella che sentiva la sera, quando tornava a casa. Era il suo rifugio. Qualcosa che apparteneva solo a lui.

Non ci aveva mai portato nessuno.

Li aveva arredati in modo semplice e spartano, quegli ambienti. Mobili di legno massiccio dalle superfici lisce e lineari. Pavimenti in rovere sbiancato. Pareti bianche. In un angolo del salone, accanto a un'alta finestra, aveva piazzato uno scrittoio antico. Era un mobile particolare, con la panca incorporata, il piano di scrittura che poteva essere inclinato e un alloggio per le boccette di inchiostro. Nessuno sapeva a chi fosse appartenuto. Tomaso lo aveva trovato al piano superiore, quello in cui aveva vissuto sua nonna. Non aveva conosciuto Ludovica Devoto Leoni, sapeva solo che era stata una donna fuori dal comune, libera e forte. Era rimasta vedova giovanissima, e non si era mai risposata. Ma se di lei nessuno gli aveva mai raccontato granché, Tomaso si era fatto comunque un'idea. Era stato lo spazio che si era scelta a raccontargli la sua vita, gli oggetti che le erano appartenuti, i vestiti rimasti all'interno degli armadi che portavano ancora le tracce di un profumo delicato e floreale, il pianoforte a coda al centro del soggiorno. E poi dipinti, bozzetti, quaderni e album. In quelle stanze, che suo padre Massimo aveva conservato senza cambiare nulla, l'essenza della donna si era come cristallizzata. Ludovica era stata un'artista.

Anche lui, come Massimo, aveva voluto conservare tutto questo.

Tomaso indugiò ancora un istante in quei pensieri. Si chiese con una punta di sconforto se alla fine avrebbe dovuto vendere ogni cosa per coprire i debiti. E poi ne ebbe abbastanza. Aveva bisogno di rilassarsi, e c'era una cosa sola che glielo consentiva. Tirò le tende del soggiorno, il *Notturno* di Chopin accompagnò i suoi gesti. Lo scrittoio era pronto. Prima stese la carta. Era spessa, fatta a mano. La faceva arrivare apposta da Fabriano. Scelse il pennino e l'inchiostro. Nero, come il suo umore. Mentre iniziava a tracciare i caratteri calligrafici che tanto amava, l'unica cosa che udiva era il suono del metallo che frusciava sulla carta. Una melodia fatta di gesti che lo rappresentavano. La sua concentrazione aumentava a ogni carattere, finché non ci fu più nient'altro. La mano trovò il filo della mente, congiungendosi a essa e divenendo un'unica cosa. Intorno a lui tutto era ombra, ma su quello scrittoio le parole, vergate con precisione, sciolsero tensione e dubbi. Quando si alzò, un'ora più tardi, era tranquillo. Si stese sul letto, le braccia dietro la testa, gli occhi al soffitto dove la luce che filtrava dalle imposte scriveva come lui aveva fatto poco prima.

Presto sarebbe spuntata l'alba, chiuse gli occhi. Di quella stanchezza senza speranza adesso non era rimasta che una vaga sensazione. Il suo respiro si fece più regolare, facendolo scivolare nel sonno.

Sofia non era mai stata una persona impaziente, prima di allora. Ma da quando aveva firmato l'accordo con l'agenzia di Tomaso, non lo aveva più visto né sentito. E la cosa non le piaceva per nulla. Non sapeva cosa aspettarsi. Non aveva idea di come si svolgessero certe cose, non possedeva parametri per poter fare dei confronti. E se da un lato sentiva di potersi fidare di lui, aveva vissuto troppe circostanze spiacevoli per essere completamente tranquilla. Forse, se lo avesse conosciuto meglio... ma non era sicura che fosse la cosa giusta.

Certo, tra di loro c'era qualcosa. Lo sentiva sotto la pelle. Era una sensazione fisica, più che altro. Qualcosa che accadeva in sua presenza, che la metteva in tensione. Somigliava alla paura, ma era di natura diversa.

Tomaso era un uomo complesso, e lei viveva i momenti che trascorrevano insieme in una sorta di aspettativa, ma non voleva chiedersi *di che cosa.*

Aumentò la velocità, inoltrandosi nel parco su un sentiero accidentato. Aveva ripreso a correre la mattina, per trovare un po' di lucidità in quei giorni che stava vivendo, fatti di molte ore e troppi pensieri. E di domande senza risposte.

Per distrarsi aveva perfino accettato l'invito alla serata organizzata da Ilaria.

«Non accetto un no. Dunque preparati, vedrai come saranno tutti felici di rivederti», le aveva detto al telefono. Ed era stato così. La cena con gli amici dell'università era stata sorprendente. Erano cambiati tutti, eppure erano ancora gli stessi di un tempo. Lei invece si sentiva diversa e basta. Quegli anni che avevano trascorso lontani erano stati determinanti per la loro evoluzione. Eppure era stato semplice rientrare in quella sorta di confidenza che li aveva sempre legati. Era stato facile ritrovarsi, scambiarsi confessioni e consigli come se tra loro ci fosse stata una semplice pausa. E questa familiarità l'aveva fatta sentire bene. Aveva perduto così tanto a causa di decisioni sbagliate... Schivò un ramo e recuperò l'equilibrio. Quando sbucò in una radura, rallentò fino a fermarsi, le mani sulle gambe, il respiro teso.

L'aria era fredda, limpida come accadeva solo in alcune mattine d'autunno. Davanti a lei il laghetto era uno specchio nel quale si riflettevano le piccole nuvole bianche del cielo. Lo osservò a lungo, i pensieri che le vorticavano in testa. Era stanca di avere paura, di camminare in punta di piedi. Voleva raggiungere degli obiettivi, e nessuno lo avrebbe fatto per lei. Mentre tornava verso casa, quel pensiero divenne sempre più pressante. Era sola. Doveva iniziare a prendersi cura di sé stessa. Aveva avuto tempo per riflettere, adesso doveva agire. Lo doveva a sé stessa, lo doveva a Clarice. Le spuntò un sorriso. Sempre più spesso aveva la sensazione che la donna misteriosa facesse affidamento su di lei. E non voleva deluderla. Non aveva nessuna intenzione di farlo.

Era rientrata da poco quando Felipe la chiamò con il citofono. «C'è una lettera per lei, signorina, salgo a portargliela.»

«Grazie Felipe, non si preoccupi. Sto per uscire, passo io a prenderla.»

Chissà cos'era. A parte la sua famiglia e un altro paio di persone, nessuno sapeva che alloggiava a Coppedè. Si preparò rapidamente. Attraversò la galleria degli specchi, come aveva iniziato a chiamare la collezione della nonna, con un senso di apprensione, concedendosi giusto una rapida occhiata.

«Buongiorno. Ecco a lei, è stata consegnata poco fa.»

«Grazie.» Scambiò due chiacchiere con Felipe e lo salutò. Mentre usciva, Sofia continuò a tenere la busta fra le mani. Non erano molte le persone che scrivevano ancora lettere vere. E chiuse con un sigillo, poi! Girò la busta, e la sua attenzione fu attirata dalla grafia dell'indirizzo scritto a mano. Le strappò un'esclamazione di sorpresa.

Era spettacolare. Corsivo italiano. Elegante, di gran carattere. Chi poteva essere a scrivere ancora a quel modo? Tagliò il sigillo con la punta del dito e tirò fuori il foglio. Scorse rapidamente il messaggio, gli occhi che seguivano le parole vergate con energia.

Tomaso?

Ma subito la sorpresa fu sostituita da un disagio sottile.

Cara Sofia, ti ringrazio per l'opportunità di questa nuova avventura.

Ci sono cose tuttavia che vanno fatte in un certo modo, e devo farle da solo.

Sono certo che il risultato finale saprà ampiamente ripagarti. Ti chiedo di fidarti di me e della mia esperienza.

Con la lettera stretta in mano, e un dubbio che diventava sempre più fondato, raggiunse la sua auto. Una volta all'interno lasciò la busta e compose il numero dell'uomo sul cellulare. «Dai rispondi!» Provò e riprovò. Niente da fare, dopo il primo squillo scattava la segreteria. Guardò un istante davanti a sé, e poi mise in moto. Calcolò rapidamente il tempo che le ci sarebbe voluto per raggiungere l'agenzia di Tomaso. A quell'ora molti uffici si fermavano per la pausa pranzo. Sperò di fare in tempo ad arrivare prima. Per un istante pensò di chiamare Carla, poi cambiò idea. Meglio di no. Se doveva essere sincera, quella donna non le era molto simpatica. C'era qualcosa in lei che la disturbava. Non avrebbe saputo dire di cosa si trattasse, era più che altro una sensazione. Dietro la sua gentilezza c'era qualcosa di indefinibile.

Le ci volle meno del previsto per raggiungere l'agenzia. Attraversò rapidamente via dei Condotti. Stava per suonare quando il portone si spalancò.

«Sofia, buongiorno. Le serve qualcosa?» Carla chiuse il portone dietro di sé, un lieve sorriso sulle labbra.

«Ho bisogno di parlare con Tomaso.»

Lei si strinse nelle spalle. «Temo che questo sia impossibile.»

«Perché? Non capisco.»

«È partito questa mattina. Non glielo ha detto?»

Non poteva essere. Per un istante restò immobile, priva di parole. Le aveva chiesto di fidarsi di lui, l'aveva ringraziata per l'opportunità che gli aveva dato. Ma non le aveva fatto parola di un viaggio. «Quando torna?»

«Quando riuscirà a trovare quello che cerca, immagino.» Carla si tirò su il bavero della giacca, guardando il cielo. «Freddino oggi, non trova?» Le sorrise ancora. «Bene, se è tutto, le auguro buona giornata.»

Sofia non riusciva a crederci. Perché Tomaso non le aveva detto che era sulle tracce del libro? Sollevò lo sguardo.

Carla aveva appena voltato l'angolo. No, questa volta avrebbe fatto a modo suo. Ne aveva abbastanza di guardare la vita andare avanti, di essere una spettatrice. Rincorse la donna, e dopo averla raggiunta le afferrò un braccio.

«Ma che...»

«Mi dispiace, ma ho bisogno di sapere dov'è Tomaso. Devo parlargli.»

Carla socchiuse gli occhi. «Quando e se lui riterrà opportuno comunicarglielo, lo farà. E adesso se vuole scusarmi ho un pranzo di lavoro.»

«No.»

«Prego?»

Sofia non si mosse. «Mi ha tagliata fuori, e questo non è giusto. Lei conosce i termini del nostro accordo. Doveva tenermi al corrente. Non resterò con le mani in mano ad aspettare che lui ritorni. Mi dica dov'è. Ho il diritto di saperlo.»

Qualcosa nell'espressione seccata di Carla cambiò. Era palese che avrebbe potuto liquidare Sofia facilmente, ma dopo un lungo silenzio, si decise a parlare. «Monaco, Platzl Hotel. Faccia in modo che ne valga la pena», aggiunse.

«Non capisco», mormorò.

Carla la soppesò con lo sguardo, poi le sorrise. Ma questa volta la sua espressione era affabile. «Sì che capisce. Ha voluto sapere dov'è, e io gliel'ho detto violando un bel po' di regole. Ne tenga conto. Adesso vediamo cosa farà di questa informazione.»

La sfida non era solo nelle sue parole, ma anche nello sguardo. Sofia ebbe la netta sensazione che la donna la stesse mettendo alla prova. Che le avesse detto dove si trovava Tomaso perché non la riteneva capace di agire.

Carla aveva fatto giusto qualche passo quando si voltò. «Si porti qualcosa di pesante. L'autunno a Monaco non è come quello romano.»

A Tomaso era sempre piaciuta Monaco, con le sue torri dalle cupole panciute. Non si era mai fatta mettere in ginocchio, quella città, e aveva reagito con dignità e grazia ai colpi che aveva ricevuto. Era stata ricostruita molte volte, senza mai rinunciare alla bellezza.

Lanciò un'occhiata piena di ammirazione ai palazzi, e si ripropose di ritornarci presto.

Mentre attraversava la Marienplatz si chiese se Sofia avesse già ricevuto la sua lettera. Aveva come l'impressione che non avrebbe preso bene la sua partenza e per questo, per rimediare al suo silenzio, le aveva solo scritto che c'erano cose che doveva fare da solo. Ma tutto era avvenuto rapidamente. Paul Vagar, uno degli agenti di cui si serviva, gli aveva prospettato, anzi, *consigliato*, di partecipare a un'asta privata. L'opera di Fohr in diversi esemplari era sul catalogo che la società Smith&Sofitel aveva radunato. Se fosse dipeso da lui non avrebbe dato il minimo credito alla cosa. Era trascorso molto tempo dall'ultima volta che aveva assistito a una vendita organizzata da loro. E non aveva un buon ricordo. Ma era innegabile che si trattasse di una collezione ricca, forse la più completa sugli scrittori romantici che gli fosse capitata sott'occhio negli ultimi anni. E poi non poteva permettersi di ignorare quell'occasione. Non aveva fatto altro che incassare delusioni, in quegli ultimi giorni. Esistevano ancora molte copie della prima edizione Cotta dell'opera di Fohr, ma nessuna riportava i segni identificativi trovati nel libro di Clarice.

Vagar lo aspettava al riparo, sotto uno dei portici del palazzo municipale. Alto, magrissimo, con un impermeabile stazzonato. Tomaso era felice di vederlo. E lo era ancora di più che avesse deciso di accompagnarlo.

«Ci sono diversi compratori. Non sarà semplice. Però dicono che ci sono dei pezzi speciali fuori dal catalogo ufficiale. Puntiamo su quelli.»

Era tipico dell'uomo saltare i convenevoli. Tomaso lo conosceva abbastanza da non farci caso. Si fermò al suo fianco, scrollando la testa per liberarsi dalla pioggia.

Paul non gli chiese per quale motivo dovesse cercare con

tanta urgenza un secondo e terzo volume di quella specifica edizione dell'opera di Fohr. Quella riservatezza era rara nel loro ambiente, che si nutriva delle più piccole notizie. Le informazioni erano merce preziosa per chi cercava libri antichi. Paul procedeva in modo differente, concentrandosi su un caso alla volta. Tomaso lo sapeva. Come sapeva che l'asta poteva finire in un nulla di fatto, un costoso buco nell'acqua. Ma era l'unica traccia che Paul era riuscito a trovare. E lui aveva abbastanza esperienza da sapere che se il suo agente si era mosso, era perché riteneva ci fossero buone possibilità di successo. «I proprietari?»

Paul fece una smorfia. «Solita storia, gestiscono tutto i nipoti.» Fece una pausa. «Così è la vita, si lascia tutto qua. Quello che possediamo, anche le cose più care, è in prestito, poi inevitabilmente si perde.»

Tomaso non la pensava nello stesso modo. Il passato per lui era un punto di partenza. E così i libri antichi. Ma non aveva nessuna intenzione di ribattere la teoria di Paul. Non gli sarebbe servito.

Mentre la pioggia rallentava, il suono delle campane annunciò il Glockenspiel: il carillon dell'orologio si mise in moto e la musica si propagò tutto intorno, con la sua aria di festa.

Della rivista che stava sfogliando, Sofia non vedeva altro che immagini vaghe di cui non le importava assolutamente nulla. Era un modo per tenersi occupata, per smorzare il tremito delle dita, del cuore. Immobile in un angolo della hall dell'albergo dove alloggiava Tomaso Leoni, fingeva una serenità che non provava. Ogni tanto lanciava delle occhiate verso la reception. L'albergo era praticamente al completo. Aveva raccontato una storia al concierge, e adesso aspettava che le trovassero una stanza.

«*Fräu Bauer?*»

Sofia sentì una stretta allo stomaco. "Ci siamo", pensò.

«Si è liberata una camera. Siamo riusciti a sistemarla sullo stesso piano del suo fidanzato. Spero che lei capisca, se il signor Leoni avesse lasciato disposizioni, non avremmo avuto il minimo problema a consentirle di dividere la suite 202.»

Fu travolta dal sollievo. «Grazie, andrà benissimo così.» Seguì il fattorino, il cuore in gola. Non aveva mai fatto una cosa simile prima. Se al suo arrivo non le avessero detto che non avevano camere disponibili, non si sarebbe mai sognata di mentire a quel modo. La storia che aveva raccontato, di una sorpresa decisa all'ultimo momento per il suo compagno, faceva acqua da tutte le parti, ma avrebbe anche potuto essere vera. Aveva puntato tutto sulla proverbiale cortesia della città, e per fortuna le cose erano andate come aveva sperato.

Congedò il fattorino, e guardò l'orologio. Non aveva idea di dove fosse Tomaso, il suo cellulare era sempre spento. Si sedette sul letto, gli occhi che seguivano la pioggia sui tetti, oltre le grandi finestre. Che senso aveva tutto ciò?

"Almeno non sei rimasta a Roma, ad aspettarlo..." Ma quello cambiava davvero le cose?

Si alzò, con un peso sul cuore. Chissà se i nonni erano ancora a Monaco o erano partiti per Vienna. In ogni caso non poteva coinvolgerli in quella storia, dopo che Tomaso le aveva spiegato qual era la posta in gioco. Un sospiro, poi si fece una lunga doccia. Comunque non sarebbe rimasta in albergo a macerarsi nei dubbi. Era a Monaco, ne avrebbe approfittato.

Aprì la borsa da viaggio e si cambiò d'abito, indossando un completo elegante. Si legò i capelli in un nodo e si truccò. Quando uscì, aveva cessato di piovere e si era formata una nebbia leggera. Si strinse nel cappotto, mentre le parole di Carla le risuonavano nelle orecchie.

La città a quell'ora del pomeriggio era piena di vita, i turisti si mescolavano ai residenti. Sorrise a un bambino che la guardava da sotto un berretto, le guance rosse e lucenti. Un senso di struggimento la colse di sorpresa. Non era solo per il piccolo, a colpirla fu la coppia dei genitori. L'uomo spingeva il passeggino, e scherzava con la sua compagna. Era una scena comune, semplice. Potevano avere la sua età. Si allontanò con un senso di vuoto, qualcosa che non aveva mai provato prima, che le indicava ciò che non aveva mai avuto.

Il palazzo del municipio si levava sulla Marienplatz con le sue torri gemelle. La luce era un ricamo d'oro sulle merlature e le guglie neogotiche. Per quanto Sofia lo conoscesse già, ne restò incantata. Affrettò il passo, e si diresse sotto i portici. Le piaceva quella sensazione di solitudine, non era opprimente, anzi, la faceva sentire libera. Era lei a disporre di sé stessa. Dimenticò il bimbo e la sua famiglia. E si concentrò su ciò che doveva fare. Per quanto fosse ancora molto risentita con Tomaso, la magia di Monaco iniziò a fare presa su di lei. Le vetrine scintillavano, e già si vedevano luci natalizie. Si fermò davanti a una libreria. Aveva bisogno di un posto che le fosse familiare, aveva bisogno della compagnia dei libri. L'interno del negozio era luminoso, anche se piccolissimo, e molto suggestivo, con alte scaffalature, e una scala vertiginosa per raggiungerle. C'erano molte persone che curiosavano. Pensò di fare come loro, di confondersi in mezzo a loro, e cercò nello scaffale un'edizione moderna della trilogia di Fohr.

«Le interessa Christian Fohr?» Era una libraia che si era avvicinata mentre lei sfogliava il volume.

«Sì, sono una sua grande ammiratrice. Anche se preferisco le edizioni antiche della sua opera, hanno più fascino.»

La ragazza annuì. «Mi scusi se mi sono permessa di chiederglielo, ma è un autore che io adoro, e purtroppo oggi è poco conosciuto. Bello il suo pensiero, vero? Voglio dire, l'idea di un mondo così giusto, privo di prevaricazioni... un sognatore. Mi sarebbe piaciuto conoscerlo. La gente bada solo alle storie, non si chiede mai nulla sugli scrittori. A me uno così avrebbe fatto perdere la testa.» Un collega la chiamò per nome. «Mi scusi, torno subito.»

«Non c'è problema.» Le parole della ragazza l'avevano turbata. *A me uno così avrebbe fatto perdere la testa.* E se fosse capitato anche a Clarice? Avevano già stabilito che tra di loro c'era stato un contatto... Stava per uscire dalla libreria quando la commessa tornò.

«Visto che è un'appassionata, oggi c'è proprio un'asta privata di libri antichi.» Le consegnò un cartoncino. «Se le interessa, le cedo volentieri il mio invito. Io speravo di andarci, ma sono di turno. Mi faccia sapere se trova qualcosa d'interessante!» Si allontanò con un cenno della mano, e un sorriso che mise di buonumore Sofia. Lesse rapidamente l'invito. La sede dell'asta era abbastanza vicino, considerò. Se avesse trovato un taxi, avrebbe potuto raggiungerla in meno di mezz'ora. Fuori della libreria si guardò intorno e individuò una fila di auto pubbliche. Prese posto, e diede l'indirizzo. «Bayernstrasse.»

La stazione non era una delle parti di Monaco che preferiva, ma la città era comunque sicura. Non avrebbe corso nessun pericolo. Sofia rilassò le spalle, e si rese conto di quanto fosse nervosa. Tomaso aveva fatto male i suoi conti, se credeva che gli avrebbe lasciato carta bianca. Quella era la sua storia. Aveva promesso di non intralciarlo, ma non aveva nessuna intenzione di farsi mettere da parte.

«Sicura che sia questo il posto?» chiese l'autista mentre accostava. Il palazzo era in pessime condizioni, gli intonaci scrostati, le finestre chiuse da grate. «Se vuole posso aspettarla.»

Ci mise un po' a rispondergli. «No, non è necessario.»

Una scala interna conduceva al piano superiore. Salì i gradini e raggiunse un vestibolo su cui si aprivano due sale. In una si teneva l'asta vera e propria, solo che era già cominciata, e le dissero che non era più permesso entrare. Che sfortuna, pensò Sofia, e si spostò nella sala accanto, dove un ufficiale della casa d'aste le indicò le opere di minore pregio che non andavano all'incanto: volumi scompagnati, libri leggermente danneggiati eccetera. Erano stati disposti sui tavoli alla rinfusa, quelli in ottavo e sedicesimo insieme ad altri grandi come atlanti. Le copertine erano belle, ma usurate. C'erano diverse ristampe di Flaubert, Tolstoj, Hugo, Balzac, e qualche Wilde e Joyce. Sofia passò in rassegna i volumi, soffermandosi su quelli che somigliavano al libro di Clarice.

E poi lo vide, al centro del tavolo. Era in marocchino rosso, stesse misure, e la sensazione che si trattasse di quello che stava cercando. Se solo fosse riuscita a leggere il titolo… Sofia si avvicinò, allungò il braccio e lo afferrò. "Fohr, *Elogio della perfezione*. Terzo volume." Era lui! Fu travolta dalla gioia. Guardò nel mucchio dei libri, e poi un'altra volta quello che teneva in mano. Mentre le tremavano le dita, lo aprì. Il suo sorriso si spense. Le controguardie erano in carta marmorizzata, nessuna filigrana… poi controllò l'edizione. Con un sospiro lo posò nuovamente sul tavolo.

«Ha trovato quello che cercava?» Il signore che le aveva dato indicazioni le sorrideva.

Sofia scosse la testa. «No, purtroppo.»

Lui osservò rapidamente il tavolo e poi le indicò una mensola. «Provi a guardare lassù.»

Sofia lo ringraziò, si fece largo tra gli acquirenti e con sua grande sorpresa si rese conto che anche lì c'erano due libri con una copertina in marocchino rosso. Ne prese uno, lo sfogliò e poi lo ripose, il morale sotto i piedi. Passò all'altro volume, e mentre lo prendeva in mano le sembrò che qualcosa fosse cambiato. Il peso, la grana della pelle, le dimensioni… Il cuore prese a batterle forte. Lo aprì e, quando scorse sulle controguardie il cerchio con le due ali dentro, quasi urlò. Era il suo libro, era il libro di Clarice. Non c'erano note a margine, questa volta, ma non significava che non fosse quello giusto. Lo aveva trovato, e il prezzo non era neppure eccessivo, ma se fosse servito avrebbe pagato fino all'ultimo soldo dei suoi risparmi per averlo.

16.

«La fortuna ama le persone non troppo sensate, ama gli audaci e quelli che non hanno paura di dire *Alea iacta est.*»
Erasmo da Rotterdam, *Elogio della follia*

L'asta sembrava non avere mai fine. Il battitore era passato ai lotti più preziosi, declamandone le qualità. Ma di quei libri Tomaso non sapeva che farsene. C'erano state due edizioni di Fohr che avevano attirato la sua attenzione, però nessuna di loro corrispondeva alla rilegatura di Clarice.

Quella ricerca era una follia. Ci voleva una fortuna sfacciata per riuscire a individuare i volumi di Clarice tra quelli ancora in circolazione. Nello stesso anno la tipografia Cotta di Stoccarda aveva fatto diverse edizioni dell'opera di Fohr, e non era sempre facile capire quali volumi appartenessero alla prima edizione e quali fossero rilegati nello stesso modo del libro che Sofia aveva trovato.

Di ritorno in albergo, Tomaso lo trovò pieno di vita, con ospiti che continuavano a entrare e uscire. Monaco era una città in cui si viveva bene anche la sera. Passò davanti alla reception, scambiò un saluto con il concierge e raggiunse le scale. Una volta in camera si liberò del cappotto e della giacca. Ordinò una cena leggera al servizio in camera, e finì di spogliarsi. Una lunga doccia calda gli lavò di dosso le tracce della stanchezza e dell'umidità. Stava morendo di fame. «Speriamo si sbrighino», borbottò. Indossò l'accappatoio e si stese sul letto. Mentre guardava il soffitto, i pensieri erano rivolti agli avvenimenti di quella giornata. La ricerca si presentava più complicata del previsto. Se voleva avere qualche possibilità di trovare i due volumi mancanti dell'opera di Fohr, doveva trovare una soluzione.

Il cellulare prese a vibrare. Guardò il display e poi chiuse gli occhi. Tanto valeva finire la giornata in bellezza. «Ciao, Sofia.»

«Sei in albergo?»

Quella domanda lo sorprese. Come faceva a sapere... Aggrottò la fronte. «Sì.» La sentì sospirare di sollievo. Sorpreso, si tirò su a sedere. «Perché?»

«Arrivo.»

«Cosa?»

Ma lei aveva già messo giù. Tomaso spalancò gli occhi. Che cosa diamine stava succedendo? Non ebbe modo di pensarci oltre. C'era qualcuno alla porta e, da come stava bussando, dubitava che si trattasse del servizio in camera. Spalancò il battente e restò di sasso. «Che diavolo ci fai qui?» Fu più aspro di quanto avesse voluto, ma era completamente sbalordito. Quella donna lo aveva spiazzato. Ma come... quando era arrivata?

«Di quello parleremo dopo. Vieni con me.» Gli afferrò una manica dell'accappatoio, trascinandolo fuori dalla camera.

Tomaso fece resistenza. Ci mancava solo che qualcuno lo sorprendesse così nel corridoio. «Aspetta un attimo!»

Lei proseguì fino alla porta di un'altra stanza, pochi metri più in là. «Ho una cosa che devi assolutamente vedere.»

Era ansiosa, pallida. Eppure nel suo sguardo vi era come una luce. E un'urgenza che sconcertò Tomaso. Batté le palpebre mentre un pensiero prendeva forma nella sua mente. Lo scacciò, non poteva essere.

«Hai trovato il secondo libro.» Non era una domanda.

Ma come diavolo aveva fatto? Quella donna era speciale. Il senso di esultanza si mescolò a qualcosa di più profondo. Era un fremito, una sensazione fisica potente. Raggiunse Sofia, allungò un braccio, la mano si chiuse sul polso esile di lei. Lo strinse forte, pelle contro pelle. Il cuore di lei batteva sotto il suo palmo. Poi la lasciò.

«Entriamo.»

Per fortuna la camera era ampia, con un salotto e alcune poltrone. C'era spazio per tutti. Era una situazione complessa, e il suo desiderio di toccare quella donna la complicava ancora di più: il suo era un bisogno, una necessità. Si allontanò, mettendo più distanza possibile tra loro.

«Allora, come ci sei riuscita?»

«Per caso. Quando sono arrivata a Monaco per rintracciarti, sono entrata in una libreria...»

«Immagino che io debba a Carla il piacere di questa sorpresa», la interruppe lui.

Sofia distolse lo sguardo. «Non prendertela con lei.»

«Molto generoso da parte tua.»

«Non voglio parlare di questo, adesso.»

Le labbra di Tomaso si piegarono appena in un sorriso sfuggente. Dov'era finita la donna riflessiva e pacata che aveva conosciuto? Quella che aveva davanti, e lo sfidava, era sempre lei? Sì, pensò, era la stessa Sofia. Con un po' di consapevolezza di sé in più.

«Mi stai ascoltando?»

«Ogni parola, giuro.»

Sofia gli raccontò della commessa e dell'invito. «Ci sono andata, naturalmente, era una coincidenza incredibile... e se tu avessi risposto al telefono, lo avresti saputo.» Fece una pausa: aveva un paio di cose da dirgli in proposito. Non era così che intendeva procedere nella ricerca. Uno sguardo all'espressione di Tomaso, però, la convinse a rimandare a un altro momento. «All'asta vera e propria non sono riuscita a entrare, ma ho trovato ugualmente il libro di Clarice tra gli altri in vendita. Sembra incredibile, vero?» concluse.

Tomaso spostò lo sguardo dal cartoncino che teneva tra le mani a lei, fissandola intensamente. Era la seconda volta che Sofia veniva in contatto con Clarice, e in entrambi i casi le circostanze erano insolite, a voler usare un eufemismo. Sofia sembrava non rendersi del tutto conto dell'eccezionalità dell'evento. Era agitata e sorridente come non l'aveva mai vista. Era piena di vita. E così bella. Sospirò e si sedette sul divano. Allungò la mano nella sua direzione. «Già», borbottò. «Mi fai vedere?»

Lei lo raggiunse, ma invece di porgergli il libro gli si sedette al fianco. «Guarda, le controguardie sono le stesse, e anche i simboli nella filigrana. È un altro libro di Clarice, non c'è dubbio.»

Non fu semplice ignorare il calore di lei che si trasmetteva attraverso la stoffa del vestito, né il suo profumo delicato. Tomaso faticò a concentrarsi sulle pagine che gli stava mostrando.

«Non ci resta che vedere se la nostra amica ha lasciato la sua lettera anche qui.»

«Certo che sì.» Sofia non aveva dubbi. Si guardò intorno. «Ho solo il mio set da manicure, ma ci può essere utile.»

Approfittando di un margine scollato, infilò la lima tra il piatto anteriore del libro e la sua controguardia.

«Ti faccio un po' di luce.» Subito lui spostò sul tavolo una delle lampade. Sofia posò il libro sulla superficie liscia. «Aspetta ti aiuto», le disse ancora lui. Fermò la copertina con le dita, consentendole di procedere con più sicurezza. Lavorarono insieme, sincronizzati, e quel loro capirsi facilitò di molto l'operazione. E li mise davanti a un'intimità che era fatta di gesti e di emozioni.

Con un'esasperante lentezza piena dei loro pensieri e delle loro speranze, Sofia guadagnò un centimetro alla volta. Il silenzio era totale, interrotto appena dai loro respiri e dal suono della carta che si sollevava sotto la pressione della lima. Il tempo parve dilatarsi all'infinito. «Qui c'è qualcosa», sussurrò. Terminò di sollevare il foglio, e le si riempirono gli occhi di lacrime. Tomaso le strinse una mano tra le sue. Entrambi fissavano un punto della controguardia. Da una tasca identica a quella del volume precedente, sporgeva un foglio di carta di riso.

«Ciao, Clarice», sussurrò Sofia.

Era vero, era tutto vero. Un nodo le si formò in gola, e in quel momento comprese di aver vissuto quegli ultimi giorni con un senso di sospensione. Aveva sperato che nel secondo libro la donna del passato avesse lasciato un altro messaggio per lei, ma non poteva esserne certa. Invece la lettera c'era, era tutto vero. Tutto adesso aveva un senso.

«È lei, è Clarice.»

Tomaso le sollevò il viso, asciugandole con i palmi le lacrime che avevano iniziato a scorrere. «Sei stata brava.»

Non gli rispose, non avrebbe potuto. L'emozione che provava era travolgente. In quel momento seppe che, qualsiasi cosa avesse riservato loro il futuro, quell'istante che avevano appena condiviso insieme sarebbe rimasto sempre tra di loro. Intimo, un punto di unione, qualcosa di estremamente importante. «Questo non lo dimenticheremo facilmente.»

Tomaso la guardava con un'espressione strana. «Mi piace ricordare le cose belle.»

Non c'era nessuna possibilità che lei travisasse il senso di quelle parole, né lo sguardo che le stava rivolgendo. Restarono ancora un istante così, a fissarsi, in preda all'emozione e alla gioia, e allo stesso tempo incapaci di andare oltre.

All'improvviso Tomaso si allontanò da lei.

Sofia sconcertata lo seguì con lo sguardo.

Lui si fermò accanto al carrello delle bevande e riempì due calici di vino. Ne sollevò uno nella sua direzione. «Alla donna più sorprendente che abbia mai conosciuto. E non mi sto riferendo a Clarice.»

Sofia accettò il vino. Aveva bisogno di qualcosa di forte.

Solo dopo tornò a concentrarsi. Lentamente estrasse il nuovo messaggio di Clarice, e poi lo dispiegò con attenzione sul tavolo. Sollevò la testa, gli occhi su Tomaso che le stava davanti.

«Leggi, Sofia. Raccontami di Clarice, e del suo segreto.»

Di quello che è accaduto all'alba della mia vita, ho già parlato. Sono state alcune incresciose circostanze a mutare un destino che pareva già scritto. Non sapevo allora che gli esseri umani potessero essere preda di profondi turbamenti interiori, che fossero essi stessi a causare i propri mali. Sono stata incauta, ho abbandonato la prudenza. Ho scambiato il suo tormento per affetto. Per la prima volta ho concesso la mia fiducia a chi non la meritava, ignorando quella voce del cuore che aveva tentato di mettermi in guardia. Non sapevo che a spingerlo a chiedermi in moglie fosse il mio nome, e il patrimonio che a esso era legato, e che a me era negato. Alle femmine nubili, e sotto tutela, non è concesso disporre dei propri beni. Una donna nasce prigioniera. Passa solo da una tutela a un'altra. Credevo che mi amasse, e che volesse il mio bene così come io, al principio, volevo il suo. Mi sarebbe bastato poco, camminare tra la gente senza una mano a guidare i miei passi, scegliere da me i colori da indossare, le stoffe, gli abiti. Dipingere ciò che desideravo, suonare quello che volevo. O semplicemente cantare, se ne avessi avuto desiderio.

Mi sbagliavo.

Lui era un abisso di malvagità.

A mia discolpa, posso solo dire che ero appena una fanciulla. Eppure non potevo tollerare ciò che mi aveva fatto. Andai via. Scappai in Italia.

Dall'uomo al pensiero il passo è breve, e porta con sé la conoscenza che cerchi.

17.

«Le signore possiedono una fantasia assai spigliata:
passa dall'ammirazione all'amore e dall'amore al matrimonio
come se niente fosse.»
Jane Austen, *Orgoglio e pregiudizio*

Vienna, 1813

Non aveva voluto che nessuno si occupasse dei suoi libri. Clarice li aveva impilati personalmente e, sotto lo sguardo dubbioso di Marta, li aveva deposti uno dopo l'altro in custodie di lana, e poi all'interno di ampie casse di legno.

«Non credi sia meglio lasciarli qui? Molti mariti non apprezzano che le loro spose si interessino di queste cose. Potrai leggerli ogni volta che verrai.»

Sua zia aveva ragione, e infatti lo zio Kurt non approvava che la moglie leggesse, ma August era diverso. Lui la capiva, sapeva quanto fossero importanti. Sebbene avesse ancora qualche dubbio riguardo al matrimonio, Clarice non poteva fare a meno di ricordare a quale pericolo fosse scampata. Un brivido la scosse dalla testa ai piedi. La morte di Johan era qualcosa a cui pensava di rado.

Per fortuna adesso era tutto passato.

«Ah! Eccovi, vi stavo cercando.» Maud, la sorella di August, era una bella donna dai capelli rossi intrecciati sul capo, l'espressione orgogliosa. Vestiva sempre di nero, nonostante fosse nubile. Accanto al fratello minore diventava gentile e docile, prodigandosi in mille cortesie che avevano convinto Clarice ad avere pazienza davanti ai suoi modi autoritari. Una volta che la donna si fosse persuasa della sua devozione, di certo si sarebbe ammorbidita anche con lei.

«Venite, Maud, stiamo terminando di preparare le ultime

cose. I libri di Clarice saranno pronti fra poco, così potrete portarli con voi nella casa nuova.»

La donna si avvicinò con un fruscio di seta. Uno sguardo alle casse, poi una risata sommessa. «Non avete spiegato a vostra nipote che quelli», disse indicando le casse, «non sono certo la dote più appropriata da portare con sé?»

Marta arrossì, Clarice si morse la lingua. Perché Maud si rivolgeva agli altri come se lei non fosse presente? Glielo avrebbe già chiesto se la zia non l'avesse pregata di essere paziente. «August capirà, a lui interessa la mia felicità», disse.

«Davvero? Ma che sciocca idea.»

Clarice si alzò, spolverandosi le gonne. «Non è per prendersi cura uno dell'altro che ci si sposa?»

Maud rise forte, una mano davanti alla bocca. «Siete divertente, ve lo concedo. Continuate a nutrirvi delle vostre illusioni. È quello che fanno le fanciulle, d'altronde.» Era già sulla porta quando si fermò. Un'occhiata fredda, una smorfia. «Temo che i vostri libri dovranno attendere. Nella mia carrozza non c'è posto.»

Clarice non intendeva assecondare il malumore della donna. Terminò di imballare le sue cose, anche se adesso un po' dell'allegria iniziale era scomparsa. Si chiese con un filo di preoccupazione come avrebbero potuto andare d'accordo, vivendo nella stessa casa. Si sarebbe dovuta sforzare, pensò.

«Mi dispiace.» La voce di Marta era lieve come un respiro.

«Di che cosa, zia?»

Le si inginocchiò accanto. «Avrei voluto che tu fossi più grande, che potessi capire.»

Clarice la guardò perplessa. Marta le accarezzò il viso. «Sei così bella, *Liebling*, così buona. Assomigli sempre di più a tua madre. Lei era forte, era felice. Io volevo lo stesso per te.» Stava per aggiungere qualcosa, ma poi chinò la testa.

«Pensi che non lo sarò?» le chiese con dolcezza. «August è buono, lui mi vuole bene. Ha detto che si occuperà di me, che avremo una famiglia.» Il sussurro si spense come una fiammella, finché ci fu solo silenzio.

Marta era pallida, le tremavano le labbra. «Lui è pur sempre un uomo. Il mio consiglio è il medesimo che ti diedi con Johan. Assecondalo, non ribellarti, e tutto andrà bene.» Le baciò la fronte, le lacrime che le inumidivano gli occhi. Si alzò in silenzio e lasciò la camera.

Clarice sentì nuovamente un brivido. Scacciò la sensazione di allarme e si concentrò su quello che doveva fare. Ma la paura aleggiava sopra di lei. Intorno a lei. Sebbene August si mostrasse gentile e premuroso, c'erano alcuni momenti in cui lo sorprendeva a fissarla, e in quelle occasioni le faceva un po' di paura.

Raggiunse la porta e scese le scale. Maud si stava congedando, i loro occhi si incontrarono per un istante: un sorriso sprezzante, poi la futura cognata uscì. Clarice non si fermò, continuò a scendere finché non si ritrovò in cantina. Chiuse bene la porta e raggiunse le vecchie botti. Attese che Frederik fosse solo, poi bussò alla tavola di legno nell'angolo.

«Uccellino, che piacere. È tanto che non vi vedo. Cos'è quel muso lungo?»

Clarice si sforzò di sorridere. Il suo amico era stato malato, perciò non gli aveva raccontato niente. Non voleva che si preoccupasse, e poi erano solo sensazioni le sue. «La prossima settimana mi sposo, e andrò via da questa casa.» Perché all'improvviso aveva voglia di piangere? Tirò su col naso, passando lo sguardo su quel mondo meraviglioso che per lei era stato un rifugio, in tutti quegli anni.

Lo sguardo di Frederik si indurì. «Ho saputo. Siete così giovane, uccellino, appena una fanciulla... non volete attendere?»

Per un istante lei restò in silenzio, poi si sforzò di annuire. Si stampò un sorriso in faccia e ignorò la voce che le intimava di chiedere asilo al rilegatore. Non avrebbe comunque potuto aiutarla, non c'era altro da fare che sposarsi. «Sono felice. Inizierò una nuova vita, e potrò comunque occuparmi dei miei libri. August... A lui va bene così.»

«Davvero?» La voce del rilegatore era piatta, priva di inflessioni. Clarice aveva imparato nel tempo a comprendere le sue espressioni, prima che le sue parole. E seppe che Frederik non approvava. Chinò la testa, e poi lo cercò nuovamente con lo sguardo. «Appena mi sarà possibile, tornerò a farvi visita.»

Il rilegatore le prese una mano, e se la portò sul cuore. «Di qualsiasi cosa abbiate bisogno, a ogni ora del giorno e della notte, in ogni luogo, sappiate che avete un amico di cui disporre come meglio riterrete opportuno.» Fece una pausa, e le sollevò il mento con un dito. «E non dimenticate mai, uccellino, che avete il mio cuore nella vostra mano.»

Si guardarono per un lungo istante, poi Clarice gli circondò il collo con le braccia. «Grazie, padre.» Quel sussurro paralizzò Frederik. Quando la ragazza uscì, lui chiuse bene la porta, chiedendosi quando e se mai quella che riteneva la sua bambina l'avrebbe riaperta. Mentre tornava al lavoro su uno dei libri, dovette fermarsi e poi asciugarsi il viso. Voleva crederle, voleva sperare che le cose potessero andare come aveva detto la sua piccola Clarice. Ma conosceva gli uomini come August. Era il genere di persona che sapeva solamente prendere. Uno di quelli che consumavano sé stessi e coloro che li circondavano.

Dopo la messa solenne, Vogel volle un ricevimento fastoso per le nozze della nipote. Clarice era una visione. I capelli raccolti sul capo, gli occhi azzurri lucidi di emozione, i lineamenti delicati, la figura esile, elegante. La sua era una bellezza fuori dal comune. E se in un primo momento August aveva visto la cosa con orgoglio, dato che la donna in questione finalmente gli apparteneva, presto tutta l'attenzione che la sua sposa attirava lo mise a disagio. Alla fine della giornata, era furioso. Mentre lei salutava gli ospiti che avevano iniziato ad accomiatarsi, uno di loro le prese la mano e la baciò, senza tuttavia lasciarla. Clarice cercò di ritrarla, ma l'altro, che aveva bevuto, continuava a balbettare e a sorridere. August lo spinse via, e poi trascinò Clarice per un braccio. «Mi stai rendendo ridicolo, smettila subito.»

Lei spalancò la bocca, il sorriso si spense. «Non capisco...»

«Invece sì che capisci. Non mi coprirai di vergogna con il tuo comportamento.»

Una mano guantata si posò sul braccio di August. «Ti guardano tutti, fratello.»

Lui ammutolì e sollevò la testa. Un silenzio teso aleggiava tutto intorno. Si sforzò di recuperare il controllo, di respirare a fondo. Clarice, con gli occhi sbarrati, era pallida come una morta.

Lo stupore iniziale per quella sfuriata senza senso aveva lasciato il posto a sussurri maligni e a un malcelato disprezzo che i presenti non si curarono di nascondere. Non era uno di loro, nessuno a Vienna lo conosceva; se non fosse stato per Kurt Vogel, non lo avrebbero ricevuto nelle loro case né gli avrebbero rivolto un saluto.

«Sorridi, invita tua moglie a ballare. Questa è una festa, ricordati. Sei in pubblico.»

«Hai ragione, Maud. Scusami.» All'improvviso si chinò sulla sua sposa, sfiorandole le labbra con un bacio. «Adesso balliamo.» Le sorrise e si portò la sua mano alle labbra, poi la trascinò in una danza.

Clarice non riusciva a parlare, aveva la bocca secca, il terrore l'avvolgeva in una morsa. Negli occhi di suo marito aveva letto una rabbia sconfinata, una violenza che mai, nemmeno nel grossolano Johan, aveva scorto. Sbagliò i passi, ma August la sollevò ogni volta, impedendole di cadere. Ma lei non provò gratitudine, solo un cupo, profondo terrore di essersi completamente ingannata.

Era usanza che il marito raggiungesse la moglie per la prima notte dopo che le donne della famiglia l'avevano preparata, ma August le chiuse fuori. Fu lui a sciogliere i capelli a sua moglie, a tenerli fra le dita, affascinato. Fu sempre lui ad afferrarli nel pugno, come se fossero una corda, e a tirarli. Si sarebbe fermato se lei avesse pianto, se non lo avesse sfidato con lo sguardo. Invece Clarice restò in silenzio.

Lo aveva fatto per vendicarsi di lui, di questo August era certo. Nello stesso modo in cui aveva permesso agli ospiti di danzare con lei, di toccarla, di baciarle le mani. E quel pensiero, che aveva covato tutta la sera, esplose riempiendolo di una furia cieca.

Così tutti i suoi buoni propositi di essere dolce e delicato con lei furono spazzati via dalla rabbia.

Ma se era stato rude, la colpa era solo di Clarice.

Quando, ore dopo, si svegliò, la prima cosa che August percepì fu la sua assenza.

Si tirò su a sedere, e mentre il ricordo di ciò che le aveva fatto durante la notte gli tornava in mente, si spaventò.

Balzò in piedi, cercandola nell'oscurità. Non sarebbe stata la prima volta che una giovane sposa incapace di tenere fede ai suoi doveri fuggiva, o decideva di farla finita. Il pensiero lo impaurì. Si scoprì a pregare, a supplicare il cielo. Si infilò i pantaloni con il cuore che gli batteva contro le costole, e corse verso la porta. Era chiusa dall'interno, come l'aveva lasciata lui la sera prima. Si voltò. Gli occhi si erano abituati al buio, e allora la vide.

Clarice era raggomitolata su sé stessa, una piccola palla adagiata sul pavimento con i lunghi capelli a farle da cuscino. Deglutì, mentre il sangue riprendeva a scorrergli nelle vene. Con molta delicatezza la raccolse, prendendola tra le braccia. Era fredda. Subito la coprì, e mentre la deponeva sul materasso, si rese conto di averla svegliata. Il corpo della moglie, che era stato così arrendevole e morbido nel sonno, divenne come pietra.

«Non lascerai mai più il letto senza il mio permesso.»

Non erano quelle le parole che avrebbe voluto rivolgerle, ma lei si era ritirata in sé stessa, il viso che si rifiutava di guardarlo. E quel maledetto silenzio? Credeva di poterlo punire, quella sciocca. Quando Clarice nascose il viso tra le mani, August comprese che aveva paura. «La prossima volta andrà meglio.» La coprì, e si stese accanto a lei. Le impedì di sfuggirgli, costringendola a giacergli accanto, ma quando le cercò le labbra si stupì di quanto fossero fredde. E per quanto tentasse di ammorbidirle con baci questa volta delicati, restarono serrate.

Alla fine, frustrato e in preda al rimorso, la lasciò andare. Lei si rifugiò nella parte più esterna del letto. Ma per il vuoto che August sentì tra di loro, era come se Clarice si fosse rintanata dall'altra parte del mondo.

Non aveva mai conosciuto la violenza fisica. Per quanto da piccina Krauser l'avesse impaurita e maltrattata, nulla aveva preparato Clarice a un abuso così feroce come quello che August le aveva riservato la prima notte di nozze. E se al principio lei aveva cercato di opporsi, poi l'istinto di sopravvivenza la costrinse a sottomettersi.

Così, giorno dopo giorno, Clarice si estraniò da tutto. Avvolta in un torpore di dolore e rassegnazione, si rifugiò sempre più in sé stessa. Non le importava nulla di ciò che le accadeva intorno. Maud governava la casa come se lei non esistesse. E a Clarice non sarebbe potuto importare di meno. La cognata non aveva mai fatto mistero della sua ostilità nei suoi confronti, ma adesso che non doveva più trattenersi per motivi di convenienza, era peggiorata. Esercitava il suo potere persino impedendo a Marta Vogel di fare visita alla nipote.

Solo dopo che Vogel protestò con August, alla zia fu permesso di frequentare la casa.

Clarice era molto dimagrita. Il suo volto affilato, dallo sguardo spento, portava riflessa la sua sofferenza. L'apatia in cui versava non era altro che un estremo tentativo di difesa. L'unico che lei aveva trovato. Della sua luce, e di quella gioia di vivere che l'aveva sempre contraddistinta, non era rimasto nulla.

Dopo un anno di matrimonio August l'aveva trasformata in una donna pallida e smunta, che tremava ogni volta che lui le si avvicinava.

Da quando aveva lasciato la casa degli zii, in loro era avvenuto un cambiamento notevole. Andavano a trovarla il più spesso possibile, e cercavano di fare tutto ciò che era in loro potere per migliorare l'esistenza della nipote. Le donavano gioielli, abiti, dolciumi. Le chiedevano con insistenza notizie della sua salute. Ma il pallore di Clarice non era dovuto a una gravidanza, come entrambi speravano.

Marta sempre più spesso consigliava alla nipote di avere pazienza. Era sicura che presto sarebbero arrivati dei bambini. «Appena sarai incinta, tuo marito si comporterà meglio. Vedrai. E ti lascerà in pace.»

Clarice non rispondeva.

«Gli uomini diventano indulgenti con la madre dei loro figli. Una vera trasformazione, credimi, cara.»

Anche Kurt andava spesso a trovare la nipote, e dopo convocava August, e lo ammoniva sulle conseguenze di un trattamento troppo duro. Voleva disperatamente un nipote, voleva una famiglia. All'improvviso si era reso conto che tutto ciò che aveva fatto si sarebbe disperso dopo la sua morte.

Ma se Clarice avesse avuto un figlio, lui l'avrebbe amato.

Solo ai libri Clarice si era afferrata in quei lunghi mesi. I libri le avevano permesso di sfuggire alla sua esistenza infelice, le avevano concesso istanti di pausa dal dolore, le avevano dato speranza. I libri, in quella sua prigione, erano una finestra sul mondo, su luoghi nei quali giungeva con l'immaginazione. Così, sempre più spesso restava chiusa in camera, a leggere e a disegnare il lago della sua infanzia, il castello dove era cresciuta, a immaginare un mondo dove ognuno fosse padrone di sé stesso e potesse scegliere il proprio destino.

Qualche volta Maud la fissava. Accadeva durante le ore del ricamo, o quando dopo cena si riunivano nel salotto, e mentre i due fratelli conversavano lei restava in silenzio, gli occhi sulle fiamme. In quei momenti Maud metteva al corrente August di ciò che lei aveva fatto, se aveva indugiato troppo accanto alla finestra, o nel cortile, se qualcuno era andato a farle visita. La cognata trovava sempre il modo di lamentarsi del suo comportamento. Clarice si era chiesta il motivo di un odio così palese, ma non era riuscita a comprendere, così un giorno glielo aveva chiesto apertamente. «Occhio per occhio... » Era stata la risposta.

Sbalordita, aveva creduto che la cognata fosse impazzita. «Io non vi ho mai fatto nulla», aveva sussurrato.

Maud le aveva sorriso freddamente. «E chi ha mai detto che sia stata tu?»

Clarice, che non sapeva della loro sorella ripudiata da Kurt, non le aveva mai più chiesto nulla. Ma da quel momento aveva capito che c'era una vena di follia in quella donna, e che l'obiettivo del suo profondo odio era lei.

Una sera Clarice arrivò in ritardo a cena. Non si era sentita bene, la nausea l'aveva tenuta a letto quasi tutto il giorno. Si sedette a testa bassa, ma il cibo che aveva nel piatto le rivoltava lo stomaco.

«Dovresti fare qualcosa per costringerla a darti l'attenzione che meriti.» Maud si rivolse ad August che era appena rientrato da uno dei suoi viaggi. L'uomo era stanco, di pessimo umore. Gettò un'occhiata alla moglie e poi riportò l'attenzione sul piatto.

«Non posso fare tutto da sola. Guardala, non apprezza nemmeno il cibo che le viene messo nel piatto. È un'ingrata. Avresti potuto scegliere meglio, fratello. Ogni fanciulla di Vienna avrebbe fatto salti di gioia per essere al suo posto.»

In genere ad August piaceva quando la sorella lo adulava. In quanto alle angherie e ai soprusi che Maud esercitava su Clarice, all'inizio li aveva trovati interessanti. Ma la ragazza ormai aveva smesso di reagire. Si era accorto che sue lacrime, la sua sofferenza, lo facevano stare male. Lei gli concedeva il suo corpo, ma niente più di quello.

August aveva iniziato a chiedersi se vi fosse un modo per scuoterla, per riuscire a riavere la ragazza vivace di cui si era innamorato.

Maud continuò a tormentare Clarice.

Lui studiò in silenzio la giovane moglie, lo sguardo lontano. Possibile che non fosse rimasto un grammo di coraggio in lei? Forse bisognava insistere. Così annuì in direzione della sorella, incoraggiandola a proseguire.

A ogni tremito di Clarice, a ogni sussulto di quelle labbra che una sera di tanto tempo prima si erano schiuse per lui mostrandogli il paradiso, il cuore di August accelerava il suo battito. Avrebbe dato qualsiasi cosa per riaverla indietro. Teso come una molla, la spiò pregando per una sua reazione.

«Dovresti controllare la sua camera. Io ci ho provato, ma lei mi ha chiuso fuori.»

L'interesse di August si destò. «In che senso?»

Maud si strinse nelle spalle. «Trascorre così tanto tempo là dentro, che non mi stupirebbe se nascondesse qualcosa.»

Entrambi, ognuno con le proprie motivazioni, osservarono la reazione di Clarice. Maud con l'intenzione di ferirla, August perché voleva scoprire il modo di raggiungerla. Di costringerla a tornare come era stata un tempo. «Nascondi veramente qualcosa nella tua camera da letto?» la canzonò con dolcezza. Sapeva che non era possibile. Lui stesso ci entrava quasi ogni notte, avrebbe saputo se là dentro si trovava qualcosa che non avrebbe dovuto esserci.

Clarice scosse la testa, lo sguardo sulle mani. E poi non riuscì più a contenersi. All'improvviso si alzò, gettò il tovagliolo appallottolato sulla tovaglia e scappò via.

Maud inarcò un sopracciglio. «Che ti avevo detto?»

August ebbe un sussulto. Che si fosse sbagliato? Ma la casa era sorvegliata, nessuno si era mai avvicinato. Tuttavia si alzò, e la seguì. Quando spalancò la porta della camera di Clarice, lei era seduta al suo scrittoio, e gli dava le spalle. «Allora cos'è questa storia?»

Clarice non gli rispose. La penna frusciava sulla carta, un gruppo di candele illuminavano la schiena dritta, la gonna che si allargava come la corolla di un fiore, l'ovale delicato del suo viso e la febbrile espressione del suo sguardo. Stupito, August avanzò verso di lei. Un'occhiata al disegno che sua moglie stava tracciando lo lasciò di stucco. Era un ritratto, una donna, un uomo e due bambini. Alle loro spalle una montagna.

«Chi sono?»

Non gli rispose, era come se lei non fosse nemmeno in quella stanza. Guardava il disegno, sul viso un'espressione di amore e di gioia. E poi August comprese. Sua moglie era là. In quel disegno. Era quello il luogo che gliel'aveva rubata.

Si guardò intorno, le pareti erano tappezzate dei suoi libri. E all'improvviso si ricordò di ogni volta che l'aveva vista china su uno di essi. Tutte le volte che aveva posato lo sguardo su di lei, Clarice aveva avuto un libro in mano.

Ecco chi li separava.

I suoi dannati libri.

Senza di loro, a lei non sarebbe rimasto altro che cercare rifugio in lui.

Un'ondata di rabbia lo travolse. La spinse via, afferrò il disegno e lo gettò tra le fiamme del camino acceso.

Clarice lanciò un grido.

Stupito si voltò verso di lei. Finalmente. Incoraggiato dalla reazione della moglie, August afferrò il primo libro che gli capitò, e lanciò anche quello tra le fiamme. «Li brucerò tutti.»

«No, tu non lo farai!» Qualcosa nell'animo di Clarice si spezzò. Le aveva portato via tutto, non le avrebbe preso l'unica cosa che le restava.

Sebbene August avesse desiderato la reazione della moglie, non era pronto all'occhiata di puro odio che lei gli rivolse. Non era così che sarebbe dovuta andare. Lei avrebbe dovuto supplicarlo, non affrontarlo. Invece Clarice era davanti a lui, gli occhi che le ardevano di disprezzo. «Tu non toccherai le mie cose. E non toccherai me, mai più.»

Non l'aveva mai vista così.

Un brivido lo attraversò.

Immaginò la sua vita senza di lei, e quel pensiero lo mise in ginocchio. L'afferrò per un braccio, ma lei con un grido gli piantò le unghie sul viso, graffiandolo a sangue. Continuò a mordere e a graffiare finché August non perse la testa, e iniziò a picchiarla.

Impietrita sulla porta, Maud assisteva alla scena. Dietro di lei la servitù. Quando si levarono le prime proteste, si riscosse. Corse dal fratello, e fece scudo al corpo della cognata con il proprio. «Sei impazzito? Sai cosa fanno agli assassini?»

August si fermò. Clarice era una maschera di sangue. Il contrasto con le lenzuola candide gli strappò un gemito. Fu travolto dall'orrore per ciò che aveva appena fatto. Afferrò un lembo del lenzuolo e glielo passò sul viso. «Apri gli occhi, ti prego, ti prego...» Continuò a ripetere quella litania finché la sorella non riuscì a farlo spostare. «Esci, adesso ci penso io.» Maud, il volto impietrito, non riusciva a respirare.

Il passato la travolse. Quei capelli macchiati di sangue, le labbra spaccate, la gonna sollevata... Li aveva già visti quando aveva trovato ciò che restava della sua sorellina ai piedi del burrone nel quale si era gettata dopo l'abbandono di Kurt Vogel, lo zio di Clarice.

Un profondo senso di disperazione esplose in lei. «Adesso sistemiamo tutto, non temere, Else, ci sono qui io.»

Ma quella ragazza non era Else, e in quel momento Maud si rese conto di cosa era stata complice, e che la vendetta era un boccone amaro. Troppo amaro. Ma non poteva pensarci adesso, bisognava fare in fretta. Doveva sbrigarsi. «Tu», urlò a una delle cameriere. «Portami dell'acqua calda, subito. E la mia borsa dei medicinali.»

«Dobbiamo chiamare il dottore. Non respira», ansimò August.

Allarmata, Maud posò la mano sulla camiciola di Clarice. Il cuore era debole, ma batteva. «Niente dottori, non hanno fatto nulla per Else. Penserò io a tua moglie. Mi occuperò di lei personalmente.»

Giorno e notte Maud assistette Clarice. Impedì alla febbre di portarsela via, la strappò alla morte con le unghie e con i denti, costringendola a bere, nutrendola, lavandola, tenendole compagnia. Le parlava per ore, raccontandole di August, lei ed Else, e di come la sorellina fosse stata la gioia di entrambi. A nessuno dei due era mai andato a genio Kurt, ma lo avevano accettato per amore di lei, e lo avevano accolto, finché lui non aveva tradito tutti. Le chiese perdono per ciò che le aveva fatto, e costrinse August a fare altrettanto.

Una mattina Clarice aprì gli occhi, e quando Maud ringraziò Dio, le strinse la mano prima di ripiombare nel sonno. In quel momento la donna giurò che avrebbe fatto tutto ciò che era in suo potere per salvare la ragazza.

E Maud tenne fede alla promessa.

«Una carrozza ti porterà dai tuoi zii. Vogel ti proteggerà.» Maud la sorresse e l'aiutò a scendere le scale. Nell'atrio si era radunato un gruppo di domestici. Clarice si sentì perduta.

Ma uno di loro si fece da parte, e un altro la incitò a muoversi. «Fate presto, signora. La carrozza attende.»

Le sembrò che il viaggio verso la casa degli zii non avesse mai fine. Un fischio acuto minacciava di spaccarle in due la testa. Le dolevano le orecchie e la gola. Quando scese, Marta era sui gradini. Abbracciò la nipote e la condusse di sopra, nella sua vecchia stanza. «Penserà tuo zio a inculcare un po' di buonsenso in quella testa matta di tuo marito. Non temere cara, le cose cambieranno. D'ora in poi August ti tratterà come meriti.» Ordinò alla cameriera di portare una tazza di cioccolata e restò ancora un po' con la nipote. «Adesso è meglio che tu riposi.» Le prese il viso tra le mani.

Clarice, ancora scioccata, ubbidì. In cuor suo sapeva che sia Maud sia la zia si stavano ingannando. August non si sarebbe fermato, non prima di ucciderla. Ma non importava, niente era più importante.

Con quella consapevolezza si addormentò.

La mattina seguente Kurt la convocò nella biblioteca. Seduto in un angolo c'era August. La camicia era stazzonata, i capelli in disordine. Lo sguardo stralunato.

«Mia cara, vieni avanti. Tuo marito mi ha detto che ultimamente ci sono stati dei dissapori tra di voi. Credo che sia venuto il momento di affrontarli insieme. Cosa ti rende tanto infelice, mia cara?»

Clarice sollevò la testa, studiando il volto dello zio. Le macchie viola sulla sua pelle erano una risposta più che evidente. Lui distolse lo sguardo, e borbottò qualcosa. La tensione crebbe. August si alzò, e lei si ritrasse correndo verso la porta.

«Stai lontano da me!» gli urlò un istante prima di sbatterla dietro di sé e correre in camera sua.

Era questione di tempo, ma poi gli zii si sarebbero dovuti arrendere. Era proprietà di suo marito, il resto non contava. L'amarezza le stringeva la gola, l'impotenza la spingeva a prendere in considerazione idee folli.

Ore dopo, mentre guardava dalla finestra, seduta con le ginocchia al petto, vide passare una carrozza. All'interno un gruppo di ragazze, sul tettuccio erano stipati bauli e grosse borse. Erano in partenza, tra di loro nemmeno un uomo. Aveva sentito parlare di quella sorta di viaggio che alcune giovani di buona famiglia intraprendevano a conclusione dei loro studi, prima di entrare in società. Con gli occhi pieni di desiderio si chiese cosa si provasse a essere così libere, così felici e spensierate. Chiuse gli occhi, posando la guancia sulla gonna. Avrebbe dato qualunque cosa per avere una possibilità di vedere quel mondo descritto nei suoi libri.

In quella giornata che trascorse sul pavimento della casa degli zii, Clarice von Harmel pensò alla morte, e alla vita. Poteva tornare col marito, finché lui un giorno riuscisse finalmente a ucciderla. O poteva lasciarlo, fuggire, e vivere.

E poi decise.

Si alzò e preparò una borsa. Passò in rassegna ciò che aveva a disposizione, scegliendo cosa prendere e cosa lasciare.

E attese che la notte avanzasse.

Non le fu difficile raggiungere la cantina. La porta dietro la botte era come l'aveva lasciata lei l'ultima volta. Da dietro la fessura, una lama di luce le rivelò la presenza di Frederik. Bussò e attese con il cuore in gola. Un istante dopo, una mano ben conosciuta le aprì.

«Uccellino, ma che ci fate qui a quest'ora?» La voce dell'uomo si spense quando vide sul volto della ragazza i segni dei maltrattamenti. Clarice si lasciò abbracciare e pianse a lungo. Non gli disse cosa le aveva fatto il marito. Non era necessario.

«Non posso restare. Devo andare via, il più lontano possibile.»

Frederik le asciugò le lacrime e poi, dopo averle fatto segno di tacere, salì di sopra. Riapparve dopo un tempo che a Clarice sembrò infinitamente lungo. «C'è una possibilità, viaggerete con una mia cara amica. Ho appena mandato un messo fidato da lei e mi ha detto che è in partenza. Lei vi porterà lontano da Vienna.»

Aprì la cassaforte, un sacchetto di monete tintinnò nella sua mano. Ne tirò fuori alcune, le contò pensieroso. Aggiunse dei pezzi d'oro e chiuse l'involucro. «Lo dovrete tenere sempre addosso. Non fidatevi di nessuno.»

«Non posso...»

«Tacete, uccellino. Dobbiamo sbrigarci, sarà un lungo viaggio.»

Non era ancora l'alba quando la carrozza lasciò Vienna. Due soldati scortavano la baronessa Margareta von Neumann e le dame di compagnia. La nobildonna aveva intenzione di visitare l'Italia e, chissà, magari sarebbe andata anche in Egitto. Dicevano un gran bene di quel luogo così pieno di storia.

In un angolo della carrozza Clarice benedì il rilegatore. Gli doveva tutto. Lui le aveva insegnato il potere dei libri, e aveva aperto la porta della sua gabbia.

«Addio, uccellino, vola lontano.»

Glielo aveva detto un istante prima di aiutarla a salire in carrozza sotto lo sguardo indulgente della baronessa.

«State tranquillo Frederik, veglierò io su di lei.»

Così finiva una parte della vita di Clarice von Harmel e ne iniziava una nuova.

18.

«È il destino inevitabile del sentimentale.
Tutte le sue opinioni mutano e si trasformano in quelle opposte
al primo tocco della realtà.»
George Orwell, *La strada di Wigan Pier*

Quando posò la valigia nell'atrio dell'appartamento a Coppedè, Sofia ebbe la netta sensazione che ci fosse qualcosa di strano. Si guardò intorno, eppure tutto era come doveva essere, non un oggetto fuori posto.

Mentre si toglieva la giacca, gli ultimi avvenimenti, ai quali non aveva voluto pensare, premevano per essere presi in considerazione. Era come se i cambiamenti, le scoperte, ciò che aveva vissuto negli ultimi tempi avessero influito sulla sua esistenza, e questa adesso chiedesse a gran voce un aggiustamento.

Per la prima volta da quando aveva lasciato il marito, sentì l'intima esigenza di avere un posto che fosse tutto suo. E non si trattava necessariamente di un luogo fisico, ma di qualcosa che la rappresentasse, che le piacesse, che fosse un rifugio ma anche un punto di partenza.

E capì di non voler lasciare l'Italia.

Non aveva intenzione di trasferirsi. Roma era la sua città, e lì voleva continuare a vivere. Voleva lavorare con i libri. Non aveva idea di cosa esattamente avrebbe fatto, ma era stanca di prendere in considerazione ripieghi. Era stanca di accontentarsi.

Il pensiero corse anche a Tomaso, al modo in cui le parlava, a come si sentiva dentro quando lui la guardava. Era qualcosa di estremamente fisico, ne era consapevole. Ma in fondo, perché no? Sentire, ecco cosa voleva. Emozionarsi, ridere. Piangere persino. Tutto era meglio di quell'inerte nulla in cui aveva nuotato per anni. L'immagine della donna che era stata le apparve nitida. Dio, quanto tempo sprecato!

Fu nella serra, intorno ai fiori del nonno, che piano piano la tensione allentò la sua morsa e lei riuscì a districare il filo dei suoi pensieri.

La scoperta della seconda lettera di Clarice aveva gettato una nuova luce sull'intera storia. E adesso Sofia ardeva di curiosità. A una prima lettura, in quel foglio trovato in modo rocambolesco a Monaco, né lei né Tomaso avevano individuato elementi capaci di portarli al libro perduto di Fohr, se di questo si trattava. Clarice non menzionava più il suo segreto, ma la frase finale comunque rimandava al terzo volume dell'opera. Sofia e Tomaso erano convinti che avrebbero trovato lì lo svelamento del mistero.

Non riusciva a stare sola, ma non voleva richiamare Tomaso. C'era allora solo un'altra persona con cui poter parlare delle sue teorie su Clarice: Andrea Vinci.

Quando entrò nel negozio, il libraio aveva già acceso le luci ed era assorto come sempre nella lettura. Sofia restò un po' sulla soglia a guardare quel luogo, ad aspirare il suo odore di carta vecchia e cuoio, mentre la campanella cessava il suo tintinnio. Vinci terminò la pagina, e solo allora sollevò la testa. Il suo sguardo si illuminò di piacere e Sofia seppe di aver fatto la cosa giusta andando da lui.

«Buonasera, come sta?»

«Adesso che ti vedo, mia cara, molto molto meglio. Ma dimmi di te, hai un aspetto splendido.»

Sofia si lasciò abbracciare. Fremeva dall'urgenza di raccontargli i suoi progressi. «Sto bene, è che sono accadute così tante cose... si ricorda di Clarice, la donna che nascose una lettera nel libro di Fohr?»

Il vecchio le indicò le poltrone. «Vieni, sediamoci. Certo che mi ricordo. Raccontami, ci sono novità?» A ogni passo si poggiava pesantemente a un bastone.

Sofia non ricordava di averglielo visto in precedenza. Le dita intorno al pomolo sembravano talmente sottili da riuscire a malapena a circondarlo. Si accorse che, dall'ultima volta che lo aveva visto, il libraio sembrava invecchiato.

«Si sente bene?» Adesso era davvero preoccupata.

«Forza, che hai scoperto ancora?»

Per un istante non seppe cosa rispondere. Erano così tante le cose che avrebbe voluto dire, da dove iniziare? Alla fine decise per la più importante di tutte. «Ho trovato il secondo volume!»

Andrea spalancò gli occhi. «Formidabile. Sicura che sia quello giusto?»

«Certissima! Nascosta nel piatto anteriore c'era la stessa tasca del primo volume della trilogia, e all'interno una lettera di Clarice.»

Lui restò senza parole, un sorriso lieve sulle labbra. «Che meravigliosa avventura.» Poi si tirò su e le sfiorò la mano. «Ma cosa dice questa seconda lettera?»

Il sorriso di Sofia perse un po' della sua allegria. «Clarice... è dovuta poi fuggire in Italia. Suo marito la maltrattava, la sua vita era un inferno.»

«Destino infausto per molte fanciulle dell'epoca, purtroppo.» Il libraio sospirò, poi il suo viso si accese. «Certo che...»

Sofia sollevò lo sguardo sul vecchio che continuava a parlottare tra sé, come se stesse elaborando un pensiero a voce alta.

A un tratto il viso dell'uomo si illuminò. «Clarice è venuta in Italia... e Fohr ha soggiornato a Roma tra il 1814 e il 1817, fino alla sua scomparsa. Che si siano conosciuti qui in città? Quello spiegherebbe molte cose.»

Con il cuore ancora gonfio di pena per Clarice, Sofia comprese che era plausibile, anzi, era molto probabile che lui avesse ragione. «Gli intellettuali stranieri a Roma erano numerosi, in quel periodo», disse con un filo di voce. «Spesso si incontravano in circoli comuni. È accaduto a Byron, Shelley, Goethe, Stendhal. Chissà come possono essersi conosciuti Christian e Clarice. Dal cognome, immagino che lei sia stata una nobile, forse è successo a qualche ballo, o in qualche salotto, visto il comune interesse per i libri.»

Continuarono a parlare, e più scambiavano idee e pensieri, più il quadro diveniva chiaro.

Sofia era entusiasta. Clarice e Fohr insieme a Roma! Questo avrebbe spiegato ogni cosa. Agitata da quella consapevolezza, esaminò mentalmente le diverse implicazioni della notizia. «Ma lei proprio non ricorda dove ha comprato il primo volume di Fohr?»

Il libraio si strinse nelle spalle. «Qui a Roma. In una bancarella giù a Trastevere. Fu un antiquario ambulante a cedermelo. Ma questo te l'ho già detto», concluse.

No. Non lo aveva mai fatto, Sofia ne era più che certa. Cominciò a pensare ad alta voce. «Dunque il primo libro è stato ritrovato a Roma, dove Clarice ha vissuto e probabilmente ha incontrato Fohr. Il secondo a Monaco, dov'è nata...»

All'improvviso Sofia ebbe un'intuizione e sentì il bisogno di raccontare tutto a Tomaso. Roma e Monaco erano state città importanti per Clarice, ma c'era un altro posto dove aveva passato diversi anni: Vienna.

«Adesso devo andare.» Abbracciò il libraio, e mentre lui le batteva la mano sulla spalla sentì che un po' di quella pena che le gravava sul cuore stava sparendo.

«Mi raccomando, cara, torna a trovarmi, questa storia è molto appassionante. Non mi divertivo tanto da anni.»

Tomaso scese i gradini e attraversò il prato davanti alla villa. L'erba morbida era come un tappeto sotto le scarpe. Il tepore di un pomeriggio d'autunno spandeva intorno un profumo intenso, vegetale. Sotto una delle grandi querce, Luisanna aveva fatto installare un gazebo. Al riparo dal vento frizzante lei e Frank conversavano con quella complicità tipica delle vecchie coppie. Una risata lieve si unì a una più forte. Frank era molto migliorato; si muoveva con disinvoltura, rideva e chiacchierava con la moglie.

Tomaso si fermò, pensieroso. Aveva pessime notizie per lui. L'incontro con gli avvocati era andato male. Il danno procurato ai loro clienti dalla perizia di Frank esigeva un accomodamento. Lui non aveva ancora fatto parola del peggioramento delle condizioni di salute del patrigno. Forse in sede giudiziaria sarebbe servito, ma una causa avrebbe significato esporre Frank e l'agenzia al giudizio pubblico. Una cosa che non aveva nessuna intenzione di prendere in considerazione. Aveva deciso per un negoziato. Gli eredi si erano mostrati più che disponibili a un accordo, anche se economicamente molto pesante. E poi avrebbe dovuto parlargli anche dei soldi sottratti alla società; non aveva avuto ancora modo di affrontarlo, ma doveva farlo prima o poi.

«Tomaso, che sorpresa!» Sua madre gli andò incontro, tendendogli le mani.

Le afferrò, poi si chinò per farsi baciare. «Ero in zona, sono passato a vedere come va.»

«Molto meglio. Il cardiologo dice che la situazione è sempre delicata, ma lui è forte, sono sicura che presto tutto questo sarà solo un brutto ricordo. Ma dimmi di te. Sembri stanco.»

L'occhiata preoccupata della madre era più di ciò che Tomaso potesse sopportare in quel momento. Scosse piano la testa, obbligandosi a sorridere. «Sto bene… molto lavoro, qualche pensiero, tutto qua.»

Luisanna annuì, ma il suo sorriso perse un po' dell'iniziale allegria. «Perché non raggiungi tuo padre? Torno un attimo in casa a prendere uno scialle.»

«Posso pensarci io.»

«Certo, lo so. Ma ci sono cose che vi dite soltanto quando siete soli.» Gli sfiorò il viso. «Le madri sanno molte cose, anche se i figli si ostinano a ignorarlo.» Gli posò un bacio leggero sulla guancia.

Tomaso attese che lei si fosse allontanata, e lentamente si avviò verso Frank.

«Ragazzo mio, vieni a sederti accanto a me. Allora, che notizie mi porti?»

Ci mise un secondo a decidere. Infine strinse la mano tesa dell'uomo che non era mai riuscito a considerare un padre. «Va tutto bene.» Gli mentì, perché temeva che la verità avrebbe potuto compromettere il suo recupero. Gli mentì soprattutto per sua madre, per il sorriso che gli aveva rivolto, per la luce serena del suo sguardo.

«Sono contento, Tommy, ero sicuro che tutto si sarebbe sistemato.»

Aveva sempre invidiato l'ottimismo del patrigno. Anche nelle situazioni peggiori quell'uomo dimostrava una capacità di reazione straordinaria. Ascoltò distrattamente le parole di Frank, annuendo di tanto in tanto. Ma il suo pensiero era tutto per Sofia. Era lei che aveva evocato per bilanciare la tensione di quei momenti. Qualcosa di bello a cui pensare. Si chiese se insieme avrebbero potuto trovare il libro perduto di Fohr, se esisteva davvero. Quello sì che sarebbe stato un colpo enorme, e gli avrebbe permesso di salvare l'agenzia. Si chiese anche se a quel punto le loro strade si sarebbero divise. Quella donna gli piaceva, ma in lei vi era qualcosa che lo spingeva a muoversi con cautela. E lo avrebbe fatto, non aveva nessuna intenzione di spaventarla.

Si trattenne con sua madre e il patrigno ancora un po', ma quel parlare di nulla per riempire il silenzio presto lo innervosì.

Salutò entrambi, e quando strinse la mano di Frank e il patrigno la tenne ancora un po' nella sua, ne fu infastidito. Non gli aveva chiesto nulla, pur sapendo bene a quali conseguenze lo aveva esposto quel suo comportamento sconsiderato. Nemmeno per un momento scambiò quel modo di fare per eccesso di fiducia; era più un lavarsene le mani, sapendo che lui avrebbe speso tutte le sue energie per impedire il disastro. La rabbia gli ribollì dentro. Si staccò e gli diede le spalle rivolgendosi a sua madre.

Lasciata la villa, i pensieri di Tomaso si concentrarono nuovamente su Sofia. Il profumo dei cibi che Scilla gli aveva preparato si sollevava dal cestino, sul sedile posteriore, e gli fece venire un'idea. Non era forse la cosa più opportuna, ma lui era stanco. Mortalmente stanco. E si sentiva solo.

Si fermò per strada, presso un'azienda che produceva un ottimo Cannellino di Frascati. Mentre ritornava in macchina digitò il suo numero. «Ciao Sofia.»

«Ti devo parlare.»

Le labbra si piegarono in un lieve sorriso. Se era tranquillità quella che andava cercando, dopo aver sentito il tono di Sofia dubitava fortemente che lei fosse disponibile a offrirgliela. Chiuse gli occhi un istante e passò le dita sulle palpebre, strofinandole. «Qualcosa di urgente?»

«Sì, molto. Devo dirti una cosa.»

Nessuna dolcezza in quel tono, nessuna seduzione. Sospirò. Quella donna era assurda. Perché diamine continuava a desiderarla? Ma non c'era nessuna risposta razionale, non era così che funzionava. Gli venne da ridere. Non era certo promettente come appuntamento, anzi non era proprio un appuntamento, ma chissà... D'altronde lei non aveva fatto altro che sorprenderlo, divertirlo o farlo infuriare. Non gli restava altro che verificare il resto.

Al diavolo Fohr, il suo patrigno e il resto del mondo!

«Senti, che ne dici di cenare insieme? Ma non ho voglia di uscire. Casa tua o casa mia, scegli tu.»

Sofia si guardò attorno con interesse. Era incantata dall'appartamento di Tomaso. Era come lui, pensò mentre qualcosa le si agitava dentro. «Ti somiglia.»

«Lo prenderò come un complimento.»

Le alte pareti bianche le davano un'idea di libertà. Sofia guardò le finestre piene di luce, gli arredi semplici e lineari, e riconobbe lui. Ma ciò che più di tutto la colpì fu lo scrittoio posto in un angolo. Era ampio, massiccio, maestoso. Non riusciva a distogliere l'attenzione da quel mobile, su cui aveva visto il necessario per la calligrafia. Immaginò Tomaso chino su un foglio, i capelli che gli scendevano sulla fronte, la mano intorno a una penna. Il suono del pennino sulla carta.

«Puoi curiosare, se vuoi.»

La voce la colse all'improvviso. Lui si avvicinò, fermandosi al suo fianco. Ne sentiva il calore, il profumo. Rabbrividì, e si allontanò. «Sai, quella lettera che mi hai inviato il giorno in cui sei partito per Monaco... non riuscivo a credere che l'avessi scritta tu.» Non gli disse quanto l'avesse colpita la grafia. Quello lo tenne per sé.

Tomaso la seguì. Era scalzo, la camicia bianca aperta sul collo, l'espressione rilassata.

«Scrivere concretizza il pensiero, gli dà una forma, lo conserva. Permette alla tua creatività di agire sulla realtà.»

Era vero. Sofia pensò quanto il semplice gesto di scrivere fosse carico di significati.

«Quando scrivi in bella grafia la tua concentrazione deve essere assoluta, il minimo errore può rovinare tutto. Il lavoro cresce a ogni lettera. Lo costruisci tu. Quanto lontano tu voglia andare è esclusivamente una tua decisione.»

C'era molto altro nelle parole di Tomaso.

E nel suo sguardo.

Sofia sfiorò la superficie dello scrittoio. I graffi sul legno dovuti all'usura e al tempo erano anch'essi rivelatori. Era come se qualcuno vi avesse scritto sopra una storia. Tra loro scese un silenzio carico di tensione, nel quale i respiri si inseguivano come i pensieri. Come gli sguardi.

«Perché non ti siedi? Là c'è il foglio», le indicò Tomaso. «Il pennino è quello giusto, e anche l'inchiostro. Prova, Sofia. Scrivi ciò che vuoi.» Abbassò la voce. Era suadente, quasi un sussurro. Nessuna costrizione, solo un gentile incoraggiamento.

Sollevò la testa, e lui era là, a poca distanza.

«Ci siamo solo noi, non devi dimostrare nulla a nessuno.»

La sorprese quel commento, e stava per protestare perché lo riteneva inopportuno, ma lui le strizzò un occhio e le parole si infransero davanti alla complicità insita nel suo gesto. Era come se le stesse dicendo che, comunque andasse, lui non l'avrebbe mai giudicata. Eppure qualcosa si agitò dentro di lei, turbandola. Possibile che Tomaso avesse ragione? Era davvero il timore del giudizio altrui a limitarla? Era con gli occhi degli altri che si era guardata?

Una scena dopo l'altra, le immagini della sua vita precedente le apparvero rimarcando ogni occasione perduta, ogni silenzio laddove avrebbe invece desiderato urlare. E la cosa più sconvolgente era che lei quel modo di essere lo aveva adottato. Non era nato con lei. Era stato un adattamento alla sua situazione, un accomodamento. Era orribile.

La ribellione le ribollì dentro. E non aveva la minima importanza che quello davanti a lei fosse Tomaso, e non Alberto. Era arrabbiata. Sollevò la testa. «Non temo il giudizio di nessuno, nemmeno il tuo. Non ho paura di te.» Negli occhi la sfida.

Lui sostenne il suo sguardo, socchiudendo appena le palpebre, quasi volesse studiarla meglio. «Questa è una bella cosa, non credi?» Inclinò la testa di lato. «La paura è un pessimo modo di iniziare una relazione.»

Lo fissò sbalordita. Non aveva mai conosciuto nessuno altrettanto diretto. Era quello che lui voleva? Una relazione?

«La paura è una prigione della quale possediamo la chiave», aggiunse piano.

Se avesse allungato la mano, Sofia avrebbe potuto toccarlo. Ma era un'altra la vicinanza che temeva. Era il modo che quell'uomo aveva di aggirare le sue difese, come se conoscesse i suoi pensieri più intimi.

«Certo, sulla calligrafia non so molto», si schermì, sedendosi allo scrittoio. Era più comodo di quanto avesse pensato. Si sistemò meglio, prendendo confidenza. La penna era leggera tra le sue dita. La mosse, e provò a puntarla sul foglio. Poi con attenzione la intinse nell'inchiostro, e provò di nuovo il pennino.

Tomaso la osservava in silenzio.

«So che le discendenti hanno un tratto spesso, le ascendenti invece sottile», continuò lei. «E che esiste il corsivo inglese, l'italico, il gotico.»

«Sì. Ogni stile ha le sue regole, ma la prima cosa, quella fondamentale, è che tu riesca a sentire te stessa attraverso la mano. La penna sei tu, Sofia, quello che scrivi, il tuo pensiero. Quando tocca la carta, ti lascia per raggiungere altri. È un legame, o almeno un inizio.»

«Come la lettera di Clarice.»

«Come la lettera di Clarice, esatto.»

Non gli rispose. Lentamente sul foglio apparve una lettera, e poi un'altra. Il pennino frusciava con una serie di suoni secchi, quasi arrabbiati.

«Posso?» Tomaso la raggiunse, sedendosi al suo fianco. Istintivamente Sofia si ritrasse.

«È stato concepito per ospitare due persone. Ci stiamo entrambi.»

Non era per quello che si era allontanata, e lui lo sapeva, come lo sapeva lei. Era ciò che restava della vecchia Sofia, quella che si allontanava da tutto ciò che desiderava.

Quella frase gettata tra loro con leggerezza, tuttavia, le consentì di trarsi dagli impicci senza sembrare un'isterica. Era una mano tesa, una gentilezza. E lei gli fu grata.

Fissò l'attenzione sulla destra di Tomaso, che aveva iniziato a muoversi sul foglio come se danzasse. Le linee apparvero in un gioco di armonie, ma con una forza sorprendente.

Sofia Bauer. Ma scritto in quel modo, il suo nome, lei non lo aveva mai visto.

Era un'opera d'arte.

«Vuoi provare anche tu?» Le porse il pennino.

Non sarebbe riuscita a replicare quello stile. «Non credo di saperlo fare.»

Lui la studiò un momento. «Quello che puoi o non puoi fare dipende dalla tua decisione di provarci. E dalla tua determinazione nel perseguire lo scopo.» Fece una pausa, poi allungò una mano nella sua direzione. «Posso?»

Sofia annuì. Non aveva idea di ciò che lui aveva in mente, ma lo comprese quando le passò un braccio sulle spalle, circondandola con il suo corpo. Quell'abbraccio non era casuale, la consapevolezza la investì riempiendola di sorpresa. Era nel movimento lento di Tomaso la seduzione, in quel suo avvolgerla dolcemente, portandosi alle sue spalle, chiudendole la mano che impugnava la penna con la sua. Era il suo respiro sul collo, la sua forza, la sincronia dei loro movimenti insieme. Era nel suo viso, così caldo accanto al suo.

«Lasciati andare, non pensare a nulla.»

Il suo abbraccio era insieme una sfida e una promessa. E lei accettò, abbandonandosi. E mentre lui muoveva, e lei lo seguiva, il nome apparve. Non era come quello che aveva fatto lui prima, era diverso. Come la mano che lo aveva scritto. Non era importante che fosse lui ad averla guidata, che le avesse mostrato la strada, perché a scriverlo era stata comunque lei.

Si era spostato alle sue spalle ora, il cuore gli batteva forte. Sofia lo sentiva attraverso la stoffa del vestito. Rabbrividì. Sapeva esattamente dov'era Tomaso, sapeva che se si fosse voltata, lo avrebbe trovato là ad accoglierla. La consapevolezza era il respiro chiuso in gola. Era l'oblio di un passato che non esisteva più.

Ciò che stava accadendo in quel momento, tra loro, era nuovo. Era sconosciuto.

Si sentì travolgere dal desiderio. Una sensazione puramente fisica, fatta di gesti, di bisogno. Di tatto e odore. Quanto tempo era trascorso da quando aveva desiderato qualcosa con la stessa intensità?

Tomaso era rimasto immobile, testa contro testa, la mano lieve sulla sua, come una carezza. Aspettava. Avrebbe accettato la sua decisione. Sofia lo sapeva. Nessuna parola, nessuna dichiarazione. Erano i fatti che le stava offrendo. I suoi gesti.

Lentamente lei ruotò il capo, finché non trovò la bocca di Tomaso.

La prima sensazione che provò fu il calore del suo respiro, e poi il suo sapore, la carezza lieve delle labbra. Ma quella sorta di prudenza di entrambi, quei gesti delicati, quasi uno sfiorarsi, un conoscersi nuovamente, durò solo un istante.

Tomaso approfondì il bacio, afferrandole i capelli, infilandoci le dita e stringendola a sé, e quando lei gli rispose, la sollevò di peso, trasportandola dove, in quel momento seppe, l'aveva sempre voluta. Sofia non si tirò indietro. La sua forza era la stessa di Tomaso, l'urgenza che scandiva i suoi gesti, la medesima. Priva di parole, e di pensieri.

Si cercarono, pelle contro pelle, stupiti perché nulla era come avevano immaginato. Non possedevano nessun parametro per comprendere ciò che stava accadendo. Era come se fosse tutto nuovo, tutto diverso. Si persero l'uno nell'altra, mentre gli interrogativi svanivano, spinti dall'istinto, da quel desiderio che fin da subito li aveva uniti.

E dopo, mentre il respiro rallentava e il mondo riacquistava i contorni, restarono così, abbracciati l'uno all'altra, incapaci di separarsi, decisi a trattenere ancora un istante ciò che era accaduto tra loro. Non si conoscevano abbastanza, eppure sapevano tutto l'uno dell'altro. Perché non avevano fatto altro che studiarsi, e i respiri e i battiti dei loro cuori avevano colmato le lacune. Ora non restava altro che comprendersi.

Nonostante quel momento di gioia, nonostante il desiderio che ancora pulsava dentro di lei, Sofia sentì avanzare il dubbio. E la certezza che aveva guidato i suoi gesti vacillò, e poi scomparve. La vita le aveva insegnato che, per quanto qualcosa potesse sembrare perfetto, tutto aveva una fine. E lei la sentì sopraggiungere insieme ai dubbi. Afferrò il lenzuolo, se lo drappeggiò sul corpo scendendo dal letto.

Tomaso lesto l'afferrò per una mano, riportandola indietro. «Qualsiasi cosa ti sia accaduta in passato, non c'entra nulla con noi.»

Lo guardò fisso, tesa come una molla, pronta a scappare. «Non sai niente di me.»

Lui ammorbidì la presa, e le sorrise. «Ho fame. Che ne dici se ci mettiamo a tavola, e ci raccontiamo qualcosa di più?» Prima che lei potesse rispondere, l'aveva lasciata e si era voltato.

Lo guardò rivestirsi. Pantaloni, camicia. Di nuovo senza scarpe. C'era qualcosa di speciale in quell'uomo, era il modo in cui si rapportava al mondo, pensò.

«Non ti dirò che mi dispiace per quello che è successo, perché sarebbe una menzogna, ma non ho nessuna intenzione di perdere tempo che posso impiegare in modo più proficuo, e più piacevole, a tormentarmi.»

Era chiara la nota di amarezza nella sua voce. Sofia non sapeva nulla di ciò che gli era successo, della vita che si portava addosso. Come aveva potuto comportarsi in maniera tanto sconsiderata con lui? Ma quel pensiero subito fu sostituito da un altro. Perché Tomaso aveva risposto in quel modo?

«Non dispiace nemmeno a me, ma questo alla fine non significa nulla.»

Lui si immobilizzò, guardandola da sopra la spalla. «Dici? A me sembra invece che significhi tutto.» Aveva fatto qualche passo, poi si voltò. «Andiamo a cenare.»

Sofia si rivestì, e dopo essersi rinfrescata lo raggiunse in cucina, fermandosi sulla porta. Era come il resto della casa, elegante ma quasi spartana, essenziale. Colori chiari, spazi ampi. Si guardò intorno. C'erano dei fiori, però, in un vaso di vetro verde su un ripiano. Tomaso aveva messo un grembiule e si muoveva con sicurezza, lanciandole ogni tanto un'occhiata pensierosa.

Lei entrò lentamente, con circospezione, chiedendosi a ogni passo che ci facesse lì, cosa diavolo le fosse preso per essersi lasciata andare con lui in quel modo. Maledetti dubbi, maledetta l'incertezza che le si era avvinghiata addosso come un'ombra.

«Vuoi?» Lui le porse un gambo di sedano con un ricciolo di spuma bianca e un gamberetto, e poi tornò ad armeggiare tra i fornelli.

«Dove tieni i piatti?»

Tomaso le indicò un ripiano. Sofia apparecchiò, e mentre lui portava le pietanze in tavola, si sedette. La tensione si era allentata, ma era tra loro. Lui stappò il vino, facendola sussultare. Portò il bicchiere alle labbra, e poi sollevò gli occhi. La stava fissando. Il liquido era scuro e profumato. Attese che lei terminasse di bere, e si accostò. «Rilassati, Sofia. E adesso mangiamo.»

Non si era resa conto di morire di fame. Tomaso si fece carico della conversazione. Lentamente, con perizia, la scovò da quel luogo dove era andata a rintanarsi, la trascinò fuori a forza di osservazioni argute, di battute lievi. Così il sorriso di Sofia piano piano si allargò e alla fine lei si ritrovò a ridere.

Probabilmente fu quello che la fece cedere. Il pensiero che di un uomo così si sarebbe potuta innamorare. La paura le montò dentro, prospettandole tutta una gamma di conseguenze, e nessuna era piacevole, nessuna era priva di ostacoli e di pericoli.

«Sono stata sposata per cinque anni.» Lo disse all'improvviso, e poi si portò la mano alla bocca. Non vi era più traccia di divertimento in lei, solo una grande voglia di fuggire e la consapevolezza che non vi fosse al mondo alcun posto in cui rifugiarsi. C'erano alcuni momenti in cui la sua stessa pelle le sembrava inospitale, e desiderava strapparsela via. Deglutì, e continuò. «Non siamo stati felici. Io... ho deciso di andare via. È difficile.»

Tomaso non replicò. Le versò un altro po' di vino. «Cinque anni sono tanto tempo. Credo sia normale essere turbati.»

«Io sono arrabbiata con me stessa. È diverso.»

«Qualche volta le scelte che abbiamo fatto sono una peggiore dell'altra. Ma il nostro istinto ci spinge a restare a galla.»

Sofia ebbe nuovamente la sensazione di sentire una grande tristezza nella voce di Tomaso.

Il suo sguardo era lontano, l'espressione tesa, ma durò solo un istante, poi lui la cercò con gli occhi. «Adesso lui è il passato.»

Lo disse con una tale sicurezza che lei restò un istante perplessa a fissarlo. Tomaso sollevò il bicchiere nella sua direzione, in un brindisi silenzioso. « È bello averti nella mia casa.» "Qui ci porto solo le persone importanti, quelle che significano qualcosa." Non ci fu bisogno che lo specificasse. Sofia lo comprese dall'occhiata che le lanciò, dal modo sereno in cui la osservava, dal suo sorriso, appena una traccia. Ma era là, tra di loro, presente.

«Senti, non voglio parlare di lui.»

«Non devi farlo. Francamente, devo dire che fra tutto ciò che è accaduto questa sera, non è la parte che riguarda il tuo ex marito che preferirei approfondire.»

Lei sorrise, gli occhi sul bicchiere. Un filo di divertimento. Il vetro era freddo sulle sue labbra, il vino buono, corposo. Le infuse calore, e lei ritrovò un po' di coraggio. Inspirò profondamente, si concentrò e alla fine lo disse. «Credo che il terzo volume sia a Vienna.»

Il sorriso di Tomaso si allargò. Non le rispose, limitandosi a un'occhiata significativa.

E poi lei comprese. Spalancò gli occhi, saltando sulla sedia. «Tu lo sai già!» l'accusò.

«A Monaco sei stata fortunata, ragazzina.»

Lei scoppiò a ridere, ma restò esattamente dov'era anche se moriva dalla voglia di abbracciarlo, di farsi raccontare tutto. «Sono convinta che i libri siano legati ai luoghi dove Clarice ha vissuto. Non ho uno straccio di giustificazione, però. Ho solo questa sensazione.»

Tomaso sorrise. «Si dà il caso che a Vienna ci sia il più grosso centro di studi sugli scrittori romantici di lingua tedesca. Ho già telefonato per prendere un appuntamento.» Era in quella direzione che lo avevano spinto i suoi ragionamenti. Aveva sentito anche Paul Vargas. «Forse non lo troverai là, ma ci sono buone probabilità che tu possa avere delle informazioni sulla possibile ubicazione del terzo volume, *Il discorso sul pensiero.*»

Sofia era così emozionata, così felice che la tristezza che l'aveva colta all'improvviso adesso era solo un ricordo. «Quando partiamo?»

Lui si irrigidì. «A questo proposito avrei da dirti un paio di cose.»

«Cioè?» Non le sfuggì l'improvvisa durezza del suo tono. Ma non aveva nessuna intenzione di farsi mettere da parte. «Prima che tu continui, Tomaso, considera che questa storia è mia. Sono io ad averti coinvolto, e sono sempre io quella che ha trovato le lettere. Hai bisogno di me.» Non gridò, non protestò. La sua voce era serena, pacata.

Lui la soppesò con lo sguardo, le spalle adagiate allo schienale. «Bisogno? Io lo avrei chiamato in un altro modo.» Non le diede il tempo di replicare. «Tuttavia è un concetto sul quale vale la pena di riflettere.»

Sofia si alzò. «Perché non rifletti su quanto ti convenga avermi al tuo fianco, piuttosto che alle calcagna?»

«Mi sorprende la tua domanda. Mi pare di aver già largamente espresso il mio apprezzamento, a riguardo.»

Un intenso calore risalì sul viso di Sofia. Non era abituata a quel genere di schermaglie: non aveva mai pensato che l'intimità potesse essere oggetto di discussione, che diventasse un gioco. Era agitata, nervosa. Ma quando incontrò lo sguardo di Tomaso, lui le stava sorridendo.

«Partiamo domani sera. Passo a prenderti.»

«No, ci vediamo all'aeroporto. Grazie per… per la cena.» Fece per prendere il suo piatto e ritirarlo, quando lui glielo tolse dalle mani. «Faccio io.» Il messaggio era chiaro, e inequivocabile, come tutto il resto.

Sofia raggiunse la porta, lui era al suo fianco. «Posso accompagnarti alla macchina o rischio così di attentare alla tua indipendenza?»

«La trovo da sola la macchina», borbottò cercando di non ridere.

Era ormai fuori quando tornò indietro all'improvviso. Lo afferrò per la camicia e si alzò in punta di piedi. Lo baciò con delicatezza. «Ciao Tomaso, grazie di tutto.»

Lui le chiuse la porta alle spalle, poi spense la luce. Nel buio spostò la tenda. La guardò salire sulla sua auto. Quando scomparve in fondo alla strada continuò a fissare il punto in cui era svanita. Tornò in sala, il disco in vinile tra le sue dita era lucido come l'ossidiana. Delicatamente lo posò sul piatto, e attese che la musica si spandesse intorno. Chiuse gli occhi escludendo il resto, finché le vibrazioni delle note trovarono la sua anima, e gli risuonarono dentro.

Solo allora si diresse allo scrittoio, e dopo aver preso il foglio dove Sofia aveva scritto, lasciò vagare lo sguardo sui segni che aveva tracciato. Guardò dentro di lei attraverso la sua scrittura, cercando di cogliere ciò che lei nascondeva. Comprenderla era fondamentale se voleva andare oltre un legame temporaneo. Seguì le linee, interrompendosi di tanto in tanto, lo sguardo sospeso in un luogo della sua mente dove aveva immagazzinato tutte le sensazioni, tutte le emozioni che aveva provato da quando quella donna era entrata nella sua vita. Chiedendosi, adesso che insieme avevano superato il confine di una semplice amicizia, cosa avrebbe fatto lei. Cosa avrebbe fatto lui. E poi chiuse gli occhi. Era stanco, e la giornata seguente sarebbe stata molto difficile.

Gli serviva tempo, e gli serviva una montagna di soldi.

19.

«Coloro che sognano a occhi aperti sono consci di molte cose che sfuggono a chi sogna solo di notte. Nelle loro grigie visioni colgono frammenti d'eternità e destandosi fremono nell'intimo allo scoprire d'esser stati sulla soglia del gran segreto.»
Edgar Allan Poe, *Eleonora*

Vienna era come una signora di età indefinibile, che portava con naturalezza un prezioso parasole di pizzo mentre procedeva spedita su un'auto sportiva. Non erano i palazzi barocchi con le loro guglie e le fastose decorazioni a identificarla, né il cristallo delle moderne strutture che torreggiavano sulle piazze. Era l'unione di tante cose: la musica che risuonava tra i vicoli lastricati di pietra, le regate sul Danubio, il profumo della cioccolata che raccontava di come i mestieri divenissero arte, l'eco delle conferenze che richiamavano studiosi da tutte le parti del mondo. E la sua profonda cultura era la veste in cui si drappeggiava con grande eleganza.

Sofia conosceva la città, ci aveva vissuto da bambina durante il semestre in cui i suoi genitori avevano insegnato alla Technische Universität. Eppure ciò che vedeva era molto diverso da quello che ricordava. Al suo fianco Tomaso camminava in silenzio. Da quando erano scesi dall'aereo aveva pronunciato poche frasi. Lo stesso era accaduto nell'hotel, in cui avevano prenotato due camere separate. Sempre più spesso aveva la sensazione che lui la capisse intimamente. Ma non era pronta a dividere il suo spazio, e lui lo sapeva. Aveva bisogno di riprendere confidenza con sé stessa. Aveva bisogno di tempo. Tomaso non le aveva fatto pressione, nemmeno uno sguardo. Ma era là, con lei. Se avesse avuto bisogno di lui, non avrebbe dovuto fare altro che allungare una mano. Qualcosa che si sarebbe guardata bene dal fare. Sapeva che la propria ritrosia verso di lui era unicamente un suo problema, ma quello non cambiava le cose.

Quell'uomo lo aveva desiderato come se fosse l'aria, come se fosse l'acqua. Con la stessa intensità, il medesimo bisogno. Era qualcosa che non riusciva a spiegare, completamente diverso da tutto ciò che aveva provato nelle sue precedenti esperienze. Però lo temeva. No, non lui, ma ciò che rappresentava. Temeva sé stessa, a essere precisi, temeva che si potesse ripetere quel rapporto malato che l'aveva legata ad Alberto. Temeva che il suo desiderio l'avrebbe spinta nuovamente ad annullarsi.

Di tanto in tanto lui la guardava come per accertarsi che ci fosse davvero, e poi riprendeva il corso dei suoi pensieri, in quel suo incedere verso il mondo sicuro, fluido. Eppure lei non si sentiva tagliata fuori. In quella storia erano compagni e soci.

«Il posto è questo.» Tomaso le indicò un portone in legno scolpito sotto un portico sorretto da una serie di archi in stile neoclassico. Con le mani infilate nelle tasche, il bavero del cappotto rialzato, entrò nell'atrio. «Abbiamo un appuntamento con il direttore Schulz», disse al portiere. L'uomo annuì e, dopo aver dato un'occhiata al monitor del suo computer, restituì i documenti. «Terzo piano.»

Mentre salivano le scale, Tomaso sembrò riacquistare per un attimo il suo buonumore. «Questo è il posto migliore per avere notizie del nostro libro.»

Nostro... era un termine che, decise Sofia, le piaceva. Dopo le ultime rivelazioni di Clarice, fremeva all'idea di sapere cosa fosse accaduto alla donna. E il desiderio era così intenso da mettere in secondo piano la scoperta del fantomatico libro inedito di Fohr. «Tu credi che il direttore ti possa fornire indizi?» gli chiese.

Tomaso annuì. «Hanno una biblioteca vastissima, la più specializzata in letteratura tedesca del periodo romantico, e hanno un catalogo dettagliato anche di opere possedute da altri, che si tratti di enti o di collezionisti.»

«Mi sembra un'ottima notizia, perché sei così preoccupato?»

Le rivolse uno sguardo cupo e un sorriso appena abbozzato. «Se il volume fosse proprietà di una biblioteca pubblica o di un'istituzione accademica, sarebbe un disastro. Dobbiamo sperare che, in quanto spaiato, sia rimasto sul mercato antiquario.»

Non era da lui un ragionamento del genere. Non era mai pessimista. Realista, certo, ma mai sfiduciato. Ora invece c'era qualcosa nel suo comportamento che lo faceva sembrare vulnerabile. Sofia sentì un'agitazione profonda, un senso di dispiacere, misto al desiderio di sollevarlo da quella pena. E cercò di scacciarlo. Non aveva alcuna intenzione di farsi coinvolgere così, non poteva farlo. Cercò disperatamente qualcosa da fare, qualcosa che la distraesse da quel pensiero. E ancora una volta fu Clarice a correre in suo soccorso.

Si concentrò sul libro, e diede voce alle sue speranze, alla sua determinazione. «Non sono arrivata tanto lontano per arrendermi.» Se anche il libro fosse stato sotto tutela, avrebbe trovato il modo di ottenere la lettera di Clarice. Non aveva idea di come ci sarebbe riuscita, ma di certo non si sarebbe fermata per un impedimento del genere. In quel momento comprese con lucidità che solo grazie a Clarice era uscita dallo stallo della sua vita precedente, era stata lei a spingerla sulla strada del cambiamento. Glielo doveva, pensò. Doveva a Clarice la sua nuova vita, perché quella donna misteriosa le aveva offerto un'opportunità. Le aveva teso la mano, e Sofia l'aveva afferrata con tutte le sue forze. Il particolare che fossero vissute a distanza di due secoli l'una dall'altra non aveva la minima rilevanza.

Tomaso la guardò. «Ti ricorderò queste parole.»

Mentre la frase faceva presa su di lei, entrarono negli uffici. Ad accoglierli al loro arrivo fu un giovane che li sommerse di domande. Sofia era divertita da come Tomaso rispondesse in modo vago, riuscendo tuttavia a estorcere al ragazzo una serie di informazioni molto interessanti. L'istituto per gli studi sul romanticismo tedesco era una sorta di contenitore che raccoglieva informazioni sulle collezioni privato da tutto il mondo. «Abbiamo copie di ogni edizione. Le esaminiamo, le restauriamo e le introduciamo in un circuito di biblioteche che ne fanno richiesta.»

«A noi interessa l'*Elogio della perfezione* di Fohr. Precisamente il terzo volume dell'opera, prima edizione Cotta, Stoccarda 1816.»

Il ragazzo si fece pensieroso. «Ah! Christian Fohr... Non è il mio preferito. Troppo sentimentale, anacronistico oserei dire.»

A Sofia non piacque quella definizione, la trovò irriverente. Fohr era stato un genio, il modo che aveva di guardare la vita, la sua prosa così intensa e poetica... «Lui era moderno per quei tempi. Il rispetto per la natura, l'importanza di ogni essere vivente, l'amore visto come ispiratore dei sentimenti più puri. Non è anacronismo, è profondità d'animo.»

Il ragazzo la osservò, il suo viso esprimeva un intenso scetticismo. «Il concetto di modernità è una giustificazione. Dal punto di vista puramente letterario, Fohr è un emotivo con qualche guizzo di novità.»

Quella era una sciocchezza. Sofia detestava chi non riusciva ad affrontare uno studio utilizzando la propria testa, invece di dare per scontate teorie proposte da altri. Lo riteneva estremamente limitante. «Questa critica circolava già ai miei tempi.»

Il ragazzo, punto sul vivo, arrossì e si preparò alla replica, ma Schulz era appena apparso nella sala di lettura, se così si poteva chiamare l'immenso salone di rappresentanza nel quale erano stati fatti accomodare. I soffitti affrescati, le alte pareti e i mobili rendevano accogliente e suggestivo quel luogo. Gli scaffali e alcuni tavoli con diverse persone chine sui libri, lo definivano per ciò che era.

«Benvenuti. Sono molto lieto di conoscervi.»

Tomaso era ancora divertito da come Sofia aveva messo al suo posto la presunzione del giovane. «Piacere mio, questa è la dottoressa Bauer, la studiosa di cui le ho parlato al telefono.»

L'uomo osservò Sofia con un nuovo interesse. «Christian Philipp Fohr... che scelta curiosa.» Schulz fece strada conducendoli in una saletta. «Vi confesso che mi stupisce tanto interesse per un autore di cui conosciamo veramente tutto, vista la scarsità della sua opera.» Fece una pausa. «A meno che voi non crediate alla leggenda sull'inedito scomparso.»

Tomaso restò impassibile. «Ci sono sviluppi in tal senso?»

Sofia gli rivolse un'occhiata stupita. Si era aspettata un'azione più discreta da parte sua. Perché aveva replicato in quel modo al direttore dell'istituto?

«Nessuno.»

«Appunto.»

Schulz sorrise, l'espressione più rilassata. «Naturalmente, mi perdoni. Spesso abbiamo a che fare con assurdi sognatori che portano avanti le teorie più fantasiose. È imbarazzante.»

«Immagino.»

Il direttore indicò una scrivania. «Se volete spiegarmi meglio quello che state cercando, vedrò cosa posso fare.»

Nei minuti successivi Tomaso descrisse il volume. Sofia aggiunse qualche dettaglio, attenta a non fare riferimenti a Clarice. L'espressione del direttore divenne sempre più dubbiosa. «Qui da noi conserviamo solo opere complete. È una scelta ben precisa. Non ha senso, quindi, acquisire volumi spaiati. E lo stesso criterio di selezione vale per il nostro catalogo. Temo di non potervi essere di alcun aiuto.»

Tomaso si alzò e strinse la mano dell'uomo, poi fu la volta di Sofia che non riuscì a nascondere la sua frustrazione. Era stato tutto così rapido, e così deludente.

Avevano fatto giusto qualche passo fuori dal palazzo quando iniziò a piovere. Lui la prese per mano e corsero insieme in cerca di un riparo. Si fermarono sotto un cornicione sporgente, gli occhi su quel cielo gonfio di nuvole che non prometteva niente di buono, il respiro che si condensava davanti al viso. Tomaso le circondò le spalle e Sofia si strinse contro di lui. Restarono un istante così, a guardare la pioggia, ad ascoltarne il frastuono che si scioglieva ai loro piedi in gonfi rivoli scuri. E fu come se all'improvviso ci fossero solo loro due. Sofia lo sentì accanto come mai prima di allora le era accaduto.

Tomaso le accarezzò il viso. «Non è mai facile.»

Nuovamente la sensazione di serenità, quella che le consentiva di aprirsi, di confidarsi. Scosse la testa. «Non è per quello che sono triste.»

«No?»

E poi le parole trovarono la strada da sole. «Potremmo non trovarlo mai, quel dannato libro. Non riuscirò a tenere fede alla promessa che ho fatto a Clarice.» E lei le doveva tutto.

Lui le sollevò il mento. «È un impegno che hai preso unicamente con te stessa.»

Quello non cambiava di una virgola le cose. «Io ho trovato la sua lettera, io ho raccolto il suo messaggio. Nessuno mi ha obbligata a farlo. Ma ho deciso di accettare e continuerò a cercare, Tomaso, non mi importa quanto sia folle, è un impegno, è...»

Le chiuse la bocca con un bacio. Sofia, sorpresa, restò immobile, poi gli circondò il collo stringendosi a lui, ricambiandolo perché all'improvviso, comprese, era ciò che desiderava più di ogni altra cosa. Era conforto, era il presente con una promessa per il futuro.

Si rifugiarono in un caffè, scossi ancora da qualche brivido di freddo. Si tolsero i cappotti, e quando i loro sguardi s'incontrarono seppero che la pausa che si erano concessi era terminata. Dovevano parlare, dovevano capire come muoversi.

«Ci vuole molta pazienza, Sofia. La ricerca di un libro spesso richiede anni. È una cosa di cui tenere conto.»

Il suo nervosismo crebbe. Era consapevole che non sarebbe stato semplice, non avrebbe dovuto essere così delusa.

«Cosa farai nel frattempo?»

Sofia sapeva a cosa si stava riferendo Tomaso; ci aveva pensato a lungo, così non le fu difficile rispondere. Sentì il bisogno di essere completamente sincera, come se i pensieri fossero pesi da condividere. «So quello che *non* voglio fare. Va bene lo stesso?»

Lui si rilassò sulla sedia, studiandola con interesse. «Benissimo.»

Il tempo che trascorsero in silenzio, a studiarsi, le servì per mettere ordine in quelle parole che premevano per uscire come tanti uccelli impazziti. «Non lascerò Roma. Non prenderò decisioni di cui non sia assolutamente convinta. Non seguirò le regole degli altri.»

«Chi ti teneva prigioniera?»

La domanda la colse impreparata. Distolse lo sguardo, le dita sul ricamo della tovaglia. Perché doveva essere sempre così diretto? Solo quando la cameriera si allontanò, dopo aver preso le loro ordinazioni, si decise a rispondere. «Potrei dirti che era lui, mio marito. Ma non sarebbe la verità.»

«Spiegati.»

Lo fissò. «Io. Sono stata io.» La voce le uscì strozzata. Si sforzò di sostenere lo sguardo di lui, di scacciare le lacrime.

«Perché?»

«All'inizio credevo fosse perché era così che funzionava. Non è forse per amore che mettiamo davanti ai nostri stessi desideri quelli della persona amata?»

«No, quello non è amore. Ma continua.»

E allora cos'era? Perché lo aveva fatto se non per amore? E poi comprese che lui aveva ragione. Non poteva essere amore, non c'era nulla di bello nel limitarsi per compiacere qualcuno. La sua era stata paura, non amore. Sollevò la testa, incontrando gli occhi di Tomaso. Le leggevano dentro senza sforzo.

Fu colta dal panico. Non voleva che sapesse tutto, di lei. C'erano cose che non aveva ancora affrontato, che riguardavano lei solamente, con cui doveva fare i conti. «Ti interessa davvero?» Lo sfidò, pronta a dare battaglia perché ormai era a corto di parole, e di argomenti. Cosa voleva da lei? «Perché vuoi saperlo?» Non avrebbe dovuto metterlo al muro, ma non era riuscita a fare altro.

«Per amore.»

Fu come essere colpita fisicamente. Si ritrasse, all'improvviso le sembrò troppo. Fece per alzarsi, ma lui le afferrò la mano, gli occhi nei suoi, l'espressione dura. «Mandami al diavolo, litiga, urlami contro se ti fa sentire meglio, ma non fuggire da me.» La lasciò subito, ma era troppo tardi. Quei pochi istanti in cui l'aveva trattenuta svelarono a Sofia quanto fosse ormai irrimediabilmente legata a lui. Quanto volesse restare con lui, credergli. E più quel desiderio si faceva largo in lei, più aumentava l'esigenza di fuggire.

Reagì d'istinto, indietreggiando. «Non ti azzardare mai più a dirmi quello che posso o non posso fare!» Lo piantò in asso, guadagnandosi un'occhiata stupita della cameriera che aveva raggiunto il tavolo con le ordinazioni.

Ci volle del tempo per mettere ordine nei suoi pensieri. Lo trascorse da sola, le mani affondate nelle tasche, la schiena curva. Una postura che le calzava fin troppo bene. Che terribile fallimento. Le venne da ridere; aveva immaginato quel viaggio in modo molto diverso. Invece era andato tutto storto. Proseguì senza una meta, e presto la città l'avvolse nel suo abbraccio, con gli archi sormontati da pareti riccamente decorate, gli stretti vicoli lastricati di pietra, i prati su cui le fontane cantavano incuranti del tempo. E le sembrò di sentire dei violini, lo schiocco degli zoccoli dei cavalli, risate e canti.

Quando giunse in albergo era completamente fradicia. Camminare sotto la pioggia non era stata una grande idea, ma era servito a far sbollire la rabbia, a smorzare la paura. Erano stati molti i motivi che l'avevano spinta ad andarsene.

Le parole di Tomaso le erano entrate dentro all'improvviso.

Per amore. Non lo voleva il suo amore.

Le batteva ancora forte il cuore al solo ricordarla, quella risposta. Per amore... Max le avrebbe detto che non si doveva mai chiedere qualcosa se poi non si aveva la forza di affrontare la risposta.

All'improvviso si era resa conto di cosa stava accadendo tra loro due. Ma non era pronta ad accogliere qualcuno nella propria vita. Lei non ce l'aveva nemmeno, una vita.

Salì le scale lentamente, e quando raggiunse il pianerottolo lo vide seduto per terra davanti alla porta della sua camera, la schiena contro la parete, la testa sulle braccia. Tomaso si alzò, l'espressione tesa.

«Le cose che voglio sono quelle che più di tutte mi terrorizzano.» Sofia lo disse prima di rifletterci, e subito si pentì. Come aveva potuto esporsi in quel modo con lui? Forse in realtà aveva bisogno di mostrarsi per ciò che era veramente, senza finzioni.

Lo sguardo di lui si ammorbidì. «Lo prenderò come un complimento.» La raggiunse e l'abbracciò, baciandole i capelli grondanti, seguendo le gocce con le labbra sul suo viso. «Con te non funziona nulla di già collaudato. Tremo al pensiero di regalarti cose come fiori, dolci e cioccolatini.»

Era così bello sentirlo accanto. Sospirò. «Sono sicura che troveresti valide alternative.» Fece una pausa. «Mi dispiace, sul serio.»

«Anche a me. Ma adesso è meglio che tu vada ad asciugarti. Ho avuto un'idea!»

«Puoi ordinare la cena nel frattempo? Muoio di fame.»

Ci impiegò pochissimo a fare una doccia e a vestirsi. Era la prima volta che un litigio le portava un senso di leggerezza, una speranza. Ora si sentiva allegra, piena di vitalità. Chissà cosa aveva scoperto Tomaso. Con questa domanda in testa finì di sistemarsi. Era nel corridoio quando le suonò il cellulare.

«Sei pronta?»

«Sì. Dove sei?»

«Camera mia.»

«Okay.» L'accolse un profumo di verdure bollite e di stufato, e un sorriso. «Allora, cosa facciamo adesso?»

«Una vacanza.»

«Cosa?»

Tomaso le versò un calice di vino. «Abbiamo bisogno di staccare. Dunque domani andiamo un po' in giro, e facciamo la pace come si deve, okay?»

In realtà il tempo che trascorsero insieme a cena, e anche

dopo, mentre si cercavano spinti dal bisogno l'uno dell'altra, assolse ampiamente a quel compito. Eppure entrambi sapevano che vi era molto di più in sospeso, tra loro.

Si svegliarono in una mattina livida, umida e indisponente. E se per un istante Sofia pensò che non ci sarebbe stata nessuna gita, quando Tomaso le sorrise allungando una mano verso di lei, la accettò. In quel momento decise che avrebbe affrontato il tempo con lui momento per momento.

«Pronta?»

«Sì.» In quella risposta c'era il suo impegno, e insieme il suo desiderio.

Sofia aveva sempre associato il sole alla felicità, così fu sorpresa quando comprese che a decidere in realtà era ciò che si aveva dentro. Era come se da un punto dell'anima si irradiasse intorno gioia se si era felici, oppure dispiacere. Non dipendeva dal sole né dalla pioggia, ma dal proprio cuore.

Mentre visitavano Vienna insieme, lei e Tomaso, le immagini si abbinavano alle parole, a quello che all'improvviso sentivano di dover raccontare l'uno dell'altro. Era come se fossero caduti i confini della loro abituale reticenza. Tomaso era sempre stato molto riservato nella vita privata. Le sue relazioni non avevano mai incluso un'apertura totale. Non erano mai state condivisione, ma una reciproca soddisfazione. Sofia aveva messo in discussione tutto.

Questa volta era lei che non si sarebbe mai aperta spontaneamente, di quello era sicuro. Lo sapeva perché ad averglielo indicato era il suo istinto. Quello che doveva decidere Tomaso in quel momento era se intendeva procedere, o se fosse meglio lasciare le cose come stavano. Per questo alla fine aveva deciso di trascorrere una giornata di pausa. Quelle ore insieme sarebbero state una fine, o un nuovo inizio. Era abbastanza onesto con sé stesso da sapere che, per quanto Sofia lo colpisse, raggiungendolo in luoghi segreti e profondamente intimi che non aveva mai diviso con nessuno, ciò non era sufficiente a portare avanti una relazione. Non aveva intenzione di inseguirla.

«Non sembrano semplici dolci.» Si erano fermati davanti

a una vetrina, gli occhi su magnifiche sculture di cioccolata. «L'idea che si possano mangiare è stupefacente.»

Tomaso annuì. «Sembra impossibile che qualcuno si dia tanto da fare per qualcosa che può essere distrutto in un momento.»

«Mangiato.»

«Già, mangiato... la bellezza è effimera, eppure diventa parte di noi.» Tomaso le prese la mano e la portò alle labbra. «Andiamo, c'è ancora tanto da vedere.» Avevano ancora tempo. Era questo che li spingeva a continuare. Lei gli indicò i luoghi che più di tutti amava in quella città. Era come se entrambi volessero aggiungere istanti a quella giornata.

Quando Tomaso si svegliò, il mattino seguente, Sofia non era più al suo fianco. La cercò nella penombra, trovandola accanto alla finestra, gli occhi sul nulla. Sentì una stretta al petto: era così lontana... Come se lei avesse percepito il suo sguardo, si voltò, e gli sorrise.

«Dobbiamo sbrigarci o perderemo l'aereo», sussurrò Sofia.

«Ho spostato il volo, abbiamo un'altra giornata di vacanza.» Tomaso la raggiunse, accarezzandole il viso.

«Mi piace il tuo modo di adoperare il tempo.»

«Lo so.»

Qualche ora dopo, mentre stavano per uscire dall'albergo, Tomaso ricevette una telefonata. Dalla poltrona dove lo aspettava, Sofia lo vide irrigidirsi, e poi, dopo aver riattaccato, attraversare la hall nella sua direzione.

«Era Schulz.»

La speranza le accese lo sguardo. «Sanno dove potrebbe essere il libro?»

«Lo hanno loro.»

Lei spalancò gli occhi. Ma come...

«Hanno cercato in un lascito arrivato due anni fa che non avevano ancora finito di catalogare.»

In quel momento Sofia si rese conto che Tomaso non sembrava per nulla contento. «E perché quella faccia allora?»

Lui sospirò e si passò una mano sul viso. «È irrimediabilmente rovinato. Non possiede nemmeno i requisiti per essere restaurato. È disponibile presso di loro, comunque. Ho chiesto che ce lo lascino per poterlo studiare. Non sono sicuro di averli convinti, vedremo.»

«Loro non sanno cosa stiamo cercando.»

Le sorrise. «No, non lo sanno.»

Qualche ora dopo, il giovane impiegato dell'istituto per gli studi sul romanticismo tedesco consegnò loro una scatola di cartone. «Vi avverto, è veramente in pessime condizioni.»

«È più di quanto ci aspettassimo. Grazie.»

Sofia sollevò il coperchio della scatola e sussultò. Era proprio il volume che stavano cercando, ma... «Le cuffie sono lacerate, il dorso scollato. I morsi andati, e la coperta è completamente spellata.»

«Sembra che sia finito in acqua.»

Lentamente Sofia aprì il volume. Era accaduto ben di peggio, pensò. «Collemboli e lepisma. Sembra che si siano nutriti di questo libro per generazioni.» La carta era mangiucchiata in più punti, c'erano intere pagine completamente sbriciolate. «Peggio di questo disastro ci sono solo i tentativi di restauro casalinghi, con colla e nastri adesivi.»

Tomaso annuì. «Però le controguardie sono esenti.» Con la mano quasi tremante indicò il simbolo di Clarice, il cerchio con all'interno le due ali.

Era vero... Era in pessime condizioni, ma lo avevano trovato, il marchio di Clarice ne era la prova. Incoraggiata dalla scoperta, Sofia procedette. Non ci fu bisogno di forzarla, la coperta si aprì come una porta priva di serratura, schiudendo il suo segreto. Mentre fissavano lo sguardo sulla tasca che avevano imparato a conoscere, le loro speranze aumentarono. «Non è danneggiata.»

«No.»

Sofia sfilò delicatamente il foglio che conteneva, cercando di calmare il suo respiro. Non sapeva se poteva aprirlo senza danneggiarlo, così dovette procedere con la massima cautela. Erano caduti nel silenzio più totale.

«Eccolo.»

Tomaso sgombrò il tavolo, e attese che lei vi posasse sopra il foglio.

In quel paese meraviglioso, dove la gente parlava cantando, conobbi il significato della solidarietà e dell'amicizia.

Le mie compagne, fra tutte una di nobilissime origini e animo, mi accolsero e divenni ancora una volta sorella e figlia.

Ci sono eventi che cambiano le nostre esistenze, come quello che accadde durante il lungo viaggio da Vienna a Roma. Devo fermarmi, l'emozione è grande. Devo attendere che il tremito delle dita si plachi, o non riuscirò a continuare il mio racconto. Fra tutti i libri che le mie nuove amiche leggevano per alleviare il tedio delle lunghe ore di carrozza, uno mi mostrò la luce. Il suo autore mi parlò attraverso la sua prosa, come solo riesce a fare un caro amico. Nella scrittura di Christian Philipp Fohr mi riflettevo come in uno specchio. Le intuizioni che avevano guidato i miei gesti assunsero contorni, acquistarono significato, e presto divennero certezze. Libertà, uguaglianza, istruzione, futuro. Parole presenti nei cuori di pochi. Il destino infine dispose per noi. Portò da me, rilegatrice sconosciuta, un giovane e celebre autore a chiedermi di rilegare i suoi volumi personali e creare per loro una coperta degna. Ma non era me che stava mettendo alla prova, quanto sé stesso. Lo conobbi allora come uomo, come amico e amante. Seppi finalmente che l'amore è luce e dolcezza, è gioia e felicità. Fece costruire uno scrittoio che ci accogliesse entrambi durante le ore che passavamo insieme a scrivere. Anche quello era amore. Lui mi convinse che era così, e io ne fui certa. E da quello nacque un figlio di carta, inchiostro e parole. E di speranza per un mondo migliore.

Una speranza che doveva rimanere segreta, ma ora voglio lasciare una traccia per trovarla…

20.

«Quanti uomini hanno datato l'inizio di una nuova era della loro vita dalla lettura di un libro! Forse esiste per ognuno il libro che potrà spiegare i nostri miracoli e rivelarne di nuovi.»
Henry David Thoreau, *Walden*

In viaggio, 1815

Mentre la carrozza correva verso Monaco, perché era da quella città che la baronessa intendeva procedere per l'Italia, Clarice si sforzò di mettere un istante davanti all'altro, contò i minuti, le ore e i giorni. Non parlò mai, se non per rispondere alle domande che le venivano poste, in lei ogni energia serviva per spingere l'aria nei polmoni, e costringere il cuore a battere. Si era chiusa in una bolla di assenza, e in quel vuoto aveva posato il suo dolore, e la sua paura, incapace di affrontare il domani, terrorizzata da ogni suono. Persino la compagnia della baronessa e delle donne che l'accompagnavano era a tratti intollerabile. Eppure furono proprio le loro chiacchiere a raggiungerla e attirarla piano piano fuori dal bozzolo nel quale si era rinchiusa.

«Una piramide, dite?»

«Non una ma ben tre, molto più grandi di cattedrali.»

A ogni affermazione di Margareta von Neumann le dame si scambiavano sguardi meravigliati. «Come castelli?»

«In un certo senso. Presto le vedrete.»

Era in Egitto che la baronessa intendeva spingersi. Dopo gli scavi da parte degli studiosi inviati da Bonaparte, una notevole quantità di nuove scoperte attendevano i visitatori. Clarice si limitava ad ascoltare, e ogni giorno la sua curiosità cresceva. Come la sua immaginazione. Di quella donna alta e ossuta, dai capelli biondi raccolti severamente sulla testa e le labbra sottili, ammirava ogni parola, ogni gesto. Anche quelli più bizzarri. Capitava sempre più spesso che la baronessa intimasse al cocchiere di fermarsi per lasciarla ammirare in santa pace, come diceva lei, il sole che incendiava le cime dei monti ancora innevate, o per seguire il percorso di un gruppo di mufloni in file ordinate. La stessa attenzione la dedicava a un prato fiorito, o all'improvvisa cascata che un torrente creava all'interno di gole e rocce. Clarice non aveva mai conosciuto nessuno altrettanto curioso e colto. E generoso. Le donne che l'accompagnavano, a parte Janice Laimer, vedova di un suo parente caduto nella battaglia di Reims, erano nubili e decise a restare tali. Si sarebbero dovute mantenere con piccole rendite, se non vi avesse pensato la baronessa. Vedendo che Clarice portava sul viso e sul corpo i segni di un brutale maltrattamento, erano state tutte molto discrete e gentili, e dimostravano alla ragazza la loro solidarietà riempiendola di attenzioni. Si interessavano di arte ed erano appassionate lettrici, così, spesso, durante le tappe più lunghe del loro viaggio, mentre la carrozza affrontava i tratti più impervi caracollando a fatica, leggevano i libri che si erano portate dietro. Fra tutti Clarice preferiva i libri di Christian Philipp Fohr, un giovane autore prussiano molto conosciuto, che con le sue affermazioni aveva creato non poco scandalo. C'era qualcosa di speciale nel modo in cui lui usava le parole, come se fossero colori di un dipinto. Alcune volte Clarice aveva quasi l'impressione di conoscerlo. Di comprenderlo come mai le era accaduto prima con nessun altro. Era come se lei fosse fatta della stessa trama di quei libri. Si riconosceva profondamente in ciò che scriveva Christian Fohr. Anche lei vedeva la natura come un rifugio e insieme un nutrimento per l'uomo, e credeva che la conoscenza fosse fondamentale e che tutti dovessero potervi accedere. Ma era nel concetto di libertà che si sentiva meglio rappresentata, nell'uguaglianza dei diritti, nella dignità. La femminilità era vista come una caratteristica, non come un difetto.

Erano finalmente in Italia quando Margareta si sporse dal finestrino per osservare il panorama. Ordinò al cocchiere di fermarsi e una volta a terra inspirò profondamente l'aria frizzante della montagna. «La residenza in cui ci fermeremo si chiama La Costa. I conti De Bertoldi sono dei miei cari amici, vi piacerà stare con loro.»

Il soggiorno si rivelò molto più che piacevole, e invece delle due settimane pattuite restarono a Belluno per tre mesi. Luisa De Bertoldi e suo marito Giovanni le colmarono di cortesie. Clarice aveva chiesto in prestito a Margareta i libri di Christian Fohr e trascorreva le ore più tiepide del pomeriggio a leggere nella pace di uno dei giardini della villa. Quando si accomiatarono, Giacomo De Bertoldi, il figlio adolescente dei conti, che era diventato la sua ombra fin da subito e le aveva insegnato i primi rudimenti di italiano, donò a Clarice un ritratto e un quaderno in ottavo. Insieme a quella preziosa carta fatta a mano a Fabriano, le donò anche una bacchetta di legno che montava sull'estremità alcuni pennini di metallo, e una boccetta di inchiostro già pronta. «Così potrai liberarti di quei pensieri che ti rendono tanto triste.» Lei lo abbracciò a lungo.

Dopo Belluno si fermarono a Ferrara, e poi a Firenze. «Venezia la visiteremo al nostro rientro. Adesso voglio del tempo per fermarmi a Roma.» Margareta aveva alzato la testa, sfiorando Clarice con lo sguardo. Aveva iniziato a voler bene a quella fanciulla nell'istante stesso in cui l'aveva vista entrare nella carrozza, dolorante, eppure coraggiosa, decisa a sottrarsi al suo destino. E il viaggio che avevano fatto insieme le aveva unite ancora di più. «Cara bambina, sai che il tuo Fohr vive in città?»

L'idea stessa che quell'uomo esistesse davvero aveva turbato e affascinato Clarice. Quella sera, china sullo scrittoio della locanda dove si erano fermate per riposare, lei affidò al primo dei suoi diari il peso dei propri pensieri, i suoi sogni e le impressioni su quel lungo viaggio che l'aveva cambiata. E poi scrisse di lui, Christian Philipp Fohr, che credeva in un mondo di uguaglianza e di libertà.

Se Firenze le era sembrata magnifica, Roma la stordì con la sua bellezza. Era come vedere una collezione di gioielli adagiati su sacchi di iuta. Era la città delle contraddizioni. Le preziose sculture si elevavano su una folla variegata che sembrava completamente ignara di ciò che la circondava. Ma la bellezza era tale e tanta da strappare alle viaggiatrici esclamazioni di meraviglia, oltre che del più grande sconcerto e biasimo per il contrasto con l'incuria che regnava ovunque. Eppure, a differenza delle sue compagne, Clarice vedeva bellezza ovunque. A incantarla erano le sottane variopinte delle popolane, l'espressione appassionata dei loro volti, le trecce nere spesse come un braccio che ondeggiavano sulle loro spalle mentre trasportavano otri pieni d'acqua, nonostante la città fosse dotata del più antico acquedotto esistente. Le rovine antiche coperte dalle rose selvatiche facevano da sfondo alle carrozze dorate trainate da cavalli bardati a festa, ai paggi e ai valletti in divisa. Tutto per lei era motivo di ammirazione. Margareta la guidava con fermezza mostrandole questo e quel monumento, dalla fontana di Trevi a palazzo Corsini, senza trascurare chiese e giardini. Era sulla fanciulla che si erano concentrate le attenzioni della nobildonna. «Frederik mi ha chiesto di accompagnarti a Roma e mi ha detto che tu sai perché, ma io vorrei che proseguissi il viaggio con noi. Non ho cuore di lasciarti in questo luogo così pieno di pericoli.»

Ma lei sapeva cosa poteva accaderle. Conosceva il male. Le era stato mostrato e inflitto proprio da chi avrebbe dovuto proteggerla. Eppure era riuscita a liberarsi da quelle tenebre. A spazzarle via erano state la bontà e la gentilezza delle sue compagne di viaggio, e le parole di uno sconosciuto. Quelle frasi di Christian Philipp Fohr le erano entrate dentro costringendola a riflettere, a lasciarsi alle spalle il dolore, perché era l'unico modo di continuare a vivere, di andare avanti. Non aveva dimenticato ciò che le era accaduto, ma aveva imparato che l'unico modo per vivere era non arrendersi mai.

Clarice fu tentata di raccontare il suo passato alla donna che aveva fatto così tanto per lei, ma alla fine desistette. Di quel dolore lei sola doveva farsi carico. E quando le rispose «ci penserò», ne era pienamente convinta. Margareta von

Neumann rappresentava la sicurezza che non sarebbe mai rimasta sola.

Spesso Clarice eludeva la sorveglianza delle sue compagne, che preferivano i luoghi di Roma frequentati dagli altri stranieri, e si avventurava tra le stradine del centro. Le piaceva molto passeggiare tra il Colosseo e i Fori. La sua immaginazione colmava le parti che mancavano a quelle singolari strutture, così le bastava socchiudere gli occhi per vedere ciò che era stata la città nei tempi antichi. In breve tempo divenne capace di orientarsi, così si spingeva sempre più lontano. Palazzo Sacchetti nella bella via Giulia, il casino del Bel respiro e i suoi giardini segreti, la magnifica villa Piccolomini.

«Posso prendere la carrozza questo pomeriggio?»

«Naturalmente. Promettimi di fare attenzione, però. Anzi ora che ci penso, non ho impegni, posso accompagnarti ovunque tu desideri.»

In realtà Margareta aveva diversi appuntamenti quel pomeriggio, Clarice l'aveva sentita prendere accordi con la sarta, e le altre dame. «C'è una legatoria che vorrei visitare», disse sperando che la baronessa cambiasse idea. Era quella di cui le aveva parlato Frederik: aveva a Roma un amico rilegatore che forse l'avrebbe presa con sé a bottega.

«Ah, benissimo, avrei un paio di libri da far sistemare.» La nobildonna si picchiettò il labbro con la punta del dito. «È deciso, verrò con te.»

«Ma posso farlo io per voi.»

«Allora è vero che Frederik ti ha insegnato il mestiere.»

«Sì, vi assicuro che sono capace di aggiustarli.»

La donna la studiò con attenzione. «Perché no? Va bene. Oggi compreremo tutto l'occorrente.»

Clarice aveva immaginato di trascorrere la giornata da sola, ma poteva andare bene comunque. Se c'era una cosa che aveva imparato in quegli ultimi mesi era l'arte di improvvisare. Raimondo Farina però, il rilegatore amico di Frederik, non lo conosceva nessuno. Dopo un'ora di ricerca nei viottoli intorno alla chiesa dei Francesi, Clarice iniziò a perdere la speranza. Erano davanti a un alto portone sprangato quando vide il simbolo. Era un libro stilizzato quello che qualcuno aveva scolpito su una pietra lungo l'architrave. Il legname del portone era screpolato e annerito. «Ferma», ordinò al cocchiere.

Bussò più volte, guardandosi intorno. Un gruppo di curiosi si erano radunati accanto alle due donne, e scrutavano anche loro fra le tavole del portone. «Mastro Farina è andato via. La bottega è chiusa.» Lo disse una donna anziana seduta su un vecchio sgabello, le dita nodose intorno a un canestro che intrecciava abilmente. Clarice le si accostò. «Sapete indicarmi il proprietario di questo posto?»

«Certo», rispose la donna. «Sono io.»

Clarice aveva già notato le vesti di ottima fattura della vecchia. Sembrava una popolana, ma la donna che le sedeva al fianco e le porgeva i giunchi era la sua serva. «Che è successo a mastro Farina?»

«Fuoco.»

«La bottega è bruciata?»

«No. Le brache dell'apprendista. Mastro Farina ha cercato di strappargliele, ma quello era come impazzito, lo ha spinto e il poveretto è caduto sulle braci. E poi un fuggi fuggi. Farina è tornato a Bologna. Ha chiuso bottega. Perché chiedete, comunque? Volete affittarla? Vi faccio un buon prezzo, sapete?» Le gettò un'occhiata valutandola rapidamente. «Ce li avete i soldi, vero?»

Clarice, immobile, ignorò lo sguardo scandalizzato che Margareta aveva lanciato alla donna. Aveva bisogno di tutta la sua forza per andare in fondo alla questione. Non poteva farsi influenzare. «Posso vedere la bottega?»

«Vi pare che ve la possa affittare senza prima mostrarvela? Per chi mi avete preso?» La vecchia sparì dietro una tenda al piano terra di un palazzotto, e uscì poco dopo con due chiavi legate da un anello. Il tintinnio accompagnò il battito del cuore di Clarice. «Che ci dovreste fare, comunque?» chiese sospettosa fermandosi davanti al portone.

«Una legatoria.»

«Chi? Voi?»

«Esatto, noi», rispose la baronessa altezzosamente, dopo

aver lanciato un'occhiataccia alla donna. Clarice non poteva credere alle sue orecchie, Margareta l'aveva detto davvero.

Il valletto che le aveva accompagnate si riprese dallo sbalordimento, e riprese a scacciare con più foga chi si avvicinava troppo.

«C'è forse qualche legge qui a Roma che vieta alle donne di aprire un commercio?» Le ci era voluto un po' per comprendere le intenzioni di Clarice, ma dopo un iniziale sgomento, a Margareta l'idea era piaciuta.

L'altra si strinse nelle spalle. «No, no. Basta che abbiate i soldi per pagarmi la pigione, potete farci quello che volete. Ma cose da cristiani, sia ben inteso.»

Una volta dentro, Clarice sentì gli occhi riempirsi di lacrime. Fu l'odore a riportarla indietro nel tempo, quando a tavoli simili lei stessa aveva lavorato, coltivando i suoi sogni e le sue speranze. E poi corse da una parte all'altra, sfiorando le macchine, gli utensili, le superfici dei tavoli. A parte la grande confusione e gli oggetti finiti sul pavimento, le attrezzature sembravano in buono stato. Clarice aprì le casse. Sotto strati di feltro, le pelli sembravano in perfette condizioni. Marocchino rosso, verde, cobalto. Era un vero tesoro. Continuò a perlustrare la bottega, e poi spostò lo sguardo sull'ampia camera dalle volte di pietra e mattoni. La vetrata che conduceva al cortile posteriore era oscurata da strati di sporcizia e fuliggine. Le erbacce nel giardino raggiungevano le chiome degli alberi.

«Mai visto un tale disastro», borbottò la baronessa arricciando il naso.

«A me sembra meraviglioso», sussurrò Clarice.

«Davvero?» Margareta rinunciò a tenere sollevato l'orlo della veste, lasciandolo andare con un sospiro. Poi si rivolse alla padrona di casa. «Quanto volete per questo posto?»

Mentre la baronessa discuteva animatamente con la proprietaria, Clarice scelse ciò che le sarebbe servito per rilegare i libri della sua benefattrice. Si fermò un istante davanti alla macchina della carta. La riconobbe. Sapeva perfettamente come usarla. E poi i suoi pensieri si allinearono, spinti da una forza e un entusiasmo che solo un'altra volta, quando era molto piccola, aveva provato.

La sua nuova vita era là, davanti a lei, tra le sue mani che sapevano creare legature straordinarie e uniche. Non sarebbe andata in Egitto. Roma era la sua opportunità, il suo futuro.

Le ci volle una settimana di lavoro per rilegare i libri di Margareta. Aveva impresso nella pelle le cime dei monti, i fiori e i ruscelli che avevano visto durante il viaggio. E le fontane, e le torri. E poi li aveva rifiniti in oro. La baronessa li osservò a bocca aperta. «Non ho mai visto una tale eleganza. Mia cara, non ho parole.»

La bottega aprì il primo giorno di giugno. Grazie agli aiuti di Margareta che credeva nel suo sogno e al denaro che Frederik le aveva dato, Clarice assunse tre donne, scegliendole tra quelle che più di tutte le era sembrato avessero bisogno e competenze. La taciturna Lauren si dimostrò una valida alleata, prendendo le sue difese e sostenendola quando la baronessa si oppose al suo trasloco.

Clarice affrontò le proteste di Margareta che non voleva lasciarla andare, l'ascoltò in silenzio, poi l'abbracciò dicendole quanto fosse stata importante per lei. Si trasferì al secondo piano della legatoria la sera stessa. Lauren occupò il terzo, seguendola in quella sua nuova vita.

La baronessa presto introdusse Clarice nei salotti frequentati da intellettuali, artisti e aristocratici annoiati. Trovava sempre il modo di mostrare casualmente, come amava far credere, i libri rilegati da Clarice. Portava sempre con sé un libricino da borsetta dalla preziosa copertina dorata, che apriva nel bel mezzo delle riunioni, suscitando l'invidia delle altre signore. Il nome di Clarice fu associato a quello della nobildonna prussiana, e iniziarono a fioccare le ordinazioni.

Così i primi libri e quaderni della legatoria iniziarono a circolare tra le dame della Roma aristocratica. Di tanto in tanto Margareta faceva visita a Clarice, portando con sé alcuni connazionali incuriositi dai suoi racconti. Era insolito che una donna, soprattutto così giovane, fosse a capo di una tale impresa. E fu proprio quel profumo di scandalo che si unì al sostegno di Margareta e le assicurò le prime grosse commesse. Ad alimentare le dicerie sul suo conto contribuì la sua eleganza, e la delicata bellezza. Il fatto che poi presenziasse ai salotti delle nobili romane, amiche della baronessa, senza mai concedere la sua compagnia agli uomini facoltosi che vi partecipavano, aumentò il suo fascino e la sua simpatia. In breve tempo la legatoria in piazza San Luigi fu un viavai di committenti, amici e curiosi.

«Buongiorno, sapete indicarmi dove posso trovare la signorina Clarice Schmidt?»

Aveva cambiato cognome dopo la sua fuga, e ancora non si era abituata a quello nuovo. Clarice sollevò la testa dal telaio dove una bambina seguiva con attenzione l'ago che lei stava muovendo sui fogli. «Buongiorno a voi, signore.» Una ciocca di capelli le era scivolata sul viso, addolcendo il suo sorriso. Si pulì le mani con un panno bagnato che le porse Lauren e andò incontro all'uomo. «Sono io, ditemi pure.»

Era in ombra, alto, bruno, vestito in modo semplice ma elegante. Teneva tra le mani dei fascicoli da rilegare. Sembrava stanco, il viso tirato. Un'espressione sorpresa negli occhi. Camminò verso di lei, studiandola con attenzione. Poi si guardò intorno. «Siete davvero voi la rilegatrice?»

«Sì. Posso aiutarvi?»

Non le rispose subito, come se stesse riflettendo sulla questione. Poi sollevò la testa. «È un piacere conoscervi, *Fräulein.*»

Il sorriso si spense sulle labbra di Clarice. Restò un istante in silenzio, sostenendo l'espressione indagatrice di quegli occhi limpidi e azzurri che la scrutavano con insistenza. Si inumidì le labbra, il cuore che le scoppiava nel petto. «Anche per me, *mein Herr.*» Si chinò a sua volta. All'improvviso lui le aveva parlato in tedesco. Come faceva a sapere? La paura era un artiglio sul suo petto. Doveva calmarsi, doveva respirare. August non c'entrava nulla con quell'uomo, si disse. Era libera, suo marito non era altro che un brutto ricordo.

«La baronessa Von Neumann mi ha indirizzato qui. Sembra che voi siate la più sorprendente e talentuosa rilegatrice di tutta Europa.» Non c'era scherno nelle sue parole, solo una profonda curiosità.

Clarice fu inondata dal sollievo. Rise piano, col cuore leggero, così felice da non accorgersi dell'ammirazione negli occhi dell'uomo.

«Margareta è la mia benefattrice. La sua è un'opinione che risente ampiamente dell'affetto che ci lega.»

«Sarà come dite voi, *Fräulein*. Posso tuttavia assicurarvi che per quanto riguarda la sorpresa la baronessa ha avuto ampiamente ragione. Sul talento sono più che disposto a darle credito.» Le si avvicinò, sorridendo, le prese una mano, portandosela alle labbra.

La voce dello sconosciuto rispecchiava la profonda malinconia del suo sguardo. Clarice non riusciva a smettere di fissarlo, c'era qualcosa di intimamente triste in lui, che la spingeva a farsi domande sul suo conto. Si affrettò a ritirare la mano, nascondendola dietro la gonna. «Sono onorata, *mein Herr*.»

«Permettetemi di presentarmi. Christian Philipp Fohr.»

In quel momento Clarice abbassò lo sguardo sui fascicoli che l'uomo aveva posato sul tavolo. Il nome dell'autore era stampato chiaro sul frontespizio. Christian Philipp Fohr. Fu assalita da una sorta di timore reverenziale. Non riusciva a parlare, non riusciva a pensare. Poi si rese conto del suo contegno, e arrossì. «Perdonate la mia insolenza. Voi non potete saperlo, ma io vi devo molto. Io vi devo tutto», concluse con un filo di voce, e uno sguardo pieno di ammirazione.

«Questo è davvero interessante, e molto singolare. Sono certo di non avervi mai veduta prima, mi duole affermarlo, ma è così.»

Continuava a guardarla con la sua aria dolente, quel suo sorriso di pura gentilezza, che però non giungeva al cuore. Clarice lo trovò insopportabile. Non doveva essere così, non lui che l'aveva incantata con l'eloquenza della sua prosa, con la profonda giustizia delle sue affermazioni. Non lui, capace di dare vita a pensieri che Clarice non sapeva nemmeno di possedere. «I vostri libri… voi siete ciò che mi ha tenuto compagnia in un periodo difficile della mia vita. Le cose che avete scritto...» Fece una pausa. «Per me siete stato indispensabile. Mi avete restituito la fiducia.»

Lui ammutolì. L'espressione si fece dura, lo sguardo feroce. «Siete una giovane donna, la speranza è in voi per sua stessa natura. Non crediate nemmeno per un momento che sia stato io, o ciò che ho scritto, a influenzarvi, perché vi ingannereste.» Tacque, il respiro teso come la sua espressione. Un istante dopo le cercò gli occhi. «Sorprendetemi, *Fräulein*. Vi chiedo di rilegare questa nuova edizione dei miei libri al vostro meglio. Ma non dimenticate che sono solo parole. La vita è ben altro, mia signora.» Si chinò nuovamente, lasciando la bottega a grandi passi. All'esterno un valletto lo attendeva tenendo le redini di un cavallo sauro.

Clarice restò ancora un istante a guardare il punto dove l'uomo era scomparso, finché Lauren le sfiorò una spalla. «Cosa voleva?»

Le mostrò i fascicoli sciolti. Erano stampati da Cotta di Stoccarda. «Una rilegatura speciale.»

«Era Fohr, lo scrittore, vero?»

«Sì.» Le sorrise. «Rilegheremo i suoi libri. La tinozza della carta è pronta? Voglio inserire dei fogli di guardia supplementari.» La sua mente era già proiettata verso il disegno che avrebbe creato per ognuno di quei volumi. Marocchino rosso, fregi dorati. Il pensiero che l'opera di Fohr avrebbe portato su di sé il suo simbolo la riempiva di gioia. Un cerchio e due ali era lo stemma della sua famiglia. Lo aveva portato al collo da quando era nata. E poi lo aveva trovato sui libri di Fohr. "La libertà è ciò di cui gli uomini hanno bisogno come l'acqua, l'aria, il cibo, e il sonno." Lo aveva letto nel suo libro, e aveva capito di aver intrapreso il giusto cammino. Non era stata una pazza a fuggire, solo una donna che voleva guidare il proprio destino.

Nei giorni seguenti Clarice lavorò senza sosta. Voleva trovare il disegno perfetto per ogni libro. I fogli delle controguardie, e quelli di guardia che recavano nella filigrana il suo simbolo, stavano asciugando tra gli strati di feltro. Li aveva preparati lei stessa, fabbricando la carta dalla macerazione degli stracci. Aveva applicato su un lato della carta, mentre si asciugava, un filo di ferro col suo simbolo. Così sarebbe rimasto impresso nella sua stessa trama. Tutto ciò che avrebbe utilizzato per quei libri era stato fatto da lei. Anche la pelle l'aveva prima ammorbidita, poi tesa e tagliata personalmente. Lavorò febbrilmente, senza fermarsi.

Quando finalmente l'opera fu conclusa, Clarice avvolse i tre volumi in un panno di seta che aveva cucito lei stessa e organizzò la consegna. La piccola Matilde, la bambina orfana che aveva preso come apprendista, l'aspettava all'ingresso. Clarice si era procurata l'indirizzo di Fohr, e intendeva fargli recapitare l'opera.

«Devo aspettare la risposta?» Matilde spostava il peso da un piedino all'altro, nervosa.

«Ti fanno ancora male le scarpe?»

La bimba spalancò gli occhi e poi arrossì violentemente. «No signora, vi ringrazio per avermele comprate.»

Clarice si chinò verso la piccola, accarezzandole una guancia. «Un giorno sarai anche tu una rilegatrice, e potrai acquistare ciò che desideri grazie ai guadagni del tuo lavoro.»

La bimba annuì, gli occhi lucidi di emozione. «Solo voi mi avete voluto.»

«Sarei stata una sciocca a farmi sfuggire un'apprendista così brava, non credi? Ma adesso dimmi cosa ti preoccupa.»

Matilde sospirò. «Se il signore mi dice qualcosa da riferirvi, come farò a portarvi il messaggio?»

La bambina non sapeva scrivere. Lauren le stava insegnando i primi rudimenti, ma la distanza linguistica era troppa per procedere speditamente.

«Sai che hai proprio ragione?» Le prese l'involucro dalle mani, e le sorrise. «Vai ad aiutare Caterina, questa sera voglio vedere quanti fogli riuscirete a cucire insieme.» Matilde fece un inchino e una riverenza insieme e tornò dentro, un po' zoppicando e un po' correndo. Clarice la seguì con lo sguardo, sorridendo, e poi uscì. La investì il sole caldo del mattino, ed era tanto piacevole che decise di restare così, a capo scoperto. I suoi capelli dorati brillavano, attirando gli sguardi dei passanti. Ricambiò qualche saluto, sforzandosi di comprendere le parole e ripetendole piano. Il suo accento era meno marcato adesso; mancava tuttavia di fluidità, e della musicalità tipica dell'italiano. Si fermò davanti a una delle tante fontane, gli occhi sui zampilli. La incantava l'acqua che fluiva copiosa dalle statue, che fossero di animali o di creature mitiche. Era quasi arrivata al palazzo in cui alloggiava Christian, quando lo vide per strada. Lui smontò e porse le redini al servo, battendogli gentilmente una mano sulla spalla. Poi la riconobbe. «Buongiorno *Fräulein*, non vi aspettavo tanto presto.»

«Buongiorno a voi, *mein Herr.*» Si chinò rispettosamente, rispondendo al suo saluto. Restò in attesa, un po' imbarazzata dagli sguardi curiosi dei passanti.

Christian le indicò l'ingresso della sua abitazione. «Venite, staremo più comodi dentro casa.»

Clarice accettò il suo braccio, e gli lasciò portare i libri. «Vi ringrazio.» Non aggiunse altro, lasciando che il silenzio accogliesse i pensieri di entrambi, e quando lui decise di deviare verso il giardino, approvò la scelta.

Sotto un olmo dalle foglie d'argento che danzavano nel vento c'era una panca di pietra, davanti un tavolo e una fontanella rotonda. Christian le lasciò la mano. «Prego, *Fräulein*, accomodatevi.»

Lui era molto gentile, e i suoi modi pacati, ma quella tristezza che Clarice aveva visto la prima volta era ancora là. Christian posò sul tavolo di pietra l'involucro nel quale erano contenuti i libri, lo aprì, e si immobilizzò. Lentamente prese il primo, e lo tenne tra le mani. Clarice era ormai un fascio di nervi. Non riusciva a vedergli il volto, a capire se fosse soddisfatto o contrariato. Ma lei ci aveva messo il cuore, in quelle legature. Le aveva interpretate lasciandosi trasportare dalle emozioni, ideando una serie di disegni che rappresentavano i concetti chiave dell'opera.

Dopo qualche minuto di silenzio, nel quale aveva esaminato con infinita attenzione tutti e tre i volumi, Christian sollevò la testa, gli occhi lucidi. «Continuate a sbagliarvi sul mio conto, *Fräulein.*»

Clarice schizzò in piedi, sentendo che i suoi timori divenivano realtà, acquisivano peso e significato. «Non vi piacciono.»

Certo, era ovvio. Erano troppo personali, aveva dimenticato gli insegnamenti di Frederik. Lui si sarebbe vergognato di lei. Come aveva potuto infrangere le regole? Non erano i suoi libri, dovevano rappresentare un'opera universale. Invece lei li aveva personalizzati facendone espressione della sua anima e del suo cuore.

Christian non le rispose ma continuò a guardarla, l'espressione dura che affilava i suoi lineamenti. Clarice attese ancora un istante, poi biascicò delle scuse e si precipitò fuori. Fece la strada del ritorno di corsa. Quando raggiunse la bottega salì nel suo appartamento, ignorando gli sguardi stupiti delle lavoranti. Non pianse, anche se aveva la gola serrata dalla delusione. Si costrinse a calmarsi, a ragionare. Dopo qualche minuto si alzò, raccolse i capelli che le si erano sciolti sulle spalle, e si rinfrescò il viso arrossato. Qualche minuto dopo la sua amica bussò discretamente. «Ricordati che questa sera c'è il ricevimento di Margareta.»

Se n'era dimenticata. In quelle settimane in cui si era dedicata unicamente ai libri di Fohr, aveva trascurato tutto il resto. «Grazie, Lauren.» Non aveva nessuna voglia di partecipare a una festa, se fosse stato per lei si sarebbe nascosta per sempre.

Come in passato.

Il pensiero la colse di sorpresa, si vide allora sul pavimento, rannicchiata in una piccola palla di dolore. No, non era più così. Non avrebbe più permesso alle avversità della vita di prendersi gioco di lei. Fu quello a spingerla a reagire. Aveva commesso un errore con Christian, aveva travisato le sue intenzioni. Bene, la prossima volta avrebbe fatto meglio. C'era sempre una prossima volta: per quanto tutto sembrasse finito, non era così. Solo la morte era definitiva. E lei invece era viva.

Si fece un lungo bagno, intrecciò i capelli e indossò uno dei vestiti che le aveva fatto cucire la baronessa. Al collo come sempre aveva la collanina di sua madre, quella con le ali di diamanti che era appartenuta a tutte le donne della sua famiglia. Quando raggiunse Lauren, la donna l'attendeva accanto a una carrozza a nolo. «Sono felice di vedere che stai meglio.»

Non replicò; la sofferenza era una compagnia con la quale aveva una certa esperienza. Si concentrò sul discorso dell'amica. Era quello il segreto, distrarsi, mettere tra sé e il dolore quante più cose poteva. «Lo scrittore ha inviato il denaro per pagare la rilegatura. Ha raddoppiato il compenso che avevi pattuito.»

Clarice scosse la testa. «Ci dev'essere un errore. I libri non gli sono piaciuti.»

«Li ha pagati, comunque, e molto bene.»

Non parlarono più. Ma la notizia che il grande Christian Fohr avesse incaricato la legatoria di Clarice di occuparsi delle coperte dei suoi libri personali si era già diffusa, facendo scalpore. Così, tra un ballo e un rinfresco, a Clarice giunsero anche nuove commesse.

Il tempo passava, l'attività cresceva e Clarice spesso pensava a Christian. Non lo aveva più visto. Si diceva che fosse tornato a Monaco. Là d'altronde aveva una moglie, anche se lei, secondo i pettegolezzi, lo aveva lasciato per un altro.

Il ricordo di ciò che era accaduto tra loro era qualcosa a cui Clarice preferiva non pensare, e tuttavia ritornava con frequente regolarità. La domanda che la tormentava era sempre la stessa: perché con lui aveva agito in modo così sconsiderato? Quel genere di confidenza che si era presa nel realizzare le rilegature oltrepassava i confini di una comune conoscenza. E lei lo sapeva bene.

Sebbene partecipasse regolarmente ai ricevimenti della vecchia aristocrazia e della borghesia romana, Clarice amava le danze popolari e quelle feste di quartiere che le mostravano il volto più autentico della città. Quella sera avrebbe condotto con sé anche Matilde. La bambina non aveva smesso un istante di chiacchierare, strappando più di una volta un sorriso alla taciturna Lauren che le teneva la mano. «Ho dimenticato lo scialle», disse tornando dentro di corsa. Quando uscì, Lauren e Matilde aspettavano impazienti.

«Posso parlarvi?»

La voce le colse di sorpresa. Giungeva da un angolo della strada. Christian Philipp Fohr lasciò l'oscurità, mostrandosi alla luce della lanterna. «È importante.»

Clarice era stupita. «Certo.» Ricambiò l'inchino e si rivolse alle sue accompagnatrici. «Andate pure, vi raggiungerò più tardi.»

Lauren le strinse una mano e annuì. «Ti aspetto in piazza.»

Clarice stava per dirle che non sarebbe stato necessario, quando Christian intervenne. «Accompagnerò personalmente la signorina. Ci vorrà solo qualche minuto.»

Christian attese di essere solo con lei per parlare. «Sono venuto a scusarmi, Clarice. Posso chiamarvi così?» Non attese il suo permesso, continuò come se per tutto il tempo in cui era stato in attesa fuori, al buio, non avesse fatto altro che preparare quel discorso. «Voi avete interpretato la mia opera con una conoscenza strabiliante. Era come avere a che fare con uno specchio, no... non uno specchio. Era come avere a che fare con una parte di me stesso. E questo...» Fece una pausa, si guardò intorno come se cercasse le parole. «Non mi era mai accaduto prima.» Riportò l'attenzione su di lei. «Il mio silenzio era dovuto al turbamento. Voi siete stata illuminante. Voi siete stata preziosa.» Tacque un istante, in preda all'emozione. «Così, mia cara signorina, vedete, siete stata voi a ridare a me la fiducia nel mondo.»

«Non capisco.»

Christian si avvicinò, le prese una mano. Colta di sorpresa, Clarice ruotò il polso. Le labbra di lui si posarono sul palmo. Per quanto lei si affrettasse a ritrarsi, non riuscì a ignorare il turbamento che le procurò quello strano bacio, dolce come non ne aveva mai ricevuti da nessuno.

«Sono venuto a ringraziarvi, e a portarvi un dono. Spero possiate accettarlo.» Le porse i tre libri che lei aveva rilegato. «Sono per voi. Ho scritto qualcosa a margine. Spero che in questo modo possiate comprendere qualcosa in più su di me.»

Clarice aprì il primo dei volumi, e nella fioca luce dorata della lanterna osservò la scrittura elegante che accompagnava interi capitoli, riuscì a leggere una frase e ne restò colpita: *È nella condivisione del pensiero che l'anima si arricchisce, cresce e prospera.*

«Ho lasciato degli spazi vuoti, sono per voi.»

Lei sollevò lo sguardo, interrogandolo.

«Scrivete ciò che pensate, vi prego. Vorrei che i vostri pensieri fossero uniti ai miei.»

Era tormentato. Si portò le dita fra i capelli che continuavano a ricadergli sul volto, tra gli occhi pieni di un bisogno febbrile che sembrava irradiarsi da lui come una forza magnetica. Le si avvicinò nuovamente, questa volta con più decisione. Clarice indietreggiò, si voltò e aprì il portone. «Entriamo, parleremo con più calma in giardino.»

Aveva fatto montare una piccola fontana dalla quale zampillava un getto d'acqua costante. Alla cura delle rose, che coprivano il vecchio muro di mattoni, provvedeva personalmente. Nel giro di qualche mese il piccolo giardino era diventato un luogo profumato, nel quale anche l'acqua era un elemento centrale. Lo spazio era suddiviso in piccole aiuole colorate, e un vialetto centrale coperto di ghiaia sottile portava al grande olmo. Sotto le fronde Clarice aveva messo alcune sedie. Si affrettò ad accendere le lanterne, e poi si voltò verso di lui che attendeva sulla porta.

«È bellissimo. È qui che trascorrete il vostro tempo libero?»

Annuì. «Qui è dove leggo.» Clarice si sedette. Le ombre della notte smussavano i contorni, addolcendoli. Il silenzio era una coperta, simile a quella che Clarice utilizzava per posarvi sopra i delicati e preziosi fogli di carta.

«Ho scritto questi libri perché volevo che la gente sapesse che la forza interiore, l'umanità e la compassione sono indispensabili alla nostra società per cambiare in meglio. Il divario sociale è crudele, spaventoso. Ci sono servi e padroni. Nessuna via di mezzo. Questo è intollerabile.»

«Vi comprendo.»

Christian si era seduto al suo fianco. Era così vicino che Clarice percepiva il suo calore, il suo profumo di cuoio e di sapone. Lui continuò a parlare. Le raccontò di come le sue certezze si erano infrante davanti alla realtà. «Non c'è umanità, nessuna redenzione. Anche coloro che guidano la società, mentono. Non vi è un bene comune, ognuno persegue il proprio. Le mie sono solo illusioni.»

Era deluso. Era vinto. Ecco cosa lo rendeva così triste. Ma quella sofferenza non era qualcosa che gli derivava unicamente dall'analisi della società. Clarice comprese subito che il fulcro di quei ragionamenti non era solo la riflessione di un animo sensibile. Era molto più profondo. Apparteneva alla sfera privata. Ai legami familiari. A un colpo inferto da qualcuno che si era tanto amato.

Erano quelle le ferite dalle quali si faticava a guarire.

Era quello il dolore che lasciava le più profonde cicatrici.

Il male mascherato da bene. Perché giunge inaspettato. E verso di lui nessuno possiede sufficienti difese.

«Credevo fosse tutto perduto. E poi voi, che siete così giovane, avete realizzato qualcosa di straordinario. Avete dato forma alle mie idee, le avete trasformate in disegni, decorazioni. Non avevo mai visto niente di simile.» Fece una pausa, cercandola con gli occhi. «Vi ringrazio dal più profondo del cuore.»

Clarice allungò il braccio, sfiorandogli il viso. Non una carezza, perché non vi era tenerezza in quel gesto, né seduzione, dato che non conosceva il significato di quella parola. Il suo era il bisogno primitivo di un contatto.

Christian le afferrò la mano premendosela sul viso, e poi la portò alle labbra. «Sono un uomo sposato, non ho molto da offrirvi.»

«Non mi serve nulla.» Era vero, non le serviva altro che la sua presenza. Perché l'amore aveva già colmato i vuoti, era divenuto speranza, e infine certezza. Erano state le parole che aveva ascoltato durante il viaggio a tessere i primi fili che l'avevano legata, e in seguito, quando aveva conosciuto Christian, i suoi occhi e i suoi gesti avevano fatto il resto. Non c'era più alcun dubbio in lei, solo un profondo benessere. E una gioia così grande da spazzare via tutto il resto.

E nelle sue parole Christian Philipp Fohr trovò l'amore che andava cercando da una vita. Quello privo delle transazioni economiche e dei calcoli dinastici che avevano dominato il suo matrimonio. Fu semplice prenderla tra le braccia, cercare il suo respiro, ritrovarsi in quella fanciulla che lo aveva compreso ancor prima di conoscerlo.

Era quello l'amore? Lo avrebbe scoperto presto, decise. Lo avrebbe scoperto tra le braccia di quella rilegatrice che si era insinuata nel profondo del suo cuore.

All'estate seguì l'autunno. Le giornate di Clarice scorrevano rapide e inesorabili, in attesa dei pochi momenti in cui poteva stare con Christian. Erano stati molto discreti. Non avevano voluto che ciò che condividevano fosse imbrattato da commenti malevoli. Sapevano che la società non li avrebbe condannati finché fossero rimasti nei limiti della decenza, ma il loro era un legame nel quale, oltre a loro due, nessuno era benvenuto.

La vita di Clarice non era cambiata, né quella di Christian, che già da diverso tempo viveva separato dalla sua aristocratica moglie. A parte Lauren e Margareta, nessuno sapeva di loro. La baronessa continuava a parlare del viaggio in Egitto, ma non si decideva mai. Nel frattempo Janice si era risposata e attendeva il suo primo figlio per la fine della primavera. La baronessa vegliava sulla cugina acquisita, ciò che le restava della sua famiglia, con la ferocia di una tigre, tanto che il povero Paolino Visconti, il marito di Janice, temeva i giorni in cui la donna si tratteneva in visita. Con il parto vicino, tuttavia, il timido conte aveva insistito affinché la moglie si trasferisse nella tenuta che aveva in Toscana, dove il clima era più salubre. La baronessa, con grande sconcerto dell'uomo, li aveva seguiti qualche giorno dopo, portandosi dietro le sue dame, un medico e una levatrice. La nascita del piccolo Eduardo fu motivo di grande gioia per tutti, e portò una ventata di allegria nelle loro esistenze.

Era trascorso ormai un anno da quando Clarice e Christian erano diventati amanti. C'erano momenti in cui l'intensità delle sue emozioni la spaventava. Spesso restavano abbracciati a guardare il cielo, a farsi domande sul presente, evitando con cura il futuro che sapevano non appartenere a loro. Era come se non riuscissero ad averne mai abbastanza l'uno dell'altra. Qualche volta si spingevano oltre ogni limite, cavalcando per la campagna, sfidandosi in gare spericolate lungo crinali impervi o placidi corsi d'acqua. Ma c'erano dei momenti speciali in cui le loro anime si quietavano. Allora scrivevano insieme, immaginando come sarebbero state le loro esistenze se il destino non avesse disposto per loro.

Christian trascorreva ore chino sullo scrittoio di Clarice. Lo aveva fatto realizzare da un falegname in modo che potesse ospitarli entrambi. In genere era ricoperto da una serie di fogli volanti che a mano a mano Clarice rilegava in fascicoli. L'aveva chiamato *L'era della gioia*, il suo nuovo libro. Lo aveva dedicato al suo amore per Clarice. Gli amici che ne erano al corrente erano entusiasti di quelle prime pagine che aveva mostrato loro. Christian non vedeva l'ora di svelare a tutti la verità sul conto di quell'opera. E lo avrebbe fatto non appena la situazione glielo avesse consentito. Si era già adoperato in tal senso.

Ma il passato era qualcosa che non si poteva spazzare via con un colpo di spugna. La notte era il momento in cui gli incubi tornavano, e tendevano i peggiori agguati. Era stato tra i singhiozzi e le lacrime, mentre Clarice si dibatteva per difendersi da un nemico invisibile, che Christian aveva saputo di August. L'aveva cullata a lungo, e poi aveva fatto l'amore con lei come a voler cancellare la brutalità con la dolcezza, la violenza con la tenerezza. Era stata l'unica volta in cui Clarice aveva visto Christian in preda a una rabbia cieca. «Gli uomini che si approfittano della loro superiorità fisica per infliggere sofferenze sono le scorie della società.»

Da quel momento lui era diventato più taciturno, e aveva ripreso a uscire a cavallo da solo.

Clarice sapeva che a farlo impazzire era l'idea che legalmente August aveva ancora potere su di lei. Ma August era lontano. Non l'avrebbe mai trovata. Nessuno sapeva che si era rifugiata a Roma, e se anche lo avesse scoperto, la città era immensa.

Lui non l'avrebbe mai trovata.

A luglio Christian tornò a Monaco. C'erano delle questioni urgenti che lo attendevano. Clarice lo guardò partire ripetendosi che ciò che aveva avuto era molto più di quanto avesse mai sognato. Ma la gola era chiusa dal pianto e quelle lacrime non volevano lasciarla in pace al pensiero che avrebbe rivisto la moglie, anche se per lui ormai era solo un'estranea.

Gli ultimi giorni che avevano trascorso insieme erano stati indimenticabili. Clarice non portava il nome di quell'uomo accanto al proprio, ma conosceva il suo cuore. E alla fine era quello che a lei importava davvero. In quanto al resto, da tempo si era abituata a vivere alla giornata, mettendo in ogni cosa che faceva tutta la sua passione. Una mattina, mentre era in giardino a progettare l'illustrazione di una coperta per una Bibbia di famiglia, Matilde la chiamò. «Chiedono di voi, mia signora.»

In genere era Lauren a occuparsi dei clienti, ma anche la sua amica era in visita da Janice. Per un istante pensò di dire alla piccola di riferire che non poteva ricevere, poi sospirò, depose il pennino sul foglio e si ravviò i capelli. «Ti ha detto il suo nome?»

«No, solo che voleva parlare con voi. È uno straniero», aggiunse subito dopo.

«Fallo accomodare nella saletta, arrivo subito.» Chi poteva essere? Non aspettava nessuno. E non aveva voglia di incontrare gente, era stanca. Avrebbe dovuto chiudere la bottega come le aveva chiesto Margareta, e approfittarne per raggiungerli tutti nella dimora dei Visconti. Il bambino le mancava terribilmente. Era incredibile quanto ci si potesse affezionare a un bimbo in così poco tempo. L'idea di tenere ancora tra le braccia Eduardo, che aveva visto appena nato, la riempì di gioia. Qualche giorno di riposo era ciò che le serviva. Sarebbe partita l'indomani, decise. Il tempo di fare le ultime consegne e mettere in libertà le lavoranti. Matilde sarebbe stata entusiasta del viaggio.

Mentre si dirigeva alla saletta dove si intrattenevano i clienti in attesa, gettò un'occhiata intorno e sorrise compiaciuta. Tutto procedeva nel migliore dei modi. Presto avrebbe scritto a Frederik per restituirgli il denaro che le aveva dato e per raccontargli tutto. Si levò il grembiule e lo appese al chiodo della parete, insieme agli altri, lisciò le pieghe della gonna e poi entrò. «Buongiorno, avete chiesto di me?»

L'uomo era di spalle, alto, imponente. Teneva una grossa mano sul davanzale della finestra, lo sguardo oltre i vetri.

Il sorriso si spense sul viso di Clarice. Un brivido le risalì su per la spina dorsale. Le mancò il respiro. Allungò un braccio, sostenendosi alla parete. Quando lui terminò di voltarsi e le sorrise, credette di morire.

«Pensavi davvero che non ti avrei ritrovata?»

Si costrinse a stare immobile, anche se l'istinto le urlava di fuggire. Quando August si avvicinò, sostenne il suo sguardo. «Cosa vuoi?» Spinse fuori le parole, una dopo l'altra. Era frastornata, confusa. Come aveva fatto August a farsi rivelare da Frederik dove si era nascosta? Respinse il pensiero. Non voleva avventurarsi in quella direzione. Non poteva farlo. O si sarebbe messa a urlare.

Lui sembrò sorpreso, le sorrise. «Mi pare evidente, no? Sono venuto per riportarti a casa.»

Lo fronteggiò, anche se le costò ogni grammo della sua forza. «Hai fatto molta strada inutilmente. Non verrò con te.»

Non le rispose subito. Si guardò intorno. «Vedo che ti sei sistemata. Sono molto colpito, credevo di trovarti in difficoltà, invece hai avviato un'impresa. Sorprendente.»

«Perché sono una donna?» lo sfidò.

Lui si strinse nelle spalle. «Certo.»

Ne aveva abbastanza di lui. «Non abbiamo altro da dirci. Tornatene a Vienna. Hai tutto ciò che volevi, no?»

«Se ti riferisci al denaro, adesso che Kurt e tua zia sono morti, ho molto di più.» Fece una pausa e continuò a sorridere, soddisfatto dell'effetto che avevano avuto le sue parole su quella donna. Lei era sua. Lo aveva solo dimenticato. Ma aveva tutto il tempo del mondo per ricordarglielo, adesso che l'aveva ritrovata. E prima avesse ristabilito il suo potere su di lei, prima le cose si sarebbero sistemate. «Ma vedi, Clarice, non mi basta. Perché dovrei accontentarmi, quando posso avere tutto ciò che desidero?»

Clarice conosceva quell'espressione. Indietreggiò rapidamente, e aprì la porta. Doveva fuggire, doveva trovare aiuto. Che sciocca era stata ad aver creduto di poter negoziare con lui. Aveva fatto qualche passo nel corridoio quando si sentì afferrare alle spalle. La mano di August le premette la bocca, impedendole di gridare. Mentre lui la riportava all'interno della saletta, chiudendosi la porta alle spalle, seppe quello che le avrebbe fatto prima che lui glielo sussurrasse all'orecchio. Iniziò a dibattersi, lo morse, e continuò a difendersi finché sentì il sapore del sangue. Finalmente lui la lasciò. Rise di gusto, ma gli occhi rimasero freddi. «Non sei curiosa di sapere come ti ho trovato?»

Ansimò, le spalle contro il muro, il respiro come fuoco in gola. Non voleva ascoltarlo, non voleva sapere altro. Le aveva appena gettato in faccia che i suoi zii erano morti, e il dolore era un buco profondo al centro del suo petto.

«Vattene, August, sparisci dalla mia vita.»

«Te lo dirò comunque. Sai Clarice, ti servirà da lezione. Perché credimi, amore mio, è tutta colpa tua se ho dovuto fare quelle cose a un povero vecchio.» Sospirò, sistemandosi la marsina, gli occhi che non la lasciavano un istante. Le sorrise nuovamente, soddisfatto. «È stato il caso a condurmi alla legatoria. O il destino. Io credo che ci sia un senso di giustizia in tutto questo», proseguì. «Vogel negli ultimi tempi si era fatto molesto, continuava ad accusarmi di non averti saputa controllare. Mi divertiva ascoltarlo, la sua sofferenza mi metteva di buonumore.» Un'altra pausa, un altro sorriso. «Fu durante una di quelle sue farneticazioni che fece riferimento a un episodio del passato. "Non hai mai capito tua moglie", mi ha detto. "Quando le ho proibito di fare la rilegatrice come desiderava, le ho offerto maestri, istruzione."» Rise piano. «Per mettere insieme tutti i pezzi c'è voluto tempo. Ho approfondito quella storia. Era curioso che il servo di guardia alla porta non ti avesse veduta uscire, quando sei fuggita. E come vedi, alla fine, sono riuscito a trovare il passaggio dietro la botte. Il resto è stato facile.»

Lei non replicò, lo sguardo vitreo dal dolore.

August la studiò a lungo. «Non è stato Schmidt a tradirti, comunque. Lui ha tenuto duro, non mi ha detto nulla.» Si strinse nelle spalle. «È stato quel suo socio... non ricordo il nome. Temeva gli riservassi la stessa sorte. Lui non avrebbe resistito tanto.» Ridacchiò, e quando Clarice si inginocchiò per terra tenendosi il grembo e piangendo, le andò accanto. La sollevò tra le braccia e le sfiorò le labbra. «Pensaci, la prossima volta che decidi di darti alla fuga. Non ho nessuna intenzione di perderti, né alzerò mai più un dito su di te. Vedi? Sono cambiato.» La baciò ancora. «Tornerai a Vienna con me, e sarai nuovamente mia moglie. Porteremo con noi la ragazzina che mi ha ricevuto, magari. Ti aiuterà a stare calma e buona.»

Quando lasciarono la casa, lo fecero tutti e tre insieme. Clarice non aveva preso altro che pochi indumenti gettati alla rinfusa in una borsa, insieme ai libri di Christian. Aveva mandato via le sue aiutanti che non avevano fatto troppe domande. La bottega era vuota. August aveva fatto salire la bambina a cassetta, accanto al cocchiere. Clarice tentò nuovamente di sbarazzarsi di lei, ma la piccola Matilde ignorò le sue suppliche.

«Non vi lascerò mai», le disse. Quell'uomo era cattivo. Non poteva lasciare la sua signora con lui.

Clarice credeva di avere tempo, era fiduciosa che durante il viaggio per Vienna le si sarebbe presentata un'occasione di fuga. Invece August la condusse nelle campagne romane, in una villa che aveva preso in affitto. «Resteremo qua per un po'.»

Per fare più in fretta, August aveva viaggiato da Vienna a Roma cambiando giusto i cavalli nelle stazioni di posta, con la sola compagnia di un servo. Tuttavia non poteva ripercorrere lo stesso tragitto allo stesso modo. Gli serviva una carrozza, e una guida. Prendere una diligenza con Clarice era fuori questione. Se ne sarebbe occupato in quell'arco di tempo, decise.

Clarice credeva di conoscere l'inferno, ma quello in cui la rinchiuse August era un abisso senza uscita. Se non si era gettata nelle acque torbide del Tevere che scorreva accanto alla villa in cui erano andati a vivere, era unicamente perché temeva per la vita di Matilde. Le serviva tempo, e un'occasione che le permettesse di fuggire con la bambina.

Doveva solo avere pazienza.

In quanto ad August, non gli parlò mai. Ciò che avrebbe avuto da lei era il suo silenzio.

La sua voce era di Christian. Come il suo cuore. Come la luce, come il suo amore.

Nei giorni seguenti il marito divenne sempre più irascibile. Per quanto Clarice cercasse di evitarlo, lui trovava il modo di coglierla di sorpresa. Quando lei comprese che gli piaceva terrorizzarla, smise di tremare. La notte si costrinse a restare immobile tra le sue braccia. Non si oppose più. Ogni volta che lui la toccava, lei si rifugiava in un luogo dentro di sé in cui lui non poteva raggiungerla.

Convinto di averla in pugno, August allentò la sorveglianza.

Clarice ne approfittò per studiare i dintorni. I giorni in cui le impediva di uscire, era Matilde a farlo. Con l'aiuto della bambina studiò le strade, i percorsi. Dopo averci riflettuto a lungo, comprese che fuggire via terra era impossibile. L'unica opportunità era il fiume. Doveva trovare una barca. Con quella avrebbero raggiunto il porto fluviale. Da lì, sparire su una delle navi in partenza sarebbe stato abbastanza facile. Non temeva l'idea di ricominciare; finché avesse avuto le sue mani, avrebbe potuto guadagnare da vivere per sé e la bimba.

Finalmente Matilde riuscì nel suo intento. «L'appuntamento con il barcaiolo è per domani sera», disse a Clarice avvicinandosi di soppiatto. «Resterà fino al tramonto del sole, poi proseguirà verso Roma.»

Tutto era pronto, ormai. Avrebbero approfittato del momento in cui August si allontanava dalla villa per la sua cavalcata pomeridiana. Seduta all'ombra delle rovine di una muraglia che secoli prima era un tempio dedicato a qualche divinità silvestre, Clarice fissava un punto lontano. Aveva esaminato ogni dettaglio, ma la preoccupazione le impediva di pensare con lucidità. C'erano migliaia di cose che potevano andare male. Aveva così tanta paura da dover stringere le mani per evitare che tremassero. Non era per lei che temeva, ma per la bambina. Era riuscita a convincere Matilde a nascondere le sue cose in giardino, compresi i libri di Christian. Quando la raggiunse le ordinò di avviarsi verso il fiume. Matilde protestò, ma Clarice fu irremovibile. «Devi precedermi perché, se dovesse succedermi qualcosa, tu sarai la mia unica possibilità di salvezza», le disse. «Dovrai tornare a Roma e aspettare nascosta al palazzo di Margareta. Appena la baronessa sarà di ritorno, le racconterai ogni cosa. Giurami che andrai da lei.» Le afferrò il viso, facendo filtrare la sua preoccupazione affinché Matilde comprendesse quanto fosse importante il compito che le stava affidando. La piccola annuì, e Clarice iniziò a sperare che almeno lei riuscisse a salvarsi. La baciò, e la bambina si avviò.

Ci sarebbero volute settimane prima che la sua amica rientrasse in città. Tempo che la piccola avrebbe trascorso al sicuro con la servitù della baronessa. Per allora August sarebbe già stato lontano. In quanto a lei, non aveva la minima importanza. Si sentiva accerchiata, presa al laccio, prigioniera di sé stessa e di quell'uomo malvagio. L'aveva tormentata per tutta la mattina con i racconti di ciò che avrebbe fatto una volta tornati a Vienna. Aveva scherzato sui numerosi figli che avrebbero avuto, e su come aveva intenzione di restaurare il castello dei Von Harmel per trasferirsi là durante l'estate.

«Che ci fai qua fuori?»

Sussultò. Credeva che il marito fosse già uscito per la sua cavalcata. Era indispensabile che si allontanasse dalla villa. Si abbracciò il busto, la disperazione le montava dentro. Mentre August si avvicinava a grandi falcate con un sorriso stampato in faccia, seppe che qualcosa stava per accadere.

«La guida che ho assunto per il rientro a casa si è liberata, finalmente. Domani partiamo.»

Lei annuì, poi abbassò la testa. Temeva di tradirsi, non voleva che lui potesse avere il minimo sospetto sulle sue reali intenzioni.

August le afferrò il mento, sollevandoglielo. Poi la studiò con occhi socchiusi. «Cosa c'è in quella tua bella testolina, amore mio?»

«Niente.» Lo disse piano, cercando di sembrare calma. Quando lui la baciò, non si sottrasse, pregando Dio di darle ancora un po' di forza.

Lui si allontanò fischiettando.

Solo quando fu abbastanza lontano Clarice riprese a respirare. Se il barcaiolo non le avesse caricate quel giorno, non ci sarebbe stata un'altra possibilità, non poteva fallire. Per fortuna August indossava il completo da equitazione. Non aveva cambiato idea, forse si era solo attardato. Pregò intensamente che non rinunciasse alla cavalcata.

Attese ancora un po', gli occhi sulla villa, il cuore che le scoppiava nel petto. Costeggiò lentamente l'argine del fiume, e poi, quando fu oltre il confine della tenuta, iniziò a correre, le gonne sollevate e la speranza che le metteva le ali ai piedi. Finalmente scorse l'ansa del fiume. Si fermò per riprendere fiato. Fu allora che sentì il rumore sordo di un cavallo al galoppo.

August aveva scoperto la sua fuga. No, non poteva fermarsi, non adesso. Si lanciò verso gli alberi. L'erba le frustava le gambe, intralciando i suoi passi. Un ramo le colpì il viso strappandole un grido, perse l'equilibrio e rotolò sul terreno, sbucciandosi i palmi. Ma non si arrese, tirandosi su e ricominciando la sua corsa.

Il cavallo adesso era vicino, sentiva gli zoccoli che colpivano il terreno, sollevando zolle di fango. Un braccio l'afferrò alla vita, trascinandola in sella. «Fermati in nome del cielo! Fermati, Clarice.»

Quella voce!

Ruotò la testa e incontrò lo sguardo di Christian. Gli buttò le braccia al collo.

«Dio del cielo, Clarice. Stavo impazzendo. Che ti è accaduto?» Christian tirò le redini del cavallo, fermandone la corsa. Poi le afferrò il viso e la baciò, disperato, ansante.

In quel momento lei si rese conto che forse era ancora in tempo a salvare la situazione. Forse August non si era accorto della sua fuga. «Devi andartene, lui ti ucciderà. Non sai di cosa è capace.»

«Non devi preoccuparti di questo. Sono cose che riguardano me e tuo marito.»

«No, no. Tu non sai, tu non lo conosci.»

Christian ignorò le sue proteste. Scese da cavallo, e la tirò giù. Le afferrò il viso, le scostò i capelli dal collo. I lividi spiccavano sulla pelle chiara come i grani di una collana, scendendo verso il seno trattenuto dai lacci dell'abito. Le accarezzò il viso. «È finita, adesso. Sali sul mio cavallo», le ordinò issandola sulla sella. «Vai a casa mia. E restaci. Mi occuperò io di lui.»

Non aveva mai sentito quel tono. Lui non le aveva mai parlato così.

Tutto avvenne in pochi minuti. Clarice sentì la sua presenza ancora prima di vederlo. Si voltò. August cavalcava a rotta di collo nella loro direzione.

«Chi diavolo sei tu? Lascia immediatamente mia moglie.» Scese da cavallo, lanciandosi contro Christian.

Lui afferrò Clarice spingendola dietro di sé. «Vai via Clarice, prendi il cavallo e vattene. Subito!» le urlò contro.

August lo caricò, ma Christian si spostò di lato, scansandolo. Continuarono così per un po', studiandosi a vicenda, facendo finte e colpendo l'aria.

«E così mia moglie ha trovato un cavaliere! Ti ucciderò, bastardo. E lo farò davanti a lei, e poi le insegnerò come si comporta una donna onesta.»

Christian conosceva gli uomini come August. Non affrontavano mai nessuno con lealtà, non conoscevano quella parola. Ma a lui non importava. Era quasi impazzito quando al suo ritorno le avevano detto che Clarice era andata via con un uomo. A metterlo sulla strada giusta era stata la vecchia proprietaria della legatoria. «Era un demonio, e la signora lo temeva tanto da non guardarsi nemmeno intorno. Credete a me, signore, il diavolo in persona è venuto a portarsela via.»

C'era solo un uomo che aveva il potere di terrorizzare Clarice, ed era suo marito. Da lì, a Christian era bastato fare qualche domanda per scoprire le case che di recente erano state affittate da stranieri.

«Ti ucciderò, bastardo.»

Non gli rispose, continuando a schivare i pugni. La sua concentrazione era massima. Quando August estrasse il coltello ferendolo a una spalla, corresse leggermente la posizione. Si colpirono, caricandosi a vicenda, correndo e trascinandosi nell'erba alta. A un tratto precipitarono in un canneto. Clarice li seguì, impotente, disperata.

Nella foga del combattimento i due uomini si erano spinti verso il fiume. Quando August gli si buttò addosso, Christian lo afferrò per la camicia, trascinandolo nella caduta. Si colpirono violentemente, rotolando sul terreno. All'improvviso l'argine franò. August e Christian, colti di sorpresa, scivolarono in acqua. Clarice inorridita li guardò annaspare nel fango. Fu un istante: la corrente li risucchiò subito in un gorgo.

21.

«Di quante cose potremmo venire a conoscenza se codardia e negligenza non ostacolassero la nostra ricerca!»
Mary Shelley, *Frankenstein*

Era un rischio calcolato. Alcune volte si vinceva altre no. Tomaso lo aveva messo in conto dal principio. Ma quella consapevolezza non attenuava il senso di desolazione che sentiva. La sconfitta era sinonimo di impotenza, era la fine delle speranze.

Ogni tanto lanciava un'occhiata a Sofia. Sembrava serena, l'espressione era rilassata, il respiro lieve. Se non fosse per quel suo guardare ostinatamente le nuvole al di fuori dell'oblò dell'aereo che li stava riportando a Roma, avrebbe pensato che in fondo non c'era rimasta troppo male.

Sospirò e si passò la mano tra i capelli.

Il libro di Fohr aveva restituito la terza e ultima lettera di Clarice. Ma la loro avventura era terminata. L'ultimo foglio era compromesso. Della parte finale, quella che sembrava indicare dove trovare l'opera segreta, non si leggevano che poche sillabe. L'inchiostro e la carta erano stati danneggiati dall'umidità che aveva reso indecifrabile anche buona parte del libro. Avevano rimesso la lettera al suo posto, ed erano usciti in silenzio dall'istituto.

Una volta in aeroporto in attesa del loro volo, avevano ragionato ancora, discusso perfino, ma non erano approdati a nulla. La storia di Clarice si interrompeva bruscamente.

«Mi dispiace.» Erano parole banali nella loro semplicità, eppure furono le uniche che gli vennero alla mente.

«Lo so. Anche a me. Però sono contenta di sapere che sono stati felici insieme, anche se Christian è morto così giovane.» Gli sorrise, e Tomaso pensò che, comunque fosse, ne era valsa la pena.

Quello che sarebbe successo da lì in poi con Sofia era impossibile da prevedere. Ma ci avrebbe provato, a starle vicino. Perché in quella donna c'era qualcosa di unico e indefinibile che lo legava a lei. La somma di tante piccole cose che messe insieme lo destabilizzavano, emozionandolo fin nel profondo. Lei lo scuoteva costringendolo a mettersi alla prova, a lasciare le sue certezze per osare, per spingersi oltre. E lui cos'era per lei? Quella domanda, si accorse, gli metteva addosso una paura del diavolo.

«Mi sembra di aver perduto un'amica. Una persona a cui sono affezionata. Ed è così. Mi dispiace infinitamente... Ti devo sembrare ridicola.»

Le riacciuffò la mano, baciandone le dita. «Perché mai?» La sensibilità era una delle cose che Tomaso amava di più nelle persone. «Tu sai cogliere aspetti della realtà che gran parte della gente non riesce a vedere. È un pregio, non un difetto.»

Dormicchiarono per il resto del viaggio, cercandosi con le mani di tanto in tanto. Il silenzio, nuovamente, era un luogo nel quale stavano insieme. Non un confine, ma l'unione dei loro pensieri. La tristezza incupiva gli sguardi di entrambi.

Dopo essere usciti dall'aeroporto, presero un taxi. Sofia non aveva voglia di parlare. Quando partirono, Tomaso scorse i messaggi ricevuti sul telefono. Avevano ricoverato Frank, le sue condizioni erano disperate. Chiuse gli occhi. Sua madre era già passata per quell'esperienza terribile. Perché il destino continuava ad accanirsi su quella donna? Il senso di impotenza che provava gli chiuse il petto in una morsa, stritolandolo. *Sto arrivando.* Digitò rapidamente il messaggio. Il tempo di lasciare Sofia a casa sua, e sarebbe andato direttamente in ospedale. Per un istante decise di parlargliene, poi ci ripensò. Si accorse in quel momento del senso di vuoto che provava. Non riusciva ancora a crederci.

E poi la rabbia lo colse all'improvviso. Si coprì gli occhi, era assurdo prendersela con Frank. Ma era innegabile che, da quando quell'uomo era entrato nella sua vita, non aveva fatto altro che tormentarlo. E a quanto pare aveva intenzione di proseguire in quel modo fino al suo ultimo respiro. Tomaso aveva la bocca arida. Gli sembrava di essere in bilico su una montagna che franava in ogni direzione lui decidesse di guardare. Prima il libro inedito di Fohr scomparso per sempre. Poi il patrigno ricoverato in terapia intensiva. L'agenzia sull'orlo del fallimento.

Cos'altro poteva accadere?

La città era un tripudio di luci e di suoni familiari nei quali entrambi trovarono conforto. Mentre attraversavano i viali guardò gli alberi spogli con i rami protesi verso il cielo nero, in una muta richiesta. In primavera si sarebbero ricoperti di foglie, e la vita avrebbe ripreso il suo corso. Ma era difficile crederlo, in quel momento. Era dannatamente difficile.

Erano quasi a Coppedè quando Sofia si voltò verso di lui. «Non mi fermo, Tomaso. Non ho intenzione di arrendermi. Sappiamo molte cose, possiamo continuare le ricerche.»

Sospirò. Non aveva tempo adesso. «Ne riparliamo domani.» In quel momento i suoi pensieri erano rivolti a un uomo che se ne stava andando e verso il quale continuava a covare risentimento. E questo lo faceva stare male, perché lo metteva davanti a uno specchio, e quello che vedeva non gli piaceva. Avrebbe voluto provare altre emozioni, avrebbe voluto amarlo, l'uomo che aveva preso il posto di suo padre. Ma era abbastanza onesto con sé stesso da sapere che era impossibile, non poteva farci niente. Riusciva solo a pensare che sua madre sarebbe uscita distrutta da quella perdita. Certo che avrebbero continuato a cercare il libro perduto. Non aveva nessuna intenzione di mollare nemmeno lui. Ma non trovava le parole, in quel momento.

«C'è una persona che ci può aiutare. Anzi, lo ha già fatto», continuò Sofia.

Tomaso la guardò confuso. Di cosa stava parlando? «A cosa ti riferisci?»

Se fosse stata attenta al tono di lui, Sofia avrebbe compreso che era al limite. Ma il disperato bisogno di proseguire nella promessa che aveva fatto a Clarice, e a sé stessa, la spinse a insistere.

«Domani mattina andrò dal libraio. Andrea Vinci sa molte cose, forse lui riuscirà a dare un senso alla lettera. Lui ci aiuterà.»

«Ma di che diavolo stai parlando?»

Sofia ammutolì, turbata dal tono secco della voce di lui, dall'espressione dura. «L'uomo che mi ha regalato il libro, ti ricordi? Gli ho raccontato tutto. È stato molto importante nella nostra ricerca.»

«Tu... cosa...» Tomaso era sbalordito. Non riusciva a credere a quello che gli stava dicendo Sofia. «Hai condiviso le informazioni sulla nostra ricerca con un perfetto estraneo, nonostante l'accordo di riservatezza?»

Lei sembrò rendersi conto solo in quel momento delle implicazioni della cosa. «Non è un estraneo», protestò. «Mi ha regalato il libro, e senza quello non saremmo andati da nessuna parte. Era doveroso da parte mia metterlo al corrente. E comunque tu non c'entri», aggiunse. «Se ci fossero degli utili e Vinci volesse qualcosa, dividerò io la mia parte con lui.»

Una rabbia che apparteneva al passato travolse Tomaso. La fissò incredulo. Come aveva potuto Sofia infrangere una regola così basilare? La discrezione era l'unica cosa che le aveva chiesto, accidenti. E lei se n'era infischiata. Eppure mentre la guardava la collera scemò, lasciandolo indifeso davanti a lei, con la tentazione assurda di abbracciarla e di scusarsi per aver alzato la voce. Era a causa di quella sua aria ferita, pensò. Dell'aspetto delicato e vulnerabile. Di qualche oscuro motivo che non aveva nessuna spiegazione.

Ma qualcosa nello sguardo di Sofia cambiò. Si stava arrabbiando, aveva gli occhi accesi dall'indignazione. Si era offesa! Lei aveva mancato alla parola data ed era offesa perché lui glielo rimproverava? Tomaso non ci vide più. «Cos'è questo per te, è solo un gioco? Non hai idea di quello che hai fatto?» Non era così che aveva pensato di dirglielo. Non era un modo per capirsi, quello.

Sofia socchiuse gli occhi. «Ti ho detto che penserò io al libraio.»

«Piantala di dire sciocchezze!» Si passò una mano sugli occhi, poi li riportò su di lei. «Non c'è nulla da dividere, hai capito? Nulla, Sofia. Nessun libro, nessuna storia.» Lo sussurrò piano, sottovoce. E in quel momento capì che probabilmente era davvero così, e che le loro intenzioni di proseguire nella ricerca dell'inedito di Fohr erano solo speranze dettate dalla volontà. «Ma questo non cambia le cose. Non sei una persona di cui ci si può fidare.»

E allora, quando lo disse, fu troppo tardi per tutto.

Sofia si era ritratta come se l'avesse colpita. Adesso lo fissava freddamente. Era stato davvero così semplice mandare all'aria quello che c'era stato tra loro? Era bastato davvero poco, pensò Tomaso. E poi sollevò lo sguardo su di lei. Chi era davvero quella donna? Si era ingannato? Aveva voluto vedere in lei ciò che desiderava? Era solo uno stupido, un idiota romantico. La nausea lo colse all'improvviso. «Si fermi», ordinò al tassista. «Accosti immediatamente.»

Scese dalla macchina, tirò fuori la sua valigia e tornò dall'autista. «La signora prosegue. La porti a Coppedè.» Gli consegnò una manciata di banconote. «Vada adesso.»

Non guardò verso Sofia, non voleva parlare con lei. Non voleva parlare con nessuno. Chiamò un altro taxi e attese nel buio, con le mani affondate nelle tasche, il morale sotto i piedi.

Il reparto di terapia intensiva dell'ospedale era un luogo estremamente funzionale ma freddo, asettico. Dopo aver fatto i gradini a due a due, ansante e preoccupato a morte, Tomaso cercò sua madre tra le persone nella sala d'attesa. Scorse Luisanna in un angolo, insieme a Carla. Iniziò a camminare verso di loro, gli occhi che non le lasciavano un istante. E poi comprese. Era troppo tardi. Si abbracciavano, sostenendosi l'un l'altra.

Era finita. Frank Hobart era morto.

Le raggiunse in poche falcate, la gola serrata. «Mi dispiace mamma.» L'avvolse in un abbraccio e, mentre lei cominciava a piangere, fece un cenno a Carla. «Vieni via, andiamo. Non c'è più niente che possiamo fare per lui.» Cercò altre parole da dirle. Doveva pur esserci un modo per consolarla, ma non riuscì a fare altro che stringerla a sé. «Sono qui adesso, andrà tutto bene.»

Lei si asciugò gli occhi con il dorso della mano. Era distrutta, e all'improvviso Tomaso la vide per ciò che era davvero, una donna di mezza età che aveva perduto ancora una volta il compagno della sua vita. Era sola, perché l'unica vicinanza che lei desiderava davvero non l'avrebbe avuta mai più.

«Adesso non ha più importanza.» Il sussurro di Luisanna si perse nel brusio della sala, tra quei visi disfatti dall'attesa, le spalle che sussultavano in preda al dolore della perdita. Tomaso sostenne sua madre, e stringendo la mano di Carla uscì da quel luogo di ultima speranza e dolore insieme.

Era vero, mentre riaccompagnava sua madre alla villa, Tomaso seppe che era proprio così. Non aveva importanza. Tutto finiva davanti alla morte, tutto.

Nei giorni seguenti dovette far fronte a una serie di complesse formalità. Sbrigò tutte le pratiche dividendo il proprio tempo tra la madre e gli avvocati. Il funerale fu una dura prova per Luisanna. Eppure lei affrontò tutto con coraggio, gli occhi asciutti dietro gli occhiali neri, e una forza che lo sorprese. In quanto a lui, non si concesse mai, nemmeno una volta, di indulgere a pensieri che non fossero strettamente necessari. Mangiava perché doveva. Lavorava fino allo sfinimento. Ascoltava e prendeva le decisioni che sua madre non poteva prendere. L'unica cosa che lo teneva in piedi e che aveva qualche importanza era il dovere.

Quando presenziò alla lettura del testamento, anche quelle poche speranze che inconsciamente aveva mantenuto sulla sorte dell'agenzia, e di tutto ciò che aveva costruito, svanirono.

Il buon caro vecchio Frank, pensò. Coerente fino alla morte. Non era rimasto nulla.

Avrebbe dovuto vendere la casa per salvare l'agenzia. Non aveva nemmeno più voglia di maledire il patrigno. Nei suoi confronti non provava altro che una tiepida pena.

«Ho bisogno di tornare a casa per un po'. Mi trovi sul cellulare.» Baciò la madre, e si diresse verso l'uscita.

«Mi dispiace, figlio mio.»

A cosa si stava riferendo? Si voltò, l'espressione interrogativa. Luisanna gli sorrise. «Vai a riposarti, tesoro. Ti ringrazio. Sei ciò che mi ha permesso di andare avanti. Ti voglio bene.»

«Anch'io, mamma.» Uscì rapidamente perché sentiva di essere allo stremo. Non gli piaceva per niente l'idea di scoppiare a piangere come un bambino. Ma sentiva di esserci molto vicino.

Qualche ora dopo, mentre si aggirava nell'appartamento di sua nonna, pensò a quello che avrebbe tenuto di quella casa. Sicuramente le vecchie fotografie, avrebbe dovuto frugare in solaio per trovarle. I mobili li avrebbe venduti con la casa sperando di strappare un buon prezzo. A parte lo scrittoio. Anche quello era appartenuto alla famiglia Leoni. Il resto era sostituibile, ma quel mobile non intendeva lasciarlo.

Gettò un'occhiata in giro, il cuore pesante. Gli sarebbe mancato quel posto. Era casa sua. Ma non poteva fare altrimenti. Col denaro della vendita avrebbe pagato l'accordo con gli eredi Baldini, saldato tutte le pendenze dell'agenzia, aiutato sua madre. Il resto gli avrebbe permesso di tirare avanti per un po'.

In cucina si versò da bere, gli occhi sui fornelli. Avrebbe dovuto prepararsi qualcosa da mangiare, pensò. Non ricordava nemmeno l'ultima volta che aveva fatto un pasto decente. Il punto era che non ne aveva nessuna voglia. Andò a buttarsi sul letto, un braccio sul viso.

Mentre la tensione si allentava, lasciandolo spossato, gli avvenimenti di quegli ultimi giorni gli tornarono alla mente con prepotenza. Un'immagine su tutte, l'occhiata sorpresa di Sofia nel taxi, l'ultima volta che l'aveva vista.

Si strofinò il mento. Era stato duro con lei. Ma quando gli aveva detto che avrebbe diviso la sua parte con il libraio, quello lo aveva fatto davvero infuriare: il pensiero che lei potesse ritenerlo interessato unicamente al denaro.

Mettere ordine. Era stata quella la prima cosa che Sofia, dopo il suo rientro da Vienna, aveva fatto. Nella serra di Max, mentre lo chiamava al telefono e si sincerava delle condizioni sue e della nonna, in viaggio per la Francia. Nell'appartamento, benché fosse già ordinatissimo e non avesse bisogno di nessun intervento. Era come se volesse ritrovare il controllo su tutto ciò che sapeva appartenerle. La sua famiglia, il luogo dove abitava. Il suo spazio vitale. Perché tutto il resto invece era fuori dalla sua portata. Le era sfuggito tutto di mano, compreso il suo rapporto con Tomaso.

Aveva lucidato gli specchi, spolverato, lavato la veranda e infine chiamato sua madre e suo padre. Non li sentiva da troppo tempo. E sebbene quella non fosse una cosa inusuale, si era resa conto di averne un disperato bisogno.

«Ciao, tesoro, tutto bene?»

«Sì mamma, tutto benissimo. E voi?»

Aveva chiacchierato un po' con lei, e quando Adèle aveva chiesto nuovamente come stava davvero, aveva mentito ancora. «Sto lavorando a una cosa molto importante. Poi te ne parlerò.» Voleva abbracciarla, desiderava il suo contatto come mai prima di allora le era accaduto. Eppure non poteva dire di più, perché sapeva che entrambi i suoi genitori avrebbero disapprovato tutto, compresa la questione di Clarice. Erano pragmatici, concreti. Erano paladini della logica e della razionalità.

Lei no. Non lo era mai stata.

E quello aveva creato un divario tra loro che niente, nemmeno il tempo, aveva saputo colmare. Non per questo, tuttavia, si amavano di meno. Anzi, quella differenza intellettuale li aveva spinti a riversare l'uno sull'altro tutto l'affetto possibile. A patto che non entrassero in conflitto con qualche discussione. A quel punto le differenze insorgevano, scatenando fuoco e fiamme. Per questo Sofia evitava i contrasti.

Si rese conto in quel momento che la sua esistenza era stata sempre un negoziare continuo, un trovare compromessi. Con i suoi genitori, con i nonni, con Alberto.

Solo con una persona si era sentita davvero libera. Solo con Tomaso era riuscita a essere sé stessa completamente.

La famiglia era qualcosa che uno si portava dentro. Era il primo metro con il quale confrontarsi, era il primo giudice, era la zavorra che influenzava le azioni di ognuno. E, paradossalmente, la famiglia era anche ciò che ti spingeva a fuggire lontano, in cerca di autonomia e libertà.

L'unico che le era stato davvero accanto non come un amico ma come un vero compagno, che aveva condiviso i suoi obiettivi, che l'aveva capita senza giudicarla mai, era stato Tomaso. Sentì una stretta allo stomaco. Le mancava. Le mancava da morire. Come aveva fatto a insinuarsi dentro di lei in quel modo così profondo? Non avevano trascorso che pochi giorni insieme. Non c'era stato abbastanza tempo per innamorarsi. Ma era davvero il tempo la misura per definire ciò che avevano condiviso?

No, non lo era. Era ben altro.

Era qualcosa che nasceva da dentro e non somigliava a nulla che avesse mai avuto prima. E la mancanza le aveva scavato dentro una voragine.

Tomaso, comprese in quel momento, era l'assenza a cui non si sarebbe mai abituata.

E poi, di nuovo, le tornarono in mente le ultime frasi rabbiose che si erano scambiati.

Non riusciva a capire, perché si era comportato così? Cosa l'aveva fatto infuriare in quel modo? Non poteva essere davvero per via del libraio.

Se solo lui le avesse lasciato il tempo di spiegare… Non c'era nulla in Andrea che avrebbe potuto mettere in pericolo la loro impresa comune. Anzi, era uno dei loro maggiori sostenitori. Non era stato forse proprio grazie al suo consiglio che aveva conosciuto Tomaso?

Però lui non lo sapeva.

Non aveva fatto in tempo a dirglielo, non era riuscita a spiegarglielo.

Con la fronte aggrottata ci pensò su ancora, come aveva fatto innumerevoli volte in quei giorni. Quanti erano, dieci, quindici? No, tre settimane. Non si erano più sentiti da tre settimane. Non voleva pensarci. Non in quel momento. Non sarebbe cambiato nulla, comunque. E poi c'era anche una cosa da tenere in considerazione. I documenti del divorzio erano pronti. Aveva già i suoi problemi cui fare fronte, non gliene servivano degli altri. Suo marito era stato un grande maestro di vita, in un certo senso. Potevi desiderare e fare tutto ciò che era in tuo potere e spingerti anche oltre, ma nulla poteva indurre qualcuno che non ti amava davvero a farlo.

Si era convinta di una cosa, in quel periodo. Era un meccanismo, quello dell'amore, che sfuggiva a ogni ragionamento, a qualsiasi strategia.

Si amava per caso, e per nessun motivo.

Si asciugò gli occhi, respirando lentamente, finché non le sembrò di aver recuperato il controllo.

Aveva concesso a Tomaso tutto il tempo possibile, ma lui non si era mai fatto sentire. In quanto a lei, si rese conto che non poteva cercarlo. Ricordava con precisione l'occhiata che le aveva lanciato un istante prima di ordinare al tassista di partire. Non ci teneva a rivedere quell'espressione.

E comunque lei non aveva fatto nulla per scatenare quella reazione assolutamente ingiustificata. L'aveva tagliata fuori senza spiegazioni.

«Vattene al diavolo, Tomaso!»

Gettò un'occhiata all'orologio. Era tardi, doveva sbrigarsi ad andare al lavoro. Per rimettersi in gioco aveva accettato l'offerta di Andrea, che le aveva proposto di occuparsi della libreria. Lui avrebbe voluto cederle l'attività, ma Sofia sapeva che nessuna banca le avrebbe concesso un prestito, al momento. E i suoi risparmi non le consentivano grosse possibilità.

Aveva cominciato a passare le giornate lì, anche perché non aveva molto altro da fare. Joice aveva i suoi parenti giapponesi da portare in giro per Roma. Ilaria era impegnata con la sua famiglia, e in quanto agli amici, non era riuscita ancora a liberarsi completamente di quella reticenza che le impediva di lasciarsi andare. Si sentiva ancora in difficoltà, con loro.

Tuttavia prendersi cura della libreria la rendeva felice. La faceva sognare, immaginare che un giorno avrebbe fatto qualcosa di unicamente suo. Come Clarice, che aveva preferito la propria libertà a una vita agiata ma sotto la supervisione di altri. Quanto la sentiva vicina, quella donna vissuta secoli prima. Quanto la trovava attuale. Era stata lei in fondo a spingerla fuori dall'inerzia di un matrimonio che la stava distruggendo. «Clarice Marianne von Harmel, ovunque tu sia, ti ringrazio dal profondo del cuore.»

Era da qualche giorno che Andrea non veniva in libreria, pensò un po' preoccupata. Negli ultimi tempi era cambiato molto. Invecchiato. Non c'era più in lui la scintilla di vivacità che aveva caratterizzato i loro primi incontri.

Quando gli aveva raccontato di Clarice, e di come la loro ricerca si fosse interrotta, c'era rimasto malissimo. Non si era resa conto fino a quel momento di quanto il vecchio signore avesse tenuto al buon esito dell'impresa.

«Ci deve pur essere un modo per andare avanti.» Lo aveva detto con gli occhi lucidi, l'espressione disperata.

Sofia, che era andata da lui in cerca di consolazione, si era ritrovata a doverlo incoraggiare. «Se esiste, io lo troverò.»

Non lo aveva detto tanto per dire. Trascorreva ore a riguardare gli appunti, a leggere ogni documento riguardante Fohr su cui riusciva a mettere le mani. Era tornata alla Bibliotheca Hertziana, diverse volte. Ma fino a quel momento le sue indagini non erano approdate a nulla.

Scese le scale e salutò Felipe. Svoltato l'angolo, si ritrovò nel viale che portava alla libreria. Aveva percorso metà del tragitto quando scorse una figura seduta sulla panchina accanto all'ingresso. Riconobbe il libraio, e affrettò il passo. «Buongiorno.» Lo salutò con la mano. «Come mai là fuori?»

Andrea le rispose con un sorriso affaticato. «Ciao, Sofia. Ho scordato le chiavi. Cose da vecchi. Mi stavo riposando prima di tornare a casa a prenderle.» Il libraio la studiò da sotto le palpebre. «Sicura di stare bene?»

Non gli rispose subito. Approfittò del tempo che le sarebbe servito per aprire la porta, sperando di scacciare quelle lacrime che le erano spuntate di nuovo a tradimento. Quando si voltò verso di lui, sorrideva.

Dopo essere entrato Andrea sospirò e si tolse il cappello, appoggiandosi pesantemente al bancone. «Ho come l'impressione che la tua tristezza non sia legata a Clarice.»

Non gli rispose. C'erano cose che erano solo sue, e non voleva condividere con nessuno.

«Capisco», rispose il vecchio dopo un po'. Il suo sguardo si perse sul pavimento, seguendone le mattonelle. Poi si sollevò nuovamente su di lei.

«*Dopo un po' impari la sottile differenza*
tra tenere una mano e incatenare un'anima.
E impari che l'amore non è appoggiarsi a qualcuno
e la compagnia non è sicurezza.
E inizi a imparare che i baci non sono contratti
e i doni non sono promesse.
E incominci ad accettare le tue sconfitte a testa alta
e con gli occhi aperti con la grazia di un adulto
non con il dolore di un bambino.
E impari a costruire tutte le strade oggi
perché il terreno di domani
è troppo incerto per fare piani.
Dopo un po' impari che il sole scotta, se ne prendi troppo.
Perciò pianti il tuo giardino e decori la tua anima,
invece di aspettare che qualcuno ti porti i fiori.
E impari che puoi davvero sopportare,
che sei davvero forte, e che vali davvero.»

La voce di Andrea si spense lentamente.

«Bello. Che cos'è?» sussurrò Sofia.

«Una poesia scritta negli anni Settanta da una ragazza americana, Veronica Shoffstall. Nella loro semplicità, trovo illuminanti quei versi. Sono un'indicazione per vivere con coraggio.»

Perché le diceva quelle cose? «Crede che io non ne abbia?

Che sia una codarda?» Sofia sentì nuovamente il peso delle lacrime, del giudizio altrui. E infine di quello che le pesava più di tutti: il proprio.

Il libraio spalancò gli occhi, sbalordito. «Ti ho dato forse questa impressione? Se è così me ne scuso profondamente. Le mie intenzioni erano altre, volevo condividere con te qualcosa che mi aveva fatto bene, a suo tempo.»

Non aveva pensato a quello. Era così concentrata sui suoi problemi da scambiare una carezza per una percossa. Si vergognò, allora. Tacque, torcendosi le mani.

«Mia cara, le persone ferite sono quelle che sollevano intorno a loro i muri più alti, e così impediscono a sé stesse di assaporare la vita.»

«E se mi sbagliassi nuovamente?» Ecco, lo aveva detto. Alla fine era quello che la tormentava. Non aveva fiducia in sé stessa.

Andrea si strinse nelle spalle, le labbra piegate in una smorfia. «L'amore è di chi osa.» Fece una pausa. «Gli altri non lo meritano, non credi anche tu?»

Sofia continuò a stare in silenzio, la gola serrata dal pianto.

«Guardami, cara, io sono solo. Ma non è sempre stato così. So bene cosa significa amare, e so ancora meglio cosa significa rinunciare.» Le sorrise, e in fondo a quegli occhi c'era un dolore profondo. «Conosco ogni aspetto del rimpianto, persino il suo colore. Il rimpianto è grigio. Non possiede la forza del nero né la grazia del bianco. Non ha sfumature. Il rimpianto è un'unica infinita tristezza. È sterile. Non possiede nemmeno il pregio di preparare l'anima a qualcosa di più grande.»

Le sue parole fecero breccia nei timori più reconditi di Sofia. Le certezze nelle quali si era avvolta come in una calda coperta iniziarono a sgretolarsi. La sicurezza a cui si era afferrata con tutte le sue forze esigeva un prezzo. Lei era disposta a pagarlo? «Non tutte le cose valgono allo stesso modo per tutti.»

«No, è vero. Ma alcune sono identiche in tutto il mondo. Fanno parte di una cosa che si chiama umanità. La gioia, e il dolore, la speranza, il rimpianto. L'amore.»

Si guardò le mani: erano vuote, non c'era nulla. «Forse mi farebbe bene riflettere un po'. Rimane lei oggi in negozio?»

«Vai, cara, sono certo che là fuori ci siano cose molto più importanti che tenere compagnia a un vecchiaccio come me.»

Era ormai sulla porta quando tornò indietro di corsa e, dopo aver abbracciato Andrea, lasciò che lui la ricambiasse e le battesse una mano sulla spalla. Alle volte i gesti più banali erano quelli capaci di offrire più forza.

Sofia aveva fatto quel percorso solo una volta, ma le era rimasto impresso. Così non faticò a ritrovare il palazzetto settecentesco. Suonò al citofono e attese. Le tremavano le mani, allora le infilò nelle tasche, mise a tacere tutte le proteste della sua mente e si rifiutò di ascoltare i battiti del suo cuore. Voleva una spiegazione. Voleva sapere il motivo che lo aveva spinto a comportarsi in quel modo orribile. Lo esigeva come donna, e come persona. Non avrebbe finto che Tomaso non avesse significato nulla per lei, perché era una menzogna. Ma non gli avrebbe dato altro.

Il clangore del portoncino che si apriva la colse di sorpresa. Che strano, lui non aveva chiesto chi fosse. Si era limitato ad aprire. Salì le scale e poi si fermò. Tomaso era sulla porta, un braccio appoggiato allo stipite, i capelli sul viso. Indossava una maglietta e un paio di jeans. Non era sorpreso. Non lo era per nulla. Ma non fu quello a colpirla. Quello che la fece ammutolire per un istante fu l'espressione terribile del suo viso, il pallore, la magrezza che gli affilava i tratti.

Che gli era successo, in nome del cielo?

«Non sono qui per chiederti scusa.»

Non era quello che aveva pensato di dirgli. O meglio, era esattamente quello che intendeva dirgli, e se lo era ripetuto mille volte durante il tragitto in macchina. Ma era prima di vederlo così. Se lui le avesse chiuso la porta in faccia, se lo sarebbe meritato.

Invece il suo viso si aprì in un sorriso bellissimo. «Mi sei mancata.» Non si mosse, limitandosi a farsi da parte per lasciarla entrare. E quando gli passò accanto, la afferrò per la giacca, tirandosela addosso. Stringendola in un abbraccio che era un grido di dolore.

Sofia lo ricambiò con la medesima urgenza, perché riconobbe la sua sofferenza come propria.

Non ci fu nulla delle parole che aveva creduto di dovergli dire, né alcuna ragionevolezza. A parlare per loro, a scusarsi, ad amarsi furono i loro corpi, che si conoscevano per ciò che era essenziale, e non avevano bisogno del tramite delle parole.

Ore dopo, mentre continuavano ad accarezzarsi dopo aver parlato a lungo, Sofia lo baciò nuovamente. «Mi dispiace per il tuo patrigno.» Alla luce di quei nuovi fatti che Tomaso le aveva raccontato, capiva il suo tormento. Se solo lo avesse saputo prima…

«Anche a me. Sai, credevo che non sarei mai arrivato a dire una cosa simile. Invece mi dispiace tanto.»

C'era molto di più in quella affermazione, una sofferenza antica, il destino di chi resta e vorrebbe non amare mai coloro che hanno preso il posto di persone insostituibili. E che solo davanti alla consapevolezza di non esserci riusciti riconoscono ciò che è andato perduto: un'occasione d'amore.

«Mia madre lo ha amato moltissimo. È la seconda volta che perde il proprio compagno. Non capisco dove trovi la forza.» Allungò il braccio, cercandole il viso.

«Sai, credo che nessuno sia davvero cosciente delle proprie risorse. In fondo queste sono cose che scopriamo volta per volta, davanti a ciò che ci accade.»

«Per te è stato così?»

«Per me, per Clarice. E anche per te. Hai trovato la forza di amare un uomo che in fondo non se lo meritava.» Si rese conto che forse era invadente, e attese che lui la rimproverasse, che si irrigidisse, invece Tomaso restò rilassato al suo fianco. Sembrava riflettesse sulle sue parole. E allora anche lei si rilassò. E capì con infinita, lucida certezza, che avrebbero potuto litigare per sempre, e che sempre si sarebbero voluti. Tutti i dubbi che aveva avuto su loro due erano i resti della donna paurosa che era stata. In quel momento si sentiva come se si fosse liberata da un peso che le aveva impedito di volare.

«Ho perso tutto, sai? Non ho più nulla.» La voce di Tomaso era lieve, dolorosa.

Gli rise in faccia. «È la cosa più ridicola che abbia mai sentito.» Si mise a sedere a gambe incrociate. «Tutto quello che sei, è qui» – gli sfiorò il petto – «e qui!» concluse toccandogli la fronte. «Non ti serve altro per ricominciare.»

Lui la studiò per un lungo momento. «Non hai mai pensato di fare la motivatrice? Ti viene davvero bene.» Eppure, nonostante il tono scherzoso, entrambi erano emozionati, stupiti dalla profondità dei loro sentimenti, e si sentivano molto meglio. Era bastato poco per riprendere la loro storia da dove si era interrotta.

Era bastato l'amore.

«Sto morendo di fame!»

Tomaso sorrise, e si stiracchiò. «Ti va una pasta veloce?»

«Mi va qualsiasi cosa.»

Mentre lui controllava nella dispensa cercando di mettere insieme la cena, Sofia si diresse verso lo scrittoio. «Spero che tu abbia deciso di tenerlo.»

Tomaso si sporse per vedere a cosa si stava riferendo. «Quello sì, e un altro paio di cose. Il resto lo vendo.»

Per quanto lui si stesse sforzando di minimizzare, Sofia percepì la sofferenza in fondo a quelle parole. Non era facile sacrificare tutto quello che si era raggiunto. Perdere la casa di famiglia, l'agenzia, non era un'esperienza attraverso la quale si passava indenni. Lui non le aveva detto molto, e lei si era concentrata sui suoi silenzi.

Così si era fatta un quadro abbastanza preciso.

Allungò le dita e sfiorò il legno antico, la superficie, i cassettini. Adorava quel mobile. Le trasmetteva una serenità che aveva qualcosa di magico. Anche Clarice e Christian ne avevano avuto uno in comune, anche loro lo avevano condiviso come era accaduto a lei e a Tomaso. Un'ondata di calore la travolse mentre il ricordo di ciò che era accaduto quella sera, quando lui le aveva insegnato a scrivere il suo nome in corsivo italico, le tornava alla mente.

Ci voleva riprovare, decise. Questa volta però avrebbe fatto tutto da sola. Le serviva un foglio, il pennino e l'inchiostro. Spostò con attenzione le fotografie che c'erano sullo scrittoio, sollevandole con cura. Non voleva si rovinassero. Le aveva adagiate su un ripiano quando all'improvviso si immobilizzò. Ruotò la testa, osservandole. Poi lentamente prese una fotografia, fissandola a lungo. Aprì la bocca, e poi la richiuse. Erano vecchie, molto vecchie. «Di chi sono queste fotografie?»

Tomaso si affacciò nuovamente sulla porta, guardando a cosa alludesse Sofia. «Appartenevano a mia nonna. Erano le sue, di quando era ragazza. Sto cominciando a selezionare le cose che voglio portare con me dopo la vendita della casa. Fammi un po' vedere.»

La raggiunse e le indicò una ragazza esile, vestita elegantemente, dallo sguardo determinato. Accanto a lei due giovani. «Ecco, questa è lei.»

Non poteva essere. Ma com'era possibile? Si inumidì le labbra. «Tomaso, quello che le tiene un braccio sulle spalle si chiama Maximilian Bauer.»

Lui si accigliò. «Lo conosci?»

Annuì. «Sì, è mio nonno.»

Il silenzio si dilatò, mentre entrambi cercavano di dare un senso a quella scoperta. «Cosa? I nostri nonni si conoscevano?» Voltò la fotografia, e ammutolirono.

«Max Bauer, Ludovica Devoto, Andrea Vinci. Roma, 1953.» La voce di Tomaso si spense. Non aveva mai notato quei tre nomi dietro la vecchia fotografia.

«So anche chi è l'altro ragazzo.» Sofia prese un respiro profondo. «Quello è Andrea Vinci, il libraio di cui ti ho parlato. L'uomo che mi ha regalato il libro di Clarice.»

22.

«La realtà del prossimo non consiste in quel che ci rivela,
ma in quel che non può rivelarci. Perciò se vuoi capire il prossimo
non ascoltare quel che dice ma piuttosto quel che non dice.»
Kahlil Gibran, *Sabbia e onda*

«Raccontami tutto dal principio, per piacere.» Tomaso le versò da bere, e poi riempì il proprio bicchiere.

Ancora sorpresa dalla scoperta che aveva appena fatto, Sofia mangiucchiava distrattamente. «Te l'ho già detto. La libreria la conoscevo già, ma quel giorno ci sono capitata per caso. L'ho vista, e mi è venuta voglia di curiosare. Poi mi sono messa a chiacchierare con il libraio, che non avevo mai visto. Mi ha mostrato il libro di Fohr, e io, che volevo un libro da restaurare e amo quello scrittore, gli ho fatto un'offerta.»

«Non te lo ha regalato?»

Annuì. «Alla fine sì. Per un po' ha cercato di convincermi che non fosse un buon affare, e che non poteva assolutamente vendermelo viste le sue condizioni.»

Lui soppesò le sue parole, studiandola da sopra il bicchiere. Mandò giù il vino, e poi ne versò dell'altro. Avrebbe avuto bisogno di qualcosa di più forte, pensò, ma gli serviva tutta la lucidità possibile. «L'unica cosa di cui sono sicuro io è che Andrea Vinci non ti ha regalato il libro per caso.» Era quello il tassello che mancava a Tomaso per vedere chiaro in tutta quella faccenda.

Continuarono a parlare, facendo il punto della situazione. Sofia non riusciva a capacitarsi, ma quello che diceva Tomaso era corretto. Lui analizzò tutto pacatamente. Non si fece mai trasportare dalla collera o dalle recriminazioni per la discussione che avevano avuto al ritorno da Vienna. Esaminò tutto con distacco, e la massima attenzione. E alla fine si delineò un quadro preciso, per quanto incredibile. Dietro quasi tutto ciò che era accaduto nella ricerca dei libri di Fohr, c'era stato un intervento di Andrea.

Quell'uomo aveva fatto la parte del burattinaio occulto.

«Avevo insistito per acquistare il libro, ma lui non era d'accordo. Questo me lo ricordo bene.» Sofia ripercorse la sera in cui aveva incontrato Andrea Vinci per la prima volta. «All'improvviso, però, me lo ha regalato. Mi è sembrato strano, ma non ci ho badato più di tanto.»

«È stato prima o dopo che gli avevi detto il tuo nome?»

Ci pensò su, poi spalancò gli occhi. «È stato dopo! Hai ragione.» A un certo punto avevano parlato del nonno, e del fatto che abitava a Coppedè. Se quei due si conoscevano, come dimostrava la fotografia, era stato semplice per il libraio risalire alla sua identità. «All'improvviso non ha voluto che lo pagassi, e poi mi ha pregato di tornare. Di fargli vedere il libro una volta restaurato.» Restò in silenzio un istante. «È stato sempre lui a mandarmi da te.»

«Cosa vuoi dire?»

Sollevò la testa. «Quando gli ho raccontato tutto della lettera di Clarice, e che avevo bisogno di una perizia grafologica, mi ha consigliato di cercarti. Ha detto che eri il migliore.»

Quella storia era davvero inquietante. «Ma come diavolo fa a conoscermi? Io non lo conosco...»

Entrambi guardarono la fotografia che ritraeva i loro nonni e il libraio. Il legame tra loro era documentato. Andrea aveva conosciuto Sofia per caso, era vero, ma solo dopo aver compreso che era la nipote di Maximilian Bauer, probabilmente un suo vecchio amico, le aveva regalato il libro. E poi le aveva raccomandato di tornare, in modo da consolidare un legame con lei. Ma la cosa strana era che né allora né dopo aveva accennato al fatto che conosceva suo nonno.

«Perché? Voglio dire, che bisogno aveva di manipolarmi? Forse sapeva già qualcosa su Clarice?»

«O forse no. Il libro di per sé è comunque interessante.

Non dimenticare le note manoscritte. Poteva già aver sospettato che fossero di mano dell'autore...» Tomaso ammutolì. «Del resto anche mia nonna era una grafologa!»

Sofia aveva seguito tutto il discorso in silenzio. «Non è un caso, Tomaso. Un libraio, una grafologa, uno studioso. Mio nonno era docente di letteratura tedesca. Hanno, o avrebbero, tutti più o meno la stessa età. Scommetto che hanno studiato nella stessa università. Ci deve essere qualcosa che li colleghi da qualche parte. Come si sono conosciuti, chi sono stati l'uno per l'altro? Perché Andrea, dopo aver sentito il mio nome, non mi ha detto di aver conosciuto Max? Non è normale, i vecchi indulgono sempre ai racconti del passato. Se non lo ha fatto, aveva delle motivazioni.» Si passò le mani sul viso. «Non resta che chiamare Max, e chiedergli lumi su questa faccenda.» Dopo avrebbe parlato con Andrea Vinci. Voleva sapere il perché di tutta quella messa in scena. Era delusa, e amareggiata. «Non c'era motivo di ricorrere a un sotterfugio. Se mi avesse chiesto di aiutarlo nella ricerca, io lo avrei fatto.»

Tomaso sospirò. «Odio prendere le parti di quell'uomo, ma lui non poteva sapere della lettera di Clarice. Era dentro la rilegatura, nella tasca. Come le altre. E non poteva nemmeno sapere quanto ti saresti appassionata alle vicende di Fohr. Diciamo che ha scommesso su di te affidandoti quel libro. E ha vinto.»

Poteva essere. «Quando siamo tornati da Vienna e gli ho raccontato di come la terza lettera fosse danneggiata, ho temuto che stesse per sentirsi male. E dopo ha cercato di spronarmi a continuare. Ma era evidente che c'erano davvero poche possibilità. Era profondamente deluso dal fatto che avessimo interrotto le ricerche. Ha iniziato a diventare più silenzioso, e poi mi ha proposto di dargli una mano in libreria. Oggi l'ho rivisto, dopo qualche tempo che non veniva in negozio.» Si schiarì la voce. «A questo proposito, devo dirti una cosa.» All'improvviso era turbata, nervosa.

«Guarda, puoi dirmi ciò che vuoi, ormai non mi sorprendo più di nulla.» Tomaso le sorrise, incoraggiandola.

«Se sono qui, probabilmente è per merito suo.»

Tomaso fu contento che Sofia si sentisse grata di quella coincidenza. Tuttavia non voleva andare in fondo alla cosa. Era felice che fosse lì con lui, punto. Non le disse che, con o senza l'intromissione del libraio, si sarebbero comunque rivisti. Cercarla quanto prima era stato nei suoi progetti fin dall'istante in cui l'aveva conosciuta. «E così sono in debito con lui.» Tenne volutamente un tono scherzoso, anche se gli batteva forte il cuore.

Sofia però non rideva. Era profondamente seria. «Sono arrabbiata con quell'uomo, ma gli sono anche molto affezionata. Voglio solo capire cosa lo ha spinto a manipolarci in questo modo. Devo sapere il motivo.»

Erano entrambi stanchissimi e provati dalle ultime scoperte. «Sono le tre del mattino. Andiamo a dormire, Sofia. Ci penseremo domani.» Le porse la mano. Per un lungo istante si guardarono, ma Tomaso non desistette. Alla fine lei gli porse la propria. Lui l'attirò a sé, abbracciandola. «Continui a sorprendermi.» La baciò lentamente. «Non mi dispiacerebbe se diventasse un'abitudine.»

Tornarono a letto, mano nella mano.

Maximilian Bauer era stupefatto, senza parole. «Aspetta, aspetta, *Liebling*, non riesco a seguirti.»

Era appena l'alba, ma Sofia sapeva che i suoi nonni erano molto mattinieri. Aveva atteso finché aveva potuto, per non allarmarli, poi aveva chiamato. Ed era impaziente, nervosa. «Nonno, rispondi semplicemente alla mia domanda. Conosci un uomo di nome Andrea Vinci?»

Silenzio, poi un suono strozzato. Infine l'ammissione. «Sì, certo. Era un mio vecchio compagno di università. Ma tu come fai a sapere il suo nome? Non vive nemmeno in Italia, se n'è andato decenni fa, e non è mai tornato. Per quanto ne so io, potrebbe anche essere morto da un pezzo.» Un sospiro, poi silenzio. «Suo padre aveva una libreria a Coppedè. Ti ci portavo da bambina.»

«Precisamente.»

«Vuoi dire che è tornato? Lo hai incontrato là? Certo, certo. È plausibile. Ma a ogni modo, *Liebling*, perché hai urgenza di parlarmi di lui?»

«Mi ha regalato un libro molto particolare.»

Nuovamente silenzio, ma questa volta Sofia comprese che c'era qualcosa di strano. Di teso e pesante. Max sapeva qualcosa. «Nonno, ci sei?»

Lui tossicchiò. «Quale libro?»

«Un'edizione antica del primo volume dell'opera di Christian Philipp Fohr. Il *Discorso sulla natura.*»

«Ascoltami bene, *Liebling.*» La sua voce adesso era imperiosa, urgente. «Il libro in questione è rilegato in marocchino rosso, con note a margine?»

Un tuffo al cuore, che prese a martellarle nel petto. «Sì, esatto.»

«Dannato bastardo... se gli metto le mani addosso, questa volta lo ammazzo. Riportagli immediatamente il libro, Sofia! Lo ha rubato. Daglielo indietro. Anzi, no. Restituiscilo tu stessa. Vai alla Bibliotheca Hertziana e di' loro che... no. Non va bene nemmeno così.» Era affannato, disperato. Per un momento Sofia pensò che stesse per sentirsi male. Un'altra pausa, con la voce di Max che diceva qualcosa. Finalmente riprese la conversazione. «Prendo il primo aereo, fino al mio arrivo non fare nulla. Penserò io a quel maledetto. Non gli permetterò di compromettere anche te!»

Non aveva tempo per farsi distrarre con la storia della provenienza del libro. Ci avrebbe pensato dopo. In quel momento voleva informazioni, tutte quelle a cui poteva accedere. «Nonno, ascoltami. All'interno del libro, nascosta sotto i risguardi, ho trovato una lettera.»

«Cosa?»

«L'ha scritta una donna di quell'epoca. Si chiamava Clarice. È stata lei a rilegare quella copia della trilogia di Fohr. Dentro ogni volume ha nascosto un suo scritto.»

«Perché?»

«Voleva tramandare le tracce di qualcosa perché non andasse perduto.» Fece una pausa, scegliendo con cura le parole da dire. «Sono convinta che Fohr abbia lasciato un inedito. Clarice lo amava, e credo desiderasse con tutte le sue forze che lo scritto fosse ritrovato in seguito, anche se allora doveva restare segreto. Voleva che tutti potessero leggerlo. Che il mondo sapesse.» Ne era assolutamente convinta. Ci avrebbe scommesso ogni cosa.

«Ma perché, in nome del cielo? Fohr è uno degli scrittori più famosi dell'Ottocento, ogni editore dell'epoca avrebbe fatto salti di gioia all'idea di pubblicare un suo nuovo libro.»

Sofia non conosceva le motivazioni che avevano spinto Clarice ad agire in quel modo tortuoso. «Non so perché lei lo considerasse un segreto, so solo che si sono amati profondamente fino alla morte di lui, e più avanti, a un certo punto della sua vita, come lei stessa racconta in quelle pagine, Clarice ha deciso di mettere nero su bianco la loro storia. Nell'ultimo volume – siamo riusciti a trovarli tutti e tre e ognuno conteneva una lettera – ci sarebbero dovute essere le indicazioni su dove trovare il testo inedito. Ma l'ultima lettera è deteriorata, e la parte cruciale risulta illeggibile.»

Max inspirò profondamente. «Certo, dobbiamo immedesimarci nel periodo, per capire quella donna. Se era rimasta custode del libro dopo una relazione illegittima con Fohr, questo spiegherebbe la segretezza. La società era tutto a quei tempi, giudice implacabile, unico tessuto nel quale potersi inserire.» Un sospiro. «Ma questo lo vedremo in seguito. Dammi il tempo di arrivare, *Liebling*. Non parlarne con nessuno, e aspetta il mio arrivo. Un inedito di Fohr... pazzesco!» Chiuse la comunicazione, dopo averle di nuovo raccomandato di seguire le sue istruzioni.

Sofia restò un istante con il telefono in mano, gli occhi su Tomaso coricato al suo fianco. «Hai sentito?»

«La cosa si complica sempre di più. È arrivato il momento di fare due chiacchiere a carte scoperte con il libraio.»

Era vero. Per quanto Max l'avesse pregata di aspettarlo, lei doveva agire subito. Ne aveva abbastanza di quei sotterfugi, di quei segreti.

«Mi chiedo che ruolo abbia avuto mia nonna in tutto questo», si chiese Tomaso.

«Credo che stiamo per scoprirlo.»

Dopo che ebbero fatto colazione insieme, Tomaso rinviò

al pomeriggio gli appuntamenti con due persone interessate all'acquisto della casa. Non avrebbe lasciato Sofia sola con il vecchio. E voleva anche lui delle spiegazioni.

Lo trovarono al bancone, chino su un libro come al solito. Andrea Vinci sollevò la testa, guardò prima Sofia, poi Tomaso. Su di lui indugiò un istante di più, poi sorrise e borbottò qualcosa tra sé, ondeggiando piano la testa.

«Buongiorno.»

«Mia cara Sofia, vedo che hai portato un amico.»

Tomaso si intromise senza scrupoli. «Credo che le presentazioni siano superflue, visto che lei mi conosce, e conosceva anche mia nonna.»

«Hai i suoi stessi occhi, sai? Così penetranti, così espressivi... Sapevi sempre cosa Ludovica pensasse di te.» Rise piano. «Riusciva benissimo a fartelo capire senza parole. Vedo che hai ereditato quel suo tratto così particolare.» Si interruppe, appoggiandosi al bastone. «Vi aspettavo, in effetti. Accomodiamoci, è una faccenda incantevole quella di Fohr e Clarice, ma molto lunga, e io non posso stare in piedi per troppo tempo.» Tossì, e indicò loro l'angolo con le poltrone. «Tua nonna mi detestava, e non si curava di farne mistero. Io avevo tutto ciò che lei disprezzava.» Cercò lo sguardo di Sofia. «Max era il suo preferito.» Il suo sorriso si spense.

Sofia comprese che era immerso nei ricordi, in un passato che non apparteneva né a lei né a Tomaso.

«Ma sedete, vi prego.» Li raggiunse e si accomodò, le ginocchia ossute appena velate dalla stoffa dei pantaloni. «Da dove inizio?» borbottò. Poi il suo viso si illuminò. «Prima di cominciare vorrei dire una cosa. Sono felice che sia finita. Credo che il mio cuore non avrebbe retto ancora per molto. Troppe emozioni ci ha dato la nostra Clarice von Harmel, troppe emozioni davvero.» Si appoggiò allo schienale della poltrona, che parve avvolgerlo.

«Perché?» La domanda di Sofia era chiara.

Il vecchio ci pensò un po' prima di rispondere. «Sai, una volta ho letto di un tizio che si portava dietro un libro che non avrebbe mai letto. Lo faceva per ricordare a sé stesso che il giorno in cui ne avesse avuto voglia, non avrebbe dovuto fare altro che aprirlo. Ma a lui non importava per davvero, ciò che voleva realmente era possederlo.» Sollevò le braccia in un gesto divertito. «I libri sono così, ognuno ci vede qualcosa di suo. Possono essere risposte alle domande che ci tormentano, persino a quelle che non ci sono ancora venute in mente. Hanno un grande potenziale, i libri.» La voce si spense per un istante. «Per me, per esempio, il libro di Fohr ha significato la fine della gioventù. Per un po' è stato il simbolo della libertà, e della ribellione alle ingiustizie. Poi, quando mi sono affrancato dal potere che aveva su di me, e ho imparato a dominarlo, si è rivelato un amico. È diventato un monito. Un confine oltre il quale non avrei mai dovuto spingermi.» Ridacchiò e riportò l'attenzione su di loro. «Dovete perdonare la mia divagazione. Ho troppe cose in testa, non è facile sceglierne alcune e trascurare le altre.»

«Ci provi, le assicuro che abbiamo molta pazienza.»

Vinci si fece serio. «Caro Tomaso… È stata proprio tua nonna a parlarci di Fohr. Non so come avesse individuato il libro nel catalogo della Bibliotheca Hertziana, e francamente all'epoca non la ritenni nemmeno una notizia degna di attenzione, ma vedete, Ludovica sosteneva che quel libro contenesse delle note autografe di Fohr in persona, e che l'altra calligrafia fosse di una donna. Una sconosciuta che aveva condiviso con lui alcuni spazi riempiendoli di una serie di riflessioni, di pensieri.» Fece una smorfia. «Non le aveva creduto nessuno, naturalmente. Prima di tutto perché era solo una ragazzina, anche se aveva dimostrato di essere la migliore del suo corso. E poi le sue competenze grafologiche intuitive erano un po' troppo lontane dalla scienza dell'epoca. Parevano supposizioni.» Si fermò, recuperando il fiato. E poi riprese a parlare. «Sembra un paradosso, ma proprio in quello che veniva snobbato, e che non interessava a nessuno dei nostri professori, io vidi una possibilità. La scoperta di un libro sulla cui esistenza si vociferava da secoli.»

«Dunque lei era a conoscenza di quella leggenda.»

Il libraio si strinse nelle spalle. «Cara Sofia, era più di una leggenda, e quel libro annotato dall'autore poteva essere una traccia. Conoscevamo tutti il tedesco. Io e Ludovica perché lo avevamo studiato, Max perché era la sua lingua madre.»

Tomaso socchiuse le palpebre. «Continui, per piacere.»

«Ci siamo appassionati tutti e tre a Fohr e a quel suo strano libro. Ma mentre per Ludovica era una cosa personale e a Max interessava per farsi bello agli occhi della ragazza di cui si era innamorato, io invece lo vedevo come un modo per affermare me stesso nell'ambiente universitario.» Si sporse verso di loro, le mani artigliate ai braccioli della poltrona. «Io volevo essere riconosciuto come l'autore di una grande scoperta. Colui che aveva trovato il libro perduto di Fohr. Volevo la gloria, volevo l'onore. Volevo un posto in quello che ritenevo fosse l'Olimpo della conoscenza.»

Adesso che lo ascoltava, che lo guardava senza l'affetto che gli aveva portato quasi da subito, Sofia riconobbe nel vecchio i segni dell'ossessione. Erano negli occhi spalancati, ancora animati, dopo tanti anni, di una luce fortissima. «E poi cosa accadde?»

L'espressione del libraio si incupì. «Ciò che succede quando i prepotenti si accorgono che i loro subalterni potrebbero avere ragione.» Si strinse nelle spalle. «Dopo averci riso dietro, cercarono di scippare il risultato delle nostre fatiche e dei nostri sogni. Una triste verità, non credete?»

«Si spieghi meglio.»

Strinse le labbra come se ancora adesso, a distanza di decenni, Andrea sentisse il sapore acre della rabbia. «Uno degli assistenti che ci seguivano nei nostri studi su Fohr informò il professore. Lui richiese il libro. Non credeva alle supposizioni di Ludovica, nessuno lo aveva fatto. Ma voleva vederci chiaro. Da quel momento in poi non ci fu più possibile esaminarlo.»

Adesso sì che cominciava a capire. Sofia era ancora lontana da trovare il nesso con lei, ma quella storia iniziava a definirsi. «Così lei lo ha rubato.»

Il libraio si irrigidì. «Sì. In quel momento ne fui persino orgoglioso. Una frustata all'arroganza del sistema. Dopo...

be', il dopo è un'altra cosa.» Sospirò. «Quell'azione sconsiderata, mia cara, mi è costata un esilio volontario, la lontananza dalla mia terra, dalla mia famiglia. E l'amicizia di due persone a cui tenevo davvero.» Si rivolse a Tomaso. «Dopo sono rinsavito, sai. Sarei potuto tornare in Italia, ma non ne ebbi mai il coraggio. La sparizione del libro non fu mai denunciata, c'era ben altro di cui occuparsi all'epoca. Ma mio padre lo scoprì. La vergogna per i problemi che avevo procurato alla mia famiglia di studiosi mi tenne lontano. Poi la vita trova modi tutti suoi per avvilupparti in disegni incomprensibili.»

«Ma io cosa c'entro? Perché mi ha regalato il libro?» Lo spinse verso di lui. Il libraio però non lo toccò, guardandolo come se fosse un'entità viva, con la quale non voleva avere nulla a che fare. «Quando compresi chi eri, mi sembrò un segno. Quel libro sarebbe potuto tornare al suo posto. Nei giorni che precedettero il nostro incontro avevo cercato Max, volevo che lui mi aiutasse a riportarlo alla biblioteca. Non potevo presentarmi là di persona. Anche se il furto è accaduto sessant'anni fa, come avrei potuto spiegare la cosa?» Le lanciò un'occhiata. «Ho pensato che se te lo avessi affidato, lui, voglio dire Max, prima o poi lo avrebbe riconosciuto. Ero certo che con le sue conoscenze avrebbe provveduto a risolvere la cosa con discrezione. Per poterci mettere una pietra sopra.» Tacque un istante, asciugandosi le labbra con un fazzoletto. «Volevo che il cerchio si chiudesse, che finalmente ci fosse una fine. Ma poi tu sei tornata da me, e mi hai raccontato della lettera che avevi trovato. A quel punto era come se il destino mi avesse concesso un'altra possibilità. Prima di morire avrei finalmente scoperto se ciò che avevo fatto era seguire un sogno, o una mera illusione.»

Sofia non riusciva a crederci. «Così sono stata il suo burattino.»

Il libraio scosse la testa. «Non è così semplice. A farmi decidere di affidarti il libro è stato anche qualcos'altro.»

«Cioè?»

Si passò una mano tra i radi capelli argentati. «Tu possiedi quell'amore profondo per la letteratura che io non ho mai davvero avuto. Tu, Sofia Bauer, hai una sensibilità straordinaria, sei gentile, ascolti chi ti parla, hai rispetto. Tu, mia cara, sei entrata nella mia vita come un raggio di sole.»

Non la stava blandendo, la sincerità era limpida in quel suo sguardo. Ma Sofia doveva ancora comprendere tante cose, e soprattutto sapere se poteva fidarsi ancora di quell'uomo. «Non è stato sincero con me.»

«Si può scegliere tra una bugia che fa vivere o una verità che fa morire?»

«Basta con queste frasi a effetto. Io mi fidavo di lei. Avrebbe dovuto raccontarmi tutto, non c'era motivo che mi ingannasse a questo modo. Lei mi ha manipolato. Ci ha manipolati tutti.»

«Cara Sofia, tu per me sei stata una seconda opportunità. Non erano quelle le mie intenzioni, ti prego di credermi.»

Non gli rispose, gli occhi lucidi di lacrime e di delusione.

Tomaso si alzò, tese una mano a Sofia.

«Non siate troppo severi nel giudicarmi. Voi sapete cosa significhi perseguire un sogno. In quanto a ciò che ho sottratto, potrete sempre portare alla biblioteca i libri e le lettere, raccontare tutto ciò che avete scoperto. Credo che farete del bene, molto di più di quanto avrei fatto io restituendo un solo libro, per giunta malconcio. Per quanto mi riguarda questa storia è finita.»

Li stava mettendo alla prova, Tomaso lo sapeva. Eppure, mentre usciva dalla libreria con la mano di Sofia stretta nella sua, non riuscì a reprimere un sorriso. «Quel diavolo di un vecchio ha avuto l'ultima parola.»

«Credo abbia ragione, sai. In fondo è la cosa migliore. Appena mio nonno rientrerà, cercheremo il modo per farlo. Racconteremo tutto anche sul libro rovinato che abbiamo trovato a Vienna.» S'illuminò. «La trilogia verrà riunita, Tomaso. E chissà, magari, alla luce di tutto questo, qualcuno potrebbe anche decidere di restaurare l'ultima lettera. Chissà se sapremo mai dove è conservato il testo inedito di Fohr, se è quello il segreto di cui parla Clarice.» Magari avessero potuto davvero ritrovarlo! Voleva mantenere la promessa fatta a Clarice. Avrebbero restituito al mondo il libro scomparso come lei desiderava. «Sarebbe davvero bellissimo.»

Nonostante ci fossero ancora molti dubbi irrisolti e tante domande senza risposta, Sofia si sentiva appagata. Era felice di aver conosciuto Clarice, e la sua storia. La sua vita era cambiata: sentiva di essere uscita dal luogo in cui si era nascosta, una parte remota di sé stessa.

Clarice le aveva insegnato a non arrendersi, a cambiare, a essere coraggiosa. Quella donna vissuta due secoli prima aveva preso tra le mani il proprio destino, aveva lottato per conquistare ciò che desiderava.

E Sofia, adesso che ne era consapevole, avrebbe continuato su quella strada.

23.

«Vorrei che le donne avessero potere non sugli uomini,
ma su loro stesse.»
Mary Wollstonecraft Godwin, *Rivendicazione dei diritti della donna*

L'aereo fu puntuale. Quando Maxim e Therese apparvero, Sofia non riuscì a trattenersi e corse verso di loro. Abbracciò i nonni, felice come non si sentiva da tanto tempo.

«*Liebling*, fatti guardare, sei una meraviglia.»

Era così bello rivederli. E così dolce sentirsi nuovamente parte di loro. «Mi dispiace moltissimo che abbiate dovuto interrompere la vostra vacanza.»

Max minimizzò con un cenno della mano. «Saremmo dovuti tornare a casa da un pezzo. La vecchiaia è una grande seccatura. Diventa difficile rimandare, sai? Alla fine c'erano così tante cose che ci eravamo riproposti di fare e di vedere che sarebbero serviti degli anni.» Fece una pausa, le mani che stringevano quelle della nipote. «Sono molto addolorato che tu sia venuta a sapere di Andrea Vinci e di questo fatto increscioso. Ci penso molto di rado, sai, e francamente credevo fosse una storia dimenticata.»

«In realtà è molto attuale, nonno. Ti devo... ti dobbiamo raccontare molte cose.» Si voltò verso Tomaso e gli sorrise.

«Lui deve essere la persona che ti ha aiutato nelle ricerche, giusto?»

La domanda di Therese trovò presto una risposta. Sofia prese sottobraccio Tomaso appoggiandosi a lui. Era più di una spiegazione quel gesto, era un dato di fatto.

«Piacere di conoscervi, signori Bauer.» I due uomini si

strinsero la mano lanciandosi occhiate a vicenda, nemmeno tanto furtive, il che divertì moltissimo sia Therese sia Sofia. «Mi chiamo Tomaso Leoni.»

«Forse ti ricordi di sua nonna, eravate insieme all'università. Ludovica Devoto Leoni.»

La nonna fece un passo in avanti, sul viso un sorriso. «Oh! Veramente? Ma che coincidenza incredibile.»

Non lo era nemmeno un po', pensò Sofia. Ma di quell'amarezza che l'aveva colta quando aveva compreso come erano stati manipolati da Andrea era rimasta solo una lieve traccia. Le erano tornate in mente le parole di Joice, e come le aveva spiegato che ogni azione era il terreno fertile per la nascita di qualcosa di completamente diverso e nuovo, che altrimenti non sarebbe potuto accadere. Come per esempio il suo incontro con Tomaso. Alcune volte bisognava smettere di pensare al prima e al dopo e concentrarsi sul presente.

Il viavai di persone intorno a loro si era intensificato. I passeggeri arrivavano a gruppi, accolti da parenti e amici. Nell'aria rimbombavano gli altoparlanti che raccomandavano ai viaggiatori di non lasciare incustoditi i loro bagagli. Erano come ondate che passavano rumorosamente alternandosi a momenti di quiete.

Sofia si schiarì la voce. «Che ne dite di continuare a parlare a casa?»

Fu molto difficile tenere a bada le domande che esigevano una risposta, ma tutti sapevano che per venire a capo della cosa avevano bisogno di serenità, concentrazione e silenzio.

Finalmente arrivati a Coppedè, si riunirono in biblioteca. Avevano dovuto attendere che Max tornasse dalla serra, per fortuna non ci aveva messo che pochi minuti. I due libri erano dove li aveva lasciati Sofia, sulla superficie del tavolo, ognuno con la sua lettera accanto, e la trascrizione del terzo messaggio trovato a Vienna.

«Quello è il libro che Andrea ha rubato.» Max lo indicò. «Io e Ludovica eravamo terrorizzati, ci aspettavamo di essere espulsi da un momento all'altro.» Un sorriso.

«Continua, nonno.»

Therese si sedette su una poltrona accanto al marito, Sofia di fianco al nonno, Tomaso dietro di lei.

A mano a mano che il ricordo affiorava alla sua memoria, la voce di Max acquistò profondità. «Ludovica continuò a insistere nelle sue ricerche, nonostante tutto. Ma io ne avevo abbastanza. Non volli saperne più nulla. E quello lei non me lo perdonò.» Silenzio, e poi un sorriso triste. «Era da un po' che non la vedevo quando mi dissero che aveva cambiato corso. Di lei e Andrea non seppi più nulla. Fu un brutto periodo, non te lo nascondo, *Liebling*.» Mentre parlava, Max continuava a spostare lo sguardo sui libri di Fohr e le lettere di Clarice davanti a lui sul tavolo di legno. «Non riesco ancora a credere che Ludovica avesse visto giusto su quel libro.» Fece una pausa. «Fu un caso che si appassionasse a quella storia, sapete? Il suo professore le propose una tesi su uno scrittore romantico, lei scelse Christian Fohr perché le era rimasta impressa la sua sepoltura. Aveva visto la lapide che c'è sotto la piramide nel cimitero degli Inglesi.» Sospirò. «Ti ci ho portato una volta, ricordi?»

Sì che ricordava. L'atmosfera, il profumo, la luce che filtrava dagli alberi. E tutti quei fiori che crescevano sul terreno scuro. Anche a Sofia aveva fatto molta impressione la tomba di Christian Philipp Fohr. Lei annuì e Max continuò.

«Quel giovane morto annegato l'aveva molto colpita. Spesso fantasticava su di lui e sulle voci che giravano intorno a un libro perduto. Quando in biblioteca scoprì quelle note, si convinse che ci fosse qualcosa di vero dietro quelle leggende: evidentemente lo scrittore aveva continuato a lavorare. Ne rimase completamente stregata. Sosteneva che a scrivere sul libro fossero stati una donna e un uomo. E che lo avessero fatto insieme, non successivamente. "Se troviamo lei, riusciamo a trovare anche il libro misterioso." Me lo ripeteva spesso. Andrea era molto ambizioso, voleva affermarsi in qualche modo. La possibilità di ritrovare quel libro perduto divenne una tentazione enorme, un obiettivo da raggiungere a qualsiasi prezzo.» Tacque un istante. «E la vita, a quanto vedo, non ha smorzato la sua ambizione. Non ha imparato nulla.»

Tomaso accarezzò la spalla di Sofia. «In realtà avrebbe voluto restituire il libro; evidentemente non ne aveva cavato nulla. Pare che abbia provato a incontrarla diverse volte, quando è tornato a Roma. Nel momento in cui ha capito che Sofia era sua nipote, le ha affidato il libro. Ma in realtà sperava di raggiungere lei, professor Bauer. Era certo che in qualche modo un uomo della sua influenza, che in passato aveva ricoperto cariche importanti come una docenza universitaria, avrebbe trovato il modo di restituirlo con discrezione. E di rimediare a ciò che lui aveva fatto.»

Max sospirò profondamente. «La biblioteca sarà felice di recuperare un libro prezioso come quello di Fohr. Siete sicuri di voler cedere anche gli altri, e le lettere?»

Ne avevano parlato a lungo, lei e Tomaso, e alla fine avevano deciso che era la cosa migliore da fare. «Li affideremo alla biblioteca.»

Tutti avrebbero conosciuto la storia di Clarice e Christian, e di questo Sofia era felice. Non avevano trovato il libro perduto, era vero. Ma comunque la scoperta storica era di grande rilievo. E il volere della rilegatrice, di emergere dall'ombra, era stato rispettato.

«Immagino che abbiate fatto a me le vostre domande perché Ludovica non può rispondere, giusto, signor Leoni?»

«Dai del tu a Tomaso, nonno. Lo vedrai di frequente.»

Max rivolse a sua nipote un'occhiata indulgente. «Come ti stavo dicendo, Tomaso, mi piacerebbe sapere di tua nonna.»

Un sorriso triste addolcì i suoi lineamenti. «È morta da diversi anni ormai. È stata felice, mio padre ne parlava come di una donna coraggiosa, sempre pronta a battersi per ciò in cui credeva. Anticonformista e moderna.»

Max restò in silenzio, le dita sul tavolo. «Scriveva continuamente. Aveva quaderni pieni zeppi di appunti scritti con la sua grafia meravigliosa.» Lo sguardo era lontano, perduto nel passato. «Decine e decine.» Tacque e poi strinse la mano della moglie. «Vi sono stati utili nelle vostre ricerche, immagino.»

Sofia scosse la testa, incuriosita. «Veramente, nonno, abbiamo appena saputo della vostra amicizia, trovando una foto di tutti e tre a casa di Tomaso.»

«Davvero?»

«Sì!»

Presto la conversazione si spostò verso temi più personali. Dopo una rapida cena si salutarono accordandosi per rivedersi il giorno dopo. Max avrebbe chiamato qualche amico all'università e deciso come contattare la biblioteca. Alla fine, ciò che era sembrato un grosso problema si sarebbe risolto nel migliore dei modi.

Ci furono riunioni, appuntamenti, carte da firmare. Sofia e Tomaso decisero di agire con la massima riservatezza. La cosa importante era che quell'edizione così importante dell'opera di Fohr venisse finalmente riunita, e che le lettere di Clarice fossero rese pubbliche. Sarebbe stata la Bibliotheca Hertziana, a quel punto, ad accordarsi con l'istituto di Vienna concordando le modalità per gestire quella scoperta. Loro non desideravano notorietà. Non ne avevano bisogno. Avevano la forza delle loro convinzioni a sostenerli. Erano felici, e pieni di entusiasmo.

La rabbia e il risentimento che avevano animato Max si dissolsero giorno dopo giorno, mentre il vecchio signore ricordava l'amicizia che lo aveva legato a Ludovica e Andrea. Ormai a lei non poteva dire più nulla. Non poteva scusarsi, non poteva ridere di ciò che era stato... Era quella la beffa della morte. Non ti offriva altre possibilità, era definitiva. Una separazione netta. Ma con Andrea poteva ancora parlare, con lui poteva chiudere quella faccenda che, adesso lo sapeva, aveva continuato a tormentarlo, anche se in modo nascosto. Era ciò che accadeva quando rimaneva qualcosa in sospeso. Non c'era una fine, una vera conclusione. Per questo la mente ogni tanto vi tornava sopra. E lui, invece, voleva risolvere la cosa per sempre.

Però non fu semplice. Tra le cose che aveva fatto nella sua vita, si rese conto Max, quella era una delle più difficili. Trovò la forza un pomeriggio. Entrò nella libreria, un po' incerto. Due clienti stavano pagando i loro acquisti. L'uomo con il quale parlavano, dietro il banco, era anziano, il volto solcato dalle rughe e dai dispiaceri. Con un lampo di emozione Max vide che era lui, Andrea il sognatore, Andrea l'ambizioso, quello sempre pronto a vedere il lato divertente, a sdrammatizzare, quello pronto a infuriarsi contro il sistema, a trovare scappatoie, quello fragile, capace di piangere ed emozionarsi. Le aveva dimenticate, quelle cose. Di lui, si rese conto Max, aveva ricordato solo cose spiacevoli.

Quando la coppia uscì, lasciandoli soli, Andrea sollevò lo sguardo verso Max.

Silenzio, poi stupore, infine emozione. «Sei davvero tu?» All'improvviso tremava, sostenendosi al banco.

«Ciao, Andrea, quanto tempo.»

Si incontrarono a metà strada, e di tutto ciò che Max aveva immaginato di dirgli non restò nulla. Si abbracciarono, perché certe volte è più facile, e le parole diventano superflue. Qualche istante dopo si guardarono negli occhi e, sotto le lacrime e le tracce inevitabili del tempo, si rividero per quello che erano stati.

«Volevo dirti che è tutto finito. Il libro di Fohr è tornato al suo posto.»

Andrea annuì. «Sono contento, sono contento...»

Con il ritorno dei nonni a Coppedè, Sofia decise di trovarsi un appartamento tutto suo. Non poteva vivere con loro. Stare con Max e Therese, per quanto loro l'avessero pregata di trattenersi per tutto il tempo che voleva, non concordava con il suo desiderio di libertà. Così si trasferì in un piccolo monolocale. Lo spazio era diviso tra il letto, un angolo cottura attrezzato e pareti di libri.

Quelli, nella sua piccola casa, erano ovunque. Coprivano persino il colore deprimente dell'intonaco. Era il suo spazio, là poteva pensare, sognare. E, come per una sorta di compensazione, quel piccolo spazio fu testimone di grandi progetti.

E di nuove opportunità.

Sofia aveva un nuovo lavoro. La scoperta relativa a Fohr

aveva convinto i dirigenti dell'istituto di Vienna che fosse giunto il momento di aprire una sede a Roma.

Lei sarebbe stata responsabile della biblioteca.

«La verità è che non vuoi farti sfuggire la possibilità di trovare qualcos'altro nascosto in quei vecchi libri.» Tomaso l'aveva presa in giro, ma alla fine non aveva poi tutti i torti. Quelle ultime settimane erano state davvero emozionanti. Dopo aver restituito alla biblioteca il libro rubato, aver donato quello che lei aveva acquistato a Monaco e svelato l'ubicazione viennese del terzo libro di Fohr con il suo prezioso contenuto, Sofia si era guadagnata l'ammirazione e la stima di diverse istituzioni.

In molti l'avrebbero voluta nel loro organico. Ma nessuna di quelle posizioni le avrebbe dato la possibilità di lavorare a contatto con i libri. «Clarice aveva immaginato il libro di Christian come una nave capace di solcare le acque del tempo. Una bottiglia che conteneva un messaggio. Ma lo hanno fatto anche tantissimi altri. Non come lei, certo, magari in qualche modo diverso. Lasciando un petalo, una fotografia, qualcosa che raccontava le loro storie. E io voglio raccogliere quei messaggi. Voglio che i libri che mi vengono affidati continuino a trasportare quelle storie. Che parlino di chi li ha scritti, ma anche di chi li ha letti.»

Tomaso invece aveva la sua agenzia da portare avanti. Stava per concludere la vendita della casa. Il ricavato gli sarebbe bastato per sistemare le cose, onorare l'accordo con i Baldini e coprire gli ammanchi di cassa. Avrebbe aiutato sua madre con le spese della villa. Le avrebbe parlato, ma più avanti. Le avrebbe raccontato la verità. Dopo la morte di Frank, si era reso conto di essersi fatto contagiare dall'idea distorta del patrigno. Sua madre era una donna intelligente, avrebbe compreso la situazione.

Ma non arrivarono mai ad avere quella conversazione.

«Che razza di idee ti saltano in mente, figlio mio!» Glielo disse una sera, durante la cena che aveva organizzato per conoscere Sofia. «Non so chi ti abbia messo in testa che io sono una tua responsabilità, ma ti posso assicurare che questa è un'idea assurda. Ho messo in vendita la villa, ora è troppo grande per me sola. Metà del ricavato lo darò a te, naturalmente. Potrà sempre servirti. Per quanto mi riguarda ho deciso di partire. Mi farà bene andare in America. Tuo zio mi verrà a prendere all'aeroporto.» Poi aveva abbracciato Sofia. La simpatia tra le due era stata immediata, ma Tomaso non aveva dubbi. «Credo che dovresti continuare con la tua ricerca. È davvero appassionante, tesoro.» Era diventata pensierosa. «Tua nonna, Tomaso, una volta mi disse che Fohr era lo scrittore più moderno che la letteratura romantica avesse mai avuto. Che era un eroe. Diceva che di un uomo così si sarebbe potuta innamorare, e lei, credimi, non era per niente sentimentale. Ma magari potrete vederlo da voi. Da qualche parte in solaio ci dovrebbero essere ancora i diari di Ludovica. Le piaceva scrivere. Diceva che la rilassava. Che la metteva in contatto con sé stessa.»

«Chissà dove saranno finiti...»

«Tomaso, cercali, e mostrali a Sofia.»

Trovare i quaderni con gli appunti di Ludovica su Fohr fu più complicato del previsto. La ricerca li impegnò per diversi giorni, ma la scoperta fu straordinaria.

Era come avevano detto Max e Luisanna. Nei numerosi quaderni di Ludovica si parlava anche di Christian e di Clarice. Dopo la rottura con i suoi due amici e compagni di studi, Ludovica aveva continuato le sue ricerche da sola. Tramite un paziente lavoro d'archivio sulle frequentazioni di Fohr a Roma, aveva scoperto l'esistenza della misteriosa rilegatrice Clarice – portava il nome di Clarice Schmidt – e, seguendo il marchio della coppia di ali che aveva sempre usato nei suoi lavori, era andata a Monaco e a Vienna. L'ultima tappa delle peregrinazioni di Clarice però, secondo lei, era stata in Inghilterra, e precisamente a Londra. Trovarono in evidenza sull'ultimo quaderno un indirizzo che corrispondeva a una villa, una dimora storica ora convertita in struttura alberghiera. Dopo quella indicazione, gli appunti si fermavano: Ludovica non aveva potuto proseguire oltre.

«Potremmo andare a Londra, amore.» Sofia lo disse a bassa voce, con un tono che riempì Tomaso di brividi.

Era la prima volta che lo chiamava in quel modo. La studiò a occhi socchiusi. Sofia gli sfiorò il viso con la punta delle dita e poi lo baciò lentamente. «L'amore è di chi osa, lo sapevi?»

Ci mise un po' a risponderle, perché quando i desideri si avverano, la sensazione che si prova è quella di volare. Ritrovare l'equilibrio avrebbe richiesto a entrambi molto tempo, sempre se ci fossero mai riusciti. «Aspettavo queste parole.»

Una settimana dopo, immobili davanti alla villa nei sobborghi di Londra, si tenevano per mano, gli occhi sull'imponente struttura georgiana.

«Forza, entriamo», disse Sofia. Attraversarono i viali che conducevano all'ingresso con l'animo in subbuglio e la speranza nel cuore. «Credi che troveremo qualcosa?»

«Chissà. Se non entriamo non potremo saperlo. Vieni, adesso, e rilassati.»

Sofia era tesa. C'era qualcosa in quel luogo che la riempiva di agitazione. Era come se riconoscesse quello spazio, il giardino, le ampie finestre, persino le colonne all'ingresso le sembravano familiari.

Li accolse una donna di mezza età vestita in modo un po' antiquato. «Benvenuti signori, prego accomodatevi.»

«Abbiamo prenotato una camera.»

Lei sollevò un momento gli occhi per riabbassarli subito dopo sui documenti che gli avevano appena consegnato. «Sì, vi aspettavamo. Questo è un piccolo albergo. Non abbiamo molte stanze. In realtà io e la mia famiglia viviamo qui.»

«Siete i proprietari, dunque.» Tomaso si guardò intorno studiando le alte pareti, e i fregi.

La donna, che si chiamava Matilde, si esibì in un grande sorriso orgoglioso. Indicò loro la volta affrescata con la punta della penna. «Esatto. La casa è sempre appartenuta alla nostra famiglia. Trasformarne una parte in un bed and breakfast è stata una necessità.» Sospirò. «Le vecchie dimore hanno bisogno di cure costose, e noi amiamo troppo profondamente la nostra vecchietta per lesinargliele, così ci siamo dovuti adattare. Ma è stato un bene. Ci piace avere ospiti.» Fotocopiò i documenti e li rese a entrambi. «Lasciate pure le valigie, ci penserà mio figlio Frederik a portarle in camera.» Un ragazzo alto e biondissimo, con gli occhi azzurri sorrise timidamente e li salutò. «Seguitemi, prego.»

Passarono da una parte all'altra della casa, tra piccoli saloni, disimpegni, cucine e un'ampia sala di rappresentanza. «Qui si ballava, ai tempi del mio bisnonno.» Era un'enorme sala a doppia altezza, con spettacolari lampadari di cristallo a goccia che rilucevano nella tenue luce del pomeriggio.

«È davvero magnifico!»

Compiaciuta, Matilde raccontò alcuni aneddoti di famiglia. «E questa», disse spalancando due porte gemelle, «è la biblioteca.» Entrò, facendo strada. «Vi confesso che è la parte della casa che preferisco, e non solo per i libri. C'è qualcosa che mi scalda il cuore.» Si voltò verso i suoi ospiti e seguì la direzione dei loro sguardi. «Ah! Quelli del ritratto sono i miei bis-bisnonni. Prussiani entrambi. Hanno fatto costruire loro la casa, sapete? Lei si chiamava Clarice Schmidt. E quelli attorno a loro sono i sette figli.» Rise allegramente.

Tomaso e Sofia erano impietriti davanti al ritratto.

«Lui si chiamava Christian Schmidt.» Matilde continuò il suo racconto, ma Sofia e Tomaso avevano smesso di ascoltarla. Continuavano a fissare il ritratto. Clarice, la bella, dolce e coraggiosa donna, e l'uomo che aveva amato, Christian Philipp Fohr. Perché quell'uomo in piedi accanto a lei lo avevano visto innumerevoli volte nei libri di letteratura. Forse allora per i suoi parenti era stata solo una somiglianza, ma per loro quel dipinto aveva un significato diverso, con quel viso e quella donna accanto che si chiamava proprio Clarice. Erano loro, ne erano sicuri.

Ma cosa voleva dire? Perché avevano cambiato nome? Christian non era morto?

Nuovamente furono i loro corpi a parlare per loro. Le mani si cercarono, trovandosi. Come accadde alle loro emozioni. Ai pensieri. Ai battiti del loro cuore.

«Clarice», sussurrò Sofia.
«Sì. Proprio una donna bellissima. Ma anche lui è affascinante. Era un cugino, o qualcosa di simile. Per questo avevano lo stesso cognome. Ma all'epoca era abbastanza frequente che ci si sposasse tra parenti. Si amavano moltissimo.»
Tomaso strinse la mano a Sofia.
«Quelli dietro la vetrina sono una parte dei libri di famiglia.»
Compiaciuta dall'interesse dei due visitatori, Matilde continuò il suo racconto. «In realtà la biblioteca conteneva molti volumi, ma nel corso degli anni alcuni sono andati perduti.»
Sofia, ancora incredula e quasi tremante, si avvicinò alla vetrina. I dorsi erano accostati in un'armonia di colori e forme. Era possibile che Clarice li avesse rilegati personalmente? Non lo sapeva, ma le piaceva pensarci, immaginandola china al telaio, mentre cuciva i fogli e progettava quelle meravigliose coperte. Erano gli stessi gesti che amava fare lei, pensò. Era come un'unione, un collegamento tra di loro. E quello gliela rese ancora più cara.
A un tratto le mancò il fiato.
Lo sguardo le era scivolato su un dorso, un titolo che la riempì di brividi: *L'era della gioia*. Ma non fu quello a farla quasi scoppiare a piangere dall'emozione. Fu il simbolo che portava impresso a fuoco.
Un cerchio che circondava due ali splendeva in oro.
«Il simbolo», sussurrò.
Tomaso, che la stava guardando, comprese immediatamente che era accaduto qualcosa. «Che succede?»
Gli indicò il libro. Lui lo fissò per un istante. Poi si rivolse a Matilde. «Crede sia possibile vedere quel libro?» Lo indicò alla donna che, dopo un attimo di perplessità, aprì la vetrina. «Perché no?»
Lo sfilò porgendolo a Sofia. «Eccolo, se volete potete esaminarlo su quel tavolo.»
Sofia non riusciva a crederci. Aprendolo sul frontespizio trovò i loro nomi, quelli veri. Era lui, era il libro inedito di Fohr, lo avevano trovato. Lo aprì con delicatezza, tremando

per l'emozione. Il simbolo di Clarice era su tutte le pagine, non solo sulle controguardie.

«Lo hanno scritto insieme.» La voce di Tomaso accompagnò i suoi pensieri.

Chini su quei fogli ingialliti dal tempo, scoprirono il resto di quella storia. Lo avevano scritto a quattro mani, quel libro. Clarice e il suo amato Christian insieme. Un uomo e una donna che condividevano le loro vite, nell'unione perfetta di due esseri capaci di completarsi. Un'introduzione spiegava tutto.

«È l'unico scritto a mano, sapete?»

Erano emozionati, erano pieni di stupore. Erano davanti a un'opera che celebrava la vita e lo faceva attraverso l'amore di due persone che avevano affrontato molte prove, erano stati cittadini del loro tempo senza mai tradire i loro ideali. E per questo avevano combattuto.

Tomaso le prese il libro dalle mani e lo restituì a Matilde. Poi abbracciò Sofia, e, davanti a una Matilde stupita, sorridente e un po' scandalizzata, la baciò appassionatamente.

«Oh cielo! Ma pensa un po'!»

Raccontarono tutto a Matilde, e lei li pregò di fermarsi ancora, c'era tanto da sapere. Insieme avrebbero deciso come rendere pubblica l'intera storia.

Mentre passeggiavano per la città, qualche ora dopo, il loro cuore e la loro mente erano pieni di domande, congetture e meraviglia. Prima di tutto su come Ludovica fosse arrivata fin lì senza le lettere di Clarice, una cosa che purtroppo non avrebbero mai saputo nei dettagli. E poi, Christian non era morto! In qualche modo lui e Clarice avevano lasciato l'Italia rifugiandosi a Londra. Avevano vissuto ritirati, cambiato identità e allevato la loro famiglia. Avevano scritto insieme un libro.

«Ma perché lo hanno nascosto? Solo perché non volevano essere trovati?» Tomaso ruppe il silenzio all'improvviso.

Sofia rifletteva. Il famoso inedito non era un secondo saggio di Fohr, come avevano immaginato all'inizio, bensì un'opera del tutto nuova, scritta a quattro mani da Clarice e Christian. Si era fatta un'idea. «Sicuramente temevano per la sicurezza della loro famiglia, che per la società era illegittima. Ma c'è anche il fatto che avevano scritto un'opera quasi inaccettabile per quei tempi. Del resto già le note a margine del primo volume parlavano proprio di questi temi, forse sono questi pensieri che li hanno avvicinati. La celebrazione dell'identità femminile, e dell'indipendenza vista come diritto. Tutto adesso inizia ad avere un senso.»

«Quest'opera non sarebbe stata accettata, doveva restare nascosta finché la società non fosse stata pronta a comprendere.» Tomaso le prese la mano, baciandola. «Finché un giorno qualcuno non avesse trovato le lettere e seguito le tracce.»

Continuarono a parlare, raccontandosi ciò che tenevano stretto nel cuore. E Sofia pensò a quanto fosse facile adesso esprimersi, e quanta gioia provasse nel condividere ciò che aveva dentro. Quella distanza emotiva, che per anni l'aveva separata da tutti, si era come dissolta. E adesso la paura era scomparsa, e lei per la prima volta sentiva davvero, e tutto era vivido, vibrante, pieno di emozione. Un giorno aveva trovato una lettera in un libro, aveva iniziato a leggerla, e da quel momento la sua vita era cambiata. Era stata lei a farlo però, di sua volontà. Di questo era certa e adesso ne era consapevole. Come Clarice, anche lei aveva preso in mano il proprio destino, e lo aveva cambiato. Il futuro era emozionante, e lei sentiva una forza nuova. Era entusiasta, era felice.

Sofia sentì nuovamente l'emozione travolgerla. «Ho sempre pensato che in qualche modo quel libro portasse con sé un messaggio. Che mi avesse scelto.»

«È quello che fanno i libri quando si è molto fortunati. Loro ti scelgono.»

E poi sorrisi, e poi silenzi, e nuovamente parole.

Ma lui non la stava più ascoltando.

Però la guardava.

E mentre camminavano insieme, le baciò la mano. Una sensazione di calore che si spandeva ovunque, dentro di lui, senza trascurare nulla. Nemmeno quei luoghi nascosti in cui non aveva mai permesso a nessuno di avventurarsi.

Era un bel modo di ricominciare, quello, pensò Tomaso. Era il migliore. L'unico per cui valesse davvero la pena di lottare. Avere la persona amata con la quale misurare i passi, allungarli, rallentare e poi correre.

Era il segreto della felicità.

EPILOGO

Una speranza che doveva rimanere segreta, ma ora voglio lasciare una traccia per trovarla…

Un giorno tutti comprenderanno come l'unica strada che conduca alla gioia sia l'amore, e come l'uguaglianza e il rispetto siano indispensabili compagni di viaggio. Ho tanta fiducia nel futuro, e nel cambiamento. Così affido queste mie pagine al tempo. Un giorno qualcuno le raccoglierà, e saprà. Invierò per il mondo i tre libri che le custodiscono a cercare chi sarà capace di capire, e poi di rivelare. La natura, l'uomo e il pensiero guideranno i suoi passi attraverso la conoscenza e così ciò che abbiamo fatto e sognato insieme sarà divulgato. L'era della gioia, *il nostro libro, conoscerà la luce. Lo custodirò al sicuro, a Londra, la città che ci ha dato rifugio, nella biblioteca della casa in cui ho vissuto anni felici, e allevato i miei figli. Quando per loro non costituirà più un pericolo, lo affiderò ai miei eredi inconsapevoli, in attesa che tu, lettore, possa ritrovarlo. I nostri pensieri diventeranno di altri che li faranno propri, e le idee viaggeranno sulle ali della libertà. Le donne avranno gli stessi diritti degli uomini, e quel mondo nuovo conoscerà prosperità.*

Perché è questo il vero amore, essere liberi insieme.

Per sempre.

Clarice corse lungo l'argine del fiume, le gonne sollevate. Non distolse nemmeno per un momento gli occhi da Christian, che continuava a sparire e a riemergere.

Poi lui scomparve.

Disperata, Clarice si lanciò nel fiume, ma le gonne appesantite dall'acqua le impedirono di andare oltre. Si trascinò a riva, il cuore che le scoppiava nel petto, le dita che artigliavano l'erba nel tentativo di sottrarsi alla corrente. Si tirò su a fatica, lo sguardo che saettava da una parte all'altra dell'argine in cerca di Christian. E poi si immobilizzò. Poco più avanti in un'ansa, coperto di fango, un corpo ondeggiava appena, impigliato a un ramo.

Un gemito la scosse fin nel profondo.

In preda alla disperazione corse verso l'uomo, lasciandosi cadere al suo fianco. Con le mani tremanti lo voltò, e chiuse gli occhi. Era August, era ciò che restava di suo marito. Si coprì il viso con le mani. E adesso? Adesso cosa avrebbe fatto?

E poi una forza improvvisa la spinse ad alzarsi, a cercare ancora, frenetica, disperata. E quando scorse Christian che tentava di guadagnare la riva, lo trascinò fuori, piangendo e gridando, senza mai fermarsi, e si lasciò cadere sull'erba accanto a lui. Lo abbracciò cullandolo, finché lui esausto aprì gli occhi. Era sporco, lacero, il sangue che gli colava sul volto, ma era vivo! Era vivo, e le sorrideva.

«È tutto finito.» Lo abbracciò e si strinse a lui.

Più tardi, quando entrambi furono in grado di alzarsi, Christian si fermò accanto al cadavere di August e prese la sua decisione. Non l'avrebbe lasciata mai più, la sua coraggiosa Clarice. Sarebbe morto agli occhi di tutti. L'annegato restituito dal fiume avrebbe portato il suo nome. Mise al dito di August il proprio anello di famiglia, e lo lasciò alla corrente.

La sua nuova vita iniziava in quel momento. Christian Philipp Fohr abbandonò la celebrità per un mondo nuovo e diverso. Una nuova era, quella della gioia.

NOTA DELL'AUTRICE

La rilegatrice di storie perdute è frutto della mia immaginazione e come tale, anche se si nutre di riferimenti storici, è soggetto ai meccanismi della finzione letteraria.

Nel cimitero acattolico di Roma, all'ombra della piramide Cestia, riposa un giovane pittore tedesco, Carl Philipp Fohr. Carl annegò nel Tevere, poco più che ventenne, il 29 giugno del 1818, lasciando un grande vuoto nella scena artistica dell'epoca. La sua breve esistenza è stata lo specchio di quel primo ventennio dell'Ottocento nel quale lo spirito umano cercava una nuova affermazione. Lui, i suoi disegni, la sua personalità così profondamente sensibile mi hanno colpita. È entrato nei miei sogni presentandosi come Christian. Così, pur creando un personaggio di fantasia, mi sono ispirata a lui per il mio dolce sognatore che scriveva di un mondo nel quale l'amore era principio e virtù. Spero che i miei lettori possano perdonarmi per aver scomodato un personaggio realmente vissuto per trascinarlo nel mio romanzo, in quella che a tutti gli effetti è una licenza poetica. A parte il nome che rende omaggio al giovane e sfortunato pittore, tutto ciò che riguarda Christian Philipp Fohr e le sue opere letterarie è frutto della mia immaginazione.

Fin dal XVII secolo, il Grand Tour proclamò l'Italia quale meta ideale per la formazione culturale di un gentiluomo europeo. Diari, lettere e testimonianze ci indicano però che gradualmente l'usanza del viaggio in Italia arrivò a interessare molte giovani donne. Anche le società repressive dei secoli scorsi sono state terreno fertile per menti brillanti che, sottraendosi alla consuetudine e alle limitazioni, hanno conservato il loro pensiero con la scrittura consegnandolo al futuro.

Non esistono prove scientifiche che attraverso l'esame della calligrafia si possa stabilire con certezza se l'autore di uno scritto sia un uomo o una donna. La grafologia è un campo vastissimo nel quale si innestano varie correnti di pensiero. Da sempre ha appassionato studiosi, artisti e filosofi. Non potrebbe essere altrimenti, visto che scrivere a mano è espressione intima di ciò che siamo.

Il quartiere Coppedè a Roma è un esempio della genialità umana, e di quanto la bellezza segua canoni oggettivi ma tragga forza da quelli individuali. Se volete trascorrere qualche ora immersi in una fiaba, concedetevi una visita in questo luogo straordinario realizzato dal grande architetto Gino Coppedè intorno agli anni Venti, tra piazza Buenos Aires e via Tagliamento.

La Bibliotheca Hertziana di Roma nasce dal lascito di Henriette Hertz, nobildonna tedesca che all'inizio del Novecento fondò a palazzo Zuccari una biblioteca di libri e fotografie sull'arte italiana. È un luogo prestigioso, dove la cultura italiana è celebrata e custodita. Ovviamente il furto di un libro antico dalla biblioteca è una mera invenzione.

RINGRAZIAMENTI

«Il dimostrare gratitudine è un bene maggiore per te che per il tuo prossimo; a lui capita un fatto comune, a te un fatto importante, generato da uno stato d'animo di intensa felicità.»
Seneca

Quando arrivo ai ringraziamenti sono sempre felice, e non solo perché significa che il libro è concluso. C'è qualcosa di molto speciale nel cercare nei propri ricordi e in fondo alle emozioni tutti i motivi per i quali si è grati a chi amiamo, a chi ha fatto qualcosa per noi, alla vita e al mondo che ci circonda. Il cuore si riempie di gioia e tutto è più semplice e bello.

Il mio primo grazie è per mio marito Roberto che mi sorprende di continuo, mostrandomi come la vita vada affrontata con coraggio e passione, inclusi sogni e progetti. Grazie ai miei figli Davide, Aurora e Margherita, che impediscono alla noia di alloggiare nella nostra casa. Grazie alla mia famiglia e agli amici che mi sono vicini da sempre. Grazie alla dolce Erika, bella e luminosa, e che inoltre legge tutti i miei libri.

Grazie al mio editore Stefano Mauri, che continua a darmi fiducia e mi rende orgogliosa di me stessa. Grazie alla Garzanti che si prende cura dei miei libri e all'occorrenza anche di me. Alla sua direttrice della narrativa Elisabetta Migliavada: sei straordinaria. Ad Adriana Salvatori che mi ha seguito durante questo nuovo percorso illuminando i miei passi e sostenendomi nei momenti più difficili. A Federica Merati che mi ha tenuto compagnia ascoltandomi con pazienza, ad Alba Bariffi che trova sempre il modo più giusto per scrivere ogni cosa. A Rosanna Paradiso, Franco Pugnaloni, Giulia Marzetti, Roberta Cagliani dell'ufficio stampa. A Cecilia Ceriani e Giulia Fossati, a Barbara Carafa e Monica Tavazzani. Un grazie di cuore a Elena Campominosi e Graziella Cerutti: siete davvero uniche.

Un grazie di cuore a Maurizio Gaddoni e alla Romi, sua moglie, che mi seguono da tanto e che per tenermi compagnia mi hanno inviato, pagina dopo pagina, un diario ritrovato nella loro casa. Siete stati preziosi, e mi avete ispirata. Parte di questo libro è nata grazie a voi.

Grazie alle mie amiche Antonella, Anna, Lory, Andreina ed Eleonora che danno un nuovo significato alla parola sorella.

Grazie a Paolo Lusci per i preziosi consigli.

A Salvatore Basile, Mirko Zilahy, Silvia Zucca e Valentina Cebeni, colleghi amici e confidenti.

Grazie a Laura Ceccacci amica e agente, che mi accompagna da sempre, mi sprona, mi sostiene e continua a credere in me. A Giulia Gardiman, e allo staff dell'agenzia letteraria.

Grazie ai lettori, ai librai, a chi vede attraverso i libri e viaggia con loro, a chi conserva il pensiero scritto e lo diffonde: questo libro è dedicato a voi.

Dal catalogo
Garzanti

Cristina Caboni

IL SENTIERO DEI PROFUMI

Elena non si fida di nessuno. Ha perso ogni certezza e non crede più nell'amore. Solo quando crea i suoi profumi riesce ad allontanare tutte le insicurezze. Solo avvolta dalle essenze dei fiori, dei legni e delle spezie sa come sconfiggere le sue paure. I profumi sono il suo sentiero verso il cuore delle persone. Parlano dei pensieri più profondi, delle speranze più nascoste: l'iris regala fiducia, la mimosa dona la felicità, la vaniglia protegge, la ginestra aiuta a non darsi per vinti mai. Ed Elena da sempre ha imparato a essere forte. Dal giorno in cui la madre se n'è andata, abbandonandola quando era solo una ragazzina in cerca di affetto.
Adesso che ha ventisei anni il destino continua a metterla alla prova, ma il suo dono speciale le indica la strada da seguire. Una strada che la porta a Parigi, la capitale del profumo, dove le fragranze si preparano ancora secondo un'arte antica. Le sue creazioni in poco tempo conquistano tutti. Ma non è ancora riuscita a creare l'essenza per fare pace con il passato, per avere il coraggio di perdonare. C'è un'unica persona che ha la chiave per entrare nel suo cuore e guarirlo: Cail.
Un uomo che conosce la fragilità di un fiore e sa come proteggerlo. Perché anche il seme più acerbo, quando il sole arriva a riscaldarlo, trova la forza di sbocciare.

Dal catalogo

Garzanti

Cristina Caboni

LA CUSTODE DEL MIELE E DELLE API

Angelica non è mai riuscita a mettere radici. C'è un unico posto dove si sente a casa, ed è tra le sue api. Avvolta dal quieto vibrare delle loro ali e dal profumo intenso del miele che cola dalle arnie, Angelica sa di essere protetta e amata. È un'apicultrice itinerante e il miele è la sola voce con cui riesce a far parlare le sue emozioni. Perché il miele di lavanda può calmare un animo in tempesta e quello di acacia può far ritrovare il sorriso. A insegnarglielo è stata Margherita, la donna che le ha fatto da madre durante l'infanzia, quando viveva su un'isola spazzata dal vento al largo della Sardegna. Dopo essere stata portata via da lì, Angelica ha chiuso il suo cuore e non è più riuscita a fermarsi a lungo in nessun luogo. Ma adesso il destino ha deciso di darle un'altra possibilità.

Dal catalogo
Garzanti

Cristina Caboni

IL GIARDINO DEI FIORI SEGRETI

Premio Selezione Bancarella

Quando Iris e Viola si incontrano a Londra, tutte le loro certezze crollano in un istante. È evidente che sono due gemelle identiche, ma sono state divise da piccolissime, e per vent'anni nessuna delle due ha mai saputo dell'esistenza dell'altra. Perché? Ora che sono di nuovo riunite, Iris e Viola devono scoprirlo. Il segreto si nasconde in Italia, a Volterra, dove sono nate. È qui che Giulia Donati, la loro nonna, le aspetta. Perché ogni coppia di gemelle nate nella famiglia deve svolgere il compito che le è stato assegnato: la custode del giardino e la guardiana della Rosa dei mille anni. Ma nella villa dei Donati ci sono stanze segrete che nascondono un mistero. Niente è davvero come sembra fra le piante di rose. E soltanto insieme Iris e Viola potranno affrontare le difficoltà: il giardino è la risposta. Perché è tra le spine che nasce il cuore più prezioso.

Finito di stampare nel mese di ottobre 2017
da Grafica Veneta s.p.a., Trebaseleghe (PD)